LA CHICA
NUEVA

DANIEL Silva

LA CHICA NUEVA

HarperCollins *Español*

Los libros de HarperCollins Español pueden ser adquiridos con fines educativos, empresariales o promocionales. Para más información, envíe un correo electrónico a SPsales@harpercollins.com.

Título original: *The New Girl*
Publicado por HarperCollins Publishers.

PRIMERA EDICIÓN

Traducción: Victoria Horrillo

Este libro ha sido debidamente catalogado en la Biblioteca del Congreso de los Estados Unidos.

ISBN 978-0-06-293841-1

20 21 22 23 24   LSC   10 9 8 7 6 5 4 3 2 1

Para los cincuenta y cuatro periodistas asesinados en todo el mundo en 2018. Y, como siempre, para mi mujer, Jamie, y mis hijos, Nicholas y Lily.

Lo que está hecho no puede deshacerse.

Macbeth (1606), Acto V, Escena 1

Noruega

Suecia

Mar Del Norte

Dinamarca

Irlanda

Inglaterra

Berlín

Holanda

Ouddorp

Alemania

Frinton-on-sea

Renesse

Londres

Bélgica

Lux.

República Checa

París

Austria

Francia

Suiza

Océano Atlántico

Ginebra

Lyon

Annecy

Italia

Carcasona

Areatza

Portugal

España

Mar Mediterráneo

Marruecos

Argelia

Túnez

250 Km

0

200 Mi.

PREFACIO

En agosto de 2018 comencé a trabajar en una novela acerca de un joven príncipe árabe que emprendía una cruzada para modernizar su país, en el que imperaba la intolerancia religiosa, y propiciar un cambio de gran alcance en Oriente Medio y el mundo islámico en su conjunto. Dos meses después, sin embargo, dejé de lado el manuscrito cuando se acusó a Mohamed bin Salmán, el príncipe que servía de modelo a mi personaje, de estar implicado en el brutal asesinato de Jamal Khashoggi, disidente saudí y colaborador del *Washington Post*. Ciertos elementos de *La chica nueva* se basan a todas luces en acontecimientos relacionados con la muerte de Khashoggi. Todo lo demás acontece exclusivamente en el mundo imaginario en el que habitan Gabriel Allon y sus aliados y enemigos.

PRIMERA PARTE

SECUESTRO

1

GINEBRA

Fue Beatrice Kenton la primera en poner en duda la identidad de la chica nueva. Lo hizo en la sala de profesores, a las tres y cuarto de la tarde de un viernes de finales de noviembre. Reinaba un ambiente festivo y algo irreverente, como casi todos los viernes por la tarde. Es una perogrullada que en ninguna profesión se aguarda el fin de la semana laboral con tanta expectación como entre los maestros, incluso entre los maestros de centros tan elitistas como el Colegio Internacional de Ginebra. Se charlaba animadamente de los planes para el fin de semana. Beatrice permanecía callada porque no tenía ninguno y no le apetecía hablar de ello con sus compañeros. Tenía cincuenta y dos años, era soltera y no tenía más familia que una tía anciana y rica que le concedía asilo cada verano en su finca de Norfolk. Su rutina de fin de semana consistía en una visita al Migros y un paseo por la orilla del lago por el bien de su cintura, que, como el universo, no dejaba de expandirse. Los lunes a primera hora eran un oasis en medio de un desierto de soledad.

Fundado por un organismo de cooperación internacional fenecido hacía tiempo, el Colegio Internacional de Ginebra daba servicio a los hijos de la comunidad diplomática de la ciudad. La escuela secundaria, en la que Beatrice enseñaba redacción en lengua inglesa, educaba a estudiantes de más de cien países distintos.

El claustro era igual de diverso. El jefe de personal se desvivía por fomentar la convivencia entre empleados —cócteles informales, cenas en las que cada asistente aportaba un plato, excursiones al campo—, pero en la sala de profesores tendía a imponerse el tribalismo consuetudinario. Los alemanes se juntaban con los alemanes, los franceses con los franceses y los españoles con los españoles. Ese viernes por la tarde, la señorita Kenton era la única súbdita británica presente aparte de Cecelia Halifax, del departamento de historia. Cecelia tenía una melena negra y asalvajada y las opiniones políticas de rigor, que se empeñaba en explicarle a la señorita Kenton a la menor oportunidad. Le contaba, además, los pormenores de la tórrida aventura que estaba teniendo con Kurt Schröder, el genio de las matemáticas de Hamburgo que, calzado con sus sempiternas Birkenstock, había renunciado a una lucrativa carrera de ingeniero para enseñar a multiplicar y dividir a niños de once años.

La sala de profesores se hallaba en la planta baja del *château* del siglo XVIII que servía como edificio de administración. Sus ventanas emplomadas daban al patio delantero, donde en aquel instante los privilegiados estudiantes del Colegio Internacional de Ginebra estaban montando en la parte de atrás de lujosos cochazos de fabricación alemana con matrícula diplomática. Cecelia Halifax, tan locuaz como de costumbre, se había plantado junto a Beatrice y parloteaba acerca de un escándalo sucedido en Londres: algo acerca del MI6 y un espía ruso. Beatrice apenas la escuchaba. Estaba observando a la chica nueva.

Como cada día a la hora del éxodo, la niña —de doce años y ya muy bella, casi etérea, de líquidos ojos marrones y cabello azabache—, era una de las últimas en marcharse. El colegio, para consternación de Beatrice, no imponía a sus alumnos el uso de uniforme, solo un código indumentario que algunos de los estudiantes más contestatarios desobedecían sin sanción oficial alguna por parte de la dirección. La chica nueva, no. Iba cubierta de pies a cabeza con lujosos tejidos de lana y tartán como los que se veían en la tienda Burberry de Harrods. Llevaba una cartera de piel en vez de una mochila de nailon y bailarinas de charol relucientes. Era muy educada y modosa, la chica nueva. Pero no se trataba solo de eso, pensaba Beatrice. Parecía hecha de otra pasta. Era regia. Sí, esa era la palabra. *Regia...*

Había llegado a las dos semanas de empezar el trimestre de otoño. No era lo ideal, pero tampoco era algo inusitado en un centro como el Colegio Internacional de Ginebra, donde los padres de los alumnos iban y venían como las aguas del Ródano. David Millar, el director, la había metido con calzador en la tercera clase de Beatrice, en la que había ya dos alumnos más de la cuenta. La copia del formulario de matrícula que le dio era escueta incluso para los estándares del colegio. Afirmaba que la nueva alumna se llamaba Yihan Tantawi, que era de nacionalidad egipcia y que su padre era empresario, no diplomático. Su expediente académico era mediocre. Se la consideraba inteligente pero en modo alguno superdotada. *Un pajarillo listo para echar a volar*, escribió David en una nota al margen rebosante de optimismo. En efecto, el único aspecto del expediente digno de mención era el párrafo dedicado a las «necesidades especiales» de la alumna. Al parecer, el respeto a su intimidad era una preocupación prioritaria para la familia Tantawi. La seguridad, anotaba David, era primordial.

De ahí que esa tarde —y todas las demás— se hallara presente en el patio Lucien Villard, el eficaz jefe de seguridad del colegio. Lucien, importado de Francia, era un veterano del Service de la Protection, la unidad de la Policía Nacional encargada de la seguridad de los dignatarios extranjeros y de los altos funcionarios del Gobierno francés. Antes de pasarse al sector privado, había estado destinado en el Elíseo, donde había formado parte de la escolta personal del presidente de la República. David Millar se servía de la impresionante hoja de servicios de Lucien como prueba de la importancia que el colegio concedía a la seguridad. Yihan

Tantawi no era la única alumna con necesidades especiales a ese respecto.

Nadie, sin embargo, llegaba y se marchaba del colegio como la chica nueva. El Mercedes negro, modelo limusina, en el que montaba era propio de un jefe de estado o un potentado. Beatrice no era ninguna experta en automóviles, pero tenía la impresión de que aquel coche estaba blindado y tenía cristales antibalas. Detrás iba un segundo vehículo, un Range Rover ocupado por cuatro gorilas de chaqueta negra, muy serios.

—¿Quién crees que es? —preguntó Beatrice mientras veía alejarse por la calle a los dos vehículos.

Cecelia Halifax pareció desconcertada.

—¿El espía ruso?

—La chica nueva —contestó Beatrice con desgana, y añadió con un deje de duda—: Yihan.

—Dicen que su padre es dueño de la mitad de El Cairo.

—¿Quién lo dice?

—Verónica.

Verónica Álvarez era una española con muy mal genio perteneciente al departamento de arte y la fuente de chismorreos menos fiable del claustro después de la propia Cecelia.

—Dice que la madre es familia del presidente egipcio. Su sobrina. O su prima, quizá.

Beatrice vio que Lucien Villard cruzaba el patio.

—¿Sabes qué es lo que creo?

—¿Qué?

—Que alguien está mintiendo.

Y así fue cómo Beatrice Kenton, aguerrida veterana en varios colegios privados británicos de medio pelo que se había trasladado a Ginebra en busca de amor y aventuras, sin encontrar ninguna de las dos cosas, emprendió una investigación por su cuenta y riesgo para averiguar la verdadera identidad de la chica nueva. Empezó por introducir el nombre YIHAN TANTAWI en el recuadro blanco del motor de búsqueda por defecto de su navegador de Internet. Aparecieron en la pantalla millares de resultados, pero ninguno de ellos se correspondía con la preciosa chiquilla de doce años que cruzaba la puerta de su aula a tercera hora sin un solo minuto de retraso.

A continuación, buscó en diversas redes sociales, pero tampoco encontró ni rastro de su alumna. Al parecer, era la única niña de su edad sobre la faz de la Tierra que no llevaba una vida paralela en el ciberespacio. A Beatrice esto le parecía encomiable, pues conocía de primera mano los estragos que causaba el intercambio incesante de mensajes instantáneos, tuits y fotografías en el desarrollo emocional de los jóvenes. Lamentablemente, esa conducta no afectaba solo a los niños. Cecelia Halifax apenas podía ir al baño sin colgar una foto suya retocada en Instagram.

El padre, un tal Adnan Tantawi, era tan desconocido como su hija en la ciberesfera. Beatrice encontró algunas referencias a varias empresas (Tantawi Construction, Tantawi Holdings y Tantawi Development), pero nada sobre el hombre mismo. En el formulario de matrícula de Yihan figuraba una dirección muy chic en la carretera de Lausana. Beatrice se dio una vuelta por allí un sábado por la tarde. La casa estaba a tiro de piedra de la residencia del famoso industrial suizo Martin Landesmann. Como todas las fincas de esa parte del lago Lemán, estaba rodeada por altos muros y vigilada por cámaras de seguridad. Beatrice miró por entre los barrotes de la verja y alcanzó a ver una pradera de césped impecable que se extendía hasta el pórtico de una magnífica villa de estilo italianizante. De inmediato, un hombre echó a andar hacia ella por el camino de acceso: sin duda, uno de los gorilas del Range Rover. No hizo intento de ocultar el arma que llevaba bajo la chaqueta.

—*Propiété privée!* —gritó en un francés con fuerte acento extranjero.

—*Excusez-moi* —murmuró Beatrice, y se alejó a toda prisa.

La siguiente fase de su investigación comenzó el lunes siguiente por la mañana, cuando se embarcó en una atenta observación de su alumna misteriosa que duró tres días. Se fijó en que Yihan, cuando se dirigía a ella en clase, a veces tardaba en responder. Advirtió, además, que no había hecho amigos desde su llegada al colegio, ni lo había intentado. Constató, por otro lado, mientras prodigaba falsos halagos a un ejercicio de redacción anodino, que Yihan tenía escasos conocimientos sobre Egipto. Sabía que El Cairo era una ciudad grande y que la cruzaba un río, pero poco más. Su padre, decía, era muy rico. Construía torres de viviendas y rascacielos. Pero, como era amigo del presidente egipcio, los Hermanos Musulmanes le tenían manía. Por eso vivían en Ginebra.

—A mí me suena muy lógico —dijo Cecelia.

—Suena a que alguien se lo ha inventado —respondió Beatrice—. Dudo que haya pisado El Cairo. De hecho, ni siquiera estoy segura de que sea egipcia.

Después, fijó su atención en la madre, a la que entreveía a través de las ventanillas tintadas de la limusina, o en las raras ocasiones en que se apeaba del asiento trasero del coche para recibir a Yihan en el patio. Tenía la tez y el cabello más claros que su hija y era atractiva, en opinión de Beatrice, pero ni mucho menos tan guapa como Yihan. De hecho, le costaba encontrarle algún parecido con la niña y había en su relación una frialdad física que saltaba a la vista. Ni una sola vez las había visto darse un beso o un abrazo. Percibía, además, un claro desequilibrio de poder entre ellas. Era Yihan y no la madre quien llevaba la voz cantante.

Cuando noviembre dio paso a diciembre y las vacaciones de Navidad parecían a la vuelta de la esquina, Beatrice se las arregló para concertar una reunión con la hermética progenitora de su alumna misteriosa. Puso como excusa la nota de Yihan en un examen de ortografía y vocabulario ingleses: la tercera más baja de la clase, aunque mucho mejor que la del joven Callahan, el hijo de un funcionario del servicio de exteriores de Estados Unidos que presuntamente tenía el inglés como lengua materna. Redactó un correo electrónico solicitando reunirse con la señora Tantawi cuando a ella le viniera bien y lo envió a la dirección de correo que figuraba en el impreso de admisión. Como pasaron varios días sin que obtuviera respuesta volvió a mandarlo. Y entonces recibió una tibia regañina de David Millar, el director. Al parecer, la señora Tantawi no deseaba tener contacto directo con los profesores de Yihan. Si Beatrice tenía alguna preocupación respecto a su alumna, debía enviarle un correo a él y él trataría el asunto directamente con la señora Tantawi. Beatrice sospechaba que David estaba al corriente de la verdadera identidad de la niña, pero intuía que no debía sacar a colación el asunto, ni siquiera solapadamente. Era más sencillo sonsacarle un secreto a un banquero suizo que al discretísimo director del Colegio Internacional de Ginebra.

De modo que solo quedaba Lucien Villard, el jefe de seguridad del colegio de origen francés. Beatrice fue a hacerle una visita un viernes por la tarde, en su hora de descanso. Villard tenía su despacho en el sótano del *château*, junto al cuartucho donde un ruso nervioso y enclenque se ocupaba del mantenimiento de los ordenadores. Lucien era delgado pero fuerte y pese a sus cuarenta y ocho años tenía un aspecto juvenil. La mitad de las profesoras del claustro estaban locas por él, incluida Cecelia Halifax, que había intentado en vano ligárselo antes de empezar a acostarse con su matemático teutón amante de las sandalias.

—¿Tiene un momentito para hablar de la chica nueva? —preguntó Beatrice al tiempo que se apoyaba con fingida naturalidad en el marco de la puerta abierta del despacho.

Lucien la miró tranquilamente por encima de su mesa.

—¿De Yihan? ¿Por qué?

—Porque estoy preocupada por ella.

Él dejó un montón de papeles sobre el teléfono móvil que descansaba sobre su vade de mesa. Beatrice no estaba del todo

9

segura, pero le pareció que era un modelo distinto al que solía utilizar.

—Soy yo quien debe preocuparse de Yihan, señorita Kenton, es mi labor, no la suya.

—Ese no es su verdadero nombre, ¿verdad?

—¿De dónde ha sacado esa idea?

—Soy maestra. Los maestros vemos cosas.

—Quizá no haya leído la nota del expediente de Yihan relativa a las habladurías y chismorreos. Le aconsejo que se atenga a esas instrucciones. De lo contrario, me veré obligado a tratar este asunto con *monsieur* Millar.

—Disculpe, no pretendía…

Lucien levantó una mano.

—No se preocupe, señorita Kenton. Esto queda *entre nous*.

Dos horas más tarde, cuando los polluelos de la élite diplomática mundial cruzaron anadeando el patio delantero del *château*, Beatrice estaba vigilando desde la ventana emplomada de la sala de profesores. Como de costumbre, Yihan fue una de las últimas en marcharse. No, Yihan no, pensó. *La chica nueva…* Cruzó el patio adoquinado con paso algo saltarín, meciendo su cartera, aparentemente ajena a la presencia de Lucien Villard a su lado. La señora esperaba junto a la puerta abierta de la limusina. La chica nueva pasó a su lado sin apenas dirigirle una mirada y subió al asiento de atrás. Fue la última vez que la vio Beatrice.

2

NUEVA YORK

Sarah Bancroft comprendió que había cometido un error fatal en el instante en que Brady Boswell pidió otro martini Belvedere. Estaban cenando en Casa Lever, un exclusivo restaurante italiano de Park Avenue decorado con una pequeña parte de la colección de litografías de Warhol de su propietario. El restaurante lo había elegido Brady Boswell, el director de un modesto pero reputado museo de San Luis que venía a Nueva York dos veces al año para asistir a las subastas más relevantes y probar las delicias gastronómicas de la ciudad, normalmente a expensas de otros. Sarah era la víctima perfecta. Cuarenta y tres años, rubia, ojos azules, inteligente y soltera. Y, lo que era más importante, en el incestuoso mundillo del arte de Nueva York era de común conocimiento que tenía acceso a un pozo inagotable de dinero.

—¿Seguro que no quieres otra? —Boswell se llevó la copa a los labios húmedos.

Tenía la palidez del salmón asado medio hecho y el pelo gris cuidadosamente repeinado. Llevaba torcida la pajarita, y también las gafas de carey, detrás de las cuales pestañeaban unos ojos legañosos.

—Odio beber solo, en serio.

—Es la una de la tarde.

—¿No bebes con la comida?

11

Ya no, aunque le daban grandes tentaciones de renunciar a su voto de abstinencia matutina.

—Me voy a Londres —balbució Boswell.

—¿Sí? ¿Cuándo?

—Mañana por la tarde.

«Tan tarde», pensó Sarah.

—Tú estudiaste allí, ¿verdad?

—En el Courtauld —respondió ella a la defensiva.

No le apetecía pasarse la comida repasando su currículum que, al igual que su cuenta de gastos, era bien conocido en el mundillo del arte neoyorquino. Al menos, en parte.

Graduada en Dartmouth College, Sarah Bancroft había estudiado Historia del Arte en el famoso Courtauld Institut of Art de Londres y posteriormente se había doctorado en Harvard. Su costosa educación, financiada en exclusiva por su padre, banquero de inversiones en Citigroup, le granjeó un puesto de comisaria en la Colección Phillips de Washington por el que no le pagaban casi nada. Dejó el museo en circunstancias poco claras y, como un Picasso comprado en subasta por un misterioso coleccionista japonés, desapareció de escena. Durante ese periodo trabajó para la CIA y participó en un par de misiones secretas de alto riesgo al mando de un legendario agente israelí llamado Gabriel Allon. Ahora trabajaba oficialmente en el museo de Arte Moderno de Nueva York, donde se encargaba de supervisar la principal atracción del museo: una asombrosa colección de obras modernas e impresionistas valorada en cinco mil millones de dólares que había pertenecido a la difunta Nadia al Bakari, hija del inversor saudí Zizi al Bakari, un hombre fabulosamente rico.

Lo cual explicaba en gran medida por qué estaba comiendo con un sujeto como Brady Boswell. Sarah había accedido hacía poco a prestar varias obras de menor importancia de la colección al museo de Arte del Condado de Los Ángeles y Brady Boswell quería ser el siguiente en la lista. Era poco probable que así fuera y él lo sabía.

Su museo carecía de la relevancia y el abolengo necesarios. De ahí que, tras pedir finalmente la comida, Boswell estuviera posponiendo el rechazo inevitable charlando de cosas sin importancia. Para Sarah era un alivio. No le gustaba el conflicto. Había tenido de sobra para que le durara toda una vida. Dos vidas, en realidad.

—El otro día oí un chismorreo sobre ti.

—¿Solo uno?

Boswell sonrió.

—¿Y qué decía ese rumor?

—Que estabas pluriempleada.

Entrenada en el arte del engaño, Sarah disimuló sin esfuerzo su malestar.

—¿De veras? ¿En qué sentido?

Boswell se inclinó hacia delante y bajó la voz.

—Dicen que eres la asesora secreta de JBM en cuestiones artísticas —dijo en un susurro cómplice. JBM eran las iniciales, reconocidas internacionalmente, del futuro rey de Arabia Saudí—. Y que fuiste tú quien dejó que se gastara quinientos millones de dólares en ese Leonardo de autoría dudosa.

—No es un Leonardo *de autoría dudosa*.

—¡Entonces es cierto!

—No seas ridículo, Brady.

—O sea, que ni lo niegas ni lo confirmas —contestó él con recelo.

Sarah levantó la mano derecha como si se dispusiera a hacer un juramento solemne.

—No soy ni he sido nunca la asesora artística de Jalid bin Mohamed.

Boswell no pareció muy convencido. Mientras tomaban los *antipasti*, sacó por fin a relucir el tema del préstamo. Sarah adoptó una actitud ecuánime antes de informarlo de que bajo ningún concepto le prestaría ni un solo cuadro de la Colección Al Bakari.

—¿Qué tal un Monet o dos? ¿O uno de los Cézannes?

13

—Lo siento, pero es imposible.

—¿Y un Rothko? Tenéis tantos que no lo echaríais de menos.

—Brady, por favor.

Acabaron de comer sin más tropiezos y se despidieron en la acera de Park Avenue. Sarah decidió regresar andando al museo. Por fin había llegado el invierno a Manhattan, tras uno de los otoños más calurosos de los que se tenía recuerdo. Solo el cielo sabía qué traería el año próximo. El planeta parecía ir dando bandazos de un extremo a otro. Y ella también: infiltrada en la guerra global contra el terror un día, y al siguiente comisaria de una de las mejores colecciones de arte del mundo. En su vida no había término medio.

Al tomar la calle Cincuenta y Tres Este, sin embargo, cayó de pronto en la cuenta de que se aburría mortalmente. Era la envidia de sus colegas, eso era cierto. Pero la Colección Nadia al Bakari, pese a todo su glamur y el revuelo que había despertado en un principio su inauguración, apenas necesitaba cuidados. Sarah era poco más que su atractiva carta de presentación. Y últimamente comía demasiado a menudo con tipos como Brady Boswell.

Entretanto, su vida privada languidecía. Por la razón que fuese, pese a su apretada agenda de galas y recepciones, no había conseguido conocer a un hombre cuya edad y estatus le convinieran. Conocía a muchos de cuarenta y pocos años, sí, pero a esos no les interesaban las relaciones a largo plazo —Dios, cómo odiaba esa muletilla— con una mujer de su misma edad. Los hombres de entre cuarenta y cuarenta y cinco años querían una ninfa núbil de veintitrés, una de esas criaturas lánguidas que desfilaban por Manhattan con sus *leggings* y sus esterillas de yoga. Sarah temía verse abocada a ser la segunda esposa. En momentos de bajón, se veía del brazo de un ricachón de sesenta y tres años que se teñía el pelo y se ponía regularmente inyecciones de bótox y testosterona. Los hijos de su primer matrimonio la considerarían una intrusa y la despreciarían. Tras prolongados tratamientos de fertilidad, ella y el carcamal de su marido conseguirían tener un solo vástago al que

Sarah criaría sola después de que su marido falleciera trágicamente en su cuarto intento de escalar el Everest.

El runrún del gentío en el vestíbulo del MoMA le levantó el ánimo. La Colección Nadia al Bakari estaba en la primera planta. Su despacho, en la tercera. Su registro telefónico mostraba doce llamadas perdidas. Lo de siempre: solicitudes de entrevistas, invitaciones a cócteles e inauguraciones de galerías, y un reportero de un tabloide en busca de chismorreos.

La última llamada era de un tal Alistair Macmillan. Al parecer, el señor Macmillan quería ver en privado la colección después de la hora de cierre del museo. No había dejado información de contacto. Pero poco importaba: Sarah era una de las pocas personas en el mundo que tenían su número privado. Dudó antes de marcar. No habían vuelto a hablar desde lo de Estambul.

—Temía que no me devolvieras la llamada. —Macmillan hablaba con un acento entre árabe e inglés de Oxford. El tono era sosegado, con un dejo de cansancio.

—Estaba comiendo —contestó Sarah sin inmutarse.

—En un restaurante italiano de Park Avenue con un mamarracho llamado Brady Boswell.

—¿Cómo lo sabes?

—Dos de mis hombres estaban sentados unas mesas más allá.

Sarah no se había fijado en ellos. Evidentemente, su habilidad para la contravigilancia se había deteriorado en los ocho años que llevaba fuera de la CIA.

—¿Puedes arreglarlo? —preguntó Macmillan.

—¿El qué?

—La visita privada a la Colección Al Bakari, claro.

—Es mala idea, Jalid.

—Eso mismo contestó mi padre cuando le dije que quería concederles a las mujeres de mi país el derecho a conducir.

—El museo cierra a las cinco y media.

—En ese caso, espérame a las seis.

3

NUEVA YORK

El Tranquillity, que tenía fama de ser el segundo yate de recreo más grande del mundo, daba qué pensar incluso a sus más
acérrimos defensores en Occidente. El futuro rey lo vio por primera vez, o eso se contaba, desde la terraza de la casa de veraneo
que su padre tenía en Mallorca. Cautivado por la elegancia de lí-
neas del navío y por sus características luces de navegación de color azul neón, despachó de inmediato un emisario para preguntar
si estaba en venta. El propietario, un oligarca ruso llamado Konstantin Dragunov, supo ver la oportunidad que le salía al paso y
pidió quinientos millones de euros por el barco. El futuro rey
aceptó a condición de que el ruso y su extenso séquito abandonaran el yate de inmediato. Así lo hicieron, sirviéndose del helicóptero de a bordo, incluido también en el precio de venta. El futuro
rey, que era, a su modo, un implacable hombre de negocios, pasó
una factura exorbitante al ruso por el combustible.

Confiaba, quizá ingenuamente, en que la compra del yate per-
maneciera en secreto hasta que encontrara la forma de explicársela
a su padre, pero apenas cuarenta y ocho horas después de que tomara posesión del navío, un tabloide londinense publicó, con asombroso detalle, la noticia de la transacción, presumiblemente con la
colaboración del propio oligarca ruso. La prensa oficial del país del
futuro rey —es decir, Arabia Saudí— hizo la vista gorda, pero las

redes sociales y la blogosfera *underground* pusieron el grito en el cielo. Debido a la bajada en el precio del petróleo, el futuro rey había impuesto estrictas medidas de austeridad a sus mimados súbditos, que habían visto disminuir bruscamente su nivel de vida, antaño tan confortable. Hasta en Arabia Saudí, donde la avaricia real era un rasgo permanente de la vida política nacional, sentó mal esta muestra de codicia del príncipe heredero.

Su nombre completo era Jalid bin Mohamed bin Abdulaziz al Saud. Se había criado en un abigarrado palacio del tamaño de una manzana de edificios y había ido a un colegio reservado a los miembros varones de la familia real y a continuación a Oxford, donde se dedicó a estudiar economía, a perseguir a mujeres occidentales y a beber grandes cantidades de alcohol pese a tenerlo prohibido por su religión. Su deseo era quedarse en Occidente, pero cuando su padre subió al trono regresó a Arabia Saudí para asumir el cargo de ministro de Defensa, un logro notable para un hombre que jamás se había calzado un uniforme militar ni empuñado más arma que un halcón de presa.

El joven príncipe lanzó poco después una guerra costosa y devastadora para atajar la influencia iraní en el vecino Yemen e impuso un bloqueo sobre Catar a fin de frenar su ascenso, sumiendo así a la región del Golfo en una profunda crisis. Pero, sobre todo, se dedicó a conspirar y maquinar dentro de la corte real para debilitar a sus rivales, todo ello con la bendición de su padre, el rey. Envejecido y aquejado de diabetes, el monarca sabía que su reinado no duraría mucho. En la Casa de Saud era costumbre que un hermano sucediera a otro. El rey, sin embargo, rompió con la tradición al designar a su hijo príncipe heredero y sucesor en el trono. A la edad de treinta y tres años, el príncipe se convirtió en gobernante de facto de Arabia Saudí y mandamás de una familia cuya fortuna superaba el billón de dólares.

El futuro rey sabía, no obstante, que la riqueza de su país era en gran medida un espejismo; que su familia había despilfarrado una montaña de dinero en palacios y chucherías; y que de allí a veinte años, cuando se completara la transición de los combustibles fósiles a las fuentes renovables de energía, el petróleo del subsuelo de Arabia Saudí valdría tan poco como la arena que lo cubría. Dejado a su merced, el reino volvería a ser lo que había sido antaño: un erial habitado por nómadas siempre en guerra.

Para evitar ese futuro calamitoso a su país, resolvió sacarlo del siglo VII y trasladarlo de golpe al XXI. Con ayuda de una consultoría estadounidense, se sacó de la manga un plan económico al que denominó, en tono grandilocuente, el «Camino Hacia Delante». El plan imaginaba una economía moderna impulsada por la innovación, la inversión extranjera y la iniciativa privada. Sus consentidos ciudadanos ya no podrían contar con empleos en la administración pública y prebendas vitalicias. Tendrían que trabajar para ganarse la vida y estudiar otras cosas aparte del Corán.

El príncipe heredero era consciente de que la fuerza de trabajo de aquella nueva Arabia Saudí no podía estar compuesta únicamente por hombres. También harían falta mujeres, lo que significaba que habría que aflojar los grilletes religiosos que las mantenían en un estado rayano en la esclavitud. Les concedió el derecho a conducir automóviles, que hacía tiempo que había caído en el olvido, y les permitió asistir a eventos deportivos en los que hubiera hombres presentes.

No se conformó, sin embargo, con estos pequeños cambios. Quería reformar la religión misma. Se propuso cerrar la tubería que surtía de dinero a la expansión global del wahabismo, la versión puritana del islam sunita imperante en Arabia Saudí, y atajar el apoyo privado de sus conciudadanos a grupos terroristas yihadistas como Al Qaeda y el ISIS. Cuando un importante columnista del *New York Times* escribió una semblanza alabando al joven príncipe y sus aspiraciones, los ulemas —el estamento clerical saudí— montaron en cólera.

El príncipe heredero hizo encarcelar a unos cuantos exaltados religiosos y, demostrando poca mano izquierda, también a algunos moderados. Encarceló también a defensores de la democracia y de los derechos de las mujeres y a cualquiera que cometiera la insensatez de criticarle. Incluso hizo detener a más de un centenar de miembros de la familia real y la élite empresarial saudí y encerrarlos en el hotel Ritz-Carlton. Allí, en habitaciones sin puerta, fueron sometidos a brutales interrogatorios, a veces a manos del príncipe heredero en persona. Todos fueron liberados pasado un tiempo, pero solo tras entregar en total más de cien mil millones de dólares. El futuro rey alegó que ese dinero procedía de chantajes y mordidas, y dio por terminada esa forma de hacer negocios en el reino.

Excepto, claro está, en lo que respectaba al futuro rey, que siguió acumulando riquezas a velocidad de vértigo y gastando dinero a manos llenas. Compraba lo que se le antojaba y, lo que no podía comprar, se lo apropiaba sin más. Quienes se negaban a plegarse a su voluntad recibían un sobre que contenía una sola bala del calibre 45.

Lo que dio lugar a un replanteamiento general de la opinión que se tenía de él. Sobre todo, en Occidente. ¿Era de veras JBM un reformador?, se preguntaban políticos y expertos en Oriente Medio. ¿O era otro jeque del desierto más, ávido de poder, que encarcelaba a sus opositores y se enriquecía a costa de su pueblo? ¿De verdad se proponía modernizar la economía saudí? ¿Retirar el apoyo institucional de su monarquía al fanatismo y el terrorismo islámicos? ¿O solo trataba de impresionar a los niños bien de Georgetown y Aspen?

Por motivos que Sarah no podía explicarles a sus amigos y colegas del mundo del arte, ella se contó en principio entre los escépticos. De ahí que se mostrara reticente cuando Jalid pidió verla durante una de sus visitas a Nueva York. Accedió por fin, pero solo tras consultarlo con la división de seguridad de Langley, que la vigilaba desde lejos.

Se reunieron en una *suite* del hotel Four Seasons, sin escoltas ni asistentes. Sarah había leído los numerosos artículos laudatorios que había publicado el *Times* sobre JBM y había visto fotografías suyas vistiendo la túnica y el tocado tradicional de los saudíes. Con su traje inglés hecho a mano, sin embargo, presentaba un aspecto mucho más imponente: era elocuente, culto, sofisticado y rezumaba seguridad en sí mismo y poder. Y dinero, cómo no. Una cantidad de dinero inimaginable. Pensaba invertir una pequeña parte de su fortuna —le explicó a Sarah— en adquirir una colección de pintura de primera clase. Y quería que ella le asesorara.

—¿Qué piensa hacer con los cuadros?

—Colgarlos en un museo que voy a construir en Riad. Será el Louvre de Oriente Medio —respondió él pomposamente.

—¿Y quién visitará ese Louvre?

—Los mismos que visitan el Louvre de París.

—¿Turistas?

—Sí, claro.

—¿En Arabia Saudí?

—¿Por qué no?

—Porque los únicos turistas a los que permiten entrar en su país son los peregrinos musulmanes que visitan la Meca y Medina.

—Por ahora —respondió él con énfasis.

—¿Por qué yo?

—¿No es la conservadora de la Colección Nadia al Bakari?

—Nadia creía en las reformas.

—Igual que yo.

—Lo siento —contestó Sarah—. No me interesa.

Un hombre como Jalid bin Mohamed no estaba acostumbrado a que le dijeran que no. Persiguió a Sarah implacablemente: con llamadas telefónicas, flores y espléndidos regalos que ella nunca aceptaba. Cuando Sarah por fin dio su brazo a torcer, insistió en no recibir remuneración por su trabajo. Aunque sentía curiosidad por el hombre conocido como JBM, su pasada dedicación no le permitía aceptar ni un solo rial de la Casa de Saud. Además, por su bien y por el del príncipe, su relación sería estrictamente confidencial.

—¿Cómo debo llamarle? —preguntó ella.

—Con «Su alteza real» bastará.

—Pruebe otra vez.

—¿Qué tal Jalid?

—Mucho mejor.

Compraron expeditivamente y sin cortapisas en subastas y ventas privadas: pintura de posguerra, impresionistas, maestros antiguos… No negociaban apenas. Sarah decía un precio y uno de los acólitos de Jalid se ocupaba del pago y de los preparativos de traslado. Saciaron su voracidad adquisitiva con la mayor discreción posible y la cautela de dos espías. Aun así, el mundillo del arte no tardó en advertir que había un nuevo agente entre sus filas, sobre todo después de que Jalid desembolsara la friolera de quinientos millones de dólares por el *Salvator Mundi* de Leonardo. Sarah le aconsejó que no lo hiciera. Ningún cuadro, arguyó, salvo quizá la *Mona Lisa*, valía tanto dinero.

Mientras creaba la colección, pasó muchas horas en compañía de Jalid, los dos solos. Él le hablaba de sus planes para Arabia Saudí, utilizándola a veces como caja de resonancia. Poco a poco, el escepticismo de Sarah se fue diluyendo. Jalid, se decía, era una vasija imperfecta. Pero si era capaz de promover un cambio auténtico y duradero en Arabia Saudí, Oriente Medio y el mundo islámico en general no volverían a ser los mismos.

Todo eso cambió, sin embargo, con Omar Nawaf.

Nawaf era un destacado periodista y disidente saudí que había pedido asilo en Berlín. Muy crítico con la Casa de Saud, sentía especial aversión por Jalid, al que consideraba un charlatán que se dedicaba a susurrar zalamerías al oído de los crédulos occidentales mientras se llenaba los bolsillos y encarcelaba a sus opositores. Hacía dos meses, Nawaf había sido brutalmente asesinado y descuartizado en el consulado saudí en Estambul.

Enfurecida, Sarah Bancroft se sumó a quienes cortaron vínculos con el prometedor príncipe saudí que respondía a las iniciales JBM.

—Eres como todos los demás —le dijo en un mensaje de voz—. Y, por cierto, alteza, espero que te pudras en el infierno.

4

NUEVA YORK

El anuncio se hizo público cuando pasaban escasos minutos de las cinco de la tarde. En tono cortés, recordaba a los visitantes que el museo cerraría pronto y los invitaba a encaminarse hacia la salida. A las 17:25 todos habían obedecido ya, excepto una señora de aspecto algo atribulado que no conseguía apartarse de la *Noche estrellada* de Van Gogh. Los guardias de seguridad la hicieron salir amablemente a la calle cuando declinaba ya la tarde y a continuación recorrieron el museo sala por sala para asegurarse de que no quedaba dentro ningún listillo dispuesto a robar un cuadro.

A las 17:45 dictaminaron que estaba «todo despejado». A esa hora, la mayoría del personal administrativo se había marchado ya. Así pues, nadie presenció la llegada a la calle Cincuenta y Tres Oeste de un convoy de tres todoterrenos negros con matrícula diplomática. Jalid, vestido con traje y abrigo oscuro, salió del segundo y, cruzando rápidamente la acera, se acercó a la entrada. Sarah, tras dudar un momento, le dejó pasar. Se miraron el uno al otro en la penumbra del vestíbulo antes de que Jalid le tendiera la mano. Ella no la aceptó.

—Me sorprende que te hayan dejado entrar en el país. La verdad es que no deberíamos vernos, Jalid.

Él siguió con la mano tendida.

—Yo no ordené la muerte de Omar Nawaf —dijo con calma—. Tienes que creerme.

—Antes te creía. Igual que un montón de gente en este país. Gente importante. Gente inteligente. Queríamos creer que eras distinto, que ibas a cambiar tu país y Oriente Medio. Y nos has engañado a todos.

Jalid retiró la mano.

—Lo que está hecho, no puede deshacerse, Sarah.

—En tal caso, ¿qué haces aquí?

—Creía haberlo dejado claro cuando hablamos por teléfono.

—Y yo creía haberte dejado claro que no volvieras a llamarme.

—Ah, sí, lo recuerdo. —Sacó su móvil del bolsillo del abrigo y puso el último mensaje de Sarah.

«Y, por cierto, alteza, espero que te pudras en el infierno…».

—Seguro que no fui la única que te dejó un mensaje parecido.

Jalid volvió a guardarse el teléfono.

—No, pero el tuyo me dolió más.

Aquello picó la curiosidad de Sarah.

—¿Por qué?

—Porque confiaba en ti. Y porque pensaba que entendías lo difícil que iba a ser cambiar mi país sin sumirlo en el caos político y religioso.

—Eso no te da derecho a asesinar a una persona solo porque te haya criticado.

—No es tan sencillo.

—¿Ah, no?

Él no respondió. Sarah advirtió que algo le inquietaba. No era la humillación que sin duda había supuesto para él su súbita caída en desgracia, sino otra cosa.

—¿Puedo verla?

—¿La colección? ¿De verdad has venido por eso?

Jalid pareció levemente ofendido.

—Sí, claro.

Sarah le condujo arriba, al ala Al Bakari. El retrato de Nadia, pintado mucho después de su muerte en el Cuartel Vacío, el desierto de Arabia Saudí, colgaba a la entrada.

—Ella sí era auténtica —comentó Sarah—. No una farsante como tú.

Jalid la miró con furia antes de levantar la vista hacia el retrato. Nadia aparecía sentada en la esquina de un largo sofá, ataviada de blanco, con una sarta de perlas alrededor del cuello y los dedos engalanados con oro y diamantes. Por encima de su hombro, brillaba como la luna la esfera de un reloj. Había orquídeas tendidas junto a sus pies descalzos. El estilo era una hábil mezcla de pintura clásica y contemporánea. El dibujo y la composición, impecables.

Jalid dio un paso hacia el retrato y observó la esquina inferior derecha del lienzo.

—No lleva firma.

—El artista nunca firma sus obras.

Él señaló la placa informativa colocada junto al cuadro.

—Tampoco aquí aparece su nombre.

—Deseaba permanecer en el anonimato para no eclipsar a la retratada.

—¿Es famoso?

—En ciertos círculos.

—¿Tú le conoces?

—Sí, por supuesto.

Jalid volvió a observar el cuadro.

—¿Posó para él?

—Lo cierto es que la pintó de memoria.

—¿Ni siquiera usó una fotografía?

Sarah negó con la cabeza.

—Qué extraordinario. Debía de admirarla mucho para pintar algo tan hermoso. Lamentablemente, no tuve el placer de conocerla. Era muy famosa, de joven.

—Cambió mucho después de la muerte de su padre.

—Zizi al Bakari no *murió*. Le asesinó a sangre fría en el Puerto Viejo de Cannes un sicario llamado Gabriel Allon. —Jalid le sostuvo la mirada un instante antes de entrar en la primera de las cuatro salas dedicadas al impresionismo. Se acercó a un Renoir y lo contempló con envidia—. Estos cuadros deberían estar en Riad.

—Nadia se los confió de manera permanente al MoMA y me nombró a mí conservadora de la colección. Van a quedarse donde están.

—Quizá permitas que los compre.

—No están en venta.

—Todo está en venta, Sarah.

Sonrió fugazmente. Sarah notó que le costaba hacerlo. Jalid se detuvo delante del siguiente cuadro, un paisaje de Monet. Después, paseó la mirada por la sala.

—¿Ningún Van Gogh?

—No.

—Qué raro, ¿no te parece?

—¿El qué?

—Que una colección como esta tenga esa carencia tan evidente.

—Es difícil conseguir un Van Gogh.

—No es eso lo que me dicen mis fuentes. De hecho, sé de muy buena tinta que Zizi fue propietario durante un tiempo de un Van Gogh poco conocido titulado *Marguerite Gachet en su tocador*. Se lo compró a una galería de Londres. —Observó a Sarah atentamente—. ¿Quieres que siga?

Ella no dijo nada.

—La galería es propiedad de un tal Julian Isherwood. En el momento de la venta trabajaba allí una estadounidense. Al parecer, Zizi se encaprichó de ella. La invitó a acompañarle en su crucero anual de invierno por el Caribe. Su yate era mucho más pequeño que el mío. Se llamaba…

—*Alexandra* —le interrumpió Sarah, y acto seguido preguntó—: ¿Desde cuándo lo sabes?

—¿Que mi asesora artística es una agente de la CIA?

—*Era*. Ya no trabajo para la Agencia. Ni tampoco para ti.

—¿Y qué me dices de los israelíes? —preguntó Jalid con una sonrisa—. ¿De veras crees que habría permitido que te acercaras a mí sin informarme primero sobre tus antecedentes?

—Y aun así insististe en perseguirme.

—En efecto, así fue.

—¿Por qué?

—Porque sabía que algún día podrías ayudarme, y no solo con mi colección de arte. —Pasó junto a ella y se detuvo frente al retrato de Nadia—. ¿Sabes cómo ponerte en contacto con él?

—¿Con quién?

—Con el hombre que pintó este cuadro sin que una sola fotografía guiara su mano —señaló la esquina inferior derecha del lienzo— y cuyo nombre debería figurar aquí.

—Eres el príncipe heredero de Arabia Saudí. ¿Por qué me necesitas a mí para contactar con el jefe del servicio de espionaje israelí?

—Mi hija —respondió Jalid—. Alguien se ha llevado a mi hija.

5

ASTARA, AZERBAIYÁN

Sarah Bancroft llamó a Gabriel Allon esa misma tarde pero no obtuvo respuesta, como solía ocurrir cuando Gabriel estaba inmerso en una misión. Debido a lo delicado de la tarea que tenía entre manos, solo el primer ministro y un puñado de colaboradores de confianza conocían su paradero: una villa de tamaño medio con muros de color ocre, a orillas del mar Caspio. Detrás de la casa se extendían campos de labor rectangulares, hacia las estribaciones de la cordillera del Cáucaso oriental. En lo alto de una colina se alzaba una pequeña mezquita. Cinco veces al día, el rechinante altavoz del minarete llamaba a los fieles a la oración. Pese a su larga pugna con las fuerzas del integrismo islámico, la voz del muecín ejercía sobre Gabriel un efecto sedante. En aquel momento de su vida, sus mejores amigos eran los musulmanes de Azerbaiyán.

La villa estaba registrada oficialmente a nombre de una empresa inmobiliaria con sede en Bakú. Su verdadero propietario, sin embargo, era el Departamento de Intendencia del servicio de inteligencia israelí, encargado de conseguir y gestionar pisos francos para sus agentes. La operación de compra se había efectuado bajo cuerda con la aquiescencia del jefe del servicio de seguridad azerbaiyano, con el que Gabriel mantenía una relación de amistad singularmente estrecha. Azerbaiyán lindaba por el sur con la

República Islámica de Irán. De hecho, la frontera iraní se hallaba a solo cinco kilómetros de la casa, lo que explicaba por qué Gabriel no había puesto aún un pie fuera de sus muros desde que llegara. De haber tenido noticia de su presencia allí, la Guardia Revolucionaria iraní sin duda habría organizado un intento de asesinato o de secuestro. Gabriel no les reprochaba su inquina: a fin de cuentas eran las reglas del juego en aquel vecindario tan mal avenido. Además, si a él se le presentara la ocasión de eliminar al jefe de la Guardia Revolucionaria, apretaría el gatillo sin pensárselo dos veces.

Aquella casa junto al mar no era la única base logística con la que contaba Gabriel en Azerbaiyán. Su agencia —a la que sus miembros llamaban, sin más, la Oficina— disponía también de una flotilla de barcos pesqueros, buques de carga y lanchas motoras, registrada convenientemente en el país. Las embarcaciones viajaban con regularidad entre los puertos azerbaiyanos y la línea costera iraní, donde depositaban a agentes y equipos operativos de la Oficina y recogían a valiosos colaboradores iraníes dispuestos a cumplir órdenes de Israel.

Hacía un año, uno de esos colaboradores, empleado en el programa secreto de armas nucleares iraní, había llegado en barco a la villa de la Oficina en Astara. Allí, le había hablado a Gabriel de un almacén situado en un anodino distrito comercial de Teherán. El almacén albergaba treinta y dos cajas fuertes de fabricación iraní. Dentro había cientos de discos de ordenador y millones de documentos impresos. Según el informante, aquel material demostraba de manera concluyente lo que Irán llevaba mucho tiempo negando: que trabajaba incansable y metódicamente por construir una bomba de implosión nuclear y crear un sistema de lanzamiento capaz de alcanzar, como mínimo, territorio israelí.

La Oficina llevaba casi un año vigilando el almacén sirviéndose de artistas virtuosos del espionaje y cámaras en miniatura. Habían averiguado que los guardias del primer turno llegaban a las siete de la mañana y que, durante varias horas cada noche, desde aproximadamente las diez, el almacén solo estaba protegido por las cerraduras de las puertas y la valla perimetral. Gabriel y Yaakov Rossman, el jefe de operaciones especiales, habían acordado que el equipo permanecería dentro hasta las cinco de la madrugada, como mucho. El informante les había dicho qué cajas fuertes debían abrir y cuáles ignorar. Debido al método de entrada —sopletes que alcanzaban una temperatura de casi 2000º centígrados—, no había forma de ocultar la operación. Por tanto, Gabriel había ordenado al equipo que se llevara el material relevante, en lugar de copiarlo. Las copias podían desmentirse con facilidad. Los originales eran más difíciles de explicar. Además, la osadía de saquear los archivos del programa nuclear iraní y sacarlos del país humillaría al régimen a ojos de su inquieta ciudadanía. Y a Gabriel nada le gustaba más que poner en ridículo a los iraníes.

Sustraer los documentos originales aumentaba exponencialmente el riesgo de la operación, sin embargo. Las copias encriptadas podían sacarse del país en un par de memorias USB de alta capacidad. Trasladar y ocultar los originales resultaba mucho más complicado. Un colaborador iraní de la Oficina había comprado un camión Volvo. Si los guardias de seguridad del almacén se atenían a su horario habitual, el equipo dispondría de una ventaja de dos horas. Su itinerario discurría por las afueras de Teherán, cruzaba los montes Alborz y bajaba hasta la costa del mar Caspio. El punto de exfiltración era una playa cercana a la localidad de Babolsar. El equipo de apoyo se hallaba unos kilómetros al este, en Jazar Abad. Estaba previsto que los dieciséis miembros del equipo escaparan juntos. Eran en su mayoría judíos iraníes que hablaban farsi y que podían pasar fácilmente por persas. Su jefe era, sin embargo, Mijail Abramov, un agente nacido en Moscú que había llevado a cabo numerosas misiones de alto riesgo para la Oficina, incluido el asesinato selectivo de un destacado científico nuclear iraní en el centro de Teherán. Mijail era el elemento discordante de la operación. Gabriel sabía por experiencia que toda operación requería al menos uno.

En otra época, Gabriel Allon habría formado parte del equipo, indudablemente. Nacido en el valle de Jezreel, la franja de tierra fértil de la que eran oriundos muchos de los mejores espías y combatientes de Israel, Gabriel estaba estudiando pintura en la Academia Bezalel de Arte y Diseño de Jerusalén cuando, en septiembre de 1972, fue a verle un tal Ari Shamron. Unos días antes, un grupo terrorista denominado Septiembre Negro, vinculado a la Organización para la Liberación de Palestina, había asesinado a once deportistas y entrenadores israelíes en los Juegos Olímpicos de Múnich. La primera ministra Golda Meir ordenó a Shamron y a la Oficina que «mandaran a los chicos» a dar caza a los responsables del atentado y los eliminaran. Shamron quería que Gabriel, que hablaba a la perfección alemán con acento berlinés y podía hacerse pasar por pintor, se convirtiera en el instrumento de la venganza israelí. Gabriel, con el descaro propio de la juventud, le dijo que se buscara a otro. Y Shamron, como haría después muchas otras veces, consiguió que se plegara a su voluntad.

La operación recibió el nombre en clave de Ira de Dios. Durante tres años, Gabriel y un pequeño equipo de agentes persiguieron a sus presas a lo largo y ancho de Europa Occidental y Oriente Medio. Mataban de noche y a plena luz del día y vivían con el miedo constante de que las autoridades locales los detuvieran en cualquier momento y los acusaran de asesinato. En total, mataron a doce miembros de Septiembre Negro. Gabriel eliminó personalmente a seis de ellos con una Beretta del calibre 22. Siempre que era posible, les disparaba once veces: una bala por cada judío muerto en el atentado de Múnich. Cuando por fin regresó a Israel, tenía las sienes teñidas de gris por el estrés y el cansancio. «Manchas de ceniza del príncipe de fuego», las llamaba Shamron.

Gabriel tenía intención de retomar su carrera artística, pero cada vez que se ponía delante de un lienzo solo veía las caras de los hombres que había matado. De modo que viajó a Venecia haciéndose pasar por un expatriado italiano llamado Mario Delvecchio para estudiar restauración. Al acabar sus estudios, regresó a la Oficina, donde Ari Shamron le recibió con los brazos abiertos. Haciéndose pasar por un restaurador de cuadros de gran talento —si bien algo taciturno— afincado en Europa, Gabriel se encargó de eliminar a algunos de los principales enemigos de Israel y llevó a cabo varias de las operaciones más célebres de la historia de la Oficina. La de esa noche se contaría entre sus mayores hazañas. Pero solo si tenía éxito. ¿Y si fracasaba? Dieciséis agentes de la Oficina altamente cualificados serían detenidos, torturados y con toda probabilidad ejecutados públicamente, y él no tendría más remedio que dimitir, un fin indigno de una carrera que serviría de rasero a cualquier otra. Incluso cabía la posibilidad de que arrastrara al primer ministro en su caída.

Pero, de momento, no podía hacer otra cosa que esperar y morirse de preocupación. El equipo había entrado en la República Islámica la noche anterior y se había encaminado a una red de pisos francos en Teherán. A las 22:15, hora de Teherán, Gabriel recibió un mensaje del Servicio de Operaciones de King Saul Boulevard a través de una conexión segura informándolo de que los guardias del último turno habían salido del almacén. Ordenó entonces entrar al equipo, y a las 22:31 ya estaban todos dentro. Tenían, por tanto, seis horas y veintinueve minutos para abrir, a golpe de soplete, las cajas fuertes señaladas y apoderarse de los documentos. Un minuto menos de lo que Gabriel esperaba, lo que suponía un pequeño revés. Sabía por experiencia que cada segundo contaba.

Gabriel era un hombre paciente por naturaleza, un rasgo este que le había sido muy útil como restaurador y como agente de inteligencia. Esa noche, sin embargo, a orillas del mar Caspio, perdió el dominio de sí mismo. Se paseaba sin descanso por las habitaciones medio amuebladas de la villa, farfullaba en voz baja y vociferaba exabruptos a sus sufridos escoltas. Pensaba, sobre todo, en los motivos por los que dieciséis de sus mejores agentes podían no salir con vida de Irán. Solo estaba seguro de una cosa: de que, si tenía que enfrentarse a las fuerzas iraníes, el equipo no se rendiría sin luchar. Gabriel había dado permiso a Mijail, exmiembro del Sayeret Matkal, para que saliera del país abriéndose paso a tiros, si era necesario. Si los iraníes intervenían, muchos acabarían muertos.

Por fin, a las 4:45 de la madrugada hora de Teherán, llegó un mensaje a través de la conexión segura. El equipo había salido del almacén con los archivos y los discos informáticos y emprendido la huida. El mensaje siguiente llegó a las 5:39, cuando el equipo se dirigía a los montes Alborz. Informaba de que un guardia de seguridad había llegado antes de su hora al almacén. Media hora después, Gabriel supo que la NAJA, la policía nacional iraní, había dado la alerta y estaba cortando carreteras en todo el país.

Gabriel salió de la villa y, a la media luz del alba, bajó andando hasta la orilla del lago. En las lomas que se alzaban a su espalda, el muecín llamaba a los fieles a la oración. *Orar es mejor que dormir…* Y, en ese instante, Gabriel no podía estar más de acuerdo.

6

TEL AVIV

Al no recibir respuesta a su llamada ni a sus mensajes posteriores, Sarah Bancroft concluyó que no le quedaba otro remedio que volar de Nueva York a Israel. Jalid se hizo cargo de los preparativos del viaje, de ahí que Sarah viajara en un lujoso avión privado, con el único inconveniente de tener que hacer una breve escala en Irlanda para repostar. Como tenía prohibido recurrir a las identidades falsas que usaba antaño en la CIA, pasó por el control de pasaportes del aeropuerto Ben Gurión usando su verdadero nombre —muy conocido para los servicios de seguridad e inteligencia del Estado de Israel— y acto seguido un coche con chófer la trasladó hasta el Hilton de Tel Aviv. Jalid le había reservado la mejor *suite* del hotel.

Al llegar a la habitación envió otro mensaje al móvil privado de Gabriel informándolo de que había ido a Tel Aviv por iniciativa propia para hablar de un asunto que revestía cierta urgencia. El mensaje, como los anteriores, no recibió respuesta. Era impropio de Gabriel ignorarla de ese modo. Cabía la posibilidad de que hubiera cambiado de número o de que se hubiera visto obligado a renunciar a su móvil privado. Claro que también era posible que estuviera demasiado ocupado para atenderla. Era, a fin de cuentas, el director general del servicio secreto de inteligencia de Israel, lo que le convertía en una de las figuras más poderosas e influyentes del país.

Ella, no obstante, le veía siempre como aquel individuo frío e inaccesible al que vio por primera vez en una elegante casa de ladrillo rojo de Georgetown, en N Street. Gabriel había husmeado en cada cámara sellada de su pasado antes de preguntarle si estaría dispuesta a trabajar para Yihad SA, que era como apodaba a Zizi al Bakari, el financiero y facilitador del terrorismo islamista. Sarah tuvo la suerte de sobrevivir a la operación subsiguiente y pasó varios meses recuperándose en un piso franco de la CIA, en un condado del norte de Virginia famoso por sus caballos. Pero cuando Gabriel necesitó una última pieza para dar un golpe de mano contra un oligarca ruso llamado Ivan Kharkov, aprovechó la oportunidad de volver a trabajar con él.

En algún punto del camino también se enamoró de él y, al descubrir que era inalcanzable, se embarcó en una desafortunada aventura con un agente de la Oficina llamado Mijail Abramov. La relación estuvo condenada al fracaso desde el principio. Los dos tenían prohibido salir con agentes de otros servicios de inteligencia. Incluso Sarah, cuando analizaba la situación con franqueza, reconocía que aquel escarceo amoroso había sido a todas luces un intento de castigar a Gabriel por haberla rechazado. Como era de esperar, la cosa acabó mal. Sarah solo había visto a Mijail una vez desde entonces, en una fiesta para celebrar el nombramiento de Gabriel como director general. Él iba del brazo de una doctora judía de origen francés, muy atractiva. Sarah le había ofrecido la mano con frialdad, en lugar de la mejilla.

Al pasar otra hora sin noticias de Gabriel, bajó a dar un paseo por el Promenade. Hacía un tiempo suave y cálido, y unas pocas nubes blancas y orondas como dirigibles surcaban el cielo azul del Levante. Se dirigió hacia el norte, pasando de largo frente a los cafés de moda del paseo marítimo, entre gente bronceada y enfundada en licra. Con su cabello rubio y sus rasgos anglosajones, parecía un poco fuera de lugar. El ambiente era profano, al estilo de California: una Santa Mónica a orillas del Mediterráneo.

Costaba imaginar que más allá de la frontera con Siria, a escasa distancia de allí, reinaban el caos y la guerra civil. O que a unos quince kilómetros al este, sobre el huesudo espinazo de las colinas, se hallaba una de las poblaciones palestinas más conflictivas de Cisjordania. O que la Franja de Gaza, aquel festón de miseria y resentimiento, quedaba a menos de una hora en coche por el sur. En el Tel Aviv elegante y moderno, se dijo Sarah, podía perdonárseles a los israelíes que creyeran que el sueño del sionismo se había logrado sin coste alguno.

Torció hacia el interior y se puso a callejear sin rumbo aparente ni objetivo fijo. En realidad, estaba poniendo en práctica un ejercicio de detección de vigilancia usando técnicas aprendidas tanto en la CIA como en la Oficina. En Dizengoff Street, al salir de una farmacia con un bote de champú que no necesitaba, llegó a la conclusión de que la estaban siguiendo. No vio nada concreto, pero tenía la insidiosa sensación de que alguien la observaba.

Siguió caminando a la sombra fresca de los cinamomos. Las aceras estaban atestadas de compradores matutinos. *Dizengoff Street…* El nombre le sonaba. Algo espantoso había ocurrido allí, estaba segura de ello. Y entonces se acordó. En Dizengoff Street, en octubre de 1994, habían muerto veintidós personas en un atentado suicida de Hamás.

Ella conocía a una de las personas heridas: una analista de la Oficina, Dina Sarid. Una vez, Dina le describió el atentado. La bomba contenía más de dieciocho kilos de TNT de uso militar y clavos impregnados de matarratas. Estalló a las nueve de la mañana, a bordo de un autobús de la línea 5. La fuerza de la explosión arrojó miembros humanos al interior de las cafeterías cercanas. Durante mucho tiempo, después del atentado, caían gotas de sangre de las hojas de los cinamomos.

Llovió sangre aquella mañana en Dizengoff Street, Sarah…

Pero ¿dónde había sido el atentado exactamente? El autobús acababa de recoger a varios pasajeros en Dizengoff y se dirigía hacia el norte. Sarah miró en el iPhone en qué punto de la calle se encontraba. Luego cruzó a la otra acera y siguió hacia el sur, hasta llegar a un pequeño monumento gris en recuerdo del atentado, al pie de un cinamomo. El árbol era mucho más bajo que los otros y más joven.

Se acercó al monumento y leyó los nombres de las víctimas. Estaban escritos en hebreo.

—¿Puedes leerlo?

Sobresaltada, Sarah se volvió y le vio de pie en la acera, en medio de un charco de luz moteada. Era alto y desgarbado, de cabello rubio y tez clara, casi exangüe. Unas gafas oscuras ocultaban sus ojos.

—No —contestó por fin—. No puedo.

—¿No hablas hebreo? —preguntó él en un inglés con inconfundible acento ruso.

—Lo estudié una temporada, pero lo dejé.

—¿Por qué?

—Es una larga historia.

El hombre se agachó frente a la lápida.

—Aquí están los nombres que estás buscando. *Sarid, Sarid, Sarid.* —Miró a Sarah—. La madre de Dina y dos de sus hermanas.

Se incorporó y se levantó las gafas de sol, dejando ver sus ojos. Eran translúcidos, de un gris azulado. Como hielo glacial, pensó Sarah. Siempre le habían encantado los ojos de Mijail.

—¿Cuánto tiempo llevas siguiéndome?

—Desde que saliste del hotel.

—¿Por qué?

—Para ver si te seguía alguien más.

—Contravigilancia.

—Nosotros lo llamamos de otro modo.

—Sí, lo recuerdo —respondió Sarah.

En ese instante, un todoterreno negro se detuvo junto a la acera. Un joven con chaleco caqui se apeó del asiento del copiloto y abrió la puerta trasera.

—Sube —ordenó Mijail.

—¿Adónde vamos?

Él no contestó. Sarah subió a la parte de atrás del coche y, a través de la ventanilla tintada, vio pasar un autobús número 5. Daba igual adónde fueran, se dijo. Iba a ser un trayecto muy largo.

7

TEL AVIV – NETANYA

—¿No ha podido mandar Gabriel a otra persona a buscarme?

—Me he ofrecido voluntario.

—¿Por qué?

—Quería evitar otra escena incómoda.

Sarah miró por la ventanilla. Estaban cruzando el centro del Silicon Valley israelí. Flamantes edificios de oficinas flanqueaban ambos lados de la carretera impecable. En el plazo de unos pocos años, Israel había cambiado su pasado socialista por una economía dinámica impulsada por el sector tecnológico. Gran parte de esa innovación redundaba directamente en beneficio del ejército y de los servicios de seguridad, lo que proporcionaba a Israel una ventaja clarísima sobre sus adversarios en Oriente Medio. Hasta los excompañeros de Sarah en el Centro de Lucha Antiterrorista de la CIA se maravillaban de las hazañas tecnológicas de la Oficina y de la Unidad de Inteligencia 8200, el servicio de espionaje electrónico y guerra informática de Israel.

—Así que ese feo rumor era cierto, después de todo.

—¿Qué feo rumor?

—El de que tú y esa francesa tan guapa os habíais casado. Perdóname, pero siempre se me olvida su nombre.

—Natalie.

—Muy bonito —repuso Sarah.

—Como ella.

—¿Sigue ejerciendo la medicina?

—No exactamente.

—¿Y a qué se dedica ahora?

Con su silencio, Mijail confirmó lo que Sarah ya sospechaba: que la linda doctora francesa trabajaba ahora para la Oficina. El recuerdo que guardaba de Natalie, aunque empañado por los celos, era el de una mujer morena y de aspecto exótico que muy bien podía pasar por árabe.

—Supongo que así hay menos complicaciones. Es mucho más fácil cuando marido y mujer trabajan para el mismo servicio.

—No es el único motivo por el que nos...

—Dejémoslo, Mijail. Hace mucho tiempo que no pienso en ese tema.

—¿Cuánto?

—Una semana, por lo menos.

Pasaron bajo la autovía 5, la carretera que comunicaba la Llanura Costera con Ariel, el asentamiento judío inserto en Cisjordania. El nudo de carreteras recibía el nombre de Glilot Interchange. Más allá había un centro comercial con multicines y otro complejo de oficinas nuevo, oculto en parte por árboles frondosos. Sarah supuso que era la sede de otro gigante tecnológico israelí.

Miró la mano izquierda de Mijail.

—¿Lo has perdido ya?

—¿El qué?

—Tu anillo de boda.

Mijail pareció sorprendido al notar su falta.

—Me lo quité antes de salir de misión. Volvimos anoche a última hora.

—¿Dónde estuvisteis?

Él la miró inexpresivamente.

—Vamos, cielo. Tenemos un pasado, tú y yo.

—El pasado es el pasado, Sarah. Ahora eres una extraña. Además, pronto te enterarás.

—Dime al menos dónde fue.

—No me creerías.

—Sea donde sea, ha debido de ser horrible. Tienes mala cara.

—El final fue un tanto engorroso.

—¿Algún herido?

—Solo de los malos.

—¿Cuántos?

—Muchos.

—Pero ¿la operación ha sido un éxito?

—Un éxito antológico —respondió Mijail.

Los edificios de oficinas habían dado paso al acomodado barrio residencial de Herzliya. Mijail miraba algo en su teléfono móvil. Parecía aburrido: su expresión por defecto.

—Dale recuerdos de mi parte —dijo Sarah altivamente.

Mijail se guardó el teléfono en el bolsillo de la chaqueta.

—Dime la verdad, Mijail. ¿Por qué te has ofrecido para venir a buscarme?

—Quería hablar contigo en privado.

—¿Por qué?

—Para poder disculparme por cómo salió lo nuestro.

—¿Por cómo salió?

—Por cómo te traté al final. Me porté muy mal. Si hicieras el favor de…

—¿Fue Gabriel quien te dijo que me dejaras?

Él pareció sinceramente sorprendido.

—¿De dónde te has sacado esa idea?

—Siempre me lo he preguntado, eso es todo.

—Gabriel me dijo que me fuera a Estados Unidos y pasara el resto de mi vida contigo.

—¿Por qué no seguiste su consejo?

41

—Porque este es mi hogar. —Mijail miró las tierras de labor que se extendían más allá de la ventanilla como una colcha hecha de retazos—. Israel y la Oficina. No podía vivir en Estados Unidos, aunque tú estuvieras allí.

—Podría haberme mudado aquí.

—Esta no es una vida sencilla.

—Es mejor que la otra —replicó ella, y al instante se arrepintió de sus palabras—. Pero el pasado es el pasado. ¿No es eso lo que has dicho?

Él asintió lentamente.

—¿Alguna vez dudaste de si habías hecho bien?

—¿Sobre dejarte?

—Sí, idiota.

—Claro que sí.

—¿Y ahora eres feliz?

—Mucho.

A ella le sorprendió cuánto le hería su respuesta.

—Quizá deberíamos cambiar de tema —sugirió Mijail.

—Sí, mejor será. ¿De qué hablamos?

—Del motivo por el que has venido.

—Perdona, pero de eso solo puedo hablar con Gabriel. Además —añadió en tono juguetón—, tengo la sensación de que pronto te enterarás.

Habían llegado al borde sur de Netanya. Las blancas torres de apartamentos que bordeaban la playa le recordaron a Cannes. Mijail cruzó unas palabras en hebreo con el conductor. Un momento después se detuvieron junto a una ancha explanada del paseo marítimo.

Mijail señaló un hotel de aspecto desvencijado.

—Ahí es donde tuvo lugar la Masacre de Pascua, en 2002. Treinta muertos, ciento cuarenta heridos.

—¿Hay algún sitio en este país donde *no* haya habido un atentado?

—Como te decía, aquí la vida no es fácil. —Mijail señaló el paseo marítimo con un cabeceo—. Date un paseo. Nosotros nos encargamos del resto.

Sarah salió del coche y comenzó a cruzar la explanada. «El pasado es el pasado…». Por un instante, casi creyó que era cierto.

8

NETANYA

En el centro de la explanada había un estanque de aguas azules alrededor del cual un bullicioso grupo de chiquillos ortodoxos jugaba al pillapilla con los *payot* al viento. No hablaban hebreo, sino francés, igual que sus madres, que se cubrían la cabeza con pelucas, y que los dos *hipsters* de camisa negra que observaban a Sarah con evidente admiración desde una mesa de la *brasserie* Chez Claude. De hecho, de no ser por los desgastados edificios de color ocre y el cegador sol de Oriente Medio, Sarah podría haber pensado que estaba cruzando una plaza del vigésimo *arrondissement* de París.

De pronto oyó que alguien la llamaba por su nombre, acentuando la segunda sílaba en lugar de la primera. Al volverse, vio que una mujer bajita y de cabello oscuro la saludaba desde el otro lado de la plaza. Se acercaba a ella cojeando ligeramente.

Sarid, Sarid, Sarid…

Dina la besó en las dos mejillas.

—Bienvenida a la Riviera israelí.

—¿Aquí todos son franceses?

—No todos, pero cada día vienen más. —Dina señaló un extremo de la plaza—. Allí mismo hay un sitio agradable. La Brioche, se llama. Te recomiendo los *pains au chocolat*. Son los mejores de Israel. Pide para dos.

Sarah se encaminó a la cafetería. Conversó un momento en francés fluido con la mujer que atendía el mostrador y pidió a continuación un surtido de dulces y dos cafés: un *café crème* y un *espresso*.

—Siéntese donde quiera. Enseguida le llevamos el pedido.

Sarah salió. Había varias mesas junto al borde de la plaza. En una estaba sentado Mijail. Miró a Sarah y le indicó con la cabeza a un hombre de edad madura sentado a solas a una mesa. Vestía traje gris oscuro y camisa blanca. Tenía la cara larga y el mentón estrecho, los pómulos anchos y una nariz fina que parecía labrada en madera. Su cabello oscuro, muy corto, estaba entreverado de gris en las sienes. Sus ojos eran de un extraño tono de verde.

Se levantó y le tendió la mano ceremoniosamente, como si la viera por primera vez. Sarah la retuvo un instante más de lo necesario.

—Me sorprende verte en un sitio como este.

—Salgo continuamente a la calle. Además —añadió Gabriel mirando a Mijail—, le tengo a él.

—El hombre que me rompió el corazón. —Sarah se sentó—. ¿Es el único?

Gabriel negó con la cabeza.

—¿Cuánto más hay?

Sus ojos verdes recorrieron la plaza.

—Ocho, creo.

—Un pequeño batallón. ¿A quién has ofendido esta vez?

—Imagino que los iraníes estarán un poco mosqueados conmigo. Igual que mi viejo amigo del Kremlin.

—Leí algo en la prensa sobre los rusos y tú hace un par de meses.

—¿Sí?

—Tu nombre salió a relucir cuando estalló ese escándalo de espionaje en Washington. Decían que ibas a bordo del avión privado que trasladó a Rebecca Manning del aeropuerto de Dulles a Londres.

Rebecca Manning era la exjefa de delegación del MI6 en Washington. Ahora se presentaba a trabajar cada mañana en Moscú Centro, la sede del SVR, el servicio de espionaje exterior ruso.

—También se dio a entender que eras tú quien había matado a esos tres agentes rusos que encontraron en el canal de Chesapeake, en Maryland —añadió Sarah.

Un camarero les llevó los cafés. Dejó el *espresso* delante de Gabriel con extremo cuidado.

—¿Cómo es ser el hombre más famoso de Israel? —preguntó Sarah.

—Tiene sus inconvenientes.

—Seguro que no es para tanto. ¿Quién sabe? Si juegas bien tus cartas, puede que algún día llegues a primer ministro. —Ella tiró ligeramente de la manga de su americana—. La verdad es que tienes planta para ello. Aunque creo que me gustaba más el Gabriel Allon de antes.

—¿Cuál?

—El que llevaba vaqueros y chaqueta de cuero.

—Todos tenemos que cambiar.

—Lo sé, pero a veces desearía poder dar marcha atrás al reloj.

—¿Adónde irías?

Ella se lo pensó un momento.

—A la noche en que cenamos juntos en aquel sitio de Copenhague. Nos sentamos fuera, aunque hacía un frío horrible. Y te conté un secreto muy íntimo que debería haberme callado.

—No lo recuerdo.

Sarah eligió un *pain au chocolat* del cestillo.

—¿No vas a comer uno?

Gabriel levantó la mano.

—Puede que no hayas cambiado, a fin de cuentas. En todos

46

los años que hace que te conozco, creo que nunca te he visto comer de día, ni un solo bocado.

—Me resarzo cuando se pone el sol.

—No has engordado ni un kilo desde la última vez que te vi. Ojalá pudiera decir lo mismo de mí.

—Estás estupenda, Sarah.

—¿Para tener cuarenta y tres años? —Añadió un sobrecito de endulzante artificial a su café—. Empezaba a pensar que habías cambiado de número.

—Estaba fuera cuando llamaste.

—Te he llamado varias veces. Y también te he dejado una docena de mensajes de texto.

—Tenía que tomar ciertas precauciones antes de responder.

—¿Conmigo? ¿Por qué?

Gabriel le dedicó una sonrisa cautelosa.

—Por tu relación con cierto miembro destacado de la familia real saudí.

—¿Jalid?

—No sabía que os tuteabais.

—Él insistió.

Gabriel se quedó callado.

—Evidentemente, te parece mal.

—Solo por algunas de tus adquisiciones recientes. Una en particular.

—¿El Leonardo?

—Si tú lo dices…

—¿Dudas de su autoría?

—Yo podría haber pintado un Leonardo mejor que ese. —Gabriel la miró con seriedad—. Debiste acudir a mí cuando te pidió que trabajaras para él.

—¿Y qué me habrías dicho?

—Que no era simple casualidad que se interesara por ti. Que sabía que tenías vínculos con la CIA. —Hizo una pausa—. Y conmigo.

—Habrías dado en el clavo.

—Como de costumbre.

Sarah dio un mordisquito al bollo.

—¿Qué opinas de él?

—Como puedes imaginar, el príncipe heredero Jalid bin Mohamed es de especial interés para la Oficina.

—No estoy pidiendo la opinión de la Oficina, sino la tuya.

—A la CIA y la Oficina, Jalid les impresionó mucho menos que a la Casa Blanca y a mi primer ministro. La muerte de Omar Nawaf confirmó nuestros temores.

—¿Ordenó Jalid su asesinato?

—Los hombres de su posición no necesitan dar una orden directa.

—¿«Nadie me librará de este cura turbulento»?

Gabriel asintió pensativamente.

—Un ejemplo perfecto de cómo expresa un tirano sus deseos. Enrique II habló y un par de semanas después Becket estaba muerto.

—¿Deberían apartar a Jalid de la línea sucesoria?

—Si lo hacen, es probable que otro peor ocupe su sitio. Alguien que deshaga las modestas reformas religiosas y sociales que ha introducido él.

—Y si supieras que Jalid corre peligro, ¿qué harías?

—Oímos cosas constantemente. Casi todas de boca del propio príncipe heredero.

—¿Qué quieres decir?

—Quiero decir que la Oficina y la Unidad 8200 vigilan muy de cerca a tu cliente. Hace poco, conseguimos hackear el teléfono presuntamente seguro que lleva. Desde entonces, escuchamos sus llamadas y leemos sus mensajes de texto y sus correos electrónicos. La Unidad ha conseguido activar la cámara y el micrófono del móvil, así que escuchamos también muchas de sus videollamadas. —Gabriel sonrió—. No pongas esa cara de sorpresa, Sarah. Como exagente de la CIA, deberías saber que, al aceptar trabajar para un hombre como Jalid bin Mohamed, estabas renunciando a tu intimidad.

—¿Qué sabes exactamente?

—Sabemos que, hace seis días, el príncipe heredero hizo una serie de llamadas urgentes a la Policía Nacional francesa relativas a un incidente que tuvo lugar en la Alta Saboya, no muy lejos de la frontera suiza. Sabemos que esa misma noche el príncipe heredero llegó a París escoltado por la policía y que allí se reunió con varios miembros del Gobierno francés, incluido el ministro de Interior y el presidente. Se quedó en París setenta y dos horas y luego viajó a Nueva York. Allí se reunió con una sola persona.

Gabriel se sacó una Blackberry del bolsillo de la pechera de la chaqueta y tocó la pantalla dos veces. Unos segundos después, Sarah oyó las voces de dos personas que mantenían una conversación. Una de ellas era el futuro rey de Arabia Saudí. La otra era la directora de la Colección Nadia al Bakari del museo de Arte Moderno de Nueva York.

¿Sabes cómo ponerte en contacto con él?

¿Con quién?

Con el hombre que pintó este cuadro sin que una sola fotografía guiara su mano y cuyo nombre debería figurar aquí.

Gabriel pulsó la pausa.

—Esta mañana he desayunado con el primer ministro y le he dicho tajantemente que no quiero tener nada que ver con esto.

—¿Y qué te ha dicho el primer ministro?

—Me ha pedido que lo reconsiderara. —Gabriel se guardó la Blackberry en el bolsillo—. Mándale un mensaje a tu amigo, Sarah. Escoge con cuidado las palabras que usas para no desvelar mi identidad.

Ella sacó su iPhone del bolso y escribió el mensaje. Un momento después, el móvil emitió un suave pitido.

—¿Y bien?

—Jalid quiere vernos esta noche.

—¿Dónde?

Sarah trasladó la pregunta. Cuando llegó la respuesta, le pasó el teléfono a Gabriel.

Él miró la pantalla con rostro sombrío.

—Temía que dijera eso.

9

NEJD, ARABIA SAUDÍ

El avión que llevó a Sarah Bancroft a Israel era un Gulfstream G550, un aparato de treinta metros de longitud con una velocidad de crucero de 902 kilómetros por hora. Gabriel sustituyó a la tripulación de vuelo por dos expilotos de combate de la IAF y a la de cabina por cuatro guardaespaldas de su escolta oficial. Salieron del aeropuerto Ben Gurión pasadas las siete de la tarde y cruzaron el golfo de Aqaba con el transpondedor apagado. A su derecha, flameando a la luz anaranjada del sol del ocaso, se extendía la península del Sinaí, refugio virtual de varias milicias islámicas, entre ellas una rama del ISIS. A su izquierda quedaba Arabia Saudí.

Cruzaron el litoral saudí a la altura de Sharma y se dirigieron al este, sobrevolando los montes del Hiyaz, hasta el Nejd. Fue allí, a principios del siglo XVIII, donde un oscuro clérigo del desierto llamado Muhamad Abdul Wahab llegó a la conclusión de que el islam se había apartado peligrosamente del camino marcado por el profeta y por los *al salaf al salih*, la primera generación del islam. Durante sus viajes a lo largo y ancho de Arabia, le horrorizó ver que los musulmanes fumaban, bebían vino y bailaban al son de la música ataviados con lujosos ropajes. Pero lo peor no era eso, sino que veneraran árboles, rocas o cuevas ligadas a santones, una práctica que Wahab condenaba por politeísta o *shirk*.

Decidido a devolver el islam a sus raíces, Wahab y su banda de fervientes seguidores, los *muwahhidun*, lanzaron una campaña violenta para limpiar el Nejd de todo aquello que no estuviera sancionado por el Corán. Wahab encontró un aliado importante en la tribu neyedí de los Al Saud, con la que en 1744 hizo un pacto que sentó los cimientos del moderno estado saudí. Los Al Saud ostentaban el poder secular y dejaban las cuestiones religiosas en manos de los herederos doctrinales de Muhamad Abdul Wahab, hombres que despreciaban el mundo occidental, la cristiandad, a los judíos y a los musulmanes chiitas, a los que consideraban apóstatas y heréticos. Osama bin Laden y Al Qaeda compartían su punto de vista, igual que los talibanes, los combatientes sagrados del ISIS y el resto de los grupos yihadistas suníes. Los rascacielos derribados en Manhattan, las bombas en estaciones de tren de Europa occidental, las decapitaciones y los mercados hechos trizas de Bagdad... Todo ello tenía su origen en esa alianza forjada hacía más de dos siglos y medio en el Nejd.

La capital de la región era la ciudad de Ha'il, que tenía varios palacios, un museo, centros comerciales, parques públicos y una base de la Fuerza Aérea saudí en la que aterrizó el Gulfstream pasadas las ocho. El piloto acercó el avión a cuatro Range Rover de color negro que aguardaban al borde de la pista. Guardias de uniforme, armados con ametralladoras, rodeaban los vehículos.

—Puede que esto no sea buena idea, después de todo —murmuró Gabriel.

—Jalid me ha asegurado que estarías a salvo —contestó Sarah.

—¿Sí? ¿Y qué pasa si uno de esos simpáticos guardias de seguridad es leal a otra facción de la familia real? ¿O, mejor aún, si es miembro de Al Qaeda?

El teléfono de Sarah emitió un suave pitido al recibir un mensaje.

—¿De quién es?

—¿De quién crees tú?

—¿Está en uno de esos coches?

—No.

—¿Y qué hacen ahí, entonces?

—Por lo visto es nuestra escolta. Jalid dice que hay un viejo amigo tuyo.

—Yo no tengo ningún amigo saudí —replicó Gabriel—. Ya no.

—Quizá debería ir yo primero.

—¿Una rubia norteamericana y sin velo? Podría dar lugar a malentendidos.

La puerta delantera de la cabina del Gulfstream estaba equipada con una escalera plegable. Gabriel la accionó y, seguido por sus cuatro guardaespaldas, bajó a la pista. Unos segundos después se abrió la puerta de uno de los Range Rover y apareció un hombre vestido con un sencillo uniforme caqui. Alto y anguloso, tenía los ojos oscuros y una nariz aguileña que le asemejaba a un ave de presa. Gabriel le reconoció al instante. Pertenecía a la Mabahith, la policía secreta del Ministerio del Interior saudí. Tiempo atrás, Gabriel había pasado un mes retenido en la sede de la Mabahith en Riad dedicada al interrogatorio de sospechosos. Aquel hombre con cara de pájaro de presa se había encargado de interrogarle. No era un amigo, pero tampoco lo contrario.

—Bienvenido a Arabia Saudí, señor Allon. ¿O debería decir «bienvenido de nuevo»? Tiene mucho mejor aspecto que la última vez que le vi en persona. —Estrechó con fuerza la mano de Gabriel—. Confío en que su herida curara bien.

—Solo me duele cuando me río.

—Veo que no ha perdido su sentido del humor.

—En mi posición, es imprescindible.

—En la mía también. Estamos muy atareados, como podrá imaginar. —El saudí lanzó una ojeada a los guardaespaldas israelíes—. ¿Están armados?

—Mucho, sí.

—Por favor, pídales que vuelvan al avión. No se preocupe, señor director. Mis hombres cuidarán muy bien de usted.

—Eso es lo que temo.

Los guardaespaldas cumplieron a regañadientes la orden de Gabriel. Un momento después, Sarah apareció en la puerta de la cabina. El viento del desierto agitó su melena rubia.

El saudí frunció el ceño.

—Imagino que no tiene velo.

—Se lo ha dejado en Nueva York.

—No pasa nada. Hemos traído uno, por si acaso.

La carretera era lisa como un espejo y tan negra como un viejo disco de vinilo. Gabriel solo tenía una ligera idea de la dirección que seguían: el teléfono de prepago que se había guardado en el bolsillo antes de salir de Tel Aviv no tenía cobertura. Tras abandonar la base aérea, habían atravesado kilómetros y kilómetros de trigales: Ha'il era el granero de Arabia Saudí. Ahora, el terreno era áspero e implacable, como la rama del islam que practicaban Wahab y sus fanatizados seguidores. Sin duda no era una coincidencia, se dijo Gabriel. La crueldad del desierto había dejado su impronta en la fe.

Desde su punto de observación en el asiento trasero derecho del Range Rover alcanzaba a ver el indicador de velocidad. Iban a más de ciento sesenta kilómetros por hora. El conductor pertenecía a la Mabahith, igual que el hombre sentado a su lado. Delante iba un Range Rover; los otros dos iban detrás. Hacía largo rato que Gabriel no veía otro coche o un camión. Supuso que habían cerrado la carretera.

—No puedo respirar. Creo que voy a desmayarme.

Gabriel miró hacia el otro extremo del asiento, donde Sarah Bancroft era apenas un bulto negro. Iba envuelta en la gruesa *abaya* negra que el mando de la Mabahith le había lanzado segundos después de que pusiera pie en suelo saudí.

54

—La última vez que me puse una de estas cosas fue la noche de aquella desastrosa operación contra Zizi. ¿Te acuerdas, Gabriel?

—Como si hubiera sido ayer.

Sarah comenzó a abanicarse.

—No sé cómo las saudíes pueden llevar estas cosas haciendo cincuenta grados a la sombra. Jalid me enseñó una vez una fotografía de los años sesenta en la que se veía a mujeres saudíes paseando por Riad con falda y sin velo.

—Era así en todo el mundo árabe. Todo cambió después de 1979.

—Eso justamente dice Jalid.

—¿Ah, sí?

—Los soviéticos invadieron Afganistán y Jomeini se alzó con el poder en Irán. Y luego pasó lo de la Meca. Un grupo de militantes saudíes irrumpió en la Gran Mezquita y exigió que los Al Saud renunciaran al poder. Hubo que traer a un equipo de boinas verdes franceses para poner fin al asedio.

—Sí, lo recuerdo.

—Los Al Saud se sintieron amenazados —prosiguió Sarah— y decidieron tomar la ofensiva. Promovieron la expansión del wahabismo para contrarrestar la influencia del chiismo iraní y permitieron a los partidarios de la línea más dura del islam que aplicaran rigurosamente los edictos religiosos dentro del país.

—Es una manera de verlo bastante sesgada, ¿no te parece?

—Jalid es el primero en reconocer que se cometieron errores.

—Qué magnánimo por su parte.

Los Range Rover tomaron una pista sin asfaltar y se adentraron en el desierto. Pasado un rato llegaron a un puesto de control por el que pasaron sin detenerse. El campamento apareció un momento después: varias jaimas de gran tamaño levantadas al pie de una imponente formación rocosa.

Sarah se enderezó automáticamente la *abaya* cuando el coche se detuvo.

—¿Qué aspecto tengo?

—Inmejorable.

—Procura mantener a raya ese sarcasmo tuyo tan israelí. A Jalid no le gusta la ironía.

—Como a la mayoría de los saudíes.

—Y no discutas con él bajo ningún concepto. Tampoco le gusta que le lleven la contraria.

—Te olvidas de una cosa, Sarah.

—¿De qué?

—De que es él quien necesita mi ayuda, no al revés.

Ella suspiró.

—Puede que tengas razón. Quizá no haya sido buena idea, después de todo.

10

NEJD, ARABIA SAUDÍ

En las entrevistas que concedía a medios occidentales, el príncipe Jalid bin Mohamed solía hablar de su veneración por el desierto. Nada le gustaba más —aseguraba— que salir de su palacio de Riad, de incógnito, y aventurarse a solas en la naturaleza. Montaba un rudimentario campamento en el desierto y durante varios días se dedicaba a la cetrería, a rezar y a hacer ayuno. Y a reflexionar sobre el futuro del reino que llevaba el nombre de su dinastía. Fue durante una de esas estancias en los montes Sarawat cuando concibió el Camino Hacia Delante, su ambicioso plan de reformas económicas para la era pospetróleo. Aseguraba haber dado con la idea de conceder a las mujeres el derecho a conducir mientras estaba acampado en el Cuartel Vacío. Al hallarse solo entre las dunas siempre cambiantes del desierto, se acordó de que nada es permanente y de que incluso en un país como Arabia Saudí es inevitable el cambio.

La verdad acerca de las aventuras de JBM en el desierto era muy distinta. El pabellón en el que entraron Gabriel y Sarah se parecía muy poco a las tiendas de pelo de camello en las que moraban sus ancestros beduinos. Era más bien un palacete desmontable. Ricas alfombras cubrían el suelo y lucernas de cristal brillaban a la altura del techo. Varios televisores de tamaño grande emitían las noticias del día: la CNN Internacional, la BBC, la CNBC y, cómo no, Al Jazeera, la cadena con sede en Catar que Jalid se esforzaba por destruir.

Gabriel esperaba una entrevista privada con su alteza real, pero la tienda estaba ocupada por la corte itinerante de JBM: el séquito de asistentes, funcionarios, factótums, aduladores y parásitos en general que acompañaba al futuro rey allá donde iba. Lucían todos el mismo atuendo: *zaub* blanco y *ghutra* de cuadros rojos sujeto con *agal* negro. Había también varios militares uniformados, un recordatorio de que el joven e inexperto príncipe estaba librando una guerra en Yemen, al otro lado de los montes Sarawat.

Del príncipe heredero, en cambio, no había ni rastro. Un asistente condujo a Gabriel y a Sarah a una sala de espera amueblada con sofás y sillones mullidos, como el vestíbulo de un hotel de lujo. Gabriel declinó el ofrecimiento de té y dulces. Sarah, por su parte, probó a comerse un dulce árabe empapado en miel sin quitarse la *abaya*.

—¿Cómo se las arreglan?

—De ninguna manera. Comen con las mujeres.

—Soy la única, ¿te has fijado? No hay ninguna mujer más en esta tienda.

—Estoy demasiado distraído intentando descubrir cuál de estos tipos planea matarme. —Gabriel miró su reloj—. ¿Dónde rayos se ha metido?

—Bienvenido a la zona horaria JBM, una hora y veinte minutos de retraso respecto al resto del mundo.

—No me gusta que me hagan esperar.

—Te está poniendo a prueba.

—Pues no debería.

—¿Y qué vas a hacer? ¿Marcharte?

Gabriel pasó la mano por la sedosa tapicería del sofá.

—No es tan rudimentario el campamento, ¿no?

—¿De veras creías que lo era?

—Claro que no. Pero me pregunto por qué se molesta en contar esas cosas.

—¿Importa, acaso?

—Sí, porque las personas que dicen una mentira normalmente dicen otras.

Se formó un súbito revuelo entre los cortesanos vestidos de blanco cuando el príncipe heredero Jalid bin Mohamed entró en la jaima. Vestía a la manera tradicional, con *zaub* y *ghutra*, pero a diferencia de los demás llevaba también un *bisht*, un manto ceremonial marrón con ribetes dorados que mantenía cerrado con la mano izquierda. Con la derecha sostenía un teléfono móvil, pegado al oído. El teléfono intervenido por la Unidad 8200, pensó Gabriel, y se preguntó quién más estaría escuchando: ¿los americanos y sus aliados de los Cinco Ojos? ¿O quizás incluso los rusos o los iraníes?

Jalid puso fin a la llamada y miró a Gabriel como si le sorprendiera ver al ángel vengador de Israel en la tierra del profeta. Pasado un momento cruzó con aire cauteloso la opulenta alfombra que cubría el suelo de la tienda. Incluso estando rodeado de sus colaboradores más cercanos temía por su vida, pensó Gabriel.

—Señor Allon, director. —El saudí no le tendió la mano, en la que aún sostenía el teléfono—. Ha sido muy amable por venir con tanta precipitación.

Gabriel asintió con la cabeza pero no dijo nada.

Jalid miró a Sarah.

—¿Está usted ahí abajo, señorita Bancroft?

El montículo negro hizo un gesto afirmativo.

—Por favor, quítese la *abaya*.

Sarah se retiró el velo de la cara y se lo echó hacia atrás como un fular, dejando a la vista parte de su pelo.

—Mucho mejor.

Los guardaespaldas de Jalid, evidentemente, no estaban de acuerdo. Se apresuraron a desviar la mirada y clavarla en Gabriel.

—Debe perdonar a mis escoltas, señor director. No están acostumbrados a ver israelíes en territorio saudí, y menos aún a uno con su reputación.

—¿A qué reputación se refiere?

Jalid esbozó una sonrisa insincera.

—Espero que el vuelo haya sido agradable.

—Bastante, sí.

—¿Y el viaje en coche no ha sido muy cansado?

—En absoluto.

—¿Le apetece algo de comer o beber? Debe de estar hambriento.

—La verdad es que preferiría…

—Yo también, señor director, pero la tradición del desierto me obliga a ser hospitalario con quienes visitan mi campamento. Incluso si el visitante era antaño un enemigo.

—A veces uno solo puede fiarse de sus enemigos —repuso Gabriel.

—¿Puedo fiarme de usted?

—No sé si le queda otro remedio. —Gabriel echó una ojeada a los guardaespaldas—. Dígales que se den un paseo. Me están poniendo nervioso. Y deles ese teléfono que tiene en la mano. Nunca se sabe quién puede estar escuchando.

—Según mis expertos, es completamente seguro.

—Hágame ese favor, Jalid.

El príncipe heredero entregó el teléfono a uno de los escoltas y los cuatro se retiraron.

—Supongo que Sarah le ha dicho por qué quería verle.

—No ha sido necesario.

—¿Lo sabía ya?

Gabriel asintió con un gesto.

—¿Ha tenido noticias de los secuestradores?

—Me temo que sí.

—¿Cuánto piden?

—Ojalá fuera tan sencillo. La Casa de Saud tiene una fortuna de cerca de un billón y medio de dólares. Pero no es cuestión de dinero.

—Si no quieren dinero, ¿qué quieren, entonces?

—Algo que no puedo darles de ningún modo. Por eso necesito que usted la encuentre.

11

NEJD, ARABIA SAUDÍ

El mensaje de los secuestradores tenía siete renglones y estaba escrito en inglés, con la puntuación y la ortografía correctas y sin esa torpeza de expresión propia de los traductores electrónicos. Informaba de que su alteza real el príncipe Jalid bin Mohamed tenía diez días para abdicar y renunciar a su derecho al trono de Arabia Saudí. De lo contrario, su hija, la princesa Rima, sería ejecutada. La nota no detallaba cuál sería el método de ejecución ni si seguiría los preceptos de la ley islámica. De hecho, no contenía ninguna referencia religiosa, ni ninguno de los aderezos retóricos típicos de los mensajes terroristas. En conjunto, pensó Gabriel, tenía un tono bastante profesional.

—¿Cuándo lo recibió?

—Tres días después de que se llevaran a Rima. Tiempo de sobra para que el daño ya esté hecho. A diferencia de mi padre y sus hermanos, yo solo tengo una esposa. Lamentablemente, ella no puede tener más hijos. Rima lo es todo para nosotros.

—¿Les ha enseñado esto a los franceses?

—No. Solo le he llamado a usted.

Habían salido del campamento e iban caminando por el lecho seco de un *wadi*. Sarah iba entre ellos y los guardaespaldas detrás. Las estrellas rielaban incandescentes y la luna brillaba como una antorcha. Jalid manoseaba su *bisht*, una costumbre de los saudíes.

Vestido así, parecía hallarse como en casa en la vastedad del desierto. Gabriel, en cambio, con su traje occidental y sus zapatos de cordones, parecía un intruso.

—¿Cómo llegó la nota?

—Por mensajero.

—¿Adónde?

Jalid vaciló.

—A nuestro consulado en Estambul.

Gabriel tenía la vista fija en el suelo pedregoso. La levantó bruscamente.

—¿En Estambul?

Jalid asintió con la cabeza.

—En ese caso me parece que los secuestradores querían darle a entender algo más.

—¿Qué?

—Es posible que estén intentando castigarle por matar a Omar Nawaf y hacer cachitos su cadáver para que cupiera dentro de una maleta de mano.

—Resulta irónico, ¿no le parece? El gran Gabriel Allon sermoneándome por un trabajito sucio.

—Nosotros llevamos a cabo asesinatos selectivos de terroristas y otros sujetos que son una amenaza para nuestra seguridad nacional, muchos de ellos financiados y apoyados por elementos de su país. No matamos a nadie por criticar a nuestro primer ministro en el periódico. Si no, no haríamos otra cosa.

—Omar Nawaf no es de su incumbencia.

—Tampoco lo es su hija, pero usted me ha pedido que la encuentre y necesito saber si puede haber un vínculo entre su desaparición y el asesinato de Nawaf.

Jalid pareció sopesar la cuestión con todo cuidado.

—Lo dudo. Los disidentes saudíes no tienen capacidad logística para llevar a cabo algo así.

—Sus servicios de inteligencia tendrán algún sospechoso.

—Los iraníes ocupan el primer puesto de la lista.

El planteamiento saudí de partida, se dijo Gabriel: culpar de todo a los herejes chiitas de Irán. Aun así, no descartaba esa posibilidad. Los iraníes consideraban a Jalid una amenaza de primera magnitud para sus ambiciones en la región, a la altura del propio Allon.

—¿Quién más? —preguntó.

—Los cataríes. Me detestan.

—Con razón.

—Y los yihadistas —añadió Jalid—. El sector más duro del clero saudí está furioso conmigo por las cosas que he dicho sobre el islam radical y los Hermanos Musulmanes. Tampoco les agrada que haya permitido a las mujeres conducir y asistir a eventos deportivos. Hay mucha hostilidad contra mí dentro del reino.

—Dudo que esa nota la haya escrito un yihadista.

—De momento, esos son nuestros sospechosos.

—¿Los iraníes, los cataríes y los ulemas? Venga ya, Jalid. Seguro que no. ¿Qué me dice de todos esos parientes a los que ha relegado para convertirse en príncipe heredero? ¿O del centenar de personajes destacados y miembros de la familia real a los que encerró en el Ritz-Carlton? Por favor, recuérdeme cuánto dinero consiguió sacarles antes de dejarlos marchar. No consigo recordar la cifra exacta.

—Cien mil millones de dólares.

—¿Y cuánto de ese dinero se embolsó usted?

—El dinero fue a parar a la hacienda pública.

—O sea, a su bolsillo.

—*L'état, c'est moi* —dijo Jalid.

El estado soy yo.

—Algunos de los personajes a los que desplumó siguen siendo muy ricos. Lo bastante ricos como para contratar a un equipo de profesionales para que secuestre a su hija. A usted no podían secuestrarle, está rodeado día y noche por un ejército de guardaespaldas.

Pero Rima… Rima era otro cantar. —Al ver que el saudí guardaba silencio, añadió—: ¿Me he dejado a alguien en el tintero?

—La segunda esposa de mi padre. Se opuso a que se cambiara la línea sucesoria y la puse bajo arresto domiciliario.

—El sueño de cualquier niño judío. —El aire se enfrió de golpe y Gabriel se subió las solapas de la chaqueta—. ¿Por qué mandó a Rima a estudiar a Suiza? ¿Por qué no a Inglaterra, donde estudió usted?

—Debo reconocer que primero pensé en mandarla al Reino Unido, pero el director general del MI5 no podía garantizarme su seguridad. Los suizos se mostraron mucho más complacientes en ese aspecto. El director de la escuela se comprometió a mantener en secreto su identidad, y el servicio de seguridad suizo la vigilaba desde lejos.

—Muy generoso por su parte.

—La generosidad no tiene nada que ver con esto. Pagué mucho dinero al Gobierno para que encubriera los costes del dispositivo de seguridad. Son buenos hoteleros, los suizos, y muy discretos. Es algo connatural a ellos, por lo que sé.

—¿Y qué hay de los franceses? ¿Sabían que Rima pasaba los fines de semana en ese absurdo *château* suyo de la Alta Saboya? —Gabriel miró un momento las estrellas—. No recuerdo cuánto se gastó en esa casa. Casi tanto como en el Leonardo.

Jalid ignoró el comentario.

—Puede que se lo mencionara de pasada al presidente, pero no pedí oficialmente al Gobierno francés que tomara medidas de seguridad. En cuanto la comitiva de Rima cruzaba la frontera, solo mis guardaespaldas se encargaban de protegerla.

—Un error por su parte.

—Visto en retrospectiva, así es —convino Jalid—. Los que secuestraron a mi hija eran profesionales. La cuestión es para quién trabajan.

—Ha conseguido hacerse muchos enemigos en muy poco tiempo.

—Eso es algo que tenemos en común usted y yo.

—Mis enemigos están en Moscú y Teherán. Los suyos están más cerca. Por eso no quiero inmiscuirme en esto. Enséñeles la nota de rescate a los franceses, cuénteles todo lo que sabe. Son buenos —dijo Gabriel—. Si lo sabré yo. Gracias a la ideología y el dinero de los saudíes, me he visto obligado a colaborar estrechamente con ellos en unas cuantas operaciones antiterroristas.

Jalid sonrió.

—¿Ya se ha desahogado?

—Casi, casi.

—No puedo cambiar el pasado, solo el futuro. Podemos hacerlo juntos, usted y yo. Podemos hacer historia. Pero solo si encuentra a mi hija.

Gabriel se detuvo y contempló la alta figura togada que se erguía ante él a la luz de las estrellas.

—¿Qué es usted, Jalid? ¿Es de verdad un reformista o tenía razón Omar Nawaf y no es más que otro jeque sediento de poder pero con buen ojo para las relaciones públicas?

—Soy todo lo reformista que se puede ser en Arabia Saudí en estos momentos. Y si me veo obligado a renunciar a mi derecho al trono, Israel y Occidente sufrirán las consecuencias.

—De eso no me cabe duda. En cuanto al resto… —Gabriel se interrumpió—. No le dirá a nadie que he intervenido en este asunto. Ni siquiera a los americanos.

La expresión que adoptó el saudí dejaba claro que no aceptaba de buen grado que un plebeyo le diera órdenes. Exhaló un profundo suspiro e hizo un cambio sutil en la colocación de su *ghutra*.

—Me sorprende usted.

—¿Y eso por qué?

—Ya ha aceptado ayudarme. Y aún no ha pedido nada a cambio.

—Algún día se lo pediré —repuso Gabriel—. Y usted me dará lo que le pida.

—Parece muy seguro de sí mismo.

—Porque lo estoy.

12

JERUSALÉN

Su comitiva oficial le esperaba en la pista del aeropuerto Ben Gurión cuando el Gulfstream tomó tierra pasados unos minutos de la medianoche. Sarah le acompañó a Jerusalén. Gabriel la dejó a la entrada del hotel King David.

—La habitación es de las nuestras —explicó—. Descuida, hemos apagado las cámaras y los micrófonos.

—No sé por qué, pero lo dudo —contestó ella con una sonrisa—. ¿Qué planes tienes?

—Contra todo pronóstico, voy a embarcarme en la búsqueda de la hija de su alteza real el príncipe Jalid bin Mohamed.

—¿Por dónde piensas empezar?

—Dado que la raptaron en Francia, creo que sería buena idea empezar por allí.

Ella frunció el entrecejo.

—Perdóname, ha sido un día muy largo —añadió Gabriel.

—Hablo muy bien francés, ¿sabes?

—Yo también.

—Y fui al Colegio Internacional de Ginebra cuando mi padre trabajaba en Suiza.

—Lo sé, Sarah. Pero te vas a ir a casa, a Nueva York.

—Preferiría ir a Francia contigo.

—Eso no puede ser.

—¿Por qué no?

—Porque cambiaste el mundo de los espías por el mundo corriente hace mucho tiempo.

—Pero el mundo de los espías es mucho más interesante. —Sarah miró la hora—. Dios mío, qué tarde es. ¿Cuándo te vas a París?

—A las diez, en el vuelo de El Al que va al Charles de Gaulle. Parece que tengo reserva fija en ese vuelo, últimamente. Te recogeré a las ocho para llevarte al aeropuerto.

—La verdad es que creo que voy a quedarme uno o dos días dando una vuelta por Jerusalén.

—No estarás pensando en hacer alguna tontería, ¿verdad?

—¿Como qué?

—Como llamar a Mijail.

—Ni se me ocurriría. Además, Mijail me ha dejado bien claro que es muy feliz con… como se llame.

—Natalie.

—Ah, sí, siempre se me olvida. —Besó a Gabriel en la mejilla—. Siento haberte metido en todo esto. No dudes en llamarme si puedo hacer algo más.

Salió del todoterreno sin añadir nada más y cruzó la entrada del hotel. Gabriel llamó al departamento de Operaciones de King Saul Boulevard para informar al agente de guardia de su intención de viajar a París esa misma mañana.

—¿Algo más, jefe?

—Activen la habitación 435 del King David. Solo audio.

Colgó y apoyó la cabeza en la ventanilla con gesto cansado. Sarah tenía razón en una cosa, pensó. El mundo de los espías era mucho más interesante.

Había cinco minutos de trayecto en coche entre el hotel King David y Narkiss Street, la calle frondosa y tranquila del barrio histórico de Nachlaot donde seguía viviendo Gabriel Allon pese a las objeciones del departamento de seguridad de la Oficina y de sus muchos vecinos. Había puestos de control en ambos extremos de la calle y un guardia vigilaba el portal del número 16, un viejo edificio de arenisca. Al apearse Gabriel del todoterreno, el aire olía a eucalipto y un poco a tabaco turco. El origen de aquel tufillo no revestía ningún misterio. La flamante limusina blindada de Ari Shamron estaba aparcada junto a la acera, en el sitio reservado al convoy de seguridad de Gabriel.

—Llegó a eso de las doce —explicó el guardia—. Dijo que estaba usted esperándole.

—¿Y le creyó?

—¿Qué iba a hacer? Es el Memuneh.

Gabriel sacudió la cabeza lentamente. Hacía dos años que era director general y hasta sus escoltas seguían refiriéndose a Shamron como el «mandamás».

Enfiló el camino del jardín, entró en el portal y subió las escaleras bien iluminadas hasta el segundo piso. Chiara le estaba esperando en la puerta abierta del apartamento, vestida con mallas negras y jersey a juego. Miró con frialdad a su marido un instante y luego, al final, le echó los brazos al cuello.

—Debería ir a Arabia Saudí más a menudo.

—¿Cuándo pensabas decírmelo?

—Justo ahora.

La siguió dentro. Esparcidos sobre la mesa baja del cuarto de estar había vasos y tazas y varios platos de comida todavía medio llenos: pruebas de una tensa noche de vigilia. La televisión, sintonizada en la CNN Internacional, funcionaba en silencio.

—¿He salido en las noticias?

Chiara le miró con enfado pero no dijo nada.

—¿Cómo te has enterado?

—¿Tú qué crees? —Ella lanzó una mirada a la terraza, donde sin duda Shamron escuchaba cada palabra que decían—. Estaba hasta más preocupado que yo.

—¿De veras? Me cuesta creerlo.

—Pidió al Mando de Defensa Aérea que rastreara tu avión. La torre del Ben Gurión nos avisó cuando aterrizaste. Te esperábamos antes, pero por lo visto te has desviado un poco antes de volver a casa. —Chiara recogió los platos de la mesa. Siempre se ponía a limpiar cuando estaba enfadada—. Espero que te haya gustado volver a ver a Sarah. Siempre te ha tenido cariño.

—Eso fue hace mucho tiempo.

—No *tanto*.

—Tú sabes que nunca me ha atraído.

—Pues lo contrario habría sido más lógico. Es muy guapa.

—No tanto como tú, Chiara. Ni por asomo.

Era cierto. La de Chiara era una belleza intemporal. En su rostro, Gabriel veía vestigios de Arabia y del norte de África, de España y de los demás países que habían cruzado sus antepasados antes de recalar tras las verjas cerradas del antiguo gueto de Venecia. Su cabello, negro y alborotado, tenía reflejos de caoba y castaño. Sus ojos eran grandes, marrones y con pintas doradas. No, pensó Gabriel, ninguna mujer se interpondría nunca entre ellos. Solo temía que algún día Chiara se diera cuenta de que era demasiado joven y bella para estar casada con un cascajo como él.

Salió a la terraza. Había dos sillas y una mesita de hierro forjado sobre la que descansaba el platillo que Shamron se había apropiado como cenicero. En él había seis colillas colocadas en fila como cartuchos gastados. Shamron estaba encendiendo el séptimo cigarrillo con su viejo Zippo cuando Gabriel se lo arrancó de los labios.

Shamron puso mala cara.

—Uno más no va a matarme.

—Puede que sí.

—¿Sabes cuántos me he fumado en mi vida?

—Tantos como estrellas hay en el cielo y granos de arena en la playa.

—No deberías citar el Génesis para hablar del vicio de fumar. Trae mal karma.

—Los judíos no creemos en el karma.

—¿De dónde has sacado esa idea?

Con mano trémula y salpicada de manchas hepáticas, Shamron sacó otro pitillo del paquete. Vestía, como de costumbre, pantalones chinos bien planchados, camisa blanca estilo Oxford y una cazadora de piel con una raja sin coser en el hombro izquierdo. Se había roto la cazadora la noche en que un terrorista palestino llamado Tariq al Hourani puso una bomba debajo del coche de Gabriel en Viena. Daniel, el hijo de Gabriel, murió en la explosión. Leah, su primera esposa, sufrió quemaduras catastróficas. Ahora vivía en un hospital psiquiátrico en la cima del monte Herzl, atrapada en la prisión de la memoria y en un cuerpo arrasado por el fuego. Y Gabriel vivía aquí, en Narkiss Street, con su bella esposa italiana y dos hijos de corta edad. A ellos les ocultaba su pena infinita. A Shamron, no. La muerte los había unido en un principio. Y seguía siendo el cimiento de su relación.

Gabriel se sentó.

—¿Quién te avisó?

—¿De tu visita relámpago a Arabia Saudí? —Shamron esbozó una sonrisa traviesa—. Creo que fue Uzi.

Uzi Navot era el anterior director general y, al igual que Gabriel, uno de los acólitos de Shamron. Rompiendo con la tradición de la Oficina, había decidido quedarse en King Saul Boulevard, lo que permitía a Gabriel seguir comandando ciertas operaciones.

—¿Tuviste que sacudirle mucho para sonsacarle?

—No fue necesaria la coacción. Uzi estaba muy preocupado porque hubieras decidido regresar al país donde pasaste casi un mes encarcelado. Huelga decir —añadió Shamron— que yo compartía su opinión.

—Tú viajabas en secreto a países árabes cuando eras el jefe.

—A Jordania, sí. A Marruecos, por supuesto. Incluso fui a

Egipto después de que Sadat visitara Jerusalén. Pero nunca he pisado Arabia Saudí.

—No corría peligro.

—Con el debido respeto, Gabriel, lo dudo mucho. Deberías haber mantenido esa reunión en terreno neutral y en un entorno controlado por la Oficina. El príncipe heredero tiene muy mal genio. Tienes suerte de no haber acabado como ese periodista al que mató en Estambul.

—Siempre he pensado que los periodistas son mucho más útiles vivos que muertos.

Shamron sonrió.

—¿Leíste el artículo que publicó el *New York Times* sobre Jalid? Decían que la Primavera Árabe había llegado por fin a Arabia Saudí. Que ese joven imberbe iba a transformar un país fundado sobre una boda de penalti entre el wahabismo y una tribu del desierto del Nejd. —Meneó la cabeza—. No me creí ese cuento entonces ni me lo creo ahora. A Jalid bin Mohamed solo le interesan dos cosas. La primera es el poder. La segunda, el dinero. Para los Al Saud, ambas cosas son lo mismo. Sin poder, no hay dinero. Y sin dinero, no hay poder.

—Pero teme a los iraníes tanto como nosotros. Aunque solo sea por eso, podría resultar bastante útil.

—O sea, que has accedido a buscar a su hija. —Shamron le lanzó una mirada de soslayo—. Por *eso* quería verte, ¿no?

Gabriel le pasó la nota de rescate, que el anciano leyó a la luz parpadeante del Zippo.

—Parece que te has metido en medio de una rencilla dinástica.

—Eso parece, sí.

—No carente de riesgos.

—Nada que valga la pena carece de riesgos.

—En eso estoy de acuerdo. —Shamron cerró el encendedor con un movimiento de su gruesa muñeca—. Aunque no consigas encontrarla, tus esfuerzos rendirán dividendos interesantes en la corte de Riad. Y si lo consigues… —Se encogió de hombros—. El príncipe heredero estará para siempre en deuda contigo. Será, a todos los efectos, un activo de la Oficina.

—Entonces, ¿cuento con tu aprobación?

—Yo habría hecho exactamente lo mismo. —Shamron le devolvió la nota—. Pero ¿por qué te ha ofrecido Jalid esta oportunidad de comprometerle? ¿Por qué recurrir a la Oficina? ¿Por qué no ha pedido ayuda a su buen amigo de la Casa Blanca?

—Puede que me considere más eficaz.

—O más despiadado.

—Eso también.

—Deberías considerar una alternativa —añadió Shamron pasado un momento.

—¿Cuál?

—Que Jalid sepa perfectamente quién ha secuestrado a su hija y que te esté utilizando para hacer el trabajo sucio.

—Ya ha demostrado que es muy capaz de hacerlo él solito.

—Razón por la cual no deberías volver a viajar a Arabia Saudí. —Miró a Gabriel muy serio un momento—. Yo estaba en Langley aquella noche, ¿recuerdas? Lo vi todo a través de la cámara de ese dron Predator. Vi como os llevaban a ti y a Nadia al desierto para ejecutaros. Les supliqué a los americanos que lanzaran un misil Hellfire para evitaros el dolor de morir a cuchillo. He pasado muchas noches terribles en mi vida, pero puede que esa fuera la peor. Si ella no se hubiera interpuesto entre tú y esa bala… —Shamron miró su gran reloj de acero—. Deberías dormir un poco.

—Ya es demasiado tarde —repuso Gabriel—. Quédate conmigo, *abba*. Dormiré en el vuelo a París.

—Creía que no podías dormir en los aviones.

—Y no puedo.

Shamron contempló el vaivén del viento en los eucaliptos.

—Yo tampoco podía.

13

La princesa Rima bint Jalid Abdulaziz al Saud soportaba las muchas vejaciones de su cautiverio con toda la elegancia que le era posible, pero lo del cubo fue el colmo.

Era de plástico azul, uno de esos objetos que jamás pasaban por las manos de un Al Saud. Lo colocaron en su celda después de que se portara mal durante una visita al aseo. Según decía la nota pegada al cubo, tendría que usarlo hasta nuevo aviso. Solo cuando volviera a comportarse con normalidad recuperaría el privilegio de usar el cuarto de baño. Rima se negó a aliviarse de una manera tan bochornosa y lo hizo en el suelo de la celda. A continuación, sus secuestradores, de nuevo por escrito, amenazaron con privarla también de comida y agua.

—¡Muy bien! —le gritó Rima a la figura enmascarada que le entregó la nota.

Prefería morirse de hambre antes que volver a comer aquella bazofia que parecía calentada en su propia lata. Aquella comida no era apta ni para los cerdos, cuanto menos para la hija del futuro rey de Arabia Saudí.

La celda era pequeña. Más pequeña, seguramente, que cualquier habitación que hubiera visto Rima en toda su vida. El camastro la ocupaba casi por entero. Las paredes eran blancas, lisas y frías, y en el techo brillaba siempre una luz encendida. Rima había perdido la noción del tiempo, no sabía si era de día o de noche. Dormía cuando tenía sueño, que era a menudo, y soñaba con su antigua vida. Lo había dado todo por descontado, aquella riqueza y aquel lujo inimaginables, y lo había perdido de un plumazo.

No la habían encadenado al suelo como hacían en las películas americanas que su padre le dejaba ver. Tampoco la habían amordazado, ni la habían atado de pies y manos, ni le habían puesto una capucha (solo unas horas, durante el largo viaje en coche después de que se la llevaran). En cuanto estuvo a salvo en la celda, fueron *ellos* quienes empezaron a taparse la cara. Eran cuatro en total. Rima los distinguía por su estatura y su complexión y por el color de sus ojos. Tres eran hombres; la otra, una mujer. Ninguno era árabe.

Hacía lo posible por ocultar su temor, pero no se esforzaba por disimular que se moría de aburrimiento. Pidió una tele para ver sus programas favoritos. Sus captores se negaron por escrito. Pidió un ordenador para jugar a videojuegos, o un iPod con cascos para escuchar música, pero rehusaron de nuevo. Por fin, pidió un boli y un cuaderno. Pensaba consignar sus experiencias convirtiéndolas en un relato, en algo que pudiera enseñarle a la señorita Kenton cuando la pusieran en libertad. La mujer pareció sopesar cuidadosamente su petición, pero cuando le llevaron su siguiente comida esta incluía una escueta negativa en una nota. Rima, aun así, se comió aquella comida asquerosa: estaba demasiado hambrienta para continuar su huelga de hambre. Después, le permitieron usar el lavabo y cuando volvió a la celda el cubo había desaparecido. Todo parecía haber vuelto a la normalidad en su pequeño mundo.

Pensaba a menudo en la señorita Kenton. Rima los había engañado a todos —a la señorita Halifax, a *Herr* Schröder y a aquella española chiflada que intentaba enseñarle a pintar como Picasso—, pero a *miss* Kenton no. Estaba en la ventana de la sala de profesores la tarde que ella salió del colegio por última vez. El asalto tuvo lugar en Francia, en la carretera entre Annecy y el *château* de su padre. Rima se acordaba de una furgoneta aparcada en la cuneta, de un hombre cambiando una rueda. Un coche chocó contra el suyo, una explosión abrió las puertas. Salma, la escolta que se hacía pasar por su madre, murió acribillada, igual que el chófer y que los demás guardaespaldas del Range Rover. A ella la obligaron a subir a la parte de atrás de la furgoneta. Le pusieron una capucha y una inyección para hacerla dormir. Cuando se despertó, estaba en un cuartito blanco. La habitación más pequeña que había visto en su vida.

Pero ¿por qué la habían secuestrado? En las películas, los secuestradores siempre querían dinero. Su padre tenía todo el dinero del mundo. No significaba nada para él. Pagaría a los secuestradores lo que quisieran y ella sería liberada. Y luego su padre mandaría a sus hombres a buscar a los secuestradores y los haría matar a todos. O quizá matara a uno o dos con sus propias manos. Con ella era muy bueno, pero Rima había oído contar las cosas que les hacía a sus opositores. No tendría piedad con los que habían secuestrado a su única hija.

Así pues, la princesa Rima bint Jalid Abdulaziz al Saud soportaba las muchas vejaciones de su cautiverio con toda la elegancia de que era capaz, convencida de que pronto sería liberada. Se comía su asquerosa comida sin rechistar y se portaba bien cuando la llevaban por el oscuro pasillo hasta el aseo. Después de una de aquellas visitas, al regresar a la celda encontró un bolígrafo y un cuaderno al pie del camastro. *Estáis muertos*, escribió en la primera página. *Muertos, muertos, muertos…*

14

JERUSALÉN – PARÍS

Aunque la princesa Rima no lo supiera, su padre había solicitado ya los servicios de un hombre peligroso y violento en ocasiones para encontrarla. Gabriel pasó el resto de aquella noche en compañía de un viejo amigo al que le resultaba imposible dormir y, al amanecer, tras dar un beso a su esposa y a sus hijos, que dormían aún, se trasladó en coche hasta el aeropuerto Ben Gurión, donde le esperaba otro vuelo. Su nombre no figuraba en la lista de pasajeros. Como de costumbre, fue el último en embarcar. Tenía reservado un asiento en primera clase. El de al lado, como siempre, estaba vacío.

Una asistente de vuelo le ofreció una bebida antes del despegue. Gabriel pidió un té. Luego le pidió que invitara a la pasajera del 22B a ocupar el asiento contiguo al suyo. En circunstancias normales, la asistente de vuelo le habría explicado que no se permitía a los pasajeros de clase turista entrar en la cabina delantera del avión, pero esta vez no puso objeciones. Sabía quién era Gabriel. En Israel lo sabía todo el mundo.

Se dirigió a popa y regresó acompañada de una mujer de cuarenta y tres años, cabello rubio y ojos azules. Se oyeron murmullos en la cabina de primera clase cuando ocupó el asiento contiguo al del hombre que había subido a bordo en último lugar.

—¿De veras creías que mi equipo de seguridad iba a dejarme subir a un avión sin revisar primero el listado de pasajeros?

—No —contestó Sarah Bancroft—. Pero valía la pena intentarlo.

—Me engañaste. Me preguntaste por mis planes de viaje y fui tan tonto que te dije la verdad.

—Tuve los mejores maestros.

—¿Te acuerdas de muchas cosas?

—De todo.

Gabriel sonrió con tristeza.

—Temía que dijeras eso.

Pasaban escasos minutos de las cuatro cuando el vuelo llegó a París. Gabriel y Sarah pasaron por el control de pasaportes cada uno por su lado —Gabriel, bajo una identidad falsa; ella, usando su verdadero nombre— y volvieron a reunirse en el ajetreado vestíbulo de la Terminal 2A. Allí los recibió un enviado de la delegación de París que entregó a Gabriel las llaves de un coche estacionado en la segunda planta del aparcamiento a corto plazo.

—¿Un Passat? —comentó Sarah al dejarse caer en el asiento del copiloto—. ¿No podían traernos algo más emocionante?

—Nada de emociones. Quiero fiabilidad y anonimato. Además, es bastante rápido.

—¿Cuándo fue la última vez que condujiste?

—A principios de este año, cuando estuve en Washington trabajando en el caso de Rebecca Manning.

—¿Mataste a alguien?

—Con el coche, no. —Abrió la guantera. Dentro había una Beretta de 9 mm con empuñadura de nogal.

—Tu favorita —dijo Sarah.

—Transporte piensa en todo.

—¿Y tus guardaespaldas?

—Son un estorbo.

—¿No corres peligro en París sin escolta?

—Para eso está la Beretta.

Gabriel desaparcó marcha atrás y siguió la rampa de bajada. Pagó al operario en efectivo y procuró ocultar su cara a la cámara de seguridad.

—No engañas a nadie. Seguro que los franceses averiguarán que estás aquí.

—Los franceses no me preocupan.

Siguió la A1 hasta los suburbios del norte de París mientras oscurecía. Cuando llegaron era noche cerrada. Cruzaron la ciudad en dirección oeste siguiendo la *rue* La Fayette y atravesaron el Sena por el Pont de Bir-Hakeim, hasta el distrito quince. Gabriel tomó la *rue* Nélaton y detuvo el coche ante una imponente puerta de seguridad vigilada por agentes armados de la Policía Nacional. Detrás de la verja se alzaba un moderno bloque de oficinas desprovisto de encanto. Una pequeña señal advertía de que el edificio pertenecía al Ministerio de Interior y se hallaba bajo videovigilancia constante.

—Me recuerda a la Zona Verde de Bagdad.

—Últimamente, la Zona Verde es más segura que París —repuso Gabriel.

—¿Dónde estamos?

—En la sede del Grupo Alfa, la unidad especial antiterrorista de la DGSI.

La Direction Générale de la Sécurité Intérieure, o DGSI, era el servicio de seguridad nacional del Estado francés.

—Los franceses crearon el Grupo Alfa poco después de que dejaras la Agencia. Antes estaba camuflado en un precioso edificio de la *rue* de Grenelle.

—¿El que destruyó ese coche bomba del ISIS?

—Fue una furgoneta bomba. Y yo estaba dentro del edificio cuando estalló.

—Cómo no.

—También estaba allí Paul Rousseau, el jefe del Grupo Alfa. Te lo presenté en mi fiesta de nombramiento.

—Tenía más pinta de catedrático que de espía francés.

—Fue catedrático, de hecho. Es uno de los mayores especialistas en Proust del país.

—¿Qué función cumple el Grupo Alfa?

—Infiltración humana en redes yihadistas. Pero Rousseau tiene acceso a todo.

Un agente uniformado se acercó al coche. Gabriel le dio dos seudónimos, uno de hombre y otro de mujer, ambos franceses e inspirados en las novelas de Dumas: un toque muy rousseauniano. El francés los esperaba en su nueva guarida de la última planta. A diferencia de los demás despachos del edificio, el de Rousseau era sombrío, tenía un friso de madera y estaba lleno a rebosar de libros y expedientes. Como Gabriel, prefería los documentos impresos a los digitales. Vestía una arrugada chaqueta de *tweed* y pantalones de franela gris. Su sempiterna pipa arrojó una bocanada de humo cuando Gabriel le estrechó la mano.

—Bienvenidos a nuestra nueva Bastilla. —Rousseau le tendió la mano a Sarah—. Me alegra volver a verla, *madame* Bancroft. Cuando nos conocimos en Israel, me dijo que era conservadora de un museo de Nueva York. Entonces no lo creí y ahora tampoco, desde luego.

—En realidad es cierto.

—Pero evidentemente hay una historia mucho más larga detrás. Suele haberla, si *monsieur* Allon está de por medio. —Rousseau soltó la mano de Sarah y contempló a Gabriel por encima de sus gafas de leer—. Esta mañana, cuando hablamos por teléfono, fuiste muy impreciso. Imagino que no se trata de una visita de cortesía.

—He oído que hace poco hubo un pequeño altercado en la Alta Saboya. —Gabriel hizo una pausa y luego añadió—: A pocos kilómetros de Annecy.

Rousseau levantó una ceja.

—¿Qué más has oído?

—Que tu Gobierno decidió echar tierra sobre el asunto a petición del padre de la víctima, que casualmente es el dueño de uno de los mayores *châteaux* de la región. Además de…

—El futuro rey de Arabia Saudí. —Rousseau bajó la voz—. Por favor, dime que no tuviste nada que ver con…

—No seas ridículo, Paul.

El francés mordisqueó pensativamente el extremo de su pipa.

—El altercado, como tú lo llamas, se clasificó de inmediato como acto delictivo, no como atentado terrorista. Por lo tanto, quedaba fuera de las competencias del Grupo Alfa. No es asunto nuestro.

—Pero sin duda estuviste al corriente de todo durante las primeras horas de la crisis.

—Naturalmente.

—Y tienes acceso a toda la información que ha recabado la Policía Nacional y la DGSI.

Rousseau dirigió una larga mirada a Gabriel.

—¿Por qué le interesa al Estado de Israel el secuestro de la hija del príncipe heredero?

—Se trata de un interés puramente humanitario.

—Eso sería toda una novedad. ¿Y de qué lado estáis?

—Del lado del futuro rey de Arabia Saudí.

—Cielo santo —dijo Rousseau—. ¡Cómo ha cambiado el mundo!

15

PARÍS

Pronto quedó claro que Paul Rousseau desaprobaba la decisión de su gobierno de mantener en secreto el secuestro de la princesa Rima. Lo apartado del lugar —en el cruce de dos carreteras rurales, la D14 y la D38, al oeste de Annecy— había facilitado su ocultamiento. Se dio la casualidad de que la primera persona en llegar al lugar de los hechos fue un gendarme jubilado que vivía en un pueblecito de los alrededores. A continuación llegaron el propio príncipe heredero y su escolta habitual, que se apresuraron a rodear los dos vehículos que formaban la comitiva de la princesa y un tercero abandonado por los secuestrados, de tal forma que los transeúntes que pasaron por allí después dedujeron que se trataba de un accidente de tráfico grave en el que se había visto implicado algún ricachón de Oriente Medio.

—Cosa harto común en Francia —comentó Rousseau.

El gendarme jubilado juró no decir nada, igual que los agentes que habían participado en la búsqueda inmediata de la princesa por todo el país. Rousseau ofreció la colaboración del Grupo Alfa, pero su superior y el ministro lo informaron de que sus servicios no eran necesarios.

—¿Por qué no?

—Porque su alteza real le dijo al ministro que el secuestro de su hija no era obra de terroristas.

—¿Cómo pudo saberlo tan rápidamente?

—Tendrías que preguntárselo a él, pero la explicación lógica es…

—Que ya sabía quién había detrás.

Se hallaban sentados en torno a un montón de expedientes apilados sobre la mesa de reuniones del francés. Rousseau abrió uno y sacó una fotografía que puso delante de Gabriel y Sarah. Un Range Rover acribillado a balazos, un Mercedes Maybach y un Citroën ranchera abollado. Se habían retirado los cuerpos de los escoltas saudíes fallecidos en el asalto. Su sangre, sin embargo, cubría el interior del Range Rover y el Maybach. Había mucha, pensó Gabriel. Sobre todo, en el asiento trasero de la limusina. Se preguntó si parte de ella no pertenecería a la princesa.

—Hubo al menos otro vehículo implicado en el asalto, una furgoneta Ford Transit. —Rousseau indicó el arcén cubierto de hierba de la D14—. Estaba aparcada aquí. Puede que el conductor fingiera mirar debajo del capó o cambiar una rueda cuando se acercó la comitiva de la princesa. O puede que ni siquiera se tomara esa molestia.

—¿Cómo sabéis que era una Ford Transit?

—Enseguida llegamos a eso. —Rousseau señaló el morro arrugado del Citroën—. No hubo testigos presenciales, pero las huellas de los neumáticos y las abolladuras de la carrocería dibujan un cuadro muy claro de lo que ocurrió. El convoy de la princesa circulaba en dirección oeste por la D14, camino del *château*. El Citroën circulaba hacia el norte por la D38. Evidentemente, no se detuvo en el cruce. Por las marcas de rodada sabemos que el conductor del Maybach dio un volantazo para evitar el choque. Aun así el Citroën colisionó con el lado derecho de la limusina con fuerza suficiente para dañar el blindaje y sacarla de la carretera. El chófer del Range Rover dio un frenazo y se detuvo detrás del Maybach. Con toda probabilidad, los cuatros guardaespaldas fueron asesinados de inmediato. Las pruebas balísticas y el análisis forense indican que los disparos se efectuaron desde el lugar que ocupaban el Citroën y la Ford Transit.

—¿Cómo sacaron a la niña de un coche blindado con ventanillas antibalas?

Rousseau sacó otra fotografía del dosier. Mostraba el lado derecho del Maybach. Las puertas blindadas de la limusina habían sido abiertas mediante explosivos. Con notable destreza, pensó Gabriel. La Oficina no lo habría hecho mejor.

—Doy por sentado que vuestros expertos habrán analizado la sangre del interior del Maybach.

—Pertenecía a dos personas: el conductor y la guardaespaldas. Los proyectiles que acabaron con sus vidas eran del calibre nueve milímetros, como en el caso de los cuatro escoltas del Range Rover. Las marcas halladas en los casquillos indican que se empleó una HK MP5 o alguna de sus variantes.

Rousseau les mostró otra fotografía. Una Ford Transit de color gris claro. La fotografía se había tomado de noche. El *flash* de la cámara había iluminado también un trozo de tierra seca y pedregosa. Aquel no era, se dijo Gabriel, el suelo del norte de Francia.

—¿Dónde la encontraron?

—En una carretera desierta a las afueras de la localidad de Vielle-Aure, en…

—En los Pirineos, a pocos kilómetros de la frontera con España.

—A veces olvido lo bien que conoces mi país. —El francés señaló una de las ruedas de la furgoneta—. Coincide al cien por cien con las huellas halladas en el lugar del secuestro.

Gabriel observó atentamente la fotografía.

—Supongo que era robada.

—Por supuesto. Igual que el Citroën.

—¿Había sangre en la trasera?

Rousseau negó con la cabeza.

—¿Y restos de ADN?

—Muchos, sí.

—¿Alguno perteneciente a la princesa Rima?

—Pedimos una muestra y nos contestaron tajantemente que no.

—¿Jalid?

Rousseau negó de nuevo.

—No hemos vuelto a tener contacto directo con el príncipe desde que salió de Francia. Ahora todas las comunicaciones se efectúan a través de cierto *monsieur* Al Madani, de la embajada saudí en París.

Sarah levantó la vista bruscamente.

—¿Rafiq al Madani?

—¿Lo conoce?

Ella no contestó.

—Entiendo, señorita Bancroft, que es usted agente en activo de la CIA, o lo fue. Ni que decir tiene que sus secretos están a salvo dentro de estas paredes.

—Rafiq al Madani estuvo destinado varios años en la embajada saudí en Washington como representante del Ministerio de Asuntos Islámicos. Es uno de los conductos oficiales de los que se sirve la Casa de Saud para diseminar el wahabismo por todo el mundo.

Rousseau sonrió caritativamente.

—Sí, lo sé.

—El FBI no le tenía mucha simpatía —añadió Sarah—. Ni tampoco el Centro de Lucha Antiterrorista de Langley. No nos gustaban las compañías que frecuentaba antes de ir a Washington. Y al FBI tampoco le agradaban algunos de los proyectos que financiaba en Estados Unidos. El Departamento de Estado pidió discretamente a Riad que le buscara trabajo en otra parte. Y, para sorpresa nuestra, los saudíes accedieron.

—Lamentablemente —respondió Rousseau—, le trasladaron a París. Desde su llegada, se ha dedicado a nutrir a algunas de las mezquitas más radicales de Francia con dinero y apoyo saudíes.

En nuestra opinión, Rafiq al Madani es un fanático religioso, un partidario de la línea más dura del islam. Además de tener una relación muy estrecha con su alteza real. Visita asiduamente el *château* del príncipe, y este verano pasó varios días a bordo de su nuevo yate.

—Imagino que la DGSI le tiene vigilado —terció Gabriel.

—Intermitentemente.

—¿Crees que sabía que la hija de Jalid iba al colegio al otro lado de la frontera, en Ginebra?

Rousseau se encogió de hombros.

—Quién sabe. El príncipe no se lo dijo a casi nadie, y el colegio tiene medidas de seguridad muy estrictas. El jefe de seguridad es un tal Lucien Villard. Francés, no suizo. Antes trabajaba en el Service de la Protection.

—¿Qué hace un veterano de una unidad de élite como el SDLP encargándose de la seguridad de un colegio privado de Ginebra?

—Villard no abandonó el servicio en circunstancias muy favorables, que digamos. Corría el rumor de que mantenía una relación extramatrimonial con la esposa del presidente. Cuando el presidente se enteró, le hizo despedir. Al parecer, el secuestro de la chica ha sido un duro golpe para él. Renunció a su puesto un par de días después.

—¿Dónde está ahora?

—Sigue en Ginebra, supongo. Puedo conseguirte su dirección si…

—No te molestes.

Gabriel observó las tres fotografías puestas sobre la mesa.

—¿En qué estás pensando? —preguntó Rousseau.

—Intentaba calcular cuántos agentes hicieron falta para llevar a cabo un golpe así.

—¿Y?

—Entre ocho y diez para el secuestro propiamente dicho. Eso

86

por no hablar de los agentes de apoyo. Y aun así la DGSI, que tiene que hacer frente a la peor amenaza terrorista de todo el mundo occidental, ha dejado que escapen todos.

Rousseau sacó una cuarta fotografía del dosier.

—No, amigo mío. No todos.

16

PARÍS

La *brasserie* Saint-Maurice estaba situada en el corazón de la Annecy medieval, en la planta baja de un edificio vetusto y tambaleante que era un revoltijo de ventanas, postigos y barandillas desparejadas. En la acera, a la sombra de tres modernos toldos plegables, había varias mesas cuadradas. Sentado a una de ellas, un hombre tomaba café con la vista fija en un teléfono móvil. Su cabello era rubio, liso y pulcro. Igual que su cara. Lucía una trenca de lana, un pañuelo de seda anudado con elegancia y gafas de sol envolventes. En la esquina inferior derecha de la fotografía había una hora impresa: *16:07:46*. Y una fecha: *13 de diciembre*, el día del secuestro de la princesa Rima.

—Como puede observarse por la resolución —dijo Rousseau—, es una imagen ampliada. Aquí está el original.

Deslizó otra fotografía sobre la mesa de reuniones. El encuadre permitía ver parte de la calle. Había varios coches aparcados junto al bordillo de la acera. Gabriel se fijó de inmediato en un Citroën ranchera.

—Nuestro sistema nacional de vigilancia de tráfico no es tan orwelliano como el vuestro o el británico, pero la amenaza del terrorismo nos ha empujado a mejorar sustancialmente nuestros recursos en ese aspecto. No tardamos mucho en localizar el coche. Y al hombre que lo conducía.

—¿Qué sabéis de él?

—Alquiló una casa de veraneo a las afueras de Annecy dos semanas antes del secuestro. Pagó un mes de alquiler en metálico, y la agencia inmobiliaria y el dueño de la casa aceptaron su dinero encantados.

—Imagino que no tenía pasaporte.

—Pues sí, británico. El agente de la inmobiliaria hizo una fotocopia.

Rousseau puso una hoja de papel sobre la mesa. Era la fotocopia de una fotocopia, pero la imagen era nítida. El pasaporte estaba a nombre de Ronald Burke, nacido en Mánchester en 1969. El hombre que aparecía en la fotografía guardaba cierto parecido con el que se había sentado en la terraza de la *brasserie* Saint-Maurice pocas horas antes del secuestro de la princesa Rima.

—¿Les habéis preguntado a los británicos si es auténtico?

—¿Y qué les diríamos? ¿Que es sospechoso de un secuestro inexistente?

Gabriel observó la cara del hombre. Tenía la piel tersa y tirante y la extraña forma de sus ojos sugería que había pasado recientemente por el quirófano. Sus pupilas miraban inexpresivamente a la cámara. Sus labios no sonreían.

—¿Qué acento tenía?

—Según el empleado de la inmobiliaria, hablaba francés con acento británico.

—¿Tenéis constancia documental de su llegada a Francia?

—No.

—¿Se le ha vuelto a ver después del secuestro?

Rousseau hizo un gesto negativo.

—Parece haberse esfumado. Igual que la princesa Rima.

Gabriel señaló la fotografía ampliada del hombre sentado en la terraza de la *brasserie* Saint-Maurice.

—Supongo que esto es una imagen congelada de una grabación de vídeo.

Rousseau abrió un ordenador portátil y tocó unas cuantas teclas con el aire de quien aún no se siente muy a gusto con los adelantos de la tecnología moderna. Dio la vuelta al ordenador para que Gabriel y Sarah vieran la pantalla y pulsó el botón de PLAY. El hombre miraba algo en su móvil. Igual que la mujer que bebía vino en la mesa contigua. Una mujer trajeada, con el cabello moreno y un rostro atractivo. También ella llevaba gafas de sol, a pesar de que la terraza estaba a la sombra. Los cristales eran grandes, rectangulares. El tipo de gafas de sol que llevaban las actrices famosas para evitar que las reconocieran, pensó Gabriel.

A las 16:09:22, la mujer se llevaba el teléfono a la oreja. Gabriel no pudo distinguir si era ella quien llamaba o la llamaban, pero unos segundos después, a las 16:09:48, el hombre también se ponía a hablar por teléfono.

Gabriel puso en pausa la grabación.

—Qué coincidencia, ¿verdad?

—Sigue mirando.

Gabriel pulsó de nuevo el PLAY y vio que las dos personas sentadas en la *brasserie* Saint-Maurice ponían fin a sus llamadas telefónicas: la mujer primero; el hombre, veintisiete segundos después, a las 16:11:34. Él se marchó de la terraza a las 16:13:22 y subió al Citroën ranchera. La mujer partió tres minutos después, a pie.

—Ya puedes pararlo.

Gabriel obedeció.

—No hemos podido comprobar que los dos individuos de la *brasserie* Saint-Maurice mantuvieran una conversación por teléfono o a través de Internet a las cuatro y once minutos de la tarde del día de autos. Si tuviera que aventurar una conjetura...

—Los teléfonos eran un señuelo. Estaban hablando directamente entre sí en la terraza del café.

—Sencillo, pero eficaz.

—¿Adónde fue ella después?

Rousseau les mostró otra fotografía: una mujer trajeada subiendo al asiento del copiloto de una Ford Transit gris clara, con la mano enguantada apoyada en el tirador de la puerta.

—¿Dónde se hizo esta foto?

—En la *avenue* de Cran. Cruza un barrio obrero a las afueras de la ciudad, por el lado oeste.

—¿Pudisteis ver al conductor?

Otra fotografía se deslizó sobre la mesa de reuniones. Mostraba a un hombre de aspecto tosco que usaba gorro de lana y, cómo no, gafas de sol. Gabriel dedujo que había otros agentes en la trasera de la furgoneta, todos ellos armados con subfusiles HK MP5. Le devolvió la fotografía a Rousseau, que estaba absorto en la preparación ritual de su pipa.

—Quizá sea buen momento para que me expliques qué pintas tú en este asunto.

—Su alteza real ha solicitado mi ayuda.

—El Estado francés cuenta con medios de sobra para rescatar a la princesa Rima sin necesidad de que intervenga el servicio secreto israelí.

—Su alteza real no está de acuerdo.

—¿Ah, no? —Rousseau encendió una cerilla y la acercó a la cazoleta de la pipa—. ¿Ha recibido algún mensaje de los secuestradores?

Gabriel le pasó la nota de rescate. Rousseau la leyó entre la neblina del humo.

—Es curioso que Jalid no nos lo haya notificado. Me figuro que no quiere que metamos las narices en las luchas intestinas por el control de la Casa de Saud. Pero ¿por qué diablos ha recurrido a ti?

—Eso mismo me pregunto yo.

—¿Y si no la encuentras antes de que acabe el plazo?

—Su alteza real tendrá que tomar una decisión difícil.

Rousseau arrugó el entrecejo.

—Me sorprende que un hombre como tú se ponga al servicio de un hombre como él.

—¿El príncipe heredero no es de tu agrado?

—Creo que puedo afirmar sin temor a equivocarme que pasa más tiempo en mi país que en el tuyo. Como mando de la DGSI, he tenido ocasión de observarle de cerca. Nunca me creí ese cuento de hadas sobre que iba a reformar Arabia Saudí y Oriente Medio. Y tampoco me sorprendió que mandara matar a un periodista por atreverse a criticarle.

—Si tanto le indigna a Francia el asesinato de Omar Nawaf, ¿por qué permitíais que Jalid entrara en el país cada fin de semana para ver a su hija?

—Porque su alteza real es un incentivo económico con patas. Y porque, nos guste o no, va a ser el gobernante de Arabia Saudí durante mucho, mucho tiempo. Si es que consigues encontrar a su hija —añadió Rousseau con calma.

Gabriel no contestó.

La habitación se llenó de humo mientras Rousseau sopesaba sus alternativas.

—Que conste —dijo por fin— que el Gobierno de Francia no tolerará que te entrometas en la búsqueda de la hija del príncipe Jalid. Dicho esto, tu participación podría serle útil al Grupo Alfa. Siempre y cuando acordemos ciertas normas de partida, naturalmente.

—¿Cuáles, por ejemplo?

—Me darás información, como yo he hecho contigo.

—De acuerdo.

—No pincharás los teléfonos, chantajearás ni someterás a coacción a ningún ciudadano francés.

—A menos que se lo merezca.

—Y no harás ningún intento de rescatar a la princesa Rima en suelo francés. Si descubres su paradero, me lo harás saber y nuestra policía táctica se encargará de liberarla.

—*Inshallah* —masculló Gabriel.

—Entonces, ¿estamos de acuerdo?

—Eso parece. Yo encontraré a la princesa Rima y tú te llevarás los laureles.

Rousseau sonrió.

—Según mis cálculos, dispones de unos cinco días antes de que expire el plazo. ¿Cómo piensas proceder?

Gabriel señaló la fotografía del hombre sentado en la *brasserie* Saint-Maurice.

—Voy a encontrarle y a preguntarle dónde tiene escondida a la princesa.

—Dado que soy tu socio en la sombra, quisiera darte un consejo. —Rousseau señaló la fotografía de la mujer que subía a la furgoneta—. Pregúntaselo a ella, mejor.

17

PARÍS – ANNECY

La embajada israelí estaba ubicada en la orilla opuesta del Sena, en la *rue* Rabelais. Gabriel y Sarah pasaron allí cerca de una hora: Gabriel, en la cámara de comunicaciones de la delegación de la Oficina y Sarah en la antesala del embajador. Al marcharse, compraron café y bocadillos en un puesto de comida para llevar que había a la vuelta de la esquina y a continuación cruzaron los distritos meridionales de París hasta la A6, la Autoroute du Soleil. La hora punta de la tarde había pasado hacía largo rato y la carretera se extendía ante Gabriel casi vacía de tráfico. Pisó a fondo el acelerador del Passat y sintió un leve hormigueo de rebeldía al oír rugir el motor.

—Ya has demostrado que tenías razón sobre el coche. Ahora, por favor, frena. —Sarah desenvolvió un bocadillo y se puso a comer con voracidad—. ¿Por qué será que en Francia todo sabe mejor?

—Eso no es cierto, en realidad. Ese bocadillo sabrá exactamente igual cuando crucemos la frontera suiza.

—¿Es ahí donde vamos?

—En última instancia, sí.

—¿Cuál va a ser nuestra primera parada?

—He pensado que deberíamos echarle un vistazo a la escena del crimen.

Sarah dio otro mordisco a su bocadillo.

—¿Seguro que no quieres uno?

—Luego, quizá.

—Se ha puesto el sol, Gabriel. Ya puedes comer.

Encendió la lámpara de lectura de su lado del coche y abrió el dosier que Paul Rousseau había deslizado en el maletín de Gabriel cuando se marchaban de la sede del Grupo Alfa. Contenía una fotografía de Jalid y Rafiq al Madani a bordo del Tranquillity tomada con teleobjetivo. Gabriel la miró de soslayo y volvió a fijar la vista en la carretera.

—¿De cuándo es?

Sarah dio la vuelta a la fotografía y leyó el membrete de la DGSI inscrito en la parte de atrás.

—Del veintidós de agosto, en la bahía de Cannes. —Observó atentamente la imagen—. Conozco esa expresión. Es la cara que pone Jalid cuando alguien le dice algo que no quiere oír. La primera vez que la vi fue cuando le dije que no quería ser su asesora en cuestiones artísticas.

—¿Y la segunda?

—Cuando le dije que cometía una estupidez si se gastaba quinientos millones de dólares en un presunto Leonardo.

—¿Has estado alguna vez en el yate?

Ella negó con la cabeza.

—Demasiados malos recuerdos. Cada vez que Jalid me invitaba, me inventaba una excusa para no ir. —Volvió a mirar la fotografía—. ¿De qué crees que estaban hablando?

—Del mejor modo de librarse de un periodista metomentodo llamado Omar Nawaf, quizá.

Sarah guardó la foto en la carpeta.

—Creía que Jalid iba a cortarles el grifo a los radicales —comentó.

—Yo también.

—Entonces, ¿por qué se codea con un wahabí fanatizado como Al Madani?

—Buena pregunta.

—Yo que tú le pondría bajo vigilancia.

—¿Qué crees que he estado haciendo abajo, en la embajada?

—No lo sé, no me has invitado. —Sarah extrajo otra fotografía del dosier de Rousseau. Un hombre y una mujer sentados en sendas mesas de la *brasserie* Saint-Maurice de Annecy, cada uno con un móvil en la mano—. ¿Y de qué crees que hablaban *estos*?

—De nada bueno.

—Evidentemente, no son saudíes.

—Evidentemente.

Sarah observó la foto del pasaporte.

—En mi opinión no tiene pinta de británico.

—¿Y qué pinta tienen los británicos?

Sarah desenvolvió otro bocadillo.

—Come algo. Estarás de mejor humor.

Gabriel dio un mordisco al bocadillo.

—¿Y bien?

—Puede que sea el mejor bocadillo que he probado.

—Ya te lo decía yo —dijo Sarah—. En Francia todo sabe mejor.

Eran poco más de las doce de la noche cuando llegaron a Annecy. Dejaron el Passat frente a la *brasserie* Saint-Maurice y se registraron en un hotelito cercano a la catedral. Pasadas la cuatro de la madrugada, a Gabriel le despertó una riña callejera, justo debajo de su ventana. Incapaz de volver a dormirse, bajó al comedor y leyó la prensa de París y Ginebra mientras se tomaba varios cafés. La última salida de tono de Washington copaba los titulares. No había ninguna mención, en cambio, a la princesa saudí desaparecida.

Sarah bajó a las nueve y pocos minutos. Dieron un paseo de una hora por los canales verdecidos de musgo del casco viejo para averiguar si alguien los seguía. Al cruzar el Pont des Amours, concluyeron que no.

Regresaron al hotel el tiempo justo para recoger su equipaje y luego se encaminaron a la *brasserie* Saint-Maurice. Sarah pidió un *café crème* mientras Gabriel, fingiendo tener el coche averiado, registraba el Passat en busca de explosivos o dispositivos de seguimiento. Al no encontrar indicios de que el coche hubiera sido manipulado, metió las maletas en el asiento trasero y llamó a Sarah con una inclinación de cabeza. Salieron de Annecy por la *avenue* de Cran, pasando junto al lugar donde la mujer había subido a la furgoneta Transit, y pusieron rumbo a la D14.

La carretera comarcal los condujo hacia el oeste a través de una hilera de pueblos y villorrios alpinos que bordeaban la ribera del río Fier. Más allá del caserío de La Croix, subía bruscamente y, tras atravesar una arboleda, salía de nuevo a un paisaje de campos de labor propio de Van Gogh. Al llegar a la intersección con la D38, Gabriel detuvo el coche en la cuneta de hierba y apagó el motor. El silencio era absoluto. A un kilómetro de distancia, un pueblecito se alzaba en lo alto de una loma. Por lo demás, no había a la vista ni un solo edificio, ni una sola casa.

Gabriel abrió la puerta del coche y puso el pie en el suelo. Al instante notó que pisaba cristales rotos. Los había por todas partes, en las cuatro esquinas del cruce imperfecto. La policía francesa, en su precipitación, no había limpiado como era debido el lugar de los hechos. Incluso había aún un rastro de sangre en el asfalto, semejante a una mancha de aceite, y la larga huella de un frenazo. Gabriel dedujo que era del Range Rover. Lo veía claramente: el choque, los disparos, la explosión controlada, una niña arrancada del asiento trasero de un coche de lujo. Fue contando los segundos con la mano derecha. Veinticinco, treinta como mucho.

Montó en el coche junto a Sarah, pero dejó el dedo suspendido sobre el botón de arranque.

—¿En qué estás pensando?

—Yo tampoco creo que Ronald Burke tenga pinta de inglés. —Gabriel puso en marcha el motor—. ¿Has estado alguna vez en el *château* de Jalid?

—Solo una.

—¿Recuerdas cómo se va?

Sarah señaló al oeste.

El castillo hizo sentir su presencia ya antes de que llegaran a la entrada principal. Estaba, por de pronto, el muro. Tenía muchos kilómetros de longitud y estaba construido en piedra de la región y coronado por varias filas de alambre de espino inclinadas hacia fuera. A Gabriel le recordó a la valla que recorría Grosvenor Place, en Londres, separando los terrenos del palacio de Buckingham del populacho del vecino barrio de Belgravia. La verja misma era un horrible armatoste de barrotes de hierro y faroles dorados, detrás del cual una impecable avenida de grava se adentraba en un suntuoso Versalles privado.

Gabriel lo observó en silencio.

—¿Por qué estoy intentando ayudar a un hombre capaz de gastarse cuatrocientos millones de euros en una casa así? —preguntó por fin.

—No lo sé, ¿por qué?

Antes de que él pudiera responder, su Blackberry tembló. Gabriel miró la pantalla con el ceño fruncido.

—¿Qué ocurre? —preguntó Sarah.

—Rafiq al Madani acaba de entrar en el Ministerio del Interior, en París.

18

GINEBRA

Durante su breve estancia en la delegación de la Oficina en París, Gabriel no solo había puesto a Rafiq al Madani bajo vigilancia. También había ordenado a la Unidad 8200 buscar la dirección de Lucien Villard, el exjefe de seguridad del Colegio Internacional de Ginebra. Los ciberladrones de la Unidad la consiguieron en cuestión de minutos introduciéndose en la sección de personal de la red informática del colegio como si pasaran por una puerta abierta de par en par. Villard vivía en un barrio muy transitado, en un bloque de pisos de estilo parisino. Su calle, repleta de tiendas y cafés, era un paraíso para un espía. Incluso había un hotel modesto, al que Gabriel y Sarah llegaron a mediodía. Gabriel pidió ver a un huésped llamado Lange y le indicaron una habitación de la segunda planta. Al llegar, encontraron un cartel de NO MOLESTEN colgando del picaporte y a Mijail Abramov aguardándolos al otro lado de la puerta entornada.

Miró a Sarah y sonrió.

—¿Pasa algo?

—No, solo que…

—¿Creías que iba a ser otro?

—Tenía esa esperanza, en realidad. —Sarah miró a Gabriel—. Podrías haberme dicho que iba a estar aquí.

—Mijail es un profesional y tú también. Estoy seguro de que podéis dejar de lado vuestras diferencias y convivir sin problemas.

—¿Como Israel y los palestinos?

—Todo es posible.

Gabriel pasó junto a ellos y entró en la habitación. Las luces estaban mitigadas; las contraventanas, cerradas del todo. Las únicas fuentes de luz eran la Blackberry de Mijail y el ordenador portátil abierto sobre el escritorio.

Mijail sacó una carpeta delgada del bolsillo exterior de su bolsa de viaje.

—Anoche pasamos las fotografías del hombre y la mujer de Annecy por nuestra base de datos.

—¿Y?

—Nada. Lo mismo con el pasaporte.

Gabriel se acercó a la ventana y miró por el filo de la contraventana.

—¿Qué edificio es el de Villard?

—El número veintiuno. —Mijail le pasó unos prismáticos Zeiss—. Segunda planta, lado derecho del edificio.

Gabriel observó las dos ventanas del piso de Lucien Villard que daban a la calle. Vio un cuarto de estar escuetamente amueblado, pero ni rastro del propio Villard.

—¿Seguro que está ahí?

Mijail subió el volumen del portátil. Unos segundos después, Gabriel oyó los primeros compases del *I Want to Talk About You* de Coltrane.

—¿De dónde procede ese audio?

—De su teléfono móvil. La Unidad sacó su número del directorio del colegio. Esta mañana, cuando llegué, ya habían pinchado el teléfono y teníamos acceso a su correo y sus mensajes de texto.

—¿Algo interesante?

—Mañana por la tarde se marcha a Marrakech.

Gabriel le apuntó con los prismáticos.

—No me digas.

—Tiene reservado un vuelo de Lufthansa con una breve escala en Múnich. En primera clase todo el camino.

Gabriel bajó los prismáticos.

—¿Cuándo vuelve?

—El billete no tiene fecha de vuelta. Aún no ha reservado el vuelo de regreso.

—Supongo que, ahora que no trabaja, tiene tiempo de sobra.

—Y Marruecos es una delicia en esta época del año.

—Sí, lo recuerdo —dijo Gabriel con aire soñador—. ¿La Unidad ha podido ver su expediente?

—Cogieron una copia al salir.

—¿Y dice algo de que le echaron del SDLP por liarse con la esposa del presidente francés?

—Por lo visto se le olvidó mencionarlo cuando le hicieron la entrevista de trabajo.

—¿Algún otro dato de interés?

Mijail sacudió la cabeza.

—¿Cuánto le pagaban?

—Lo suficiente para alquilar un piso en un barrio pijo de Ginebra, pero no para permitirse otros lujos.

—¿Como un largo viaje a Marruecos?

—En primera clase, no lo olvides.

—No lo he olvidado. —La música de Lucien Villard llenó el silencio—. ¿Qué hay de su vida privada?

—Estuvo casado una vez, hace mil años.

—¿Hijos?

—Una hija. Se escriben un *e-mail* de vez en cuando.

—Qué bonito.

—Yo me reservaría mi opinión hasta haber leído los correos.

Gabriel se llevó de nuevo los prismáticos a los ojos y los dirigió hacia el piso de Villard.

—¿Hay una mujer?

—Si la hay, no se ha despertado aún. Pero a las cinco ha quedado para tomar una copa con una tal Isabelle Jeanneret.

—¿Quién es?

—De momento, solo es una dirección de correo. La Unidad está en ello.

—¿Dónde es la cita?

—En el café Remor, *place du* Cirque.

—¿Quién eligió el sitio?

—Ella. —Se hizo un silencio. Luego Mijail preguntó—: ¿Crees que sabe algo?

—No estaríamos aquí, si no.

—¿Cómo quieres hacerlo?

—Me gustaría hablar con él en privado.

—¿Una conversación amistosa?

—Eso depende totalmente de él.

—¿Cuándo procederemos?

—Cuando acabe de tomarse esa copa con *madame* Jeanneret en el café Remor. Sarah y tú os sentaréis en la mesa de al lado. —Gabriel sonrió—. Como en los viejos tiempos.

El tema de Coltrane acabó y comenzó el siguiente.

—¿Cómo se llama este? —preguntó Sarah.

—*You Say You Care*.

Sarah sacudió la cabeza lentamente.

—¿No podías haber buscado a otro al que traer a Ginebra?

—Se ofreció voluntario.

Vieron a Villard por primera vez a la una y media, de pie en la ventana de su cuarto de estar, con el pecho desnudo y el móvil intervenido pegado a la oreja. Hablaba en francés con una mujer a la que el dispositivo identificaba únicamente como Monique. Estaba claro que se conocían bien. De hecho, ella pasó diez minutos explicándole con todo detalle lo que le haría si Villard accedía a verla esa noche. Él declinó el ofrecimiento alegando que tenía otro compromiso. No se molestó en ocultar que había quedado a las cinco con una tal Isabelle Jenneret para tomar una copa, ni mencionó su inminente viaje a Marrakech. A Gabriel, su actuación le pareció notable y dedujo que Lucien Villard era un hombre que mentía a menudo y bien.

Monique puso fin a la llamada intempestivamente y Villard desapareció de la vista. Volvieron a verle alguna que otra vez cuando pasaba por delante de la cámara del móvil, pero sobre todo oyeron abrirse y cerrarse cajones, un sonido que Gabriel, veterano curtido en innumerables operaciones de vigilancia, asociaba con el acto de hacer la maleta. Eran dos en realidad: una bolsa de deporte y un mamotreto rectangular con ruedas, del tamaño de un baúl. Villard las dejó en la entrada antes de bajar.

Volvieron a verle cuando salió a la transitada calle vestido con un tres cuartos de piel, vaqueros oscuros y botas de ante con cordones. Se paró un momento en la acera y miró a derecha e izquierda. Por costumbre quizá, pensó Gabriel, o quizá porque temía que estuvieran vigilándole. Se llevó un cigarrillo a los labios, encendió el mechero y la fría brisa invernal se llevó el soplo de humo. Luego se metió las manos en los bolsillos y echó a andar hacia el centro de Ginebra.

Gabriel se quedó en el hotel mientras Mijail y Sarah seguían a Villard a pie. La Unidad 8200 podía seguir cada uno de sus movimientos gracias al teléfono. Mijail y Sarah servían meramente como observadores. Se mantuvieron a distancia prudencial, fingiendo a veces ser pareja y otras yendo cada uno por su lado, de ahí que solo Sarah le viera entrar en la oficina de un pequeño banco privado, al lado de la *rue du* Rhône. A través del teléfono intervenido, Gabriel fue testigo de la transacción que llevó a cabo Villard dentro del banco: la transferencia de una suma importante de dinero a un banco de Marrakech. Acto seguido, Villard pidió entrar en su caja fuerte. Como en ese momento llevaba el teléfono en el bolsillo, la cámara no registró ninguna imagen, pero la secuencia de sonidos —el chirrido de una bisagra, un susurro de papeles, el silbido de la cremallera de una chaqueta de cuero— hicieron pensar a Gabriel que había sacado algo de la caja, en lugar de añadirlo.

Mijail estaba tomando café en el Starbucks que había al otro lado de la calle cuando Villard salió por fin del banco. El francés miró su reloj de pulsera —eran las cuatro y media en punto— y enfiló a buen paso la *rue du* Rhône. Siguió la avenida hasta el río y callejeó a continuación por las estrechas y tranquilas callejuelas del casco viejo, hasta llegar a la *place* de la Synagogue, donde Gabriel estaba esperando sentado al volante del Passat.

El café Remor estaba a cien metros de allí, en el *boulevard* Georges-Favon. Había varias mesas libres en la *place du* Cirque y varias más bajo el entoldado. Villard se sentó fuera, en la plaza. Mijail se reunió con Sarah bajo el toldo. La llama de una estufa de gas disipaba el frío de la tarde.

Sarah se llevó una copa de vino tinto a los labios.

—¿Qué tal lo he hecho?

—No has estado mal —respondió Mijail—. Nada mal.

Pasaron diez minutos sin que apareciera nadie. Villard se fumó dos cigarrillos encendiendo el segundo con el primero y miró un par de veces el móvil, que había dejado sobre la mesa. Por fin, a las cinco y cuarto, hizo una seña a un camarero y pidió. Un momento después le llevaron una botella de Kronenbourg.

—Parece que le ha dado plantón —comentó Mijail—. Yo en su lugar llamaría a Monique antes de que sea demasiado tarde.

Sarah, sin embargo, no le escuchaba. Estaba observando a un hombre que venía por el bulevar. Daba la impresión de ser, por atuendo y apariencia, un banquero o un empresario suizo de unos cincuenta años que volvía a casa tras un próspero día en la oficina. Llevaba un lujoso abrigo marrón y, en la mano izquierda, un maletín de piel de color burdeos que dejó en el suelo, junto a Lucien Villard, antes de sentarse en la mesa contigua.

—¿Crees que es una coincidencia que se haya sentado al lado de nuestro amigo habiendo tantas mesas libres? —preguntó Mijail en voz baja.

—No —respondió Sarah—. En absoluto.

—Su cara me suena.

—Normal.

—¿Dónde le he visto antes?

—En la *brasserie* Saint-Maurice de Annecy.

Él la miró perplejo.

—Es la cara que pasaste por la base de datos de King Saul Boulevard anoche.

Mijail sacó su Blackberry y marcó.

—A que no sabes quién acaba de llegar al café Remor.

—Sí, lo sé —contestó Gabriel—. Estoy justo enfrente.

19

GINEBRA

Gabriel estaba cometiendo una ilegalidad al aparcar en un vado de la *place du* Cirque, y al llevar una Beretta de 9 mm con empuñadura de nogal en el asiento del copiloto, bajo un ejemplar de *Le Temps* de esa misma mañana. Había puesto allí la pistola al ver al hombre del abrigo marrón acercarse por el bulevar. Vestía más formalmente, iba peinado de otra manera y llevaba gafas de montura negra, pero no había duda, era él. Gabriel, que se había pasado la vida restaurando lienzos de maestros antiguos, había desarrollado una habilidad casi perfecta para distinguir caras conocidas bajo cualquier disfraz. El hombre que acababa de sentarse junto a Lucien Villard había estado en la *brasserie* Saint-Maurice de Annecy el día del secuestro de la princesa Rima.

Gabriel pensó en intentar detenerle, pero lo descartó de inmediato. Aquel individuo era un profesional y sin duda iba armado hasta los dientes. No se rendiría fácilmente y casi con toda seguridad lloverían las balas en una ajetreada plaza del centro de Ginebra.

No estaba dispuesto a correr ese riesgo. El código de la Oficina prohibía el uso de armas de fuego en entornos urbanos muy poblados, a no ser que el agente en cuestión corriera peligro de perder la vida o caer en manos de una potencia enemiga. No era el caso. Gabriel y Mijail podían seguirle cuando saliera del café Remor y abordarle en el momento y el lugar que les conviniera. Después, le instarían a revelarles el paradero de la princesa Rima mediante persuasión o por la fuerza. O quizá, si la fortuna les sonreía, Villard los conduciría directamente hasta la princesa. Era mejor esperar, concluyó Gabriel, que actuar con precipitación y arriesgarse a perder la oportunidad de salvar la vida a la niña.

Desde su punto de observación alcanzaba a ver que el hombre del abrigo marrón no había pedido aún. Su postura era idéntica a la que había adoptado en la *brasserie* Saint-Maurice: las piernas cruzadas con aire relajado, el codo derecho sobre la mesa, la mano izquierda apoyada en el muslo, desde donde podía alcanzar fácilmente su pistola. El maletín que había llevado al café descansaba sobre la acera, entre su mesa y la de Villard. Era un sitio raro para dejarlo. A menos, claro, que no tuviera intención de llevárselo cuando se fuera.

Pero ¿qué hacía el hombre del abrigo marrón sentado en la terraza de un café junto al exjefe de seguridad del Colegio Internacional de Ginebra? Villard tenía su teléfono sobre la mesa, delante de él. La Unidad 8200 lo había conectado a la Blackberry de Gabriel. El sonido era cristalino —Gabriel podía oír el tintineo de los cubiertos y los vasos del café y la charla de los transeúntes que pasaban por la acera—, pero había una demora de unos segundos en la transmisión. Era como ver una película antigua, con el sonido y la imagen desincronizados. Los dos protagonistas del film aún no habían hablado. Era posible, se dijo Gabriel, que no llegaran a hacerlo.

En ese momento oyó dos golpes en la ventanilla: un policía tocó con los nudillos y, con un escueto ademán de la mano enguantada, le indicó que se pusiera en marcha. Gabriel hizo un gesto de disculpa y, apartándose del bordillo, se incorporó rápidamente al tráfico de la tarde. Cambió de dirección varias veces en rápida

107

sucesión —a la derecha en la *avenue du* Mail, a la izquierda en la *rue* Harry-Marc y otra vez a la izquierda en el *boulevard* Georges-Favon— y regresó a la *place du* Cirque.

Aprovechó que el semáforo estaba en rojo para demorarse un poco. Varios transeúntes cruzaron el paso de peatones justo delante de él. Uno de ellos era un hombre de aspecto adinerado que llevaba un abrigo marrón. Detrás de él, a escasos pasos de distancia, iba Mijail Abramov. Sarah seguía en el café Remor, con la mirada fija en Lucien Villard, que en ese instante echaba mano al maletín dejado en la acera.

Había reparado en él por primera vez, en aquel tipo larguirucho, pálido y de ojos incoloros, cuando estaba sentado en el café Remor junto a aquella rubia tan atractiva. Y ahora aquí estaba otra vez, el mismo individuo, siguiéndole por la *rue* de la Corraterie en medio de la oscuridad. También le seguía un coche: el mismo que estaba aparcado en un vado de la *place du* Cirque. Del conductor solo había alcanzado a ver un mechón de canas en la sien.

Pero ¿cómo le habían encontrado? Estaba seguro de que nadie le había seguido hasta el café Remor. La explicación lógica era, por tanto, que estaban vigilando a Villard y no a él. Poco importaba, en todo caso: Villard no sabía casi nada. Y dentro de unos minutos ya no supondría ningún peligro.

Sacó el móvil del bolsillo del abrigo y marcó un número grabado. La conversación, cifrada, fue muy breve. Cuando terminó, colgó y se detuvo ante un escaparate. Al mirar de reojo a la izquierda, vio al hombre pálido y, más allá, calle abajo, el coche.

Esperó a que pasara un tranvía, cruzó la calle y entró en un pequeño cine. La película acababa de empezar. Compró una entrada y penetró en la sala a oscuras, medio vacía. La salida de emergencia estaba a la izquierda de la pantalla. La alarma pitó con estrépito cuando se apoyó en la barra y salió de nuevo a la calle.

Se encontró en un patio rodeado por un muro alto. Lo escaló sin apenas esfuerzo, saltó a una calle adoquinada y, cruzando un pasadizo, se internó en el casco viejo. Frente a una librería de viejo había aparcada una escúter Piaggio. En el sillín se sentaba una figura enfundada en cuero y con casco. Él montó detrás y enlazó con los brazos una cintura estrecha.

Aún sonaba la alarma cuando Mijail entró en el cine. No se molestó en comprar la entrada y tuvo que hacer dos intentos de escalar el muro del patio trasero antes de conseguirlo. La calle en la que aterrizó estaba desierta de coches y peatones. Al levantarse, corrió atropelladamente por los adoquines hasta llegar a una linda placita en el corazón del casco viejo. Allí vio al hombre del abrigo marrón subir a la parte de atrás de una motocicleta. Mijail pensó un instante en sacar el arma y arriesgarse a disparar, pero finalmente regresó corriendo a la *rue* de la Corraterie, donde le esperaba Gabriel.

—¿Dónde está?

Mijail le explicó lo de la motocicleta.

—¿Has visto quién conducía?

—Llevaba casco, pero era una mujer.

—¿Una mujer? ¿Estás seguro?

Mijail asintió.

—¿Y Villard?

—Acaba de salir del café Remor.

—Seguido por una conservadora de museo desarmada y con poca experiencia práctica en técnicas de vigilancia callejera.

Gabriel pisó a fondo el acelerador y dio media vuelta delante de un tranvía que se acercaba.

—Vas en sentido contrario.

—Si no voy en sentido contrario, tardaremos diez minutos en volver a la *place du* Cirque.

Mijail se puso a tamborilear con nerviosismo sobre la consola central del coche.

—Espero que sea dinero.

—Yo también.

El primer error de Sarah fue no pagar antes la cuenta, un pecado capital en labores de vigilancia. Cuando al fin consiguió llamar la atención del distraído camarero, Lucien Villard ya había salido de la *place du* Cirque y llevaba recorrido un buen trecho del *boulevard* Georges-Favon. Temiendo perderle entre el gentío que saturaba las calles a esa hora de la tarde, apresuró demasiado el paso y ese fue su segundo error.

Sucedió en el cruce de la *rue du* Stand. Villard estaba a punto de cruzar pero, al ponerse el semáforo en rojo, se detuvo bruscamente y sacó un paquete de tabaco. La brisa soplaba del Ródano, que quedaba justo delante de él. Al volverse, vio a Sarah mirando el escaparate de una tienda de vinos, a unos treinta metros de distancia. La miró indisimuladamente unos segundos, con el cigarrillo entre los labios, el encendedor en la mano derecha y el maletín en la izquierda. El maletín que le había dado el hombre del abrigo marrón.

De repente, tiró el cigarrillo al suelo y dio dos bruscos pasos hacia Sarah. Ella vio entonces un fogonazo de luz blanca y sintió que una ráfaga de viento huracanado y abrasador la atravesaba. La levantó del suelo y la arrojó a la acera. Se quedó muy quieta, incapaz de moverse o de respirar, preguntándose si estaba viva o había muerto ya. Era consciente de que había a su alrededor cristales rotos, vísceras y miembros humanos. Y sangre. Sangre por todos lados. Era en parte suya, se temió. Y en parte chorreaba sobre ella desde las ramas desnudas del árbol bajo el cual yacía.

Por fin oyó que alguien la llamaba por su nombre acentuando la segunda sílaba en vez de la primera. Vio a una mujer que cruzaba renqueando una explanada bañada por el sol, junto al mar, con la cara envuelta en un velo negro. Luego la mujer desapareció y un hombre ocupó su lugar. Tenía los ojos de un gris azulado, como hielo glacial, y gritaba a voz en cuello.

—¡Sarah! ¡Sarah! ¿Me oyes, Sarah?

SEGUNDA PARTE

ABDICACIÓN

20

GINEBRA – LYON

La bomba no era grande —apenas cinco kilos de alto explosivo de uso militar—, pero había sido fabricada por un experto. No estaba contenida en un coche o un camión, sino en un maletín. El hombre que lo sostenía cuando estalló quedó reducido a un muestrario de órganos y extremidades, entre ellas una mano que fue a parar al parabrisas de un coche que circulaba por el *boulevard* Georges-Favon. Dentro de los restos de una chaqueta de cuero que envolvía lo que quedaba de un torso humano, se encontró una cartera, todo ello perteneciente a un tal Lucien Villard, veterano del Service de la Protection francés, que hasta hacía poco había trabajado como jefe de seguridad del Colegio Internacional de Ginebra. En la explosión murieron otras dos personas: un hombre de veintiocho años y una mujer de treinta y tres. Ambos se hallaban al lado de Villard mientras este esperaba para cruzar la *rue du* Stand y eran ciudadanos suizos residentes en el cantón de Ginebra.

Costó más identificar el maletín, puesto que no quedaba prácticamente nada de él. La Policía Federal suiza obtuvo imágenes de cámaras de seguridad en las que aparecía Lucien Villard cogiendo el maletín en el café Remor. Lo había dejado allí un hombre con gafas y abrigo marrón al que, cuando se marchó a pie de la terraza del café, siguieron dos individuos: uno alto, de piel y cabello claros, y otro que conducía un Passat. El hombre del abrigo marrón mantuvo una breve conversación telefónica antes de entrar —y volver a salir de inmediato— de un cine de la *rue* de la Corraterie. Onyx, el eficaz sistema de espionaje de telecomunicaciones del estado suizo, consiguió, pasado un tiempo, interceptar la llamada. La destinataria era una mujer, y habían hablado sucintamente en francés, un idioma que, según concluyeron los lingüistas forenses, no era la lengua materna de ninguno de los dos.

En cuanto a Lucien Villard, salió del café Remor con el maletín a las 5:17 de la tarde, seguido por una mujer que se hallaba en el café en compañía del hombre alto. La mujer estaba en el *boulevard* Georges-Favon, a media manzana de Villard, cuando hizo explosión la bomba. Yació varios minutos en la acera, sin moverse, como si se contara entre los muertos. Luego apareció el hombre alto y la introdujo a toda prisa en el asiento trasero del Passat.

El coche tenía matrícula francesa y regresó a Francia a los pocos minutos de abandonar el lugar de la explosión. Poco antes de las nueve de la noche entró en un aparcamiento del centro de Lyon con la matrícula casi cubierta por completo de barro. Gabriel ocultó la llave al lado de la rueda trasera izquierda, en la cavidad de la carrocería, mientras Mijail ayudaba a Sarah a salir. Ella se tambaleaba cuando cruzaron la calle hasta la Gare de la Part Dieu.

El último tren a París estaba a punto de salir. Mijail compró rápidamente tres billetes y juntos se dirigieron al andén. El vagón en el que entraron estaba casi vacío. Mijail se sentó a solas en la parte delantera, en un asiento que miraba hacia el lado contrario. Gabriel y Sarah se sentaron en el lado de estribor. Ella tenía la cara cenicienta y el cabello húmedo. Mijail le había lavado la sangre con un par de litros de agua mineral y a continuación le había puesto ropa limpia. Por suerte, la sangre no era suya. Era de Lucien Villard.

Sarah examinó su reflejo en la ventanilla.

—Ni un solo rasguño. ¿Cómo lo explicas?

—La bomba estaba diseñada para limitar el número de víctimas colaterales.

—¿Visteis la explosión?

Gabriel negó con la cabeza.

—Solo la oímos.

—Yo la vi. Por lo menos eso creo. De lo único que me acuerdo es de la cara de Lucien Villard cuando le hizo trizas. Parecía…

—¿Un terrorista suicida?

Sarah asintió lentamente.

—¿Alguna vez has visto uno?

—¿Un terrorista suicida? He perdido la cuenta.

Sarah hizo de pronto una mueca de dolor.

—Me siento como si me hubiera pasado por encima un camión. Puede que tenga un par de costillas rotas, creo.

—Te llevaremos a que te eche un vistazo un médico antes de que subas al avión.

—¿Qué avión?

—El que va a llevarte de París a Nueva York.

—No voy a ir a ninguna parte.

Gabriel no se molestó en responder. La cara que reflejaba el cristal estaba contraída de dolor.

—La tarde no ha salido como estaba previsto, que digamos —comentó Sarah—. Lucien Villard ha volado en pedazos y uno de los secuestradores de Rima se nos ha escapado por los pelos.

—Es un buen resumen de la situación, me temo.

—Se nos vino a los brazos y le dejamos escapar.

—Mijail y yo, no tú.

—Quizá deberíamos haberle abordado en la cafetería.

—O quizá deberíamos haberle pegado un tiro cuando iba andando por esa calle tan tranquila, cerca del cine. Un balazo suele desatarle la lengua hasta al más duro.

—Sí, de eso también me acuerdo. —Sarah contempló por la ventanilla la fea *banlieue* que atravesaba el tren—. Supongo que ya sabemos cómo averiguaron los secuestradores que la hija de Jalid iba a ese colegio.

—Dudo que necesitaran a Villard para eso.

—¿Qué servicio les prestó, entonces?

—Explicar eso requeriría cierta dosis de especulación por mi parte —repuso Gabriel.

—El camino hasta París es largo. Puedes especular a tus anchas.

—Vigilancia pormenorizada del objetivo —dijo él pasado un momento.

—Continúa.

—No podían encargarse ellos mismos porque sabían que los servicios de seguridad suizos la tenían vigilada. Por eso pagaron a alguien. A alguien que supuestamente tenía que velar por su seguridad.

—¿Sabía Villard para quién trabajaba?

—Lo dudo.

—Entonces, ¿para qué matarle?

—Imagino que querían eliminar a cualquiera que pudiera implicarlos. Aunque también es posible que Villard hiciera alguna tontería.

—¿Como qué?

—Puede que los amenazara. O que pidiera más dinero.

—Debía de pensar que el maletín contenía dinero. ¿Por qué, si no, iba a cogerlo? —Sarah miró a Mijail, que los observaba desde el otro extremo del vagón—. Deberías haber visto su cara cuando pensó que estaba muerta.

—La vi, de hecho.

—Sé que está enamorado de como se llame, pero todavía le importo. —Apoyó la cabeza en el hombro de Gabriel—. ¿Qué vamos a hacer ahora?

—Tú, irte a casa, Sarah.

—Ya estoy en casa —contestó, y cerró los ojos.

21

Más tarde, esa misma noche, mientras el tren en el que viajaba el jefe del servicio de espionaje israelí se acercaba a la Gare de Lyon de París, tres encapuchados despertaron a la princesa Rima bint Jalid Abdulaziz al Saud de un sueño atormentado. Estaban a todas luces nerviosos, lo que sorprendió a Rima. Desde el incidente del cuaderno, la relación con sus secuestradores era formal y silenciosa, pero desprovista de rencor. Los tres encapuchados eran hombres. De hecho, hacía algún tiempo que Rima no veía a la mujer. No sabía cuánto exactamente. Medía el paso de las horas y los días no con un reloj o un calendario, sino por el ritmo de sus comidas y sus visitas vigiladas al aseo.

Uno de los hombres empuñaba un cepillo de pelo y un pequeño espejo de mano en forma de raqueta. También llevaba una nota. Quería que Rima se aseara. Por qué, no lo decía. Al verse en el espejo, Rima se quedó de piedra. A duras penas reconoció aquella cara pálida y demacrada. Su melena negra era una maraña sucia y repulsiva.

El hombre se retiró mientras ella, con el espejo delante, trataba de desenredar aquel zarzal. Volvió un momento después con un periódico londinense y una cámara instantánea de color rojo. Parecía un juguete, no algo propio de un criminal implacable. Le dio el periódico —la edición matinal del *Telegraph*— y le indicó con gestos desmañados que lo sujetara debajo de la barbilla. Para hacerse la foto, Rima adoptó el *yuhaimin*, la tradicional cara de enfado de los beduinos árabes. Con la mirada, sin embargo, le suplicó a su padre que pusiera fin a su calvario.

Se encendió el *flash* y unos segundos después la cámara expelió la fotografía. Luego el hombre hizo otra foto, que prefirió a la primera. Se guardó ambas y los otros dos hombres se dispusieron a marcharse.

—¿Puedo quedármela?

El hombre la interrogó con la mirada por detrás de la capucha.

—La que no van a mandarle a mi padre para demostrar que estoy viva.

Aquellos ojos parecieron sopesar cuidadosamente su petición. Luego, la foto descartada voló por el aire y describió una suave parábola antes de posarse en el camastro, junto a Rima. Se cerró la puerta, chirriaron los cerrojos. La luz del techo se encendió.

Rima cogió la foto. Estaba bastante bien. Parecía mayor y un poco borracha o drogada, y un pelín sexi, como las modelos de *Vogue* o *Glamour*. Aunque dudaba de que su padre opinara lo mismo.

Se echó en el camastro en posición supina y observó los ojos de la niña de la fotografía.

—Estáis muertos —musitó—. Muertos, muertos, muertos.

22

PARÍS – LONDRES

El piso franco estaba situado en un pequeño edificio de apartamentos junto al Bois de Boulogne. Mijail y Sarah ocuparon cada uno una habitación y dejaron el sofá cama del cuarto de estar —o el «lecho de clavos», como lo llamaban en la Oficina— a Gabriel. De ahí que, al igual que la princesa Rima, no durmiera bien esa noche.

Se levantó temprano, se vistió y salió a la luz fría y niquelada de la mañana. Dos escoltas de la embajada esperaban en un Renault con matrícula diplomática aparcado junto a la acera. Le llevaron por calles tranquilas hasta la Gare du Nord, donde subió al Eurostar de las ocho y cuarto con destino a Londres. Su asiento estaba en primera clase. Rodeado por financieros y comerciantes, leyó los periódicos de la mañana. Estaban llenos de relatos imprecisos del misterioso atentado de Ginebra en el que se había visto implicado el exjefe de seguridad de un colegio privado de élite para hijos de diplomáticos.

Al acercarse el tren al túnel del Canal, Gabriel envió un mensaje de texto cifrado informando al destinatario de su llegada inminente a la capital británica. La respuesta tardó en llegar y fue poco hospitalaria. No incluía saludo ni preámbulo alguno, solo una dirección. Gabriel dedujo que era la de un piso franco. O quizá no. Los británicos no tenían pisos francos, pensó. Al menos, ninguno desconocido para Moscú Centro.

Eran las nueve y media cuando el tren entró en la estación internacional de St. Pancras, en Londres. Gabriel suponía que habría alguien esperándole, pero al cruzar el reluciente vestíbulo no vio ningún comité de bienvenida británico. Tendría que haber llamado de inmediato a la delegación de la Oficina en Londres para pedir un coche con escolta, pero prefirió pasar las dos horas siguientes deambulando por las calles del West End a fin de asegurarse de que nadie le seguía. Ello constituía una violación flagrante del protocolo de la Oficina, no sin precedentes en su caso. La última vez que se había aventurado a salir solo, se había topado con Rebecca Manning —la traidora que dirigía la delegación del MI6 en Washington—, acompañada por un equipo de agentes rusos fuertemente armados. Los rusos no habían sobrevivido. Rebecca Manning, para bien o para mal, sí.

La embajada rusa en Londres, con su bien nutrida *rezidentura* del SVR, ocupaba una valiosa parcela de terreno cerca de Kensington Palace. Gabriel pasó de largo siguiendo Bayswater Road y llegó hasta Notting Hill. La calle de St. Luke's Mews quedaba en la orilla norte del elegante vecindario, cerca de Westway. El número siete, como las demás viviendas de la calle, era un garaje reconvertido. En la fachada, una escala de grises: enladrillado gris claro y puerta y molduras grises oscuras. La aldaba era un gran anillo de color plata. Gabriel llamó dos veces y, al no obtener respuesta, volvió a llamar.

Por fin se abrió la puerta y Nigel Whitcombe le hizo pasar. Whitcombe acababa de cumplir cuarenta años, pero seguía pareciendo un adolescente al que hubieran estirado y moldeado para darle la apariencia de un hombre adulto. Gabriel le conocía desde que trabajaba de aprendiz en el MI5. Ahora era el edecán personal y principal recadero para asuntos oficiosos del director general del Servicio Secreto de Inteligencia británico o MI6.

—Estoy bien —dijo Gabriel con intención después de que Whitcombe cerrara la puerta—. ¿Tú qué tal, Nigel?

—Davies —respondió el inglés—. En los pisos francos solo usamos nombres en clave.

—¿Y quién me toca ser hoy?

—Mudd —contestó Whitcombe.

—Qué pegadizo.

—Si le dijera el que rechazamos…

—Puedo imaginármelo. —Gabriel paseó la mirada por el interior de la casita. Estaba recién reformada y aún olía a pintura, pero apenas había muebles.

—Tomamos posesión de la casa la semana pasada —explicó Whitcombe—. Es usted el primer invitado.

—Me siento honrado.

—No era esa nuestra intención, se lo aseguro. Estamos liquidando todo nuestro inventario de pisos francos. Y no solo en Londres. En todo el mundo.

—Pero no fui yo quien les dio el soplo a los rusos. Fue Rebecca Manning.

Se hizo un breve silencio. Luego Whitcombe añadió:

—Hace tiempo que nos conocemos, señor Mudd.

—Si vuelves a llamarme así…

—Desde la operación contra Kharkov. Y usted sabe que le tengo el mayor de los respetos…

—¿Pero?

—Habría sido preferible que la dejara desertar.

—Eso no habría cambiado nada, Nigel. Aun así, habría habido un escándalo y os habríais visto obligados a prescindir de todos vuestros pisos francos.

—No son solamente los pisos francos. Es todo. Nuestras redes, nuestros jefes de delegación, nuestros códigos y claves… A todos los efectos, nos hemos quedado fuera del mundo del espionaje.

—Es lo que pasa cuando los rusos consiguen introducir un topo en la cúspide de un servicio de inteligencia. Pero al menos vais a tener pisos francos nuevos —dijo Gabriel—. Este es mucho mejor que ese cuchitril de Stockwell.

—De eso también hemos tenido que prescindir. Estamos vendiendo y comprando propiedades tan rápidamente que hemos desestabilizado el mercado inmobiliario de Londres.

—Yo tengo un precioso piso en Bayswater del que quiero deshacerme.

—¿Ese con vistas al parque? Todo el mundo en este negocio sabe que es un piso franco de la Oficina. —Whitcombe sonrió por primera vez—. Discúlpeme. Estos últimos meses han sido una pesadilla. Rebecca estará disfrutando del espectáculo desde su nuevo despacho en Moscú Centro.

—¿Qué tal lo lleva C?

—Dejaré que se lo diga él mismo.

A través de la ventana delantera de la casa, Gabriel vio a Graham Seymour apearse del asiento trasero de un Jaguar enorme. Parecía fuera de lugar entre las casitas coloridas, como un viejo ricachón que fuera a visitar a su joven amante. Con sus facciones fotogénicas y su mata de pelo del color del peltre, se asemejaba a uno de esos modelos que salían en los anuncios de lujosas chucherías como plumas estilográficas o relojes suizos. Al entrar en la casita, inspeccionó el cuarto de estar como si tratara de ocultar su entusiasmo a ojos de un agente inmobiliario.

—¿Cuánto hemos pagado por este sitio? —le preguntó a Whitcombe.

—Casi dos millones, jefe.

—Me acuerdo de los tiempos en que bastaba con un cuartucho de alquiler en Chiswick. ¿Los de intendencia han llenado la despensa?

—Me temo que no.

—Hay un supermercado a la vuelta de la esquina. Té, leche y una caja de galletas. Y no tengas prisa, Nigel.

La puerta se abrió y se cerró. Seymour se quitó el abrigo Crombie y lo arrojó con descuido sobre el respaldo de una silla que parecía comprada en Ikea.

—Supongo que no ha quedado mucho presupuesto para decoración después de pagar dos millones de libras.

—Los espacios tan pequeños es mejor no llenarlos de muebles.

—Qué sabré yo.

Seymour vivía en una casona georgiana en Eaton Square con su esposa, Helen, que cocinaba con entusiasmo pero con poco acierto. El dinero procedía de la familia de ella. El padre de Seymour había sido un agente legendario del MI6 que trabajaba sobre todo en Oriente Medio.

—Me han dicho que has estado muy atareado últimamente.

—¿Ah, sí?

Seymour sonrió sin separar los labios.

—El GCHQ detectó un aumento repentino del tráfico de radio y telefonía en Teherán hace un par de noches. —El GCHQ era el servicio secreto de telecomunicaciones del Gobierno británico—. Francamente, aquello estaba que ardía.

—¿Y a qué se debía?

—Alguien entró en un almacén y se llevó un par de toneladas de carpetas y discos duros. El archivo completo del programa de armas nucleares de Irán, por lo visto.

—Imagínate.

Otra sonrisa, más larga esta vez.

—Como socios tuyos en numerosas operaciones contra el programa nuclear iraní, incluida una llamada Obra Maestra, nos gustaría ver esos documentos.

—Estoy seguro de que sí.

—*Antes* de que se los enseñes a los americanos.

—¿Cómo sabes que aún no se los hemos pasado a Langley?

—Porque no habéis tenido tiempo de analizar un tesoro de

ese calibre. Y si les hubierais dado algún material a los americanos, ellos me lo habrían pasado a mí.

—Yo no estaría tan seguro. Los americanos están tan preocupados por vuestro servicio como nosotros. Y con razón. A fin de cuentas, Rebecca pasó sus últimos meses en el MI6 robando todos los secretos americanos que podía.

A Seymour se le oscureció el semblante como si una sombra cayera sobre su cara.

—Rebecca es historia.

—No, no lo es, Graham. Ahora trabaja en el Departamento de Reino Unido de Moscú Centro. Y tú estás con el agua al cuello porque no sabes si tiene otro agente dentro del MI6.

—Por eso precisamente necesito un secreto jugoso que demuestre que sigo al pie del cañón.

—Entonces quizá deberíais salir a robar uno.

—Estamos demasiado ocupados haciéndonos trizas los unos a los otros para cometer un acto de espionaje como Dios manda. Estamos completamente paralizados.

—Igual que después de...

—Sí —le interrumpió Seymour—. El parecido entre aquella época y esta es asombroso. Tardamos años en volver a ponernos en pie después de que Philby nos echara abajo. No estoy dispuesto a permitir que eso vuelva a suceder.

—Y quieres que yo te ayude.

Seymour no dijo nada.

—¿Cómo puedo estar seguro de que los documentos iraníes no acabarán en el despacho de Rebecca en Moscú Centro? —preguntó Gabriel.

—No acabarán allí —contestó Seymour solemnemente.

—Y, si te los doy, ¿qué obtengo yo a cambio?

—Una tregua en nuestro conflicto interno y un regreso paulatino a la normalidad.

—¿Qué tal algo más tangible?

—Está bien —dijo Seymour—. Si me das esos documentos, te ayudaré a encontrar a la hija de JBM antes de que se vea forzado a abdicar.

—¿Cómo te has enterado de eso?

El inglés se encogió de hombros.

—Fuentes y métodos.

—¿Lo saben los americanos?

—Hablé anoche con Morris Payne de otro asunto. —Payne era el director de la CIA—. Sabe que han secuestrado a la hija de Jalid, pero parece ignorar que estás metido en este asunto. Está aquí, ¿sabes? —añadió de repente.

—¿Morris?

—Jalid. Llegó a Londres ayer por la tarde. —Seymour le observó con atención—. Me sorprende que, siendo ahora como sois uña y carne, no te haya dicho que venía.

—No me lo mencionó, no.

—¿Y no tienes localizado su teléfono móvil?

—Dejó de funcionar. Suponemos que tiene uno nuevo.

—Igual que el GCHQ.

—¿Qué puede haberle traído a la ciudad?

—Anoche cenó con su querido tío Abdulá. El hermano pequeño del actual rey.

—Medio hermano —repuso Gabriel—. Hay una gran diferencia.

—Razón por la cual Abdulá pasa gran parte de su tiempo aquí, en Londres. De hecho, somos vecinos, prácticamente. Abdulá se opuso en principio al ascenso de Jalid, pero se avino a razones después de que Jalid amenazara con llevarle a la bancarrota y ponerle bajo arresto domiciliario. Ahora es uno de sus consejeros íntimos. —Seymour frunció el ceño—. A saber de lo que hablarán. A pesar de que vive en un barrio elegante de Londres, Abdulá no le tiene mucha simpatía a Occidente.

—Ni a Israel —añadió Gabriel.

—En efecto. Pero es una figura influyente dentro de la Casa de Saud, y Jalid necesita su apoyo.

—¿Colabora con el MI6?

—¿Abdulá? ¿De dónde te has sacado esa idea? —Seymour se sentó—. Me temo que te has inmiscuido en un verdadero juego de tronos. Si tuvieras una pizca de sentido común, te apartarías y dejarías que los Al Saud resuelvan este asunto a golpes por su cuenta.

—Oriente Medio es un lugar demasiado peligroso. No podemos permitir que Arabia Saudí se desestabilice.

—Tienes toda la razón. Por eso estamos dispuestos a pasar por alto los defectos evidentes de JBM, incluido el asesinato de Omar Nawaf.

—¿Por qué lo hizo?

—Corren rumores —contestó Seymour vagamente.

—¿Qué clase de rumores?

—Rumores de que Nawaf sabía algo que no debía saber.

—¿El qué?

—¿Por qué no se lo preguntas a tu amigo? Se aloja en el Dorchester con nombre falso. —El inglés sacudió la cabeza con aire de reproche—. La verdad es que, si hubieran secuestrado a mi hija, yo no estaría en una *suite* de lujo del hotel Dorchester. Estaría buscando a sus secuestradores.

—Por eso acudió a mí. —Gabriel sacó una fotografía de su maletín. Mostraba a un hombre sentado en la terraza de un café francés.

—¿Quién es?

—Esperaba que tú me lo dijeras. —Le dio la fotocopia del pasaporte—. Es bastante bueno. Anoche, en Ginebra, despistó a Mijail en unos cinco segundos.

Seymour levantó la mirada.

—¿En Ginebra?

—¿Podría ser uno de los tuyos, Graham? ¿Un exagente del MI6 que ahora vende sus servicios al mejor postor?

128

—Lo comprobaré, pero lo dudo. De hecho, no me parece británico. —Seymour escudriñó la fotografía—. ¿Crees que es un profesional?

—No me cabe duda.

Seymour le devolvió la fotografía y la copia del pasaporte.

—Quizá deberías enseñarle esto a alguien que esté familiarizado con el lado oscuro del oficio.

—¿Conoces a alguien así?

—Podría ser.

—¿Te importa que le haga una visita?

—¿Por qué no? Ahora tiene tiempo de sobra. —Seymour contempló la habitación semivacía—. Como todos.

23

KENSINGTON, LONDRES

Hay hombres que siguen el camino recto hacia la redención y otros, como Christopher Keller, que dan un largo rodeo. Keller vivía en un dúplex de lujo en Queen's Gate Terrace, en Kensington, cuyas muchas habitaciones se hallaban casi desprovistas de muebles y decoración, lo que evidenciaba que su relación amorosa con Olivia Watson, una exmodelo dueña de una exitosa galería de arte moderno en St. James, había tocado a su fin. Olivia tenía un pasado casi tan complicado como el de Keller. El único común denominador entre ellos era Gabriel.

—Supongo que no harías ninguna tontería, ¿verdad?

—A ver, déjame que las cuente…

Keller sonrió a su pesar. Tenía los ojos azules claros, el cabello desteñido por el sol y el mentón grueso, con una incisión en el centro. Su boca parecía esbozar permanentemente una sonrisa irónica.

—¿Qué pasó?

—Olivia, eso pasó.

—¿Qué quieres decir?

—Por si no lo has notado, se ha convertido en la estrella del mundillo del arte londinense. Muchas fotos glamurosas en la prensa, mucha especulación sobre su misteriosa vida sentimental. Llegó un punto en que ya no podía salir a la calle con ella.

—Lo que, lógicamente, causó tensiones en vuestra relación.

—Olivia no es una persona hogareña, que digamos.

—Tampoco lo eres tú, Christopher.

Veterano del Servicio Aéreo Especial británico, Keller había servido como infiltrado en Irlanda del Norte, había luchado en la primera guerra del Golfo y había trabajado a las órdenes de cierto capo de la mafia corsa realizando labores que podían describirse como las de un asesino a sueldo. Pero todo era agua pasada. Gracias a Gabriel, Christopher Keller era ahora un agente respetable del Servicio Secreto de Inteligencia de su majestad. Se había rehabilitado.

Llenó el hervidor eléctrico con agua mineral y pulsó el botón de encendido. La cocina, situada en la planta baja de la casa de estilo georgiano, parecía sacada de una revista de diseño. Las encimeras de granito eran grandes y estaban iluminadas con buen gusto; la cocina de gas era una Vulcan; la nevera, una Sub-Zero de acero inoxidable; y la isla junto a la que se sentaba Gabriel en un taburete alto estaba provista de fregadero y refrigerador de vinos. A través de las ventanas alcanzaba a ver las piernas de los transeúntes que pasaban a toda prisa por la acera, entre la lluvia. Eran solo las tres y media de la tarde, pero ya casi había anochecido. Gabriel había soportado numerosos inviernos ingleses —antaño había vivido en una casita junto al mar, en el confín occidental de Cornualles—, pero las tardes lluviosas de diciembre en Londres siempre le deprimían.

Keller abrió un armario y sacó una caja de Twining. Con el brazo izquierdo, advirtió Gabriel, no con el derecho.

—¿Qué tal vas?

Keller se llevó la mano a la clavícula derecha.

—Esa bala hizo más daño del que pensaba. Está tardando mucho en curar.

—Es lo que tiene hacerse viejo.

—Hablas por experiencia, obviamente. La verdad es que me da un poco de vergüenza. Por lo visto, soy el único agente en la historia del MI6 al que le ha pegado un tiro uno de los nuestros.

—Rebecca no era de los vuestros, era coronel del SVR. Me dijo que nunca se había considerado oficial del MI6. Era lisa y llanamente una agente infiltrada.

—Igual que su padre. —Keller sacó la caja de té y cerró el armario sin hacer ruido—. Empezaba a pensar que no volvería a verte, después de cómo acabaron las cosas en Washington. Ni que decir tiene que me llevé una sorpresa muy agradable cuando Graham me dio permiso para retomar nuestra amistad.

—¿Qué te ha contado?

—Solo que te has hecho amiguito del Príncipe Chop-Chop.

—Es un activo muy valioso en una región conflictiva.

—Hablas como un auténtico burócrata del espionaje. Antes no te habrías manchado las manos con alguien como él.

—¿Te ha dicho Graham que hay una cría de por medio?

Keller asintió con un gesto.

—Me ha dicho que había una foto que querías enseñarme.

Gabriel la puso sobre la mesa. Un hombre sentado en un café y una mujer en la mesa de al lado.

—¿Dónde se hizo?

Gabriel contestó.

—¿Annecy? Me trae gratos recuerdos.

—¿Le reconoces?

—Me parece que no.

—¿Y a este?

Gabriel le pasó la fotografía del pasaporte.

—Hay ingleses de todas las formas y tamaños pero dudo que este sea de los nuestros.

En ese instante la Blackberry de Gabriel vibró anunciando la llegada de un mensaje.

—Por la cara que has puesto, son malas noticias —comentó Keller.

—Los secuestradores acaban de darle a Jalid hasta mañana a medianoche para abdicar.

La Blackberry volvió a vibrar: otro mensaje. Esta vez, Gabriel sonrió.

—¿Qué pasa?

—Que hay una salida.

—¿Qué quieres decir?

—Te lo explico por el camino.

—¿Adónde vamos?

Gabriel se levantó bruscamente.

—Al hotel Dorchester.

24

MAYFAIR, LONDRES

Gabriel se agarró instintivamente al reposabrazos de cuero del llamativo Bentley Continental de Keller cuando pasaron a toda velocidad frente a Harrods. Se metieron en el paso subterráneo de Hyde Park Corner y salieron un momento después en Piccadilly. Keller circuló por el laberinto de calles de Mayfair con la destreza de un taxista y detuvo el coche de un frenazo frente a la entrada del Dorchester, iluminada como un árbol de Navidad.

—Espera aquí —dijo.

—¿Y dónde voy a ir, si no?

—¿Vas armado?

—Solo con mi rápido ingenio y encanto a raudales.

Keller sacó una vieja Walther PPK del bolsillo de su abrigo y se la dio.

—Gracias, señor Bond.

—Es fácil de esconder y contundente.

—Como lanzar un ladrillo contra el cristal de una ventana. —Gabriel se guardó la pistola en la cinturilla de los pantalones, a la espalda—. Está registrado a nombre de Al Yubeir.

—¿Y yo quién soy?

—El señor Allenby.

—¿Como el puente?

—Sí, Christopher, como el puente.

—¿Y si se niega a venir sin escolta?

—Dile que es el único modo de recuperar a su hija. Así te hará caso.

Keller entró en el hotel. Un par de gorilas saudíes bien alimentados comía pistachos en el vestíbulo. No había, en cambio, ningún reportero a la vista. Al parecer, la prensa británica ignoraba aún que el hombre más vilipendiado del mundo se alojaba en el hotel más lujoso de Londres.

Los dos saudíes miraron a Keller con recelo cuando se acercó a recepción. A la atractiva mujer que atendía el mostrador se le iluminó automáticamente la cara, como una lámpara encendida por un sensor de movimiento.

—Vengo a ver al señor Al Yubeir. Me está esperando.

—¿Su nombre, por favor?

Keller se lo dijo.

La recepcionista se llevó el teléfono a la oreja y emitió un agradable ronroneo. Luego colgó y señaló los ascensores.

—Uno de los asistentes del señor Al Yubeir le acompañará a su *suite*.

Keller se acercó a los ascensores bajo la atenta mirada de los dos gorilas saudíes. Pasaron cinco minutos hasta que apareció por fin el asistente, un hombrecillo de ojos soñolientos vestido impecablemente con traje y corbata.

—Esperaba a Allon.

—Y yo al príncipe heredero.

—Su alteza real no se entrevista con subalternos.

—Más te vale llevarme arriba, *habibi*. Si no, me iré y tendrás que explicarle al Príncipe Motosierra que has dejado que me marche.

El saudí dejó que pasaran unos segundos antes de pulsar el botón del ascensor. Jalid se alojaba en la *suite* del ático. Cuando Keller y el pequeño correveidile saudí entraron en la habitación, estaba paseándose ante los altos ventanales que daban a Hyde Park. Uno de los escoltas ordenó a Keller que levantara los brazos para cachearle y él le contestó expeditivamente en árabe que se fuera a hacer cierto acto sexual inefable con un camello.

Jalid se detuvo y bajó el teléfono.

—¿Quién es este hombre?

El hombrecillo se lo explicó lo mejor que pudo.

—¿Dónde está Allon?

Esta vez fue Keller quien respondió. El jefe del servicio de inteligencia israelí, dijo, estaba esperando abajo, en un coche. De la pistola Walther no dijo nada.

—Es urgente que hable con él —dijo Jalid—. Por favor, dígale que suba.

—Me temo que eso no es posible.

—¿Por qué?

—Porque posiblemente esta sea la habitación menos segura de todo Londres.

Jalid cambió unas palabras en árabe con su factótum.

—No —dijo Keller en el mismo idioma—. Ni limusina, ni guardaespaldas. Va a venir conmigo, solo.

—No puedo marcharme de aquí sin escolta.

—No la necesita. Coja su abrigo, Jalid. No tenemos toda la noche.

—Su alteza real —dijo el príncipe en tono imperioso.

—Un título un poco farragoso, ¿no cree? —Keller sonrió—. ¿Qué le parece si en vez de eso me llama Ned a secas?

Jalid nunca viajaba por Occidente sin un sombrero de fieltro y unas gafas de montura negra sin graduar. Ese burdo disfraz le hacía casi irreconocible. De hecho, los dos gorilas del vestíbulo apenas levantaron la mirada de sus pistachos cuando el futuro rey cruzó el reluciente suelo de mármol acompañado por Keller. Gabriel se había trasladado al asiento trasero del Bentley. Keller se sentó al volante y Jalid a su lado. Un momento

136

después cruzaban Park Lane a toda velocidad, sorteando el tráfico de hora punta.

Jalid miró a Gabriel por encima del hombro.

—¿Siempre conduce así?

—Solo cuando hay una vida en juego.

—¿Adónde me lleva?

—Al último lugar del mundo donde debería estar.

Jalid miró con agrado el interior del Bentley.

—Por lo menos ha alquilado un coche decente para el trayecto.

—¿Le gusta?

—Sí, mucho.

—Bien —contestó Gabriel—. No sabe cuánto me alegro.

Durante la media hora siguiente, Keller dio vueltas por el West End londinense —por Knightsbride, Belgravia, Chelsea y Earl's Court—, hasta que Gabriel se cercioró de que nadie los seguía. Solo entonces ordenó a Keller que se dirigiera a Kensington Palace Gardens. La calle, un enclave diplomático, estaba cortada al tráfico normal. El Bentley de Keller pasó por el control sin apenas detenerse y entró en el patio delantero de un edificio victoriano de ladrillo rojo sobre el que ondeaba la bandera blanquiazul del Estado de Israel.

Jalid miró por la ventanilla con incredulidad.

—Esto no irá en serio.

El silencio de Gabriel dejó claro que, en efecto, iba en serio.

—¿Sabe qué ocurrirá si pongo un pie ahí dentro?

—Que un equipo de quince sicarios le matará y le hará pedacitos.

El saudí le miró alarmado.

—Solo era una broma, Jalid. Ahora salga del coche.

25

KENSINGTON, LONDRES

El sencillo disfraz de Jalid no engañó al personal de seguridad de la embajada ni al embajador, que se marchaba a una recepción diplomática en el momento en que el legendario jefe del espionaje israelí irrumpió en la cancillería acompañado por el gobernante de hecho de Arabia Saudí.

—Luego se lo explico —le dijo Gabriel en voz baja en hebreo.

Y se oyó mascullar al embajador:

—Ya lo creo que va a explicármelo.

Abajo, Gabriel metió el nuevo móvil de Jalid en una jaula de Faraday o «colmena» y acto seguido abrió la puerta de la delegación de la Oficina, semejante a la de la cámara acorazada de un banco. Moshe Cohen, el jefe nuevo, esperaba al otro lado. Miró primero al director general y luego, con asombro, al príncipe heredero de Arabia Saudí.

—En nombre de Dios, ¿qué...?

—Su teléfono está en la colmena —le atajó Gabriel en hebreo.

Cohen no necesitó más instrucciones.

—¿Cuánto tiempo puede darnos?

—Cinco minutos.

—Preferiría que fueran diez.

Jalid no entendió la conversación, pero su tono le impresionó visiblemente. Siguió a Gabriel por el pasillo central, hasta otra puerta blindada. La habitación que había detrás era pequeña, de unos dos metros y medio por tres. Había dos teléfonos, un ordenador y una pantalla de televisión adosada a la pared. La temperatura era varios grados más baja que la del resto de la delegación. Jalid se dejó el abrigo puesto.

—¿Una sala de comunicaciones seguras?

—Nosotros le damos otro nombre.

—¿Cuál?

Gabriel titubeó.

—El Sanctasanctórum.

Jalid, pese a haberse educado en Oxford, no pareció entender la referencia.

—El Sanctasanctórum era el santuario interior del Templo de Jerusalén. Un cubo perfecto: veinte codos cúbicos. Albergaba el Arca de la Alianza, dentro de la cual se conservaban los Diez Mandamientos originales que Dios entregó a Moisés en el Sinaí.

—¿En tablas de piedra? —preguntó Jalid con incredulidad.

—Dios no los imprimió con una HP Laserjet.

—¿Y se cree usted esas tonterías?

—Estoy dispuesto a debatir acerca de la autenticidad de las tablas —respondió Gabriel—, pero no del resto.

—El presunto templo de Salomón no ha existido nunca. Es una falacia de la que se sirven los sionistas para justificar la conquista judía de la Palestina árabe.

—El templo se describió con gran detalle en la Torá mucho antes de la aparición del sionismo.

—Eso no significa que existiera. —Saltaba a la vista que Jalid estaba disfrutando del debate—. Me acuerdo de cuando hace unos años su gobierno dijo haber encontrado los pilares del famoso templo.

—Yo también lo recuerdo.

—Los llevaron al museo de Israel, ¿verdad? —El saudí meneó la cabeza desdeñosamente—. Esa exposición no es más que propaganda pura y dura ideada para justificar su presencia en territorio musulmán.

—Fue mi mujer quien diseñó la exposición.

—¿Ah, sí?

—Y yo quien descubrió los pilares.

Esta vez, Jalid no replicó.

—El Waqf los tenía escondidos en una cámara a cincuenta y cuatro metros de profundidad, bajo el Monte del Templo.

El Waqf era el consejo rector de la Cúpula de la Roca y la mezquita de Al Aqsa.

—Daban por sentado que nadie los encontraría nunca. Pero se equivocaban.

—Otra falacia —respondió Jalid.

—Venga a Israel —propuso Gabriel—. Le llevaré a la cámara.

—¿Visitar yo Israel?

—¿Por qué no?

—¿Se imagina la reacción?

—Sí, me la imagino.

—Debo reconocer que sería un gran honor rezar en el Noble Santuario.

El Noble Santuario era como conocían los musulmanes al Monte del Templo.

—También podríamos hacerlo.

Jalid se sentó a un lado de la pequeña mesa de reuniones y paseó la mirada por la habitación.

—Qué suerte que estuviéramos los dos en Londres al mismo tiempo.

—Sí —convino Gabriel—. Yo me desvivo por encontrar a su hija y mientras tanto usted cena con el tío Abdulá y se aloja en la *suite* más cara del Dorchester.

—¿Cómo sabe que he visto a mi tío?

Gabriel hizo caso omiso y, tendiendo la mano, pidió ver el mensaje de los secuestradores. Jalid puso la nota sobre la mesa.

Era una fotocopia. El original, dijo, había llegado a la embajada saudí en París. El tipo de letra y los márgenes eran idénticos a los de la primera carta, igual que el estilo, prosaico y directo. Jalid tenía hasta la medianoche del día siguiente para abdicar. Si se negaba, no volvería a ver a su hija.

—¿Han mandado alguna prueba de vida?

Jalid le entregó una copia de la fotografía. La niña sostenía la edición de la víspera del *Telegraph* y miraba fijamente a la cámara. Tenía los ojos de su padre. Parecía agotada y desaseada, pero en absoluto asustada.

Gabriel le devolvió la fotografía.

—Ningún padre tendría que ver una fotografía de ese tipo.

—Puede que yo me lo merezca.

—Puede. —Gabriel puso, a su vez, una fotografía sobre la mesa. Un hombre sentado en un café de Annecy—. ¿Le reconoce?

—No.

—¿Y a este individuo?

Gabriel puso otra fotografía sobre la mesa. Era la imagen de Rafiq al Madani sentado junto a Jalid a bordo del Tranquillity tomada por el equipo de vigilancia de la DGSI.

—¿De dónde la ha sacado?

—De una revista del corazón. —Gabriel retiró la foto de la mesa—. ¿Es amigo suyo?

—Yo no tengo amigos. Tengo súbditos, invitados y familia.

—¿A cuál de esas categorías pertenece Al Madani?

—Es un aliado temporal.

—Pensaba que iba a cerrarles el grifo a los yihadistas y los salafistas.

Jalid le dedicó una sonrisa condescendiente.

—No sabe usted mucho sobre los árabes, ¿verdad? —Se pasó el pulgar por las yemas de los dedos—. *Shwaya, shwaya*. Despacio, despacio. Poco a poco.

—O sea, que sigue financiando a los extremistas con ayuda de su amigo Rafiq al Madani.

—O sea, que debo proceder con pies de plomo y con el apoyo de alguien como Rafiq. Alguien que cuente con la confianza de clérigos importantes. Alguien que me proporcione el respaldo necesario. De lo contrario, la Casa de Saud se derrumbará y Arabia la gobernarán los vástagos de Al Qaeda y el ISIS. ¿Es eso lo que quiere?

—Es el mismo doble juego de siempre.

—Estoy sujetando a un tigre por las orejas. Y, si lo suelto, me devorará.

—Ya le ha devorado. —Gabriel abrió un mensaje en su Blackberry. Era el que había recibido mientras estaba sentado en la cocina de Christopher Keller—. Fue Al Madani quien lo informó de que había llegado otro mensaje de los secuestradores. A las tres y doce de la tarde, hora de Londres.

—Veo que tiene mi teléfono intervenido.

—El suyo no, el de Al Madani. Y cinco minutos después de que le llamara, mandó un mensaje cifrado a otra persona. Como podíamos ver lo que tecleaba, lo leímos sin problema.

—¿Qué decía?

—Lo suficiente como para dejar claro que sabe dónde está su hija.

—¿Puedo verlo?

Gabriel le pasó su teléfono.

El saudí masculló un juramento en árabe.

—Voy a matarle.

—Quizá primero le convendría averiguar dónde está su hija.

—Ese es su trabajo.

—Mi papel en este asunto ha concluido oficialmente. No voy a meterme en medio de una rencilla familiar.

—Sabe lo que dicen sobre la familia, ¿verdad?

—¿Qué?

—Que es una jodienda.

Gabriel sonrió a su pesar. Jalid le devolvió la Blackberry.

—Quizá podamos llegar a un acuerdo económico.

—Ahórrese el dinero, Jalid.

—¿Va a ayudarme, al menos?

—¿Quiere que *yo* interrogue a un funcionario de su gobierno?

—Claro que no. Le interrogaré yo mismo. No me llevará mucho tiempo. —Jalid bajó la voz—. A fin de cuentas, tengo cierta fama.

—Ya lo creo.

—¿Dónde debemos interrogarle? —preguntó Jalid.

—Tiene que ser en un sitio aislado. Donde no nos encuentre la policía. —Gabriel hizo una pausa—. Y donde no haya vecinos que oigan cierto alboroto.

—Conozco el sitio ideal.

—¿Puede hacer que vaya sin que sospeche nada?

Jalid sonrió.

—Solo necesito mi teléfono.

26

ALTA SABOYA, FRANCIA

Jalid tenía un Gulfstream esperando en el aeropuerto Ciudad de Londres. Hicieron una breve escala en París-Le Bourget para recoger a Mijail y Sarah y volaron de inmediato a Annecy. Allí, en la pista de asfalto, los aguardaba una caravana de Range Rover negros. Tardaron veinte minutos en llegar al Versalles privado de Jalid. El personal de servicio, mezcla de franceses y saudíes, aguardaba alineado como un coro en el imponente vestíbulo. Jalid les dedicó un escueto saludo antes de acompañar a Gabriel y a los demás a la estancia principal del *château*. El «gran salón», como lo llamaba él, era largo y rectangular como una basílica y estaba adornado con parte de la colección de pinturas de Jalid, entre ellas el *Salvator Mundi*, su Leonardo dudoso. Gabriel estudió el cuadro minuciosamente, con una mano en la barbilla y la cabeza un poco ladeada. Luego se agachó y observó las pinceladas con luz sesgada.

—¿Y bien? —preguntó Sarah.

—¿Cómo le dejaste comprar esto?

—¿Es un Leonardo?

—Puede que una pequeña parte lo fuera, hace mucho tiempo. Pero ya no.

Jalid se reunió con ellos.

—Magnífico, ¿verdad?

—No sé qué fue más absurdo —respondió Gabriel—, si matar a Omar Nawaf o malgastar quinientos millones de dólares en un cuadro religioso de taller ultrarrestaurado.

—¿De taller? La señorita Bancroft me aseguró que era un Leonardo auténtico.

—La señorita Bancroft estudió Historia del Arte en el Courtauld y en Harvard. Estoy seguro de que no hizo tal cosa. —Gabriel hizo un gesto de contrariedad al ver que un sirviente entraba en el salón portando una bandeja de bebidas—. Esto no es una fiesta, Jalid.

—Que no lo sea no impide que tomemos un refrigerio después del viaje.

—¿Cuántos empleados hay?

—Veintidós, creo.

—¿Y cómo se las arregla?

La ironía no pareció hacer mella alguna en Jalid.

—El personal principal es saudí —explicó—, pero la mayoría de mis empleados son franceses.

—¿La mayoría?

—Los jardineros son marroquíes y de África occidental —repuso en tono despectivo—. Los saudíes viven en una casa aparte, en el extremo norte de la finca. Los otros viven en Annecy o en los pueblos de los alrededores.

—Deles la noche libre a todos. También a los conductores.

—Pero…

—Y apague las cámaras de seguridad —le interrumpió Gabriel—. Como hizo en Estambul.

—No sé si sabré.

—Pulse el interruptor de *on* a *off*. Con eso debería bastar.

Jalid había pedido a Rafiq al Madani que acudiera solo al *château*. Al Madani, sin embargo, desobedeció de inmediato a su futuro rey al pedir un coche con conductor al parque automovilístico de la embajada. Salieron del octavo *arrondissement* de París a las seis de la tarde seguidos por un equipo de agentes de la Oficina y se dirigieron a la A6. Por su conversación, que Gabriel y Jalid escuchaban a través del teléfono intervenido, resultaba evidente que Al Madani y su chófer se conocían bien. Y que iban armados.

Cuando llegaron al municipio de Mâcon, Gabriel cogió uno de los Range Rover de Jalid y, acompañado por Sarah, se internó en el campo. Hacía una noche fría y despejada. Se detuvo en un otero desde el que se dominaba el cruce de la D14 y la D38, apagó los faros y paró el motor.

—¿Qué hacemos si aparece un gendarme?

—Según el protocolo de la Oficina, fingimos ser amantes.

Ella sonrió.

—Mi sueño más loco hecho realidad.

La Blackberry de Gabriel, colocada en la consola, entre los dos, emitía el sonido del teléfono de Al Madani, que en ese momento se limitaba al zumbido de un motor de fabricación alemana y a un golpeteo rítmico, parecido al entrechocar de piezas de ajedrez.

—¿Qué es eso?

—Las cuentas de un rosario.

—Parece preocupado.

—¿No lo estarías tú si Jalid te mandara llamar en plena noche?

—Lo hacía constantemente.

—¿Y nunca sospechaste que no era el gran reformador que fingía ser?

—El Jalid que yo conocía no habría permitido el asesinato de Omar Nawaf. Supongo que tener tanto poder le ha cambiado. Le llegó de golpe, demasiado rápido, y sacó a relucir la hamartia de su carácter. El defecto fatal —añadió Sarah.

—Sé lo que significa «hamartia», doctora Bancroft. Gracias a la Oficina, no terminé mis estudios, pero no soy idiota.

—Eres la persona más inteligente que conozco.

—Si soy tan listo, ¿qué hago sentado en la cuneta de una carretera francesa en mitad de la noche?

—Intentar impedir que el héroe de esta tragedia se autodestruya.

—Quizá debería dejarle.

—Tú eres restaurador, Gabriel. Arreglas cosas. —A través de la Blackberry seguía oyéndose el repiqueteo de las cuentas del rosario—. Jalid siempre me decía que algún día ocurriría algo así. Sabía que intentarían destruirle. Y decía que sería alguien de su entorno. De la familia.

—Eso no es una familia, es un negocio. Y el botín se lo lleva quien detenta el poder.

—¿De eso se trata? ¿De dinero?

—Pronto lo averiguaremos.

El teléfono de Al Madani emitió el sonido que anunciaba la recepción de un mensaje. El ruido del rosario cesó.

—¿De quién crees que será?

Un momento después vibró el teléfono de Gabriel. Era un mensaje del departamento de operaciones de la Unidad 8200.

—Era de Jalid, preguntando a qué hora llegaba Rafiq.

Escucharon a Al Madani teclear la respuesta y enviarla. Después, escribió y mandó otro mensaje. La transcripción llegó segundos después al móvil de Gabriel, junto con el número al que se había enviado el mensaje.

—Acaba de avisar a los secuestradores de que va a reunirse con Jalid. Dice que les pondrá al corriente de las novedades en cuanto acabe la reunión.

—Ahí está.

Sarah señaló un coche, un Mercedes Clase S, que avanzaba por el paisaje. Pasó por el cruce donde habían secuestrado a la hija de Jalid —*clic-clic, clic-clic, clic-clic*— y se perdió de vista. Gabriel dejó pasar treinta segundos. Luego, encendió el motor del Range Rover.

147

El repiqueteo de las cuentas del rosario se hizo más insistente a medida que el Mercedes se aproximaba al *château*. Rafiq al Madani murmuró algo en árabe, sorprendido porque la verja de hierro sobredorado estuviera abierta. También le sorprendió encontrar a Jalid en persona esperándole en la glorieta a pesar del frío que hacía.

Se oyó a continuación la puerta de un coche de lujo al abrirse y cerrarse, y el tradicional saludo islámico deseando paz. Después se oyeron pasos, primero sobre grava; luego, sobre mármol. Al Madani comentó que había poca luz en el vestíbulo. Jalid le explicó no sin cordialidad que la instalación eléctrica de su palacio de cuatrocientos millones de euros dejaba mucho que desear.

El comentario hizo proferir a Al Madani una risa seca. Sería la última. Hubo un breve forcejeo, seguido por el ruido de varios puñetazos dirigidos al pómulo y la mandíbula. Más tarde, Gabriel reprendería a Keller y Mijail por emplear una violencia excesiva para reducir a Al Madani. Ambos protestaron: era Jalid quien le había propinado la brutal paliza, no ellos.

Cuando Gabriel entró en la glorieta, el teléfono intervenido ya estaba apagado y no emitía señal alguna. Mijail estaba infligiendo un daño permanente al brazo derecho del conductor, que había cometido la necedad de negarse a entregar el arma a pesar de que el israelí se lo había pedido amablemente. En el gran salón del *château*, Keller estaba atando a una silla a Rafiq al Madani, que estaba semiinconsciente, mientras su alteza real el príncipe Jalid bin Mohamed Abdulaziz al Saud pasaba las cuentas de un rosario con los dos primeros dedos de la mano izquierda. En la derecha sostenía una pistola.

27

ALTA SABOYA, FRANCIA

Rafiq al Madani tardó unos instantes en tomar plena conciencia de la gravedad de su situación. Poco a poco levantó la barbilla del pecho y recorrió la enorme sala con mirada confusa. Posó primero los ojos en el futuro rey, que seguía jugueteando con las cuentas del rosario, y acto seguido en Gabriel. Eran de un suave color marrón, los ojos de Al Madani, como los de un ciervo. Con su cara alargada y su cabello crespo y oscuro, guardaba cierto desafortunado parecido con Osama bin Laden.

Aún tardó un instante en reconocer la cara del jefe del espionaje israelí. Sus ojos castaños se dilataron entonces, y Gabriel tuvo la impresión de que estaba asustado, pero no sorprendido.

Al Madani miró con desprecio a Jalid y se dirigió a él en árabe saudí.

—Veo que has reclutado los servicios de tu amigo el judío para que te haga el trabajo sucio. Y te extraña tener tantos enemigos en casa.

Jalid le propinó un golpe con la culata de la pistola. Al Madani miró con furia a Sarah mientras brotaba la sangre de la brecha de su ceja izquierda.

—¡Cúbrete la cara en mi presencia, puta americana!

Jalid volvió a levantar el arma, colérico.

—¡No! —gritó Sarah—. Otra vez no.

Al ver que Jalid bajaba la pistola, Al Madani logró esbozar una sonrisa dolorida.

—¿Ahora aceptas órdenes de una mujer? Pronto también vestirás como una de ellas.

Jalid le golpeó de nuevo. Sarah hizo una mueca de horror al oír el crujido de un hueso.

—¿Dónde está? —preguntó Jalid.

—¿Quién? —repuso Al Madani con la boca llena de sangre.

—Mi hija.

—¿Cómo quieres que yo lo sepa?

—Estás en contacto con los secuestradores. —Jalid agarró el teléfono de Al Madani que Keller tenía en la mano—. ¿Quieres que te enseñe los mensajes?

Al Madani no dijo nada. Jalid aprovechó su desconcierto para presionarle.

—¿Por qué hacerle daño a mi hija, Rafiq? ¿Por qué no me mataste a mí sin más?

—Lo intenté, pero era imposible. Estabas muy bien protegido.

Aquella confesión repentina sorprendió incluso a Jalid.

—¿Acaso no te he tratado bien?

—Me tratabas como a un sirviente. Me utilizabas para mantener a raya a los ulemas mientras concedías a las mujeres el derecho a conducir y confraternizabas con los judíos y los americanos.

—Tenemos que cambiar, Rafiq.

—¡El islam es la respuesta!

—El islam es el problema, *habibi*.

—Eres un apóstata —replicó Al Madani, rabioso.

No había mayor insulto para un musulmán. Jalid encajó el golpe con admirable sangre fría.

—¿Quién te metió en esto, Rafiq?

—Actué solo.

—No eres lo bastante listo como para planear algo así.

Al Madani logró dibujar una sonrisa desdeñosa.

—Quizá Rima no esté de acuerdo.

Jalid le asestó un golpe repentino y feroz.

—Es la *princesa* Rima —dijo con el rostro desencajado por la ira—. Y tú, Rafiq, no eres digno ni de lamer la suela de sus zapatos.

—Es hija de un apóstata. Y si mañana a medianoche no has abdicado, morirá.

Jalid le puso la pistola delante de los ojos.

—¿Qué vas a hacer? ¿Matarme?

—Sí.

—¿Y si te lo digo? Entonces, ¿qué? —Al Madani contestó a su propia pregunta—. Ya estoy muerto.

Jalid apoyó la boca del cañón en el centro de su frente.

—Máteme, su alteza real. Es lo único que sabe hacer.

El príncipe apoyó el dedo en el gatillo.

—No lo haga —dijo Gabriel con calma.

Jalid miró hacia atrás y vio que Gabriel estaba mirando la pantalla de su Blackberry.

—Hemos localizado el teléfono al que ha mandado esos mensajes de texto.

—¿Dónde está?

—En una casa en el País Vasco español.

Rafiq al Madani le lanzó un escupitajo de sangre y flemas.

—¡Judío!

Gabriel se guardó la Blackberry en el bolsillo.

—Pensándolo bien —dijo—, adelante, mátele.

Tras romper el brazo al conductor y dislocarle el hombro, Mijail le había metido a la fuerza en el maletero del Mercedes Clase S. Con ayuda de Keller, metió también a Rafiq al Madani. Jalid observaba la escena complacido, con la pistola en la mano.

—¿Qué hacemos con ellos? —preguntó volviéndose hacia Gabriel.

—Supongo que podríamos llevarlos a España.

—Es un camino muy largo para hacerlo en el maletero de un coche. Quizá deberíamos dejarlos en algún bosque apartado, aquí, en Alta Saboya.

—La noche va a ser larga y fría.

—Cuanto más fría, mejor. —Jalid se acercó a la parte de atrás del coche y miró a los dos hombres embutidos en el reducido espacio del maletero—. Quizá podamos hacer algo para que estén más cómodos.

—¿Qué, por ejemplo?

Jalid levantó el arma y vació el cargador sobre sus dos súbditos. Luego miró a Gabriel por encima del hombro y sonrió sin darse cuenta de que tenía la cara salpicada de sangre.

—No pensaría que iba a matarlos en la casa, ¿verdad? Me ha costado una fortuna.

Gabriel contempló los dos cuerpos acribillados a balazos.

—¿Qué hacemos con ellos ahora?

Jalid bajó la tapa del maletero.

—Descuide, yo me encargo de eso.

28

AUVERNIA – RÓDANO – ALPES

—Que conste que solo estaba bromeando cuando dije que le matara.

—¿Sí? A veces es difícil saberlo.

Circulaban a gran velocidad en dirección oeste por la A89, el jefe del servicio secreto de Israel y el futuro rey de Arabia Saudí. Gabriel iba al volante. Jalid, con aire cansado, se había arrellanado en el asiento del copiloto. El iPhone de Rafiq al Madani estaba entre los dos, conectado al cargador. Unos minutos antes, Jalid había enviado noticias a los secuestradores imitando el estilo críptico de Al Madani. El mensaje afirmaba que su alteza real el príncipe se disponía a abdicar, ansioso por asegurar la liberación de su hija. Aún no habían recibido respuesta.

Jalid volvió a mirar el teléfono y lo estrelló contra la consola.

—Cuidado, Príncipe Feroz. Los teléfonos se rompen.

—¿Qué cree que significa este silencio?

—Significa que seguramente no debería haber matado a Rafiq antes de asegurarnos de que su hija está de verdad en esa dirección en España.

—Usted dijo que estaba allí.

—Dije que habíamos localizado el teléfono. Habría preferido comprobarlo preguntándoselo a un testigo que estuviera vivito y coleando.

—Él prácticamente lo confirmó.

—En ese momento tenía una pistola apuntándole a la cabeza.

—Yo creo que nos dijo la verdad sobre el escondite. Pero el resto era mentira.

—¿No cree que lo haya orquestado él solo?

—Al Madani no es más que un esbirro. Hay otras personas implicadas en este complot en mi contra.

—Quizá deberíamos volver a interrogarle para averiguar quiénes son. —Gabriel miró por el retrovisor. Mijail, Keller y Sarah iban detrás de ellos, a unos centenares de metros de distancia—. ¿Qué va a hacer con los cadáveres?

—Tranquilo, que desaparecerán.

—Haga desaparecer también su pistola, de paso.

—No era mía, era de Rafiq.

—Pero tiene sus huellas por todas partes. —Pasados unos segundos, Gabriel añadió—: No debería haberlos matado, Jalid. Ahora estoy implicado en su muerte. Y Sarah también.

—Nadie va a enterarse.

—Pero *usted* lo sabe. Y puede utilizarlo en mi contra cuando le convenga.

—No era mi intención comprometerle.

—Teniendo en cuenta su historial de imprudencias temerarias, me inclino a creerle.

Jalid echó otro vistazo al teléfono.

—¿Son imaginaciones mías o a Rafiq no le sorprendió verle en mi casa?

—¿Usted también lo notó?

—Evidentemente, alguien le dijo que estaba buscando a Rima.

—Unos doscientos miembros de su corte real me vieron en Arabia Saudí la otra noche.

—Lamentablemente, nunca voy solo a ninguna parte.

—Ahora está solo, Jalid.

—Con usted, nada menos. —Sonrió un instante—. Debo decir que mi asesora artística no pareció muy impresionada por ver un poco de sangre.

—No se asusta fácilmente después de lo que le hizo Zizi al Bakari.

—¿Qué sucedió exactamente?

Gabriel pensó que no había ningún riesgo en contárselo. Había sido hacía mucho tiempo.

—Cuando Zizi descubrió que Sarah era agente de la CIA y que estaba colaborando con la Oficina, la entregó a una célula de Al Qaeda para que la interrogaran y la ejecutaran.

—Pero usted consiguió salvarla.

—Y, de paso, desarticulé una conspiración para asesinar al papa financiada con dinero saudí.

—Menuda vida, la suya.

—¿Y de qué me ha servido, a fin de cuentas? No tengo un palacio en la Alta Saboya.

—Ni el segundo yate más grande el mundo —señaló Jalid.

—Ni un Leonardo.

—Según parece, yo tampoco tengo un Leonardo.

—¿Y para qué necesita todo eso? —preguntó Gabriel.

—Me hace feliz.

—¿De veras?

—No todos tenemos su suerte. Usted es un hombre de extraordinarias dotes. No necesita juguetes para ser feliz.

—Uno o dos no estarían mal.

—¿Qué quiere? Le daré lo que sea.

—Quiero ver cómo vuelve a abrazar a su hija.

—¿No puede ir más deprisa?

—No, no puedo.

—Entonces deje que conduzca yo.

—No sin ruedines.

Jalid miró el campo envuelto en la oscuridad.

—¿Cree que estará allí?

—Sí —contestó Gabriel con más rotundidad de la que pretendía.

—¿Y si no está?

Gabriel guardó silencio.

—¿Sabe qué me dijo mi tío Abdulá? Me dijo que una hija puede reemplazarse, pero un rey no.

El zumbido del motor llenó el silencio. Pasado un momento, Gabriel notó que Jalid estaba pasando las cuentas de un rosario con la mano izquierda.

—¿Es el de Al Madani?

—Me dejé el mío en el Dorchester.

—Seguro que hay alguna ley islámica que prohíbe usar el rosario de un hombre al que acabas de matar.

—No, que yo sepa.

El mensajero estaba esperando al borde de un campo bañado por la luna, en la *commune* de Saint-Sulpice. La bolsa de deporte de nailon que entregó a Gabriel contenía dos subfusiles compactos Uzi Pro, un par de pistolas Jericho del calibre 45 y una Beretta de 9 mm. Gabriel dio los subfusiles y las pistolas a Mijaíl y Keller y se quedó con la Beretta.

—¿No hay nada para mí? —preguntó Jalid cuando volvieron a ponerse en marcha.

Cuando llegaron a Burdeos, Gabriel vio elevarse un sol ardiente por el espejo retrovisor. Siguieron la bahía de Vizcaya hacia el sur y cruzaron la frontera sin que nadie comprobara sus pasaportes. Hacía un tiempo caprichoso: tan pronto lucía el sol como se ennegrecía el cielo y llovía a rachas.

—¿Conoce bien España? —preguntó Jalid.

—Tuve ocasión de visitar Sevilla hace poco.

—Antaño fue una ciudad musulmana.

—Al paso que van las cosas, volverá a serlo.

—También había judíos en Sevilla.

—Y todos sabemos qué ocurrió.

—Una de las mayores injusticias de la historia —comentó Jalid—. Y cinco siglos después, ustedes les hicieron lo mismo a los palestinos.

—¿Quiere que hablemos de a cuántas personas mataron y desplazaron los Al Saud al establecer su dominio sobre la península de Arabia?

—Nosotros no éramos colonizadores.

—Nosotros tampoco.

Se estaban acercando a San Sebastián, la localidad costera a la que los vascos llamaban Donostia. Siguieron hacia Bilbao, la gran ciudad más cercana, pero antes de llegar Gabriel viró al sur, hacia el interior del País Vasco. En un pueblecito llamado Olarra, paró en el arcén el tiempo justo para que Sarah cambiara de coche. Se acomodó en el asiento trasero, con el pelo revuelto y los ojos cargados de cansancio. Mijail y Keller tomaron una carretera comarcal y se perdieron de vista.

—Yo debería ir con sus hombres —dijo Jalid.

—No haría más que estorbarlos. —Gabriel miró a Sarah un instante—. ¿Sigues pensando que el mundo de los espías es más interesante?

—¿Hay café en el mundo de los espías?

El pueblo de Villaro —o Areatza, en vasco— estaba a escasos kilómetros, al sur. No era un destino turístico muy frecuentado, pero había varios hotelitos en el centro del pueblo y un bar en la plaza. Gabriel pidió en un español decente.

—¿Hay algún idioma que *no* hable? —preguntó Jalid cuando se marchó la camarera.

—Sí, ruso.

A través de la ventana del bar, Jalid contempló la luz cambiante de la plaza y los pequeños remolinos de viento que arrastraban hojas de periódico por los soportales.

—Nunca había vivido un día así. Tan bello y tan horrendo al mismo tiempo.

Gabriel y Sarah cruzaron una mirada cuando tres chicas entraron en el bar con el pelo alborotado por el viento frío que soplaba fuera. Vestían mallas rotas y llevaban *piercings* en la nariz, tatuajes en las manos y numerosas pulseras y brazaletes que tintinearon cuando se dejaron caer en sendas sillas, en una mesa próxima a la barra. La camarera, que las conocía, hizo un comentario sobre su falta de sobriedad. Para ellas el día estaba acabando en lugar de empezar, pensó Gabriel.

—Míralas —dijo Jalid en tono desdeñoso—. Parecen brujas. Supongo que esto es lo que debemos esperar con ilusión en Arabia Saudí.

—Ojalá.

El iPhone de Al Madani, con el volumen apagado, descansaba en el centro de la mesa, junto a la Blackberry de Gabriel. Jalid estaba pasando las cuentas del rosario.

—Quizá debería guardar eso —dijo Gabriel.

—Me reconforta.

—Hace que parezca un príncipe saudí que se pregunta si volverá a ver a su hija.

Jalid se guardó el rosario en el bolsillo cuando les llevaron el desayuno.

—Esas chicas me están mirando.

—Seguramente porque les parece atractivo.

—¿Saben quién soy?

—No, imposible.

Jalid cogió el iPhone de Al Madani.

—No entiendo por qué no han contestado.

Justo entonces se iluminó la pantalla de la Blackberry de Gabriel: había recibido un mensaje.

—¿Qué dice?

—Han localizado la casa.

—¿Cuándo van a entrar?

Gabriel volvió a dejar el teléfono sobre la mesa mientras un chubasco repentino acribillaba las losas de la plaza.

—Ya.

29

AREATZA, ESPAÑA

Esa noche, durante el interminable viaje en coche, Mijail había estudiado una imagen de la casa tomada por un satélite comercial. Vista desde arriba era un cuadrado perfecto, con tejado rojo, en medio de un claro al que se llegaba siguiendo un largo camino privado. En la foto no se apreciaba si tenía una planta o dos. Vista a través de la lente del telescopio monocular, desde el bosque, era una vivienda modesta pero bien conservada, con contraventanas pintadas de azul, todas ellas cerradas a cal y canto. No había ningún vehículo en la puerta y el aire diáfano de la mañana no llevaba olor a café ni a comida. Un gran pastor belga —una raza con muy mal genio— tiraba de su larga cadena como un pez del sedal. Ladraba inconsolablemente: un ladrido ronco y sonoro que parecía hacer temblar a los árboles.

—¿Te imaginas vivir en la casa de al lado? —preguntó Keller.

—Hay gente muy maleducada.

—¿Por qué crees que está tan enfadado?

—Quizá le haya dicho un pajarito que Gabriel anda por aquí. Ya sabes lo que opinan de él los perros.

—¿No hacen buenas migas?

Mijail negó con la cabeza, muy serio.

—Como una cerilla y una lata de gasolina. —El perro seguía ladrando sin cesar—. ¿Por qué no sale nadie de la casa para ver a qué viene tanto alboroto?

—Puede que el dichoso perro ladre todo el tiempo.

—O puede que esta no sea la casa.

—Enseguida lo veremos.

Keller tiró de la corredera del Uzi Pro y salió al claro sin hacer ruido, con el arma en la mano extendida. Mijail le siguió, unos pasos más atrás. El perro, al advertir su presencia, se puso tan furioso que Keller temió que partiera la cadena en dos.

La cadena tenía unos diez metros de largo, lo que permitía al perro dominar la entrada delantera de la casa. Keller se dirigió a la parte de atrás. También allí estaban cerradas las contraventanas, y una persiana tapaba el cristal de la puerta trasera.

Keller empujó el picaporte. La puerta estaba cerrada. Gabriel podría haberla abierto en apenas diez segundos, pero ni Keller ni Mijail poseían su destreza en el manejo de la ganzúa. Además, romper el cristal de un codazo era mucho más rápido.

Hizo menos ruido del que Keller temía: el crujido inicial del cristal, seguido por el tintineo de las esquirlas cayendo a las baldosas del suelo. Introdujo el brazo por el hueco, giró el picaporte y, seguido por Mijail, irrumpió en la casa.

El mensaje llegó a la Blackberry de Gabriel dos minutos después. Gabriel le puso un par de billetes en la mano a la camarera y salió a toda prisa a la plaza con Sarah y Jalid. El Range Rover estaba a la vuelta de la esquina. Jalid mantuvo la compostura hasta que estuvieron dentro y se cerraron las puertas. Gabriel intentó convencerle de que no fueran a la casa, pero no sirvió de nada. Se empeñó en ir a ver el lugar donde habían tenido prisionera a su hija. Gabriel no podía reprochárselo. De haber estado en su lugar, él también habría querido verlo.

Oyeron los ladridos furiosos del perro al acercarse al claro. Keller estaba en el camino de entrada. Los condujo a la puerta de atrás, pasaron por encima de los cristales rotos y bajaron el tramo de escaleras que llevaba al sótano. En el suelo, frente a una puerta metálica, había un candado industrial y, a su lado, un cubo de plástico azul claro. A Jalid el olor le provocó una náusea cuando entró en el zulo.

Era un cuartucho de paredes blancas desnudas, apenas lo bastante grande para que cupiera el catre. Encima de las sábanas sucias había una fotografía instantánea y un cuaderno. La fotografía era muy parecida a la que los secuestradores habían hecho llegar a la embajada saudí en París. El cuaderno estaba cubierto por la letra enrevesada y curva de una niña de doce años. Decía lo mismo página tras página.

Estáis muertos… Muertos, muertos, muertos…

30

PARÍS – JERUSALÉN

Los asistentes y guardaespaldas que Jalid había dejado en el Dorchester estaban esperando en la sala VIP de París-Le Bourget. Se apropiaron de su príncipe heredero como si recibieran mercancía de contrabando y le llevaron sin perder un instante a bordo del avión privado. Un coche de la embajada israelí trasladó a Gabriel y a los demás al cercano aeropuerto Charles de Gaulle. Se separaron en la terminal. Keller regresó a Londres; Sarah, a Nueva York. Gabriel y Mijail tuvieron que esperar dos horas para tomar el vuelo de El Al a Tel Aviv. Como no tenía nada mejor que hacer, Gabriel informó al director de la CIA, Morris Payne, de que el líder del mundo árabe favorito de su presidente se disponía a abdicar para salvar la vida de su hija. Payne insistió en saber de dónde procedía la información. Gabriel, como de costumbre, se hizo de rogar.

Era media tarde cuando Mijail y él llegaron al aeropuerto Ben Gurión. Se fueron derechos a King Saul Boulevard, donde Gabriel pasó una hora en el despacho de Uzi Navot limpiando los escombros operativos y burocráticos que se habían acumulado durante su ausencia. Con su elegante camisa a rayas y sus modernas gafas montadas al aire, Navot parecía recién salido de la junta directiva de una empresa de la lista Fortune 500. A instancias de Gabriel había rechazado un trabajo muy lucrativo en una empresa de seguridad californiana y se había quedado en la Oficina en calidad de subdirector. Su exigente esposa, Bella, nunca se lo había perdonado a Gabriel. Ni tampoco a su marido.

—Los analistas avanzan deprisa con los papeles de Teherán —comentó Navot—. No hay pruebas de que el programa esté activo, pero tenemos acceso a todo el trabajo anterior, tanto en lo relativo a cabezas nucleares como a sistemas de lanzamiento.

—¿Cuándo podremos hacerlo público?

—¿Qué prisa hay?

—Dentro de unas horas, los mulás estarán celebrando la caída de Jalid. Vendrá bien un cambio de tema en la región.

—Eso no cambiará el hecho de que tu amigo ha caído con todo el equipo.

—Nunca ha sido amigo mío, Uzi. Del primer ministro, sí.

—Quiere verte, por cierto.

—Ahora no puedo ocuparme de eso. Le llamaré desde el coche.

Gabriel hizo la llamada mientras su comitiva subía por Bab al-Wad camino de los montes de Judea. El primer ministro se tomó la noticia tan bien como Morris Payne. Jalid era el eje de una estrategia regional para aislar a Irán, normalizar las relaciones con los regímenes suníes árabes y alcanzar un acuerdo de paz con los palestinos en términos favorables para Israel. Gabriel apoyaba los objetivos generales de esa estrategia, pero había advertido repetidamente al primer ministro de que el príncipe heredero era un elemento inestable y volátil que podía acabar siendo su peor enemigo.

—Por lo visto se han cumplido sus deseos —dijo el primer ministro con su voz de barítono.

—Con el debido respeto, eso es tergiversar mi postura en este asunto.

—¿Podemos intervenir?

—Lo he intentado, se lo aseguro.

—¿Cuándo será?

—Antes de las doce de la noche, hora de Riad.

—¿Irá hasta el final?

—Después de lo que he visto hoy, estoy seguro de que sí.

Pasaban pocos minutos de las nueve cuando la comitiva de Gabriel entró en Narkiss Street. Normalmente a esa hora los niños ya estaban durmiendo, pero para sorpresa de Gabriel se arrojaron en sus brazos cuando cruzó la puerta. Raphael, futuro pintor, le enseñó su última obra. Irene le leyó un cuento que había redactado con ayuda de su madre. El cuaderno en el que estaba escrito era idéntico al que habían encontrado en el zulo de la princesa Rima en el País Vasco español.

Estáis muertos... Muertos, muertos, muertos...

Gabriel se ofreció a acostar a los niños, operación esta en la que tuvo más éxito que en sus intentos de encontrar a la hija de Jalid. Cuando salió de la habitación, encontró a Chiara sacando una fuente naranja del horno. Reconoció el olor. Era osobuco, uno de sus platos favoritos. Comieron en el pequeño velador de la cocina, con una botella de *shiraz* de Galilea y la Blackberry de Gabriel en medio de la mesa. La televisión de la encimera estaba puesta sin volumen. A Chiara le extrañó el canal que eligió su marido.

—¿Desde cuándo ves Al Jazeera?

—Tienen fuentes de primera en Arabia Saudí.

—¿Es que va a pasar algo?

—Un terremoto.

Aparte de un par de mensajes de texto escritos en términos muy vagos, Gabriel no había hablado con Chiara desde la mañana que salió de París. Ahora le contó todo lo sucedido, en italiano, la lengua en la que hablaban entre sí. Ella escuchó atentamente. Nada le gustaba más que oír hablar de las hazañas de Gabriel. Sus relatos eran para ella un hilo que, aunque tenue, la mantenía ligada a la vida a la que había renunciado para ser madre.

—Habrá sido toda una sorpresa.

—¿El qué?

—Encontrarte a Sarah en el vuelo a París. —Chiara echó una mirada al televisor. Estaban emitiendo imágenes del último brote de violencia en la frontera de la Franja de Gaza. Al parecer, la culpa era enteramente de Israel—. No parecen saber que esté pasando nada raro.

—Pronto lo sabrán.

—¿Cómo, exactamente?

—El príncipe le dirá a su padre, el rey, que no tiene más remedio que abdicar. Y su padre, que tiene otros veintiocho hijos varones de sus cuatro esposas, sin duda no se tomará la noticia con resignación.

—¿Quién sucederá ahora al rey Mohamed?

—Eso depende de quién esté detrás del complot para desbancar a Jalid. —Gabriel miró la hora. Eran las 21:42 en Jerusalén; las 22:42 en Riad—. Está apurando la hora.

—Puede que se lo esté pensando.

—En cuanto renuncie, lo perderá todo. Seguramente no podrá quedarse en Arabia Saudí. Será otro príncipe más en el exilio.

—Ahora mismo me encantaría ser una mosca en la pared en la corte real.

—¿En serio?

Gabriel cogió su Blackberry y llamó al departamento de Operaciones de King Saul Boulevard. Solo unos minutos después, la Blackberry comenzó a emitir la voz de un anciano que gritaba en árabe.

—¿Qué dice?

—Que a una hija se la puede reemplazar, pero a un rey no.

Eran las once y media en Riad cuando Al Arabiya, la cadena de noticias estatal saudí, interrumpió su emisión habitual para dar paso a un comunicado urgente de palacio. El presentador puso cara de estupefacción al leerlo. Su alteza real el príncipe Jalid bin

166

Mohamed Abdulaziz al Saud había abdicado, renunciando así a su derecho al trono. El Consejo de Lealtad, el grupo de príncipes que decide quién de entre ellos va a gobernar, tenía previsto reunirse de inmediato para nombrar a un sustituto. De momento, sin embargo, el monarca absoluto de Arabia Saudí, incapacitado mentalmente y aquejado por una enfermedad terminal, no había elegido sucesor.

Al Jazeera, que dio la noticia en el resto del mundo, a duras penas consiguió contener su alegría. Lo mismo les sucedió a los iraníes, los Hermanos Musulmanes, los palestinos, Hezbolá, el ISIS y la viuda de Omar Nawaf. La Casa Blanca emitió al instante un comunicado declarando su voluntad de colaborar estrechamente con el sucesor de Jalid. Downing Street farfulló algo parecido unos minutos después, igual que el palacio del Elíseo. El Gobierno de Israel, por su parte, no hizo comentarios.

Pero ¿por qué había renunciado Jalid al trono por el que tan implacablemente había luchado? Los medios de comunicación solo podían lanzar especulaciones. Los expertos en Oriente Medio se mostraron unánimes: Jalid no había abdicado por propia voluntad. La cuestión era si las presiones que le habían obligado a ello procedían de dentro o de fuera de la Casa de Saud. Pocos periodistas y tertulianos hicieron intento de ocultar la alegría que les produjo su caída, y menos aún quienes en un principio habían jaleado su ascenso al poder. «Menos mal», declaró la destacada columnista del *New York Times* que había proclamado prematuramente a Jalid salvador del mundo árabe.

Entre los muchos misterios de esa noche estaba el paradero exacto de Jalid. Si alguien se hubiera molestado en preguntar al jefe del servicio secreto israelí, podría haberles dicho sin lugar a dudas que Jalid voló a París inmediatamente después de su tempestuosa conversación con el rey y que, de incógnito y sin su escolta habitual, llegó al Hôtel de Crillon. Al día siguiente, a las cinco de la tarde, recibió una llamada. La voz digitalizada del otro lado de la línea le dio una serie de instrucciones en tono retorci-damente afable. Luego se interrumpió la conexión. Frenético, Ja-lid llamó a Sarah Bancroft a Nueva York y ella, a petición de Jalid, llamó a Gabriel a King Saul Boulevard. No habría hecho falta, en realidad, puesto que Gabriel estaba vigilando de cerca los aconte-cimientos desde el Centro de Operaciones y lo había oído todo. Los secuestrados no solo querían que Jalid renunciara al trono. También le querían a él.

31

TEL AVIV – PARÍS

En realidad, era un poco más complicado. Lo que querían los secuestradores era que Gabriel se ocupara de las últimas negociaciones y de organizar la liberación de la princesa Rima. Presentaron sus exigencias no como una amenaza, sino como un gesto humanitario que garantizaría la devolución de la rehén —el elemento más peligroso de un secuestro— sana y salva. Preferían tratar con un profesional, dijeron, en vez de con un padre desesperado e impredecible en ocasiones. Gabriel, sin embargo, no se llamó a engaño: sabía por qué querían los secuestradores que él fuera su interlocutor. Los hombres que se hallaban tras el complot, fueran quienes fueran y al margen de sus motivos, pensaban matarle a la primera ocasión. Y a Jalid también.

Como era de esperar, las exigencias de los secuestradores no fueron bien acogidas en King Saul Boulevard. Uzi Navot dijo que ni hablar, como todos los colaboradores de Gabriel, incluido Yaakov Rossman, que amenazó con esposarle a la mesa del despacho. Hasta Eli Lavon, jefe de los efectivos de vigilancia y amigo íntimo de Gabriel, pensaba que era un disparate. Además, añadió, ahora que había abdicado, Jalid ya no les servía de casi nada, y desde luego no valía la pena correr ese riesgo por él.

Gabriel no se molestó en consultarlo con el primer ministro. Llamó, en cambio, a su mujer. La conversación fue breve, dos o tres minutos máximo. Después, Mijail y él salieron discretamente de King Saul Boulevard y se dirigieron al aeropuerto. No había más vuelos a París esa noche, pero no importó: Jalid había mandado un avión a recogerlos.

Era poco después de la una de la madrugada cuando llegaron al Crillon. Christopher Keller estaba en el bar del vestíbulo, coqueteando con la guapa camarera en un francés con acento corso.

—¿Ya has subido? —preguntó Gabriel.

—¿Por qué crees que estoy aquí? Me estaba sacando de quicio.

—¿Qué tal lo lleva?

—Está que se sube por las paredes.

Jalid ocupaba un magnífico apartamento en la tercera planta del hotel. Resultó chocante verle ejecutar una tarea tan prosaica como abrir la puerta. Volvió a cerrarla rápidamente y echó la llave. La mesa baja de la sala de estar estaba cubierta de latas y envoltorios de *snacks* de su bar privado. En algún lugar, su teléfono emitía un molesto soniquete electrónico.

—Ese chisme no para de sonar —dijo, y señaló la enorme televisión con gesto indignado—. ¡Se están riendo de mí! Dicen que me he visto obligado a abdicar por lo de Omar Nawaf.

—Ya lo aclarará más adelante —repuso Gabriel.

—¿Y de qué servirá? —El teléfono volvía a sonar. Jalid mandó la llamada al buzón de voz—. Otro presunto amigo.

—¿Quién era?

—El presidente de Brasil. Y antes ha llamado el jefe de una agencia de actores de Hollywood para preguntarme si todavía pensaba invertir en su empresa. —Hizo una pausa—. Llama todo el mundo, menos los que se han llevado a mi hija.

—Seguro que tendrá noticias suyas en cualquier momento.

—¿Cómo lo sabe?

—Porque sin duda ya saben que he llegado.

—¿Están vigilando el hotel?

Gabriel asintió en silencio.

—Cuando llamen, les ofreceré cien millones de dólares. Eso debería bastar para convencerlos de que cumplan lo que acordamos al principio.

Gabriel sonrió fugazmente.

—Ojalá fuera tan sencillo.

—Me imagino que no tiene el menor deseo de morir por un hombre como yo —dijo Jalid al cabo de un momento.

—No. Estoy aquí por su hija.

—¿Podrá traérmela de vuelta?

—Haré lo que pueda.

—Entiendo —contestó el saudí—. Es el director del servicio de inteligencia del Estado de Israel. Y yo acabo de renunciar al trono, de modo que ya no le soy de ninguna utilidad.

—Tengo dos hijos pequeños.

—Es afortunado. Yo solo tengo una.

Un silencio plomizo cayó sobre la habitación. Un momento después, lo rompió la melodía insistente del teléfono de Jalid, que agarró bruscamente el aparato y luego rechazó la llamada.

—¿Quién era? —preguntó Gabriel.

El saudí puso cara de fastidio.

—La Casa Blanca. Otra vez.

—¿No cree que debería contestar a esa llamada?

Jalid hizo un gesto desdeñoso y fijó la mirada en la televisión. JBM reuniéndose con el primer ministro británico en Downing Street. Antes de la caída.

—No debería haberle hecho caso —dijo sin dirigirse a nadie en particular.

—¿A quién? —preguntó Gabriel, pero él no respondió. El teléfono volvió a sonar—. ¿Quién es ahora?

—Si se lo dijera, no me creería.

Gabriel cogió el teléfono que le tendía y vio el nombre del presidente ruso.

—Conteste usted —dijo Jalid—. Seguro que le encantará oír su voz.

Gabriel dejó que el teléfono siguiera sonando unos segundos. Luego, con profunda satisfacción, pulsó RECHAZAR.

El resto de aquella larga noche, el reloj avanzó con la lentitud de las placas tectónicas. El estado anímico de Jalid, en cambio, oscilaba bruscamente entre la ira contra quienes le habían traicionado y la angustia por la suerte de su hija. Cada vez que sonaba su móvil, lo agarraba como si fuera una granada explosiva, miraba la pantalla ansiosamente y, al comprobar que era otro examigo o socio que llamaba para regocijarse de su desgracia, lo arrojaba sin ningún cuidado sobre la mesa.

—Lo sé, lo sé —le decía a Gabriel—. Los teléfonos se rompen, Príncipe Feroz.

Mijail y Keller consiguieron dormir unas horas, pero Gabriel se quedó junto a Jalid. Nunca se había tragado el cuento de que JBM fuera el gran reformador del mundo árabe y, sin embargo, al verse enfrentado a la terrible disyuntiva de perder el trono o a su hija, Jalid había actuado como un ser humano y no como un tirano malcriado y dueño de riquezas inimaginables cuyas ansias de poder y posesiones materiales no tenían límite. Lo supiera él o no, pensaba Gabriel, aún no era un caso perdido.

Por fin, una aurora sucia y gris se insinuó en la espléndida sala de estar. Más o menos una hora después, mientras estaba de pie junto a una de las ventanas que daban a la *place* de la Concorde, Gabriel presenció un espectáculo notable. Desde el museo del Louvre hasta el Arco de Triunfo, la policía corría detrás de miles de manifestantes ataviados con el chaleco amarillo de los barrenderos. Al poco rato, todo el primer *arrondissement* estaba cubierto por una densa nube de gas lacrimógeno. Gabriel puso France 2 en la tele y se enteró de que los Chalecos Amarillos estaban furiosos con el presidente francés por el reciente aumento en el precio del combustible.

—Esto es la democracia —se mofó Jalid—. Los bárbaros están a las puertas.

Quizá se equivocaba, pensó Gabriel. Quizá Jalid fuera un caso perdido, después de todo.

Y allí se quedaron, el espía y el monarca caído, contemplando cómo ese gran experimento conocido como civilización occidental se desmoronaba bajo sus pies. Jalid estaba tan fascinado que por una vez no oyó sonar el teléfono. Gabriel se acercó a la mesa y vio que el aparato vibraba entre los desechos de la larga noche de espera. Miró la pantalla. No había número ni nombre de contacto.

Pulsó ACEPTAR y se llevó el móvil al oído.

—Ya era hora —dijo en inglés sin esforzarse por disimular su acento israelí—. Ahora, escúchenme atentamente.

32

PARÍS

Cuando se trata con secuestradores, ya sean delincuentes comunes o terroristas, es costumbre que el negociador escuche sus demandas. Pero eso presupone que el negociador tiene algo que ofrecer a cambio de la liberación del rehén: dinero, por ejemplo, o un compañero de armas encarcelado. Gabriel, sin embargo, no tenía nada de valor que sirviera como moneda de cambio, de modo que no le quedó otro remedio que pasar de inmediato a la ofensiva. Informó a los secuestradores de que tendrían que liberar a la princesa Rima antes de que acabara el día. Si la niña sufría algún daño —o si trataban de atentar contra la vida de Gabriel o del ex príncipe heredero saudí—, el servicio secreto israelí perseguiría implacablemente a todos aquellos que hubieran tomado parte en la conspiración y los mataría. Lo mejor que podían hacer, concluyó, era poner fin a aquello lo antes posible, sin melodramas ni trabas de última hora. Luego colgó y le pasó el teléfono a Jalid.

—¿Está loco?

—Si no lo estuviera, no estaría aquí.

—¿Se da cuenta de lo que acaba de hacer?

—Procurar que tengamos una ligerísima oportunidad de recuperar a su hija sin que nos maten a los dos por el camino.

—¿Le han dado instrucciones?

—No les he dado ocasión.

—¿Por qué?

—Pensaba que los árabes eran buenos negociadores.

Los ojos de Jalid se dilataron, llenos de rabia.

—¡Ahora no volverán a llamar!

—Claro que sí.

—¿Cómo puede estar tan seguro?

Gabriel se acercó con calma a la ventana y observó el tumulto de la calle.

—Porque no era un farol y lo saben.

Afortunadamente, solo tuvo que soportar una espera de veinte minutos antes de que los secuestradores le dieran la razón en parte. Las instrucciones llegaron a través de un mensaje de voz grabado. La voz era de mujer, alegre y vagamente erótica. Decía que Gabriel y el ex príncipe heredero debían tomar el TGV que salía a mediodía de París con destino a Marsella. Durante el trayecto recibirían nuevas instrucciones. No debían alertar a la policía francesa ni viajar con escolta de seguridad. Cualquier desviación en el plan tendría como resultado la muerte de la pequeña.

—Los estamos vigilando —advirtió la voz antes de que se cortara la llamada.

Las condiciones no eran muy equitativas, pero Gabriel no podía aspirar a más, dadas las circunstancias. Además, no tenía intención de cumplirlas, como tampoco las cumplirían los secuestradores.

Jalid pidió una limusina del hotel. Mientras cruzaban París a paso de tortuga en dirección este, los manifestantes de los chalecos amarillos los increparon entre abucheos y escupitajos. El gas lacrimógeno les irritó los ojos cuando cruzaron a toda prisa la entrada de la Gare de Lyon. Mijail y Keller esperaban bajo el tablero luminoso de las salidas, mirando cada uno en una dirección como dos desconocidos.

Jalid levantó la mirada hacia la techumbre de cristal, maravillado.

—¿No hubo un atentado terrorista en esta estación hace unos años?

—Siga andando o perderemos el tren —replicó Gabriel.

—Ahí está la placa —dijo Jalid de repente señalando una lápida de granito negro pulido.

El tablero de salidas repiqueteó al actualizarse los datos. El tren con destino Marsella estaba a punto de salir. Gabriel llevó a Jalid a una máquina de venta de billetes y le indicó que comprara dos billetes de primera clase. Jalid miró la máquina desconcertado.

—No sé si sabré…

—Es igual. —Gabriel pasó una tarjeta de crédito por el lector. Sus dedos se movieron hábilmente por la pantalla táctil y la máquina expelió dos billetes y un recibo.

—¿Y ahora qué? —preguntó Jalid.

—Subimos al tren.

Llevó a Jalid al andén indicado y subieron al vagón de primera clase. Mijail estaba sentado en un extremo. Keller, en el otro. Los dos miraban hacia el centro, y Gabriel condujo a Jalid allí. Solo un tercio del vagón estaba ocupado y los demás pasajeros no parecieron darse cuenta de que el hombre que acababa de renunciar al trono de Arabia Saudí se hallaba entre ellos.

—¿Sabe? —le dijo en voz baja a Gabriel—, ni me acuerdo de la última vez que hice un viaje en tren. ¿Usted viaja a menudo en ferrocarril?

—No —contestó Gabriel mientras el TGV se ponía en marcha con una sacudida—. Nunca.

Durante las tres primeras horas, mientras viajaban rumbo al sur, el teléfono silenciado de Jalid vibró casi sin cesar, pero los secuestradores esperaron a que el tren llegara a Aviñón para

176

hacerles llegar las últimas instrucciones. De nuevo no había nombre ni número, solo aquella voz automática de mujer ordenándole a Gabriel que alquilara un coche en la Gare de Marseille Saint Charles y se dirigiera a la ciudad de Carcasona, una antigua ciudadela medieval. Allí, en la *avenue du* Général Leclerc, había una pizzería llamada Plein Sud. Dejarían a la niña en sus alrededores.

—Y no traigan a los dos guardaespaldas —advirtió la voz en tono coqueto—. Si no, mataremos a la niña.

Gabriel llamó a King Saul Boulevard y pidió dos coches alquilados, uno para Mijail y Keller y otro para Jalid y él. Eran dos Renault compactos. Mijail y Keller salieron primero y se encaminaron al norte, hacia Aix-en-Provence. Gabriel se dirigió al oeste siguiendo la costa, con el sol cegador de la tarde de frente.

Jalid pasó un dedo por el salpicadero cubierto de polvo.

—Por lo menos podrían habernos dado un coche limpio.

—Debería haberles dicho que era para usted. Estoy seguro de que habrían buscado uno más acorde.

—¿Por qué ha mandado a sus hombres a Aix?

—Para ver si los secuestrares comenten la estupidez de seguirlos.

—¿Y si es así?

—Probablemente se llevarán una sorpresa desagradable. Y nuestras posibilidades de salir de esto de una pieza aumentarán considerablemente.

Jalid estaba admirando el mar.

—Precioso, ¿verdad?

—Seguro que es más bonito desde la cubierta del yate más grande del mundo.

—El *segundo* más grande —puntualizó Jalid.

—Todos tenemos que apretarnos el cinturón.

—Supongo que ahora pasaré mucho tiempo en él. En Riad ya no estoy seguro. Y cuando muera mi padre…

—El nuevo heredero le tratará como trató usted a su predecesor y a todo el que supusiera una amenaza.

—Así son las cosas en mi familia. Damos al término «disfunción» un nuevo significado. —Jalid sonrió con desgana—. Pienso consagrar el resto de mi vida a Rima. A ella le encanta el Tranquillity. Puede que hagamos un viaje alrededor del mundo.

—Va a necesitar mucho apoyo médico y psicológico para recuperarse de esto.

—Habla como si lo supiera por experiencia.

—Lea mi expediente.

—Lo he leído. Mencionaba algo que ocurrió en Viena. Un atentado. Dicen…

—Puede que le sorprenda, pero no me apetece hablar de eso.

—Entonces ¿es cierto? ¿Mataron a su mujer y a su hijo delante de usted?

—No. Mi mujer sobrevivió.

El sol relumbraba en el horizonte. Como un coche ardiendo en una calle tranquila de Viena, pensó Gabriel.

—Nunca he estado en Carcasona.

—Fue un bastión cátaro en la Edad Media.

—¿Cátaro?

—Los cátaros creían, entre otras cosas, que había dos dioses: el Dios del Evangelio y el Dios del Antiguo Testamento. Uno era bueno. El otro, malo.

—¿Cuál era cuál?

—¿Usted qué cree?

—El dios de los judíos era el malo.

—Sí.

—¿Qué fue de ellos? —preguntó Jalid.

—Pese a tenerlo todo en contra, fundaron un estado moderno en su patria ancestral.

—Me refería a los cátaros.

—Los barrieron del mapa en la cruzada albigense. La masacre más célebre tuvo lugar en el pueblecito de Montségur.

Doscientos perfectos cátaros arrojados a una enorme hoguera. El lugar donde sucedió se conoce como el Campo de los Quemados.

—Por lo visto los cristianos también pueden ser violentos.

—Fue en el siglo XIII, Jalid.

Su Blackberry vibró. Era una llamada de Mijail para darle noticias. Gabriel escuchó y le ordenó que se dirigieran a Carcasona.

—¿Los han seguido? —preguntó Jalid.

—No. No ha habido suerte.

El sol se estaba poniendo. Pronto se perdería de vista. Eso, al menos, sería un alivio.

33

MAZAMET, FRANCIA

En las cuarenta y ocho horas transcurridas desde su precipitada evacuación del piso franco del País Vasco español, la princesa Rima había estado casi en continuo movimiento. Sus recuerdos del periplo eran fragmentarios, empañados como estaban por inyecciones periódicas de tranquilizantes. Recordaba un almacén repleto de cajones de madera, un cobertizo sucio que olía a cabra y una cocinita en la que había oído discutir a dos de sus captores en la habitación contigua. Era la primera vez que los oía hablar. El idioma en el que hablaban la dejó atónita.

Poco después de que se resolviera la disputa, le pusieron otra inyección. Despertó, como de costumbre, con un fuerte dolor de cabeza y la boca tan seca como el desierto de Arabia. Le habían quitado los trapos que había llevado esas dos últimas semanas y habían vuelto a ponerle la ropa que llevaba la tarde de su secuestro, incluida su chaqueta Burberry favorita. Tenía la sensación de que la chaqueta pesaba más de lo normal, aunque no estaba segura. La despertó la inmovilidad; le habían dado tantos fármacos que notaba los miembros rígidos como si fueran de hierro.

La última inyección contenía una dosis menor de sedante. Rima parecía estar en un duermevela, a punto de volver en sí. Estaba segura de que iba en el maletero de un coche en marcha porque oía el zumbido de las ruedas bajo ella. También oía dos voces procedentes del habitáculo de pasajeros. Hablaban el mismo idioma, aquel idioma que tanto la había sorprendido. Solo reconoció dos palabras.

Gabriel Allon.

El zarandeo del coche y el asfixiante olor a sucio del maletero le estaban revolviendo el estómago. Parecía costarle respirar. Quizá fuera por las drogas que le habían dado. No, pensó, era por la chaqueta. La estaba aplastando.

No tenía las manos atadas. Aflojó los botones y tiró de las solapas, pero no sirvió de nada, la chaqueta no se abría. Cerró los ojos y, por primera vez desde hacía muchos días, lloró.

Le habían cosido la chaqueta para impedir que se abriera.

La *Avenue du* Général Leclerc estaba situada más allá de la doble muralla de la antigua ciudadela de Carcasona y no poseía ni un ápice de la belleza y el encanto del casco viejo de la ciudad. La pizzería Plein Sud ocupaba un edificio en forma de cuña en el lado sur de la calle, el último de una corta serie de tiendas y negocios que daban servicio a los vecinos de aquel barrio de clase obrera. El interior, impecablemente limpio, estaba bien iluminado. Un hombre de facciones meridionales se ocupaba de los hornos y una mujer de aspecto triste de los fogones. En el estrecho espacio reservado para comer había cuatro mesas. Las paredes estaban adornadas con láminas de arte africano y una gran puerta deslizante de cristal daba a la calle. Era como una galería de tiro para un francotirador, pensó Gabriel.

Jalid y él se sentaron en la única mesa disponible. Los ocupantes de las otras tres se parecían a los manifestantes que habían visto en las calles de París esa mañana. Eran ciudadanos de la otra Francia, esa Francia de la que no se hablaba en las guías de viajes: los explotados, los rezagados, los que carecían de rutilantes títulos otorgados en centros de enseñanza de élite. La globalización y la

automatización habían menguado su valor como fuerza de traba-
jo. Su única alternativa era el sector servicios. Sus homólogos de
Gran Bretaña y Estados Unidos ya habían hablado en las urnas.
Pronto le tocaría el turno a Francia, calculó Gabriel.

Recibió un mensaje en la Blackberry. Lo leyó y volvió a guardarse el dispositivo en el bolsillo. El teléfono de Jalid estaba sobre
la mesa, a oscuras y silenciado.

—¿Y bien? —preguntó el saudí.

—Eran mis hombres.

—¿Dónde están?

Con un movimiento de los ojos, Gabriel indicó que estaban
aparcados cerca de allí.

—¿Y los secuestradores?

—No están aquí.

—¿Saben que hemos llegado?

—Desde luego.

—¿Cómo lo sabe?

—Mire su teléfono.

Jalid bajó la vista. Tenía una llamada entrante. Sin nombre ni
número.

Gabriel pulsó ACEPTAR y se llevó el teléfono al oído. Oyó una voz
de mujer, vagamente erótica. No era, sin embargo, una grabación.

Era la voz de una persona.

34

CARCASONA, FRANCIA

—No has podido resistirte, ¿eh?

—Supongo que no. A fin de cuentas, ¿cuántas oportunidades tiene una de hablar con un hombre como tú?

—¿Y qué clase de hombre es esa?

—Un criminal de guerra. Un asesino de quienes luchan por la dignidad y la autodeterminación.

Su inglés era impecable. El acento era alemán, pero había también algo más, un dejo distinto. De más al este, pensó Gabriel.

—¿Tú luchas por la libertad? —preguntó.

—Yo soy una profesional, Allon. Igual que tú.

—¿De veras? ¿Y en qué trabajas cuando no estás secuestrando y torturando a niñas?

—La niña ha estado bien cuidada —replicó ella.

—Vi el zulo donde la teníais en Areatza. No era digno ni de un perro, y mucho menos de una niña de doce años.

—Una niña que ha pasado toda su vida rodeada de lujos inimaginables. Al menos ahora tiene cierta idea de cómo vive la inmensa mayoría de la gente.

—¿Dónde está?

—Cerca.

—Entonces dejadla delante del restaurante. No haré intento de seguiros.

Ella soltó una risa ronca. Gabriel subió al máximo el volumen del teléfono y se lo apretó contra la oreja. La mujer iba en un coche en marcha, estaba seguro.

—¿Listo para recibir instrucciones? —preguntó.

—Más vale que sean las últimas.

—Al norte de Carcasona hay un pueblecito llamado Saissac. Seguid la D629 hasta el límite del siguiente *département*. Pasado un kilómetro veréis una abertura en la valla a la derecha de la carretera. Seguid la pista de tierra exactamente cien metros y apagad los faros. Si os desviáis lo más mínimo del plan —añadió la mujer—, matamos a la niña.

—Si le tocáis un solo pelo, te meto un balazo en la cabeza.

—¿Como este?

Al instante, la puerta deslizante del local se hizo añicos y una bala sobrecalentada hendió el aire entre Gabriel y Jalid y fue a incrustarse en la pared.

—Tenéis media hora —dijo la mujer tranquilamente—. Si no, la siguiente es para ella.

Gabriel y Jalid salieron a la ajetreada avenida siguiendo al resto de los aterrorizados clientes de la pizzería Plein Sud. El Renault estaba aparcado frente a la tienda de al lado. Gabriel se sentó al volante, encendió el motor y siguió a toda velocidad la muralla de la antigua ciudadela. Jalid le daba indicaciones guiándose por el teléfono móvil. En realidad Gabriel no necesitaba su ayuda —el camino hacia Saissac estaba claramente indicado—, pero así Jalid tenía algo que hacer, aparte de gritarle que se diera más prisa.

Había casi cuarenta kilómetros hasta Saissac. Gabriel tardó unos veinte minutos en cubrir ese trayecto. Cruzaron como una exhalación el casco viejo del pueblo. Por el rabillo del ojo, alcanzó a distinguir una muralla que dominaba un llano, una torre en ruinas y un solo café. La zona nueva del pueblo estaba al noroeste.

Había un puesto de la *gendarmerie* y una rotonda donde Gabriel temió por un momento que el Renault volcara.

Más allá el pueblo se desdibujaba. Por espacio de unos dos kilómetros había campos de labor; luego, paulatinamente, los cultivos daban paso al monte. La carretera se estrechaba, cruzaba el cauce de un río por un puente de piedra y volvía a estrecharse. Gabriel miró el reloj del salpicadero. Según sus cálculos llegaban ya tres o cuatro minutos tarde. Miró luego por el retrovisor y vio la luz de unos faros acercándose. Buscó su Blackberry y marcó.

Fue Keller quien contestó.

—Alejaos —ordenó Gabriel.

—Ni hablar.

—Dile a Mijail que pare ahora mismo.

Gabriel oyó que transmitía de mala gana su orden y unos segundos después el coche se apartó al arcén. Luego colgó y se guardó el teléfono en el bolsillo. El de Jalid se iluminó de pronto. Ni nombre ni número.

—Ponga el manos libres.

Jalid tocó la pantalla.

—Llegas tarde —dijo la mujer.

—Creo que casi hemos llegado.

—Sí. Y también tus hombres.

—Les he dicho que paren. No se acercarán más.

—Más os vale.

Apareció una señal: *Département du Tarn*.

—Estoy cruzando el límite —dijo Gabriel.

—Sigue adelante.

Estaban en un túnel de árboles. Cuando salieron, Gabriel vio una alambrada desvencijada que bordeaba el lado derecho de la carretera. Más allá de ella el campo estaba a oscuras. Las densas nubes habían dejado la noche sin luna.

—Ve más despacio —ordenó la mujer—. El hueco en la valla está un poco más adelante.

Gabriel levantó el pie del acelerador y metió el coche por la abertura de la valla. La pista de tierra estaba llena de baches y húmeda por las lluvias recientes. Gabriel avanzó lo que le parecieron cien metros y luego frenó.

—Sigue —dijo la mujer.

Avanzó muy despacio mientras el coche se zarandeaba como un barco sacudido por las olas.

—Ahí está bien.

Gabriel detuvo el coche.

—Apaga el motor y las luces.

Él vaciló.

—Ahora mismo —añadió la mujer—, o la siguiente bala entrará por el parabrisas.

Gabriel apagó el motor y las luces. La oscuridad era completa, igual que el silencio al otro lado del teléfono. La mujer había silenciado su móvil, pensó.

—¿Cuánto tiempo cree que nos va a hacer esperar? —preguntó Jalid.

—Te estoy oyendo —dijo la mujer.

—Y yo *a ti* —replicó él con frialdad.

—¿Eso era una amenaza?

Antes de que Jalid pudiera contestar, la luna trasera del Renault estalló en pedazos. Gabriel sacó la Beretta que llevaba en la cinturilla, a la espalda, y montó el arma.

—Sé que se te dan bien las armas, Allon, pero yo en tu lugar no intentaría nada. Además, esto ya casi ha terminado.

—¿Dónde está la niña?

—Enciende las luces —ordenó la mujer, y se cortó la comunicación.

35

DÉPARTEMENT DU TARN, FRANCIA

Estaba de pie en el camino, a unos cincuenta metros delante del coche, sobre una ligera elevación del terreno. Le habían tapado la boca y atado las manos con cinta aislante gris. Vestía falda escocesa, medias oscuras y trenca de colegiala. Parecían haberle abrochado mal la chaqueta, pero no se trataba de eso, en realidad. No se la habían abrochado.

De inmediato, Jalid abrió la puerta y, gritando el nombre de Rima, echó a correr por el camino embarrado. Gabriel le siguió, manteniéndose unos pasos por detrás, un poco doblado por la cintura, con los brazos extendidos y la Beretta en las manos. Se volvía a derecha e izquierda buscando no sabía qué. Rima y el terreno que se extendía tras ella estaban bañados en luz, pero por lo demás la oscuridad era completa. Gabriel solo veía a un padre que corría hacia su hija, cuyos ojos estaban llenos de terror.

Algo pasaba. ¿Por qué no la aliviaba oír la voz de su padre? ¿Y dónde estaba el siguiente disparo, el balazo que habían prometido meterle en la cabeza? Comprendió entonces por qué Rima llevaba la trenca torcida. Ya no había francotirador. La niña era el arma.

—¡No se acerque a ella! —gritó, pero Jalid siguió corriendo por el camino resbaladizo.

Gabriel vio entonces un destello de luz entre los árboles que bordeaban el campo.

Un teléfono móvil.

Estaba muy lejos, a cien metros como mínimo. Apuntó con la Beretta hacia la luz y apretó el gatillo hasta vaciar el cargador. Luego tiró el arma y se lanzó hacia Jalid.

El saudí era mucho más joven, pero no era ningún atleta y Gabriel contaba con la ventaja de estar poseído por una especie de locura. Con un par de zancadas salvó el espacio que los separaba y tiró a Jalid a la tierra mojada en el instante en que estallaba la bomba que Rima llevaba bajo la trenca.

Un fogonazo de luz abrasadora iluminó el campo en todas direcciones al tiempo que la metralla pasaba silbando sobre la cabeza de Gabriel como una descarga de artillería. Cuando levantó la vista, Rima ya no estaba. Lo que quedaba de ella estaba esparcido a ambos lados del camino.

Gabriel trató de sujetar a Jalid contra el suelo, pero el saudí se desasió por la fuerza y se puso en pie tambaleándose. Estaba cubierto de sangre de Rima. Los dos lo estaban. Gabriel volvió la cara y se tapó los oídos cuando el primer grito de dolor brotó de los pulmones del saudí.

Un coche subía a toda velocidad por el camino. Gabriel sacó la Beretta, extrajo el cargador gastado y colocó uno nuevo. Luego se volvió lentamente y vio a Jalid, que recogía, frenético, los miembros de su hija.

—Llame a una ambulancia —decía—. Por favor, tenemos que llevarla al hospital.

Gabriel cayó de rodillas y vomitó violentamente. Luego levantó la cara hacia el cielo sin luna y rezó para que un súbito aguacero lavara la sangre de la niña de su cara.

—¡Estáis muertos! —gritó con todas sus fuerzas—. ¡Muertos, muertos, muertos!

TERCERA PARTE

ABSOLUCIÓN

36

SUROESTE DE FRANCIA – JERUSALÉN

Mijail Abramov y Christopher Keller habían oído el estrépito de los disparos —diez tiros, todos efectuados por la misma
arma—, seguido segundos después por una explosión. La bomba
era relativamente pequeña a juzgar por el estruendo, pero el fogonazo de la detonación bastó para iluminar el cielo en aquel remoto
rincón del Département du Tarn. La escena que encontraron a
su llegada parecía sacada del *Inferno* de Dante. Tanto Abramov
como Keller eran veteranos de guerra que habían llevado a cabo
numerosas ejecuciones extrajudiciales y, sin embargo, lo que vieron les revolvió las tripas. De rodillas en el barro, empapado de
sangre, Gabriel clamaba al cielo. Jalid abrazaba algo que parecía
un bracito y pedía a gritos una ambulancia. Mijail y Keller no hablaron nunca de ello después, ni entre sí ni, menos aún, con los
franceses.

Cuando consiguió recuperar un poco la compostura, Gabriel
telefoneó a Paul Rousseau a París y Rousseau llamó a su jefe, que
a su vez avisó al ministro, que llamó al palacio. A los pocos minutos, las primeras unidades de la *gendarmerie* aparecieron por la
D629 y el campo entero estuvo pronto iluminado por los focos
de la policía. Siguiendo órdenes directas del presidente francés, no
se intentó interrogar al padre de la víctima, roto de dolor, ni al de-
solado jefe del servicio de inteligencia israelí.

Los equipos de la policía científica recogieron meticulosamente los restos de la víctima; los expertos en explosivos, los fragmentos de la bomba que acabó con su vida. Las pruebas llegaron a París esa misma noche en un helicóptero de la policía. Gabriel, Jalid, Mijail y Keller, también. Al amanecer, Jalid y los restos mortales de su hija embarcaron en otro avión, esta vez con destino a Arabia Saudí. Para Gabriel y sus compañeros, en cambio, los franceses tenían otros planes.

Gabriel era un aliado —de hecho, había desmantelado prácticamente solo la red terrorista del ISIS en territorio francés— y le trataron como a tal. El interrogatorio —pues eso fue— tuvo lugar ese mismo día, en una sala decorada con candelabros y pan de oro del Ministerio de Interior. Estuvieron presentes el propio ministro, los jefes de los distintos servicios de policía y espionaje y diversos taquígrafos, asistentes y funcionarios varios. Mijail y Keller no fueron interrogados, y los franceses aseguraron que el interrogatorio no estaba siendo grabado por medios electrónicos. Gabriel dio por sentado que mentían.

El ministro comenzó el procedimiento exigiendo saber cómo se había involucrado el director del servicio secreto israelí en la búsqueda de la princesa. Gabriel contestó sinceramente que había aceptado el encargo a petición del padre de la niña.

—Pero Arabia Saudí es su adversaria, ¿no es cierto?

—Confiaba en que eso pudiera cambiar.

—¿Recibió ayuda de alguna persona perteneciente a los servicios de seguridad o inteligencia franceses?

—No.

Sin decir nada, el ministro le puso delante una fotografía. Un Passat sedán entrando en la sede del Grupo Alfa en la *rue* Nélaton. Había sido solo una visita de cortesía, alegó Gabriel.

—¿Y la mujer que iba con usted en el coche? —preguntó el ministro.

—Es una colega.

—Según la Policía Federal suiza, ese mismo coche estuvo en Ginebra la noche siguiente, cuando Lucien Villard murió asesinado por una bomba oculta en un maletín. Deduzco que también estaba usted allí.

—En efecto.

—¿Mató la inteligencia israelí a Lucien Villard?

—No sea absurdo.

El ministro le puso otra fotografía delante de las narices. Un hombre sentado en un café de Annecy.

—¿Le mató él?

Gabriel asintió con un gesto.

—¿Pudo usted identificarle?

—No.

Otra fotografía.

—¿Y a ella?

—Creo que hablé con ella anoche.

—¿Se ocupó de la negociación?

—No hubo negociación.

—¿Tampoco hubo intercambio de dinero?

—Exigieron la abdicación.

—¿Y los diez disparos que efectuó?

—Vi la luz de un teléfono móvil. Deduje que ese tipo lo estaba usando para detonar la bomba.

—¿Ese tipo?

Gabriel inclinó la cabeza hacia el hombre de la fotografía.

—Si le hubiera dado…

—Podría haber salvado a la niña.

Gabriel no dijo nada.

—Fue un error no informarnos. Podríamos haberla rescatado.

—Dijeron que la matarían.

—Sí —repuso el ministro—. Y ahora está muerta.

Y así siguieron hasta bien entrada la tarde, hasta que las luces de París brillaron más allá de las ventanas del ministerio. Era un sinsentido y ambas partes lo sabían. Los franceses tenían la firme intención de echar tierra sobre aquel engorroso episodio. Cuando al fin cesaron las preguntas y los taquígrafos dejaron de tomar notas, cundieron los apretones de manos. De la modalidad más solemne: breves y reconfortantes. Un coche del ministerio llevó a Gabriel, Mijail y Keller al aeropuerto Charles de Gaulle. Keller subió a un avión rumbo a Londres; Gabriel y Mijail volaron a Tel Aviv. Durante el vuelo de cuatro horas, no hablaron de lo que había sucedido en aquel campo del Département du Tarn. Ni tampoco después.

Al día siguiente apareció un suelto en un periódico del mediodía francés. Informaba de la aparición de unos restos humanos —pertenecientes casi con toda seguridad a una adolescente— en una remota zona rural. La noticia llegó a *Le Figaro* y un telediario se hizo eco de ella, pero la labor de encubrimiento de los franceses fue tan exhaustiva —y la prensa nacional estaba tan distraída con los Chalecos Amarillos— que el asunto cayó de inmediato en el olvido. A veces, incluso Gabriel se preguntaba si no lo habría soñado. Sin embargo, solo tenía que escuchar la grabación de sus conversaciones con aquella mujer para acordarse de que una niña había saltado en pedazos delante de sus ojos.

Si sufría por ello, no lo demostraba, al menos entre los muros de King Saul Boulevard. La abdicación de Jalid había sumido a Arabia Saudí —y, por tanto, a la región entera— en un tumulto político. Por si no bastara con eso, el presidente de Estados Unidos anunció su intención de retirar todas las tropas americanas de Siria, lo que equivalía a ceder el control del país a los iraníes y a su aliado, Rusia. A las pocas horas de hacerlo público a través de Twitter, un misil de Hezbolá disparado desde suelo sirio penetró en el espacio aéreo israelí y fue interceptado sobre Hadera.

Gabriel proporcionó al primer ministro la ubicación del búnker secreto de un puesto de mando iraní al sur de Damasco. Varios oficiales de la Guardia Revolucionaria iraní murieron en la represalia, lo que situó de nuevo a Israel y a la República Islámica al borde de la guerra.

Fue, no obstante, la situación en Arabia Saudí la que acaparó la atención de Gabriel durante esos días inacabables tras su regreso de Francia. Su acierto al augurar que Jalid se disponía a renunciar al trono le convirtió durante unos días en el hombre de moda en Langley, que intentaba descubrir por todos los medios qué ocurría dentro de la corte real de su principal aliado en el mundo árabe. ¿Estaba Jalid en Riad? ¿Estaba vivo? Gabriel pudo darles muy poca información de utilidad a los americanos, pues sus intentos de encontrar a Jalid resultaron inútiles y el teléfono pinchado del saudí ya no emitía señal. Tampoco pudo darles —ni a los americanos ni al primer ministro israelí— información fidedigna en cuanto a quién sería el sucesor más probable de Jalid. De ahí que, cuando le despertaron a las tres de la mañana con la noticia de que el elegido era el príncipe Abdulá, el medio hermano del rey afincado en Londres, se llevara una sorpresa mayúscula.

La Oficina conocía solo a grandes rasgos la trayectoria poco distinguida de Abdulá, y durante los días siguientes a su nombramiento el departamento de Investigación y Compilación de Datos se apresuró a rellenar las muchas lagunas de su expediente. Abdulá era enemigo declarado de Israel y de Occidente y abrigaba un resentimiento pertinaz contra Estados Unidos, al que culpaba de la violencia y el caos político de Oriente Medio. Tenía dos esposas en Riad a las que rara vez veía y un establo completo de prostitutas y prostitutos que, a precio de oro, atendían sus necesidades sexuales en su mansión de Belgravia. Devoto del wahabismo, era un alcohólico empedernido que había recibido tratamiento tres veces en una prestigiosa clínica de las afueras de Zúrich. En los negocios era agresivo pero imprudente y, a pesar del generoso estipendio mensual que recibía, tenía constantes problemas de dinero.

La prensa especuló con que Abdulá era en realidad un suplente que ocuparía el puesto hasta que pudiera elegirse a un candidato más adecuado de entre los príncipes de la generación siguiente. Él, sin embargo, consolidó rápidamente su posición al purgar la corte real y los servicios de seguridad saudíes de cualquier vestigio de influencia de su sobrino. Borró asimismo del mapa el Camino Hacia Delante, el ambicioso plan de Jalid para transformar la economía saudí, y dejó claro que no volvería a hablarse de reforma religiosa. Proclamó que el wahabismo era la religión oficial del reino y que se practicaría en su forma más pura y estricta. Se despojó sumariamente a las mujeres del derecho a conducir y a asistir a eventos deportivos, y se ordenó de nuevo a la Mutawa, la temida policía religiosa saudí, imponer el cumplimiento de la ley islámica recurriendo a las detenciones y la violencia si era necesario. Quienes protestaron fueron encarcelados o azotados públicamente. La efímera Primavera de Riad había terminado.

Todo ello suscitó otra gran reevaluación de la situación internacional, sobre todo en Occidente. ¿Habían sido los americanos y sus aliados europeos demasiado duros con JBM por sus desmanes? ¿Habían arrinconado neciamente a la Casa de Saud, sin dejarle otra alternativa que volver a su método tradicional de supervivencia? ¿Habían dejado pasar una oportunidad de oro de cambiar drásticamente la situación en Oriente Medio? En las salas y salones blindados de Washington y Londres se reprochaban unos a otros haber perdido a Arabia Saudí. En Tel Aviv, sin embargo, Gabriel abordaba la cuestión de manera completamente distinta. Había llegado a la conclusión de que ellos no habían perdido a Arabia Saudí: alguien se la había arrebatado. Pero ¿quién?

* * *

Aunque Gabriel consiguiera disimular ante sus tropas, para Chiara su aflicción era tan transparente como si fuera de cristal. No era difícil verla, en todo caso: cada noche, en el tumulto empapado en sudor que eran sus sueños, su marido revivía lo ocurrido. Varias veces la despertaron sus gritos. Decía siempre lo mismo.

—¡Estáis muertos! —gritaba—. ¡Muertos, muertos, muertos!

Gabriel le había contado una versión muy abreviada de la historia a su regreso de Francia. Los secuestradores los habían conducido a Jalid y a él a una zona rural apartada y la niña había muerto. Chiara se había resistido a la tentación de presionarle para que le diera más detalles. Sabía que a su debido tiempo se lo contaría todo.

Que aquello le atormentaba saltaba a la vista. Lo que necesitaba, se dijo Chiara, era un cuadro, unos cuantos metros cuadrados de lienzo dañado que le ayudaran a restablecerse. Pero su marido no tenía ningún cuadro, solo un país al que proteger, y la posibilidad de que se declarara una guerra en el norte le obsesionaba. Hezbolá y los iraníes habían acumulado más de cincuenta mil misiles y cohetes en Siria y el Líbano. Los más grandes podían llegar a Tel Aviv y más allá. En caso de conflicto armado, toda Galilea y gran parte de la Llanura Costera estarían a su alcance. Podían morir miles de personas.

—Por eso es tan importante la presencia americana en Siria. Es como una barrera de contención. En cuanto se vayan, solo habrá un obstáculo que impida una agresión de Hezbolá y los iraníes.

—Los rusos —dijo Chiara.

Era más de medianoche. Gabriel estaba sentado en la cama con un montón de expedientes de la Oficina sobre el regazo y una lámpara halógena de lectura encendida sobre su hombro. Habían quitado el volumen al televisor para no despertar a los niños. Esa tarde, Hezbolá había lanzado cuatro cohetes contra territorio israelí. Tres habían sido destruidos por el sistema de defensa antiaérea Cúpula de Hierro, pero uno había caído a las afueras de

Ramat David, la localidad del valle de Jezreel donde Gabriel había vivido de niño. La Fuerza Aérea israelí estaba preparando un ataque masivo en represalia por la agresión, apoyándose en la información proporcionada por la Oficina.

—Un avance de lo que nos espera —comentó Gabriel en voz baja.

—¿Cómo vamos a parar esto?

—¿Sin declarar la guerra, quieres decir? —Él cerró el dosier que estaba leyendo—. Con una estrategia para echar a los rusos, los iraníes y a Hezbolá de Siria.

—¿Y eso cómo se hace?

—Creando un gobierno central como es debido en Damasco, encabezado por la mayoría suní, que sustituya al brutal régimen dictatorial dirigido por la exigua minoría alauita que hay ahora.

—Y yo que creía que iba a ser difícil. —Chiara se metió en la cama, a su lado—. Los árabes han demostrado sin lugar a dudas que no están listos para gobernarse.

—No estoy hablando de una democracia de cuño jeffersoniano, sino de un déspota ilustrado.

—¿Como Jalid? —preguntó Chiara en tono escéptico.

—Según de qué Jalid estemos hablando.

—¿Cuántos hay?

—Dos. Al primero se le entregó el poder absoluto sin que estuviera listo para asumirlo.

—¿Y el segundo?

—El segundo vio morir a su hija de un modo atroz.

Se hizo un silencio. Luego Chiara preguntó:

—¿Qué ocurrió en ese campo de Francia?

—Que le salvé la vida a Jalid —contestó Gabriel—. Y no estoy seguro de que vaya a perdonármelo nunca.

Chiara miró la televisión. El nuevo gobernante de facto de Arabia Saudí se había reunido con varios miembros de la jerarquía religiosa, entre ellos un imán que de tanto en tanto declaraba que los judíos descendían de los simios y los cerdos.

—¿Qué vas a hacer? —preguntó.

—Voy a averiguar quién nos ha robado Arabia Saudí.

—¿Y luego?

Gabriel apagó la lámpara.

—La voy a recuperar.

37

TEL AVIV

A finales de febrero, mientras una serie de tormentas invernales azotaba Israel, comenzó una gran búsqueda que posteriormente sería conocida en la Oficina como «¿Dónde narices está Jalid?». Que se contara siquiera entre los vivos fue motivo de considerable controversia interna. Eli Lavon estaba persuadido de que el saudí se hallaba enterrado bajo las arenas del Nejd, probablemente en varios trozos. Para apoyar su hipótesis, alegó que su móvil había dejado de funcionar. Aún más alarmante era un informe, nunca corroborado, de que Jalid había sido detenido poco después de que el Consejo de Lealtad nombrara príncipe heredero a Abdulá. Jalid, suponía Lavon, no tendría que haber salido de Francia con vida. Y al regresar a Arabia Saudí con los restos mortales de su hija, había dado a los conspiradores la oportunidad perfecta para asegurarse de que no volvía a representar un peligro para ellos.

Gabriel no descartó de inmediato la teoría de Lavon, pues en las horas posteriores al asesinato de Rima había advertido a Jalid de que era una locura regresar a Riad. Trató de contactar discretamente con su antiguo enemigo de la policía secreta saudí para ver si tenía noticias del paradero de Jalid, pero no obtuvo respuesta. Seguramente había caído en la purga posterior a la abdicación de Jalid y había sido desterrado, afirmó Eli Lavon. O quizá, añadió en tono sombrío, fuera él quien le había clavado el puñal por la espalda a Jalid.

Gabriel y la Oficina no eran los únicos que buscaban a Jalid. También los americanos y buena parte de la prensa mundial trataba de dar con su paradero. El ex príncipe heredero fue visto en la costa mexicana del Pacífico, en la encantadora isla caribeña de Saint Barthélemy y en una villa de Dubái, a orillas del Golfo. Ninguna de esas noticias se demostró ser cierta, ni siquiera de lejos. Y lo mismo podía decirse de la información publicada por *Le Monde* según la cual Jalid vivía un exilio dorado en su lujoso *château* de la Alta Saboya. Paul Rousseau confirmó que los franceses tampoco habían logrado dar con él.

—Nos gustaría hacerle un par de preguntas sobre Rafiq al Madani. Él también ha desaparecido.

—Seguramente habrá vuelto a Riad.

—Si ha vuelto, no selló el pasaporte al salir de Francia. Tú no le habrás visto, ¿verdad?

Gabriel contestó, sin mentir por completo, que desconocía el paradero exacto de Al Madani. El de Jalid también era un misterio. Y cuando pasó otra semana sin que hubiera noticias suyas, empezó a temer lo peor. Al final, fue Sarah Bancroft quien le encontró. O, mejor dicho, fue Jalid quien la buscó a ella. Estaba vivo, en efecto, y oculto a bordo del Tranquillity, con una tripulación reducida al mínimo y un par de escoltas de confianza. Quería saber si Gabriel podía dedicarle unos minutos.

—Está fondeado en el mar Rojo, frente a Sharm el Sheij —dijo Sarah—. Mandará el helicóptero a buscarte.

—Es muy generoso por su parte, pero tengo una idea mejor.

—¿Cuál?

Gabriel se la explicó.

—No lo dirás en serio.

—Prometió darme todo lo que quisiera. Y eso es lo que quiero.

38

EILAT, ISRAEL

Como director general de la Oficina, Gabriel tenía la facultad de emprender operaciones de naturaleza sensible sin previa autorización del primer ministro. Carecía, en cambio, de la potestad de invitar al exdirigente de un país árabe hostil a visitar el Estado de Israel, ni siquiera extraoficialmente. Una cosa era introducirle a escondidas en la embajada de Londres en el calor de la refriega y otra muy distinta darle acceso a la franja de territorio más disputada del mundo. El primer ministro, tras una hora de tenso debate, aprobó la visita a condición de que se mantuviera en secreto. Gabriel, que prácticamente había dado por muerto al príncipe saudí, aceptó sin dudarlo. Lo último que tenía que preocuparles, dijo, era que apareciera un selfi en las redes sociales. Las cuentas de Jalid en Twitter e Instagram estaban inactivas y la Casa de Saud había borrado del recuerdo la existencia de su antiguo heredero. Jalid había dejado de existir.

Su helicóptero Airbus H175 VIP tomó tierra entre una gran polvareda a orillas del golfo de Aqaba, a las ocho en punto de la mañana del día siguiente. Un tripulante abrió la puerta de la cabina y Jalid, vestido con pantalones chinos y americana italiana, pisó vacilante suelo israelí por primera vez. Solo Gabriel y su pequeña escolta estaban allí para presenciar el acontecimiento. Sonriendo, Gabriel le tendió la mano, pero Jalid le dio un fuerte abrazo.

Para bien o para mal, y aunque fuese por un motivo espantoso, eran ahora uña y carne.

Jalid contempló el áspero paisaje de color pardusco.

—Confiaba en venir algún día en otras circunstancias.

—Quizá eso también pueda arreglarse —repuso Gabriel.

Se dirigieron hacia el norte en el todoterreno blindado de Gabriel, adentrándose en el desierto del Negué. Jalid pareció sorprendido al ver que la carretera no estaba cortada al tráfico.

—Es mejor esconderse a plena vista —explicó Gabriel.

—¿Y si alguien me reconoce?

—Israel es el último lugar del mundo donde alguien esperaría verte.

—Porque es el último lugar del mundo donde debería estar. Claro que no tengo otro sitio donde ir, supongo.

Saltaba a la vista que el saudí no se tomaba con resignación su nuevo estatus y el empeoramiento de su tren de vida. Mientras se internaban en el desierto bajo un cielo despejado, le habló a Gabriel de lo que había sucedido a su regreso a Arabia Saudí tras la muerte de Rima. Había enterrado a su hija conforme a la tradición wahabí, en una tumba sin señalar en el desierto. Acto seguido, trató de recuperar su lugar en la línea sucesoria. Como se temía, fue imposible. El Consejo de Lealtad ya se había decidido por Abdulá, su mentor y confesor, como heredero de la corona. Jalid prestó juramento de lealtad a su tío, como era de rigor, pero Abdulá, temeroso de su influencia, le despojó de todos sus cargos. Al protestar él, fue detenido y conducido a una habitación del hotel Ritz-Carlton, donde se vio obligado a renunciar a casi toda su fortuna personal. Temiendo por su vida, reunió el capital líquido que le quedaba y se refugió a bordo del Tranquillity. Asma, su esposa, se había negado a acompañarle al exilio.

—¿Te culpa de la muerte de Rima?

Jalid asintió lentamente.

—Qué paradoja, ¿no? Defendí los derechos de las mujeres en mi país y en pago mi esposa me repudia.

—Y tu tío también.

—Tiene gracia que me aconsejara que no abdicara —repuso Jalid—. Por lo visto, Abdulá estaba conspirando contra mí desde el principio. El Consejo de Lealtad no barajó más candidatos, al menos seriamente. Ya se habían repartido el pastel, como suele decirse. En cuanto me quité de en medio, el trono fue para Abdulá. Ni siquiera mi padre pudo impedirlo.

—¿Cómo está?

—¿Mi padre? Tiene momentos de lucidez, pero pasa la mayor parte del tiempo sumido en la niebla de la demencia. Abdulá tiene el control absoluto de la maquinaria del reino, y ya hemos visto los resultados. Puedes estar seguro de que no ha terminado aún. Los senadores y congresistas de Washington que pedían mi cabeza lamentarán el día que me criticaron.

Eran casi las diez cuando la superficie de color mercurio del mar Muerto apareció en el horizonte. Al llegar a En Cedi, Gabriel le preguntó si quería darse un baño, pero Jalid declinó el ofrecimiento con un ademán. Se había bañado una vez en la ribera jordana del mar Muerto y no le había gustado la experiencia.

Cruzaron sin detenerse un control de seguridad y entraron en Cisjordania. El desvío hacia Jerusalén estaba en Jericó, pero siguieron hacia el norte. A Jalid se le ensombreció el semblante cuando cruzaron una serie de asentamientos israelíes situados a orillas del río Jordán.

—¿Cómo esperáis que construyan un estado si os habéis quedado con todas las tierras?

—No nos hemos quedado con *todas* —respondió Gabriel—. Pero puedo asegurarte que jamás nos iremos del valle del Jordán.

—No puede haber dos estados si hay judíos a ambos lados de la frontera.

—Me temo que ese tren ya ha pasado.

—¿Qué tren?

—El de la solución de los dos estados. Está muerto y enterrado. Tenemos que ser más creativos.

—¿Qué alternativa hay?

—Lo primero es que haya paz. Después, todo es posible —afirmó Gabriel.

Cruzaron otro puesto de control al entrar en territorio propiamente israelí y avanzaron a gran velocidad por la fértil llanura del extremo sur del mar de Galilea. Viraron luego hacia el este y subieron por los Altos del Golán. En la localidad drusa de Majadal Spams, mirando por entre una alambrada de espino, vieron el sur de Siria. El ejército sirio y sus aliados rusos e iraníes habían barrido a las últimas tropas rebeldes. El régimen de Damasco controlaba otra vez el territorio limítrofe con Israel.

Pararon a comer en Rhos Pina, uno de los asentamientos sionistas más antiguos de Israel, y se internaron luego en la Galilea Superior. Gabriel fue señalando los vestigios de pueblos árabes abandonados. Incluso paseó con Jalid entre las ruinas de Al Sumarilla, una aldea árabe de Galilea Occidental cuyos vecinos huyeron al Líbano en 1948. Vieron el flameante perfil del nuevo Tel Aviv desde la autovía 6 y se aproximaron a Jerusalén —la fracturada ciudad de Dios levantada sobre una colina— por el oeste. Tras cruzar la frontera invisible de Jerusalén Este, siguieron las murallas otomanas de la Ciudad Vieja hasta la Puerta de los Leones. La plazoleta del otro lado estaba a esa hora desierta de viandantes. Solo se veían agentes de policía y soldados israelíes.

—¿Dónde estamos? —preguntó Jalid en tono crispado.

Gabriel abrió la puerta y salió.

—Ven conmigo —dijo—. Te lo enseñaré.

La pequeña plaza a la que daba acceso la Puerta de los Leones no era el único sector del Barrio Musulmán que Gabriel había hecho cortar al tráfico esa tarde. También estaba cortada la ancha explanada sagrada situada más al sur a la que los hebreos llamaban Monte del Templo y los musulmanes Harán al Sherif o Noble Santuario. Gabriel y Jalid entraron en el recinto por la Bab al Huta, la Puerta de la Absolución. La dorada Cúpula de la Roca refulgía suavemente a la luz fría de primera hora de la tarde. La mezquita de Al Aqsa se recortaba, poderosa, contra el cielo.

—¿Esto lo has hecho por mí?

Gabriel asintió con un gesto.

—¿Cómo?

—Tengo cierta influencia —repuso Gabriel.

Varios representantes del Waqf se habían congregado en el lado este de la explanada.

—¿Quién creen que soy? —preguntó Jalid.

—Un personaje importante de uno de los emiratos.

—Espero que no de Catar.

Entraron en la Cúpula de la Roca y contemplaron solemnemente la Piedra Fundacional, la cumbre del monte Morirá, el lugar desde donde Mahoma ascendió a los cielos según la tradición musulmana y donde, según los judíos, Abraham habría sacrificado a su hijo de no haber intervenido a tiempo un arcángel llamado Gabriel. Después, Jalid rezó en la mezquita de Al Aqsa mientras el tocayo del arcángel, a solas en la explanada, veía alzarse la luna sobre el Monte de los Olivos.

Había anochecido cuando Jalid salió de la mezquita.

—¿Dónde está la cámara donde encontraste los pilares del presunto Templo de Salomón?

Gabriel señaló hacia abajo, hacia las profundidades de la meseta.

—¿Y el Muro de las Lamentaciones?

Gabriel inclinó la cabeza hacia el oeste.

—¿Puedes llevarme a la cámara? —preguntó Jalid.

—Puede que en otra ocasión.

—¿Y al muro?

Estaban a escasos metros de la parte alta del Muro Oeste, pero hicieron el trayecto en el todoterreno de Gabriel. Los gigantescos pilares herodianos fulguraban a la luz de la tarde, al igual que la ancha plaza que se extendía al pie del muro. Gabriel no había hecho intento de cerrarla para la visita de Jalid y el recinto estaba atestado de fieles y turistas.

—Los hombres y las mujeres rezan por separado —comentó el saudí con sorna.

—Para consternación de los judíos más liberales.

—Quizá nosotros podamos cambiarlo.

—*Shwaya, shwaya* —dijo Gabriel.

Jalid sacó una hojita de papel que llevaba en el bolsillo de la pechera de su chaqueta.

—Es una oración para Rima. Quisiera dejarla en el muro.

Gabriel le puso una kipá sobre el cabello moreno y le vio acercarse al muro. Jalid metió la nota entre dos sillares e inclinó la cabeza para rezar en silencio. Cuando regresó, tenía los ojos humedecidos por las lágrimas. El todoterreno de Gabriel estaba aparcado junto a la Puerta del Estiércol. Cruzaron el lado oeste de la ciudad y llegaron al barrio viejo conocido como Nachlaot. En la bocacalle de Narkiss Street había un control de seguridad. Lo cruzaron sin detenerse y aparcaron frente al número 16, un edificio de apartamentos con fachada de arenisca.

—¿Dónde estamos? —preguntó Jalid.

—En casa.

39

JERUSALÉN

Chiara había abierto una botella de Domine du Castell, un vino de estilo burdeos de los montes de Judea. Jalid aceptó una copa de buena gana. Ahora que había sido depuesto, dijo, ya no tenía por qué fingir que respetaba a rajatabla los preceptos wahabíes. Pareció sorprenderle que un hombre tan poderoso como Gabriel Allon viviera en una casa tan modesta. Claro que casi cualquier casa le habría parecido modesta a un príncipe que se había criado en un palacio del tamaño de una manzana entera de edificios.

Observó con interés los cuadros colgados en el cuarto de estar.

—¿Son tuyos?

—Algunos —respondió Gabriel.

—¿Y los demás?

—De mi padre y mi abuelo. Y uno o dos de mi primera esposa.

Chiara había preparado comida suficiente para dar de comer a Jalid y a la comitiva que solía acompañarle allá donde iba. Estaba colocada en el aparador del comedor. Jalid se sentó a la cabecera de la mesa, con Gabriel y Chiara a un lado y Raphael e Irene al otro. Gabriel se lo presentó a los niños como el señor Abdulaziz, pero él insistió en que le llamaran por su nombre de pila. Saltaba a la vista que a los niños les intrigaba su presencia en la casa.

Gabriel rara vez recibía a extraños en Narkiss Street, y sus hijos, pese a vivir muy cerca de Jerusalén Este, pocas veces veían árabes, y mucho menos comían con ellos.

Aun así, tardaron solo unos minutos en caer bajo el hechizo de Jalid. Con su cabello negro, sus facciones afiladas y sus cálidos ojos castaños, parecía un príncipe árabe al estilo de Hollywood. Era fácil imaginárselo ataviado con la túnica y el turbante de los beduinos, marchando a la batalla junto a T. E. Lawrence. Incluso sin la riqueza y los carísimos juguetes que solían rodearle, poseía un encanto y un carisma irresistibles.

Evitaron los temas espinosos y hablaron solo de cuadros, de libros, del viaje de Jalid por parte de Israel y Cisjordania, de cualquier cosa menos de la muerte de Rima y la caída en desgracia de su padre. Jalid estaba contándoles a los niños historias de cetrería cuando comenzaron a sonar sirenas en Nachlaot. Gabriel llamó a King Saul Boulevard y se enteró de que había en camino otro misil procedente de Siria, esta vez rumbo a Jerusalén.

—¿Y si cae en el Harán al Sherif? —preguntó Jalid.

—Tu viaje a Israel se volverá mucho más interesante.

Durante unos minutos aguardaron en silencio a oír el golpe sordo del impacto, hasta que las sirenas enmudecieron por fin. Gabriel llamó otra vez a King Saul Boulevard y supo que el misil había sido interceptado. Sus restos habían caído en un campo de las afueras del asentamiento de Obra, en Cisjordania, sin causar daños.

A las nueve, los niños empezaron a retorcerse de sueño, agotados. Chiara los llevó a la cama mientras Gabriel y Jalid acababan de beberse el vino en la terraza. El saudí ocupó la silla en la que solía sentarse Shamron. El olor de los eucaliptos era embriagador.

—¿Esto también es esconderse a plena vista?

—Me temo que mi dirección es el secreto peor guardado de Israel.

—¿Y tu primera esposa? ¿Dónde está?

Gabriel miró hacia el oeste. El hospital, explicó, estaba en el antiguo pueblecito árabe de Decir Tasin, donde milicianos judíos de los grupos paramilitares Irún y Leí mataron a más de un centenar de palestinos la noche del 9 de abril de 1948.

—Es sobrecogedor que tenga que vivir en un lugar así.

—Así es la vida en la tierra dos veces prometida —repuso Gabriel.

Jalid sonrió con tristeza.

—¿Viste cómo ocurría?

—¿El qué?

—La bomba que mató a tu hijo e hirió a tu mujer.

Gabriel asintió despacio con la cabeza.

—Tú me ahorraste ese recuerdo. Supongo que debería estarte agradecido. —Jalid bebió un sorbo de vino—. ¿Recuerdas lo que les dijiste a los secuestradores cuando estabas negociando la liberación de Rima?

—Tengo las grabaciones.

—¿Y lo que gritabas después de que estallara la bomba?

Gabriel no dijo nada.

—Tengo que reconocer —añadió Jalid— que no pienso en otra cosa desde esa noche.

—¿Sabes lo que dicen de la venganza?

—¿Qué?

—Que si vives para buscarla, estás cavando una tumba para dos.

—Es un refrán árabe muy viejo.

—Es judío, en realidad.

—No digas tonterías —replicó Jalid con un atisbo de su antigua arrogancia—. ¿Has hecho algún intento de encontrarlos?

—Hemos hecho averiguaciones —contestó Gabriel vagamente.

—¿Alguna ha dado fruto?

Gabriel negó con la cabeza.

—Tampoco las mías.

—Quizá deberíamos unir fuerzas.

—Estoy de acuerdo —contestó Jalid—. ¿Por dónde deberíamos empezar?

—Por Omar Nawaf.

—¿Qué pasa con él?

—¿Por qué diste orden de matarle?

Jalid vaciló. Luego dijo:

—Me aconsejaron que lo hiciera.

—¿Quién?

—Mi querido tío Abdulá. El futuro rey de Arabia Saudí.

40

JERUSALÉN

Aunque, a decir verdad —dijo Jalid bromeando solo a medias—, la culpa había sido en última instancia de los americanos. Tras los atentados del Once de Septiembre, exigieron a la familia real que desmantelara Al Qaeda y cortara el flujo de dinero e ideología wahabí que había propiciado su surgimiento. Los vínculos del reino con los peores atentados sufridos en territorio estadounidense eran innegables. Quince de los diecinueve secuestradores eran ciudadanos saudíes, y Osama bin Laden, el fundador e ideólogo de Al Qaeda, pertenecía a una destacada familia saudí que se había hecho fabulosamente rica gracias a sus estrechos lazos financieros con la Casa de Saud.

—Hay muchas razones que explican el Once de Septiembre —prosiguió Jalid—, pero los saudíes debemos aceptar nuestra responsabilidad en lo sucedido. Los atentados dejaron una mancha indeleble en mi país y en mi familia. Algo así no debe volver a ocurrir.

Para combatir de manera eficaz a Al Qaeda, el reino necesitaba urgentemente tecnología de hipervigilancia. Había que vigilar las comunicaciones a través de Internet de presuntos terroristas y sus acólitos, sobre todo después de que el movimiento yihadista global se metamorfoseara gracias al auge de las redes sociales. Con ese fin, el estado saudí fundó un organismo al que puso el ambiguo nombre de Real Centro de Datos y que llenó con sofisticadas

ciberherramientas compradas a los emiratos —mucho más avan-
zados en cuestiones tecnológicas— y a una empresa privada italiana. Incluso compró *software* de vigilancia telefónica a una empresa
israelí llamada ONS Systems. Gabriel estaba al corriente de la
transacción. Se había opuesto a ella terminantemente, igual que
el jefe de la Unidad 8200, pero el primer ministro acabó impo-
niendo su criterio.

El Real Centro de Datos permitió al régimen vigilar no solo
a posibles terroristas, sino también a sus opositores políticos. De
ahí que Jalid se hubiera apresurado a tomar el control sobre él al
convertirse en príncipe heredero. Lo utilizó para pinchar los teléfonos móviles de sus enemigos y seguir el rastro de su actividad en
el ciberespacio. El centro le permitió, además, supervisar y mani-
pular las redes sociales. No le avergonzaba reconocer que, al igual
que el presidente de Estados Unidos, estaba obsesionado por su
prestigio en el universo paralelo de Twitter y Facebook. Y por una
simple cuestión de vanidad. Temía ser derrocado por un levantamiento inspirado en un *hashtag* de Internet como el que había
acabado con el Gobierno de Mubarak en Egipto. Catar, su rival
ancestral en el Golfo, conspiraba contra él en la red. Y lo mismo
podía decirse de cierto número de comentaristas y periodistas que
contaban con gran número de ciberseguidores entre la juventud
árabe inquieta que ansiaba un cambio político. Uno de esos comentaristas era un saudí llamado Omar Nawaf.

Nawaf era editor jefe de *Arab News*, el principal periódico
saudí en lengua inglesa. Corresponsal veterano en Oriente Medio,
había logrado mantener buenas relaciones tanto con la Casa de
Saud, a la que debía su supervivencia como periodista, como con
Al Qaeda y la Hermandad Musulmana. Como resultado de ello,
la corte real se servía de él a menudo como emisario para tratar
con otras fuerzas políticas del islam. De tendencias seculares,
Nawaf defendía desde hacía tiempo que se relajaran las restriccio-
nes de cuño wahabí que sufrían las mujeres en la sociedad saudí,

y en principio acogió con entusiasmo el ascenso al poder de un joven como JBM, partidario del reformismo. Su apoyo, no obstante, se disolvió cuando Jalid comenzó a reprimir sin contemplaciones a la oposición política y a enriquecerse a expensas del erario público.

El príncipe y sus cortesanos no tardaron en darse cuenta de que «Omar Nawaf era un problema». Al principio trataron de calmar las cosas sirviéndose del encanto y la persuasión. Pero cuando las críticas de Nawaf se agudizaron, se le advirtió que depusiera su actitud o sufriría las consecuencias. Ante la disyuntiva de tener que elegir entre el silencio o el exilio, eligió el exilio. Se refugió en Berlín y encontró trabajo en *Der Spiegel*, la revista de actualidad informativa más importante de Alemania. Libre al fin de la maquinaria de represión saudí, dio rienda suelta a un torrente de comentarios mordaces dirigidos contra el príncipe heredero, al que pintaba como un estafador y un farsante que no tenía intención alguna de llevar a cabo verdaderas reformas políticas en el anquilosado reino saudí. Jalid le declaró la guerra desde el Real Centro de Datos, pero no sirvió de nada. Solo en Twitter, Nawaf tenía diez millones de seguidores, muchos más que el propio Jalid. Aquel periodista entrometido estaba ganando la batalla ideológica en las redes sociales desde el exilio.

—Y entonces —dijo Jalid—, sucedió algo muy extraño. Omar Nawaf, mi mayor detractor, me pidió una entrevista.

—¿Y te negaste a concedérsela?

—Ni siquiera lo tomé en consideración.

—¿Qué ocurrió entonces?

Nawaf lo intentó una segunda vez. Y una tercera. Y, al no obtener respuesta, se sirvió de sus contactos dentro de la Casa de Saud para hacerle llegar un mensaje a Jalid.

—Por lo visto, lo de pedirme una entrevista fue una estratagema desde el principio. Omar afirmaba que había descubierto información relativa a un complot contra mí. Insistía en hablarme de ello en persona. Evidentemente, teniendo en cuenta todo lo que había escrito y dicho sobre mí, yo me lo tomé con escepticismo. Igual que mi equipo de seguridad, que estaba convencido de que Nawaf solo quería matarme.

—¿Con qué? ¿Con un boli y un cuaderno?

—Cuando Bin Laden mató a Ahmad Shah Masud, de la Alianza del Norte, dos días antes del Once de Septiembre, los asesinos se hicieron pasar por periodistas de televisión.

—Continúa —dijo Gabriel.

—Sé que me consideras impulsivo y temerario, pero le di muchas vueltas al asunto. Al final, opté por recibir a Nawaf. Le envié un mensaje a través de la embajada saudí en Berlín invitándole a regresar al reino, pero se negó. Dijo que la entrevista debía tener lugar en territorio neutral, en algún sitio donde se sintiera a salvo. Mis hombres estaban más convencidos que nunca de que tenía intención de matarme.

—¿Y tú?

—Yo no estaba tan seguro. Francamente, de haber estado en su lugar, yo tampoco habría vuelto a mi país.

—Pero ¿querías oír lo que tenía que decirte?

—Sus fuentes eran impecables —contestó Jalid—. Omar tenía contactos en toda la región.

—¿Qué hiciste, entonces?

—Pedirle consejo a alguien en quien creía que podía confiar.

—¿El tío Abdulá?

Jalid asintió.

—El futuro rey de Arabia Saudí.

Abdulá bin Abdulaziz al Saud no formaba parte de los Siete Sudairi, la estirpe real de hijos del fundador de la dinastía que había dado tres monarcas saudíes, entre ellos el padre de Jalid. Tenía asumido, por tanto, que nunca llegaría a rey. Había vivido cómodamente a caballo entre Arabia Saudí y Occidente y, pese a todo, seguía siendo una figura relevante dentro de la Casa de Saud, un hombre respetado por su intelecto y su perspicacia política. Jalid había encontrado en él a un sabio consejero, precisamente porque se oponía a muchos de sus proyectos de reforma, incluidos los relativos a las mujeres, las cuales, según Abdulá, solo servían para una cosa.

—¿Cómo reaccionó tu tío cuando le dijiste lo de Omar Nawaf?

—Se alarmó.

—¿Qué te sugirió?

Jalid se pasó un dedo por la garganta.

—Un poco drástico, ¿no te parece?

—No para nuestros parámetros.

—Pero se suponía que tú eras distinto, Jalid. Se suponía que ibas a cambiar Oriente Medio y el mundo islámico.

—No puedo cambiar el mundo si me matan, ¿verdad?

—Pero ¿y las repercusiones que tendría su muerte?

—Abdulá me aseguró que no habría ninguna.

—Qué sabio por su parte —contestó Gabriel con ironía—. Pero ¿por qué dijo tal cosa?

—Porque yo tendría las manos limpias.

—¿Dijo que él se encargaría de todo?

El saudí asintió en silencio.

—¿Cómo consiguió que Nawaf se presentara en el consulado de Estambul?

—¿Tú qué crees?

—Le dijeron que estarías allí.

—Muy bien.

—¿Y esa idiotez que dijiste después de su muerte? ¿Esa bobada de una operación de intercambio que se había torcido?

—Omar Nawaf no debía salir vivo del consulado, esa era la idea desde el principio —repuso Jalid con gravedad.

—Todo bastante chapucero, ¿no te parece?

—Abdulá quería dar un escarmiento sonado, para disuadir a otros posibles asesinos.

—Sonado fue, desde luego. Y ahora tu tío es el heredero al trono.

—Y yo estoy aquí sentado, contigo, en Al Quds. —Jalid prestó oído al rumor de la antiquísima ciudad—. Parece ser que Abdulá me engañó para que cometiera esa imprudencia a fin de dañar mi prestigio internacional y debilitar mi posición dentro del reino.

—Sí, eso parece.

—Pero ¿y si estuviéramos adoptando una perspectiva equivocada?

—¿Cuál sería la correcta?

—¿Y si Omar Nawaf de verdad quería advertirme de un peligro grave? —Jalid echó un vistazo a su reloj de pulsera—. Dios mío, mira qué hora es.

—Temprano, para nuestros parámetros.

Jalid le puso una mano en el hombro.

—No sabes cuánto te agradezco que me hayas invitado a venir aquí.

—Será nuestro pequeño secreto.

El saudí sonrió.

—Pensé en traerte un regalo, pero sabía que no lo aceptarías, así que me temo que tendrá que bastar con esto. —Sacó un lápiz de memoria—. Bonito, ¿verdad?

—¿Qué contiene?

—Parte de la información financiera que conseguí durante aquel asunto en el Ritz-Carlton. Mi tío Abdulá tenía muy poca vista para los negocios, pero hace un par de años se hizo riquísimo de la noche a la mañana. —Le puso el lápiz de memoria en la mano—. Quizá puedas descubrir cómo lo hizo exactamente.

41

NUEVA YORK – BERLÍN

La noche de la inusitada visita de Jalid a Jerusalén, Sarah Bancroft salió con el hombre de sus pesadillas. Se llamaba David Price y les había presentado un amigo común en una subasta de Christie's. David tenía cincuenta y siete años y se dedicaba a algo relacionado con el dinero. Era un hombre de aspecto viril, lacio cabello negro, dientes de un blanco reluciente y un profundo bronceado adquirido en sus recientes vacaciones por el Caribe con su exmujer y sus dos hijos universitarios. La llevó a ver una obra de teatro recién estrenada que el *Times* había puesto por las nubes y después al Joe Allen, donde los camareros parecían conocerle bien. Más tarde, en la puerta de su edificio de la calle Sesenta y Siete Este, Sarah esquivó su boca como si sorteara un charco. Al llegar arriba llamó a su madre, cosa que rara vez hacía, para lamentarse de su vida amorosa. Su madre, que sabía muy poco sobre el pasado secreto de Sarah, le sugirió que se apuntara a yoga, lo que en su caso, según decía, había hecho maravillas.

A decir verdad, la culpa de que la cita fuera un chasco no fue del todo de David Price. Sarah estaba muy preocupada desde que Jalid le había pedido, repentinamente, que volviera a ponerle en contacto con Gabriel. Había sido la primera vez que se comunicaba con ambos desde su regreso a Nueva York. Se había enterado de la abdicación de Jalid por la CNN y había dado por sentado que Rima había vuelto a casa sana y salva. Gabriel, sin embargo, le había dicho la verdad. Sarah era consciente de que un acto semejante no quedaría impune. Se daría caza a los responsables y habría una operación de desquite. Tenía motivos de sobra, por tanto, para distraerse durante la función —apenas recordaba una sola línea dicha por los actores— y la posterior cena en Joe Allen. Lo que le apetecía era volver a la acción con Gabriel y Mijail y aquel inglés misterioso llamado Christopher Keller, no charlar de chorradas con un banquero de Connecticut divorciado mientras comía hígado con cebolla.

Así pues, no le desagradó en absoluto despertar tres días después y encontrar en su bandeja de entrada un billete para el vuelo de Lufthansa que salía esa noche con destino a Berlín. Informó a su personal —con cierta imprecisión— de sus planes de viaje y se fue al aeropuerto de Newark. Al parecer, su compañero de asiento, un banquero de inversiones de Morgan Stanley, se había propuesto beberse todo lo que hubiera en el avión. Sarah picoteó la cena y luego durmió de un tirón hasta que los campos nevados de Alemania aparecieron bajo su ventanilla. El correo de la delegación de la Oficina en Berlín que la esperaba en el vestíbulo de llegadas la condujo a un BMW sedán. Mijail estaba sentado tras el volante.

—Por lo menos no es otro Passat —comentó ella al sentarse a su lado.

Mijail tomó la rampa de salida del aeropuerto, enfiló la Autobahn y se internó en Charlottenburg. Sarah conocía bien el barrio. Cuando aún estaba en la CIA, había pasado seis meses en Berlín trabajando con la BfV alemana en el desmantelamiento de una célula de Al Qaeda que preparaba otro Once de Septiembre desde un piso de Kantstrasse. Mijail había ido a verla varias veces en secreto durante ese tiempo.

—Me alegro de estar de vuelta —dijo Sarah en tono provocativo—. Siempre me ha gustado Berlín.

—Sobre todo a finales del invierno.

Los quitamiedos estaban salpicados de nieve sucia y a las ocho y media de la mañana seguía siendo de noche.

—Imagino que deberíamos dar gracias al cielo porque no viva en Oslo.

—¿Quién?

Mijail no respondió.

—¿Estabas allí cuando mataron a Rima?

—Muy cerca —respondió él—. Y Keller también.

—¿Está en Berlín?

—¿Keller? —Mijail la miró de reojo—. ¿Por qué lo preguntas?

—Por curiosidad, nada más.

—Christopher está ocupado con otro asunto en este momento. Volvemos a estar los tres solos.

—¿Y Gabriel? ¿Dónde está?

—En el piso franco.

Mijail tomó Bundestrasse y siguió hasta el Tiergarten. Había una manifestación en la Puerta de Brandenburgo, un par de centenares de personas, en su mayoría veinteañeros vestidos con vaqueros y jerséis de lana de estilo escandinavo. Parecían militantes pacifistas o ecologistas. Sus cánticos, sin embargo, delataban sus verdaderas convicciones políticas.

—Son de un grupo llamado Identidad Generacional —explicó Mijail—. Parecen inofensivos, pero comparten ideología con los cabezas rapadas y el resto de los neonazis.

Torció a la derecha en Ebertstrasse y guardó silencio cuando pasaron ante el sobrio monumento al Holocausto, con sus dos mil setecientos bloques de cemento gris alineados en un terreno del tamaño de una manzana. Sarah le había llevado a ver el monumento durante una de sus visitas secretas a Berlín. Aquello les había arruinado el fin de semana.

En Potsdamer Platz, el antiguo páramo de la Guerra Fría convertido ahora en un monumento de acero y cristal al poderío económico de Alemania, Mijail torció al este hacia el distrito de

Mitte. Hizo varios virajes seguidos a la derecha —una típica maniobra de contravigilancia— y, en Kronenstrasse, se detuvo de pronto junto a la acera y apagó el motor.

—¿Qué sabes de la familia de Gabriel? —preguntó.

—Lo básico, imagino.

—Nuestro Gabriel es judío alemán. Aunque nació en Israel, aprendió a hablar alemán antes que hebreo. Por eso tiene tanto acento berlinés. Herencia de su madre. —Mijail señaló un moderno edificio de pisos cuyas ventanas brillaban como ónice pulido—. De niña, su madre vivió en un edificio que estaba justo ahí. En el otoño de 1942 la trasladaron a Auschwitz en un vagón de ganado junto al resto de su familia. Fue la única que sobrevivió.

Una lágrima rodó por la mejilla de Sarah.

—¿Querías enseñarme esto por alguna razón?

—Porque el piso franco está ahí. —Mijail señaló el edificio de enfrente—. Gabriel lo alquiló para mucho tiempo cuando le nombraron director.

—¿Viene a menudo?

—¿A Berlín? —Él negó con la cabeza—. Odia este sitio.

—¿Por qué estamos aquí, entonces?

—Por Hanifa —respondió Mijail al abrir la puerta del coche—. Estamos aquí por Hanifa.

42

BERLÍN

Eran las ocho y cuarto de la noche cuando Hanifa Joury, veterana productora de la cadena de televisión alemana ZDF, salió a las aceras húmedas de Unter den Linden. Un viento frío soplaba entre los árboles deshojados que daban nombre al célebre bulevar. Tiritando, Hanifa se ciñó al cuello su kufiya de cuadros blanquinegros. A diferencia de muchos alemanes, no llevaba la prenda por una cuestión de moda ni para demostrar su oposición a Israel: Hanifa era de origen palestino. Escudriñó la calle en ambas direcciones. Había trabajado como periodista en todo Oriente Medio y era experta en descubrir si alguien la vigilaba. Sobre todo, si se trataba de árabes. No vio nada sospechoso. De hecho, hacía varias semanas que no veía a nadie vigilándola. Quizá por fin habían decidido dejarla en paz, se dijo.

Siguió Unter den Linden hasta Friedrichstrasse y dobló a la izquierda. El café donde solía encontrarse con Omar después del trabajo estaba cerca del antiguo Checkpoint Charlie. Una mujer atractiva, rubia, de unos cuarenta años, estaba sentada en su mesa de siempre, la del rincón del fondo desde la que se veía claramente la puerta de entrada. Leía un libro de poesía de Mahmud Darwish, el bardo del movimiento nacionalista palestino. Al acercarse Hanifa, despegó los ojos de la página, sonrió y volvió a bajar la mirada.

Hanifa se paró de repente.

—¿Le está gustando?

La mujer tardó en responder.

—Lo siento —dijo en inglés—. No hablo alemán.

Tenía un acento inconfundiblemente americano. A Hanifa se le pasó por la cabeza fingir que no la entendía y buscar una mesa lo más lejos posible de aquella rubia tan atractiva, o incluso irse a otro café, quizá. Despreciaba a los estadounidenses casi tanto como a los israelíes, aunque a veces, dependiendo de las veleidades de la política americana en Oriente Medio, estuvieran casi a la par.

—El libro —dijo en inglés—. Le he preguntado si le está gustando.

—¿De verdad pueden gustarle a una unos versos tan dolorosos?

Su comentario sorprendió gratamente a Hanifa.

—Yo le conocí poco antes de que muriera.

—¿A Darwish? ¿De veras?

—Le hice una de las últimas entrevistas que dio.

—¿Es periodista?

Hanifa asintió.

—De la ZDF. ¿Y usted?

—En estos momentos, estoy de vacaciones indefinidas.

—Qué suerte la suya.

—No crea.

—¿Es americana?

—Eso me temo. —La mujer contempló la kufiya blanquinegra de Hanifa—. Espero que no le importe.

—¿Por qué habría de importarme?

—No tenemos muy buena prensa en estos momentos. —La mujer dejó el libro sobre la mesa para que Hanifa viera la página por la que estaba abierto—. ¿Conoce este?

—Claro. Es muy famoso. —Hanifa recitó de memoria los primeros versos del poema—. «Aquí, en la falda de las colinas, ante el ocaso y las fauces del tiempo…». —Sonrió—. Suena mucho mejor en árabe.

223

—¿Es usted palestina?

—Mis padres eran de la Galilea Superior. Los expulsaron de Siria en 1948 y al final recalaron aquí. —Bajó la voz y preguntó en tono altivo—: Espero que no le importe.

La desconocida sonrió.

Hanifa miró la silla vacía.

—¿Espera a alguien?

—En términos generales, sí. Pero no en este momento.

—¿Me permite acompañarla?

—Por favor.

Hanifa se sentó y se presentó.

—Qué nombre tan bonito —dijo la mujer. Luego le tendió la mano—. Yo soy Sarah Bancroft.

Durante la hora y media siguiente, a solas en el piso franco de Kronenstrasse, Gabriel aguantó con resignación el discurso sobre Israel y los judíos que lanzó Hanifa Joury, periodista exiliada y viuda del mártir Omar Nawaf. No dejó ninguna herida sin abrir: el Holocausto, el éxodo y la expulsión del pueblo palestino, el horror de Sabra y Chatila y el proceso de paz de Oslo, que tachaba de disparate peligroso. En eso, al menos, Gabriel y ella estaban completamente de acuerdo.

El sonido procedía del teléfono que Sarah había dejado sobre la mesa al sentarse en el café. La cámara apuntaba al techo. Gabriel veía de tanto en tanto las manos de Hanifa, que seguía hablando de su plan para llevar la paz a Palestina. Afirmó que el proyecto de crear dos estados, uno árabe y otro judío, era papel mojado. La única solución justa, a su entender, era un estado binacional que reconociera de manera fehaciente e irrevocable el «derecho de retorno» de los cinco millones de refugiados palestinos registrados oficialmente.

—Pero ¿eso no equivaldría a acabar con el estado judío? —preguntó Sarah.

—Sí, claro. Precisamente.

Hanifa deleitó a continuación a Gabriel con una lectura de poesía de Mahmud Darwish, la voz del sufrimiento palestino y la opresión israelí, y por fin le preguntó a su nueva amiga americana por qué había elegido Berlín para pasar unas largas vacaciones. Sarah recitó punto por punto la historia que Gabriel había inventado esa tarde. Trataba sobre la disolución desastrosa de un matrimonio sin hijos. Humillada y triste, Sarah había decidido pasar unos meses en una ciudad donde nadie la conociera, y un amigo le había ofrecido su piso en Berlín. Estaba muy cerca del café, explicó, a la vuelta de la esquina, en Kronenstrasse.

—¿Y usted? —preguntó Sarah—. ¿Está casada?

—Solo con mi trabajo.

—Su nombre me suena.

—Es bastante corriente, en realidad.

—Su cara también me resulta familiar. Tengo la sensación de haberla visto antes.

—Me pasa a menudo.

Para entonces eran ya las nueve y media. Hanifa declaró estar muerta de hambre. Propuso que pidieran algo de comer, pero Sarah insistió en que cenaran en su apartamento. Tenía la despensa vacía, pero podían comprar un par de botellas en Planet Wein y unos *makis* de gambas en Sapa Sushi.

—Prefiero el Izumi —dijo Hanifa.

—En el Izumi, entonces.

Sarah pagó las dos botellas de Grüner Veltliner austriaco bien frío y Hanifa el *sushi*. Unos minutos después, Gabriel las vio pasar por Kronenstrasse. Cerró su portátil, bajó las luces y se sentó en el sofá.

—No grites —dijo en voz baja—. Te lo pido por favor, Hanifa, no grites.

43

BERLÍN

Hanifa Joury no gritó, pero soltó la bolsa de *sushi* y dejó escapar un gemido de sorpresa que podría haberse oído en los pisos de al lado si Mijail no hubiera cerrado de inmediato la puerta. Sobresaltada por el ruido, miró a Mijail un momento con furia y luego clavó de nuevo los ojos en Gabriel. Una panoplia de emociones pasó sobre su cara como la sombra de una nube. La última fue una expresión inconfundible: le había reconocido.

—Dios mío, es…

—Sí —la interrumpió Gabriel—. El mismo.

Ella hizo intento de alcanzar la puerta, pero Mijail se apoyaba contra ella como si estuviera esperando al autobús. Entonces sacó un móvil del bolso y trató de marcar.

—Yo que usted no me molestaría —dijo Gabriel—. En este edificio hay muy mala cobertura.

—O puede que la estén bloqueando para que no pueda pedir auxilio.

—No corre usted ningún peligro, Hanifa. De hecho, hacía tiempo que no estaba tan a salvo.

Gabriel miró a Mijail, que quitó a Hanifa el teléfono de la mano. Luego le cogió el bolso y lo registró.

—¿Qué busca?

—Un chaleco suicida, una AK-47... —Gabriel se encogió de hombros—. Lo normal.

Mijail se quedó con el teléfono pero le devolvió el bolso. Hanifa miró a Sarah.

—¿También ella es israelí?

—¿Qué iba a ser, si no?

—Habla inglés americano.

—La diáspora tiene muchas ventajas cuando se trata de reclutar agentes.

—Los judíos no son el único pueblo que ha tenido que dispersarse a los cuatro vientos.

—No —convino Gabriel—. Los palestinos también han sufrido lo suyo. Pero no han sido el objetivo de una campaña de exterminio sistemático como la Shoah. Por eso debemos tener un estado propio. No podemos contar con que los alemanes, los polacos, los húngaros o los letones nos defiendan. Es lo que nos ha enseñado la historia.

Gabriel pronunció estas palabras no en inglés, sino en alemán. Hanifa contestó en el mismo idioma.

—¿Por eso me han secuestrado? ¿Para restregarme otra vez el Holocausto por la cara para justificar el hecho de haberme convertido en una exiliada?

—No la hemos secuestrado.

—Puede que la Bundespolizei no esté de acuerdo.

—Puede. Pero tengo muy buena relación con el jefe de la BfV, sobre todo porque le proporciono gran cantidad de información sobre posibles amenazas terroristas. Supongo que podría usted causarme ciertos inconvenientes, pero al hacerlo estaría perdiendo una oportunidad de oro.

—¿Qué oportunidad?

—La de cambiar el curso de los acontecimientos en Oriente Medio.

Ella le lanzó una mirada inquisitiva. Tenía los ojos casi negros

227

y de párpados prominentes. Era casi como sentirse observado por la Adele Bloch-Bauer de Klimt.

—¿Cómo? —preguntó por fin.

—Contándome en qué estaba trabajando Omar cuando le asesinaron. —Al no obtener respuesta, Gabriel añadió—: A su marido no le mataron en ese consulado por las cosas que escribía en las redes sociales. Le mataron porque trató de advertir a Jalid de que había un complot contra él.

—¿Quién le ha dicho eso?

—Jalid.

Hanifa entornó los ojos.

—Como de costumbre, Jalid se equivoca —dijo en tono amargo.

—¿Por qué?

—No fue Omar quien intentó advertirle sobre el complot.

—¿Quién fue, entonces?

Hanifa titubeó. Luego dijo:

—Fui yo.

44

BERLÍN

Como el *sushi* se había desparramado por el suelo de la entrada, Mijail bajó al restaurante persa del barrio y compró varias raciones de carne a la parrilla con arroz. Comieron en la mesita rectangular del piso, arrimada a una ventana que daba a Kronenstrasse. Gabriel se sentó de espaldas a la calle, con Hanifa Joury, su nueva recluta, a la izquierda. Durante la comida, Hanifa apenas miró a Sarah. Evidentemente, no le había perdonado que usara un libro de Mahmud Darwish, el tesoro literario de Palestina, como cebo para atraerla. Y saltaba a la vista, además, que no creía que fuera ciudadana del estado al que deseaba sumir bajo una marea de palestinos vueltos del exilio.

Lo único que tenía que hacer para demostrar que tenía razón era pedirle a Sarah que dijera unas palabras en hebreo, pero, en lugar de hacerlo, prefirió aprovechar la ocasión para reprocharle al legendario jefe del espionaje israelí los crímenes que su pueblo y él habían cometido contra los palestinos. Gabriel aguantó el chaparrón casi en silencio. Hacía mucho tiempo que había aprendido que los debates sobre el conflicto árabe-israelí eran, en su mayoría, como un gato que se muerde la cola. Además, no quería perder a Hanifa como aliada temporal. Los judíos se habían impuesto en la lucha por Palestina y los árabes habían perdido, aventajados en astucia y armamento a cada paso. Sus líderes les habían hecho un flaco favor.

Hanifa tenía todo el derecho a estar dolida e indignada, pero su discurso habría resultado más llevadero si no lo hubiera pronunciado en alemán en la ciudad donde Hitler y los nazis habían concebido y puesto en marcha su plan para librar a Europa de los judíos. En cuanto al escenario, no había nada que hacer: la gran ruleta rusa de la fortuna había situado a Gabriel Allon y Hanifa Joury, ambos hijos de Palestina, en Berlín esa noche.

Mientras tomaban café y *baklava*, Hanifa trató de sonsacar a Gabriel acerca de algunas de sus hazañas. Y al ver que él esquivaba amablemente sus preguntas, descargó una andanada verbal contra los americanos y su desastrosa intervención en Irak. Había entrado en Bagdad siguiendo el avance de las fuerzas de la coalición y narrado en sus crónicas la brusca caída de Irak en la insurgencia y la guerra civil sectaria. En otoño de 2003, durante la sangrienta Ofensiva del Ramadán, conoció a un periodista saudí alto y guapo en el bar del hotel Palestine, donde vivía. El saudí, aunque poco conocido entre la prensa occidental, era uno de los periodistas más influyentes y mejor informados del mundo árabe.

—Se llamaba Omar Nawaf —dijo.

Eran ambos solteros y, a decir verdad, estaban un poco asustados. El hotel Palestine estaba situado fuera de la Zona Verde americana y era objetivo frecuente de la insurgencia. De hecho, esa misma noche fue atacado con morteros. Hanifa se refugió en la habitación de Omar. Regresó a la noche siguiente, que fue tranquila, y también a la otra. Al poco tiempo estaban locamente enamorados, aunque discutían a menudo sobre la presencia americana en Irak.

—Omar creía que Sadam era un peligro y un monstruo, y que había que derrocarle aunque fueran las tropas americanas quienes lo hicieran. Creía, además, que el establecimiento de una democracia en el corazón del mundo árabe haría que la libertad se extendiera inevitablemente al resto de la región. Yo estaba convencida de que la aventura iraquí terminaría en desastre. Y tenía razón, claro. —Sonrió melancólicamente—. A Omar eso no le gustó.

Era un saudí laico y occidentalizado hasta cierto punto, pero seguía siendo saudí, ya me entienden.

—¿No le gustaba que una mujer tuviera razón y él se equivocara?

—Y que esa mujer fuera palestina, para colmo.

Durante una breve temporada, sin embargo, pareció que Omar estaba en lo cierto, después de todo. A principios de 2011, el levantamiento popular conocido como Primavera Árabe se extendió por la región derribando los regímenes opresores de Túnez, Egipto, Yemen y Libia, al tiempo que en Siria estallaba una guerra civil en toda regla. Las monarquías ancestrales salieron mejor paradas, pero en Arabia Saudí hubo choques violentos. Decenas de manifestantes resultaron heridos o fueron ejecutados y cientos acabaron en la cárcel, incluidas numerosas mujeres.

—Durante la Primavera Árabe —explicó Hanifa—, Omar ya no era un simple corresponsal. Era el redactor jefe de *Arab News*. En su fuero interno, deseaba que *Su Majestad* corriera la misma suerte que Mubarak o incluso que Gadafi. Pero sabía que, si presionaba demasiado, los Al Saud cerrarían el periódico y le mandarían a la cárcel. No le quedaba otra que apoyar al régimen en sus editoriales. Incluso firmó una columna tachando a los manifestantes de vándalos que se dejaban influir por extranjeros. Después de aquello, cayó en una depresión profunda. Nunca se perdonó el no haber apoyado la Primavera Árabe.

Ella trató de convencerle de que abandonara Arabia Saudí y se estableciera con ella en Alemania, donde podría escribir lo que quisiera sin miedo a acabar en la cárcel. A principios de 2016, mientras la economía saudí se estancaba debido a la bajada de los precios del petróleo, Omar accedió por fin. Pocas semanas después, sin embargo, cambió de idea tras reunirse con un joven príncipe saudí llamado Jalid bin Mohamed.

—Fue poco después de que el padre de Jalid subiera al trono. Jalid era ya ministro de defensa, viceprimer ministro y presidente del Consejo de Planificación Económica, pero aún no había sido nombrado príncipe heredero. Invitó a Omar a su palacio una tarde para una entrevista oficiosa. Omar llegó a las cuatro de la tarde, como le habían indicado. Eran bien pasadas las doce de la noche cuando se marchó.

No había grabaciones de la conversación —Jalid no lo permitió— ni tampoco notas tomadas durante la entrevista, solo un resumen que Omar redactó apresuradamente al regresar a su despacho y que le envió a Hanifa por correo electrónico como medida de precaución. Ella se quedó atónita al leerlo. Según las predicciones de Jalid, en veinte años el precio del crudo sería igual a cero. Si Arabia Saudí quería tener algún futuro, debía cambiar, y a toda prisa. Él quería modernizar y diversificar la economía. Quería aflojar las cadenas que los wahabíes imponían a las mujeres e incorporarlas al mercado laboral. Quería romper la alianza entre los Al Saud y los Ijwán del Nejd y que Arabia Saudí fuera un país *normal*, con cines, música, discotecas y cafeterías donde personas de ambos sexos pudieran relacionarse sin miedo a la policía religiosa.

—Incluso habló de permitir que los hoteles y restaurantes sirvieran alcohol para que los saudíes no tuvieran que cruzar a Baréin cada vez que quisieran tomarse una copa. Era todo muy radical.

—¿Omar parecía impresionado?

—No —contestó Hanifa—. Impresionado, no. Enamorado.

Pronto aparecieron en las páginas de *Arab News* numerosos artículos laudatorios dedicados al joven y dinámico hijo del monarca saudí que respondía a las iniciales JBM. Omar, no obstante, dio la espalda a Jalid poco después de que se convirtiera en heredero oficial del trono, cuando ordenó la detención de decenas de disidentes y activistas partidarios de la democracia, entre ellos varios amigos íntimos del periodista. El *Arab News* guardó silencio sobre los arrestos, pero Omar se desahogó lanzando una descarga de críticas contra JBM en las redes sociales, incluyendo un tuit incendiario en el que le comparaba con el presidente ruso. El jefe de la corte del príncipe le envió un mensaje ordenándole abstenerse de cualquier nuevo ataque contra su alteza real. Omar respondió ridiculizando a JBM por haber gastado más de mil millones de dólares en casas, yates y cuadros mientras los saudíes de a pie sufrían las consecuencias de su política de austeridad económica.

—Después de aquello —afirmó Hanifa—, fue una guerra sin cuartel.

Pero, en un país como Arabia Saudí, el enfrentamiento entre la familia real y un periodista disidente solo podía acabar de una manera. El Real Centro de Datos tenía pinchados los teléfonos de Omar e interceptaba sus correos y sus mensajes de texto. Incluso trató de desactivar sus cuentas en las redes sociales. Al no conseguirlo, las asediaron con miles de mensajes falsos de *bots* y *trols*. La gota que colmó el vaso fue, no obstante, la bala del calibre .45 enviada al despacho de Omar en el *Arab News*. Omar abandonó Arabia Saudí esa misma noche para no volver más.

Se instaló en el piso de Hanifa, se casó con ella en una ceremonia discreta y encontró trabajo en *Der Spiegel*. Su número de seguidores aumentó drásticamente al recrudecerse sus ataques contra JBM en las redes sociales. Agentes saudíes le seguían por las calles de Berlín sin molestarse en disimular su presencia. Recibía continuamente correos y mensajes amenazadores.

—Estaba claro lo que pretendían. Daba igual que Omar se hubiera exiliado: aun así, podían acabar con él. Estaba convencido de que iban a secuestrarle o a asesinarle.

Pese a todo, decidió arriesgarse a ir a El Cairo para escribir un reportaje acerca de la vida en Egipto bajo el gobierno del nuevo faraón, al que Omar despreciaba casi tanto como a Jalid. Y en el vestíbulo del hotel Sofitel, se encontró por casualidad con un príncipe saudí de tercera fila al que Jalid había desplumado en el Ritz-Carlton. Aquel príncipe, como el propio Omar, vivía ahora en el exilio. Acordaron cenar esa noche en un restaurante de

Zamalek, un barrio acomodado de El Cairo situado en la isla de Gezira. Era finales de verano, agosto, y hacía un calor sofocante. Aun así, el príncipe se empeñó en cenar en la terraza. Cuando estuvieron sentados, pidió a Omar que apagara su teléfono y le quitara la tarjeta SIM. Luego, le habló de un rumor que había oído relativo a un complot para derrocar a Jalid de la línea sucesoria.

—Omar se mostró escéptico: no creía que el complot tuviera muchas posibilidades de alcanzar el éxito. JBM había sido objeto de numerosas tentativas de asesinato e intentonas golpistas, y todas habían fracasado porque él controlaba los servicios de seguridad y el Real Centro de Datos. Pero aquel príncipe insistió en que aquel complot era distinto.

—¿Por qué?

—Porque había de por medio una potencia extranjera.

—¿Cuál?

—El príncipe no lo sabía, pero le dijo a Omar que el plan implicaba a la hija de Jalid. Los conspiradores tenían intención de secuestrarla para obligar a Jalid a abdicar.

—¿Está segura de que eso fue en agosto?

—Puedo enseñarle los mensajes de texto que me mandó Omar desde El Cairo.

—¿Incluían alguna referencia al complot contra Jalid?

—Claro que no. Omar sabía que el Real Centro de Datos vigilaba sus comunicaciones. Esperó a volver a Berlín para contármelo. Hablamos en el Tiergarten, no por teléfono. Me temo que a Omar no le gustó mucho mi reacción.

—Usted quería que le contara a Jalid lo del complot.

—Le dije que tenía la obligación de hacerlo.

—¿Porque podía estar en juego la vida de la hija de Jalid?

Ella asintió.

—Y porque, a pesar de todos sus defectos, Jalid era el mal menor.

—Imagino que Omar no estuvo de acuerdo.

—Dijo que sería muy poco ético por su parte, como periodista, contarle a Jalid lo que había descubierto.

—¿Qué hizo entonces?

—Regresó a Oriente Medio para intentar convertir aquel rumor en una noticia como es debido.

—¿Y usted?

—Yo me hice pasar por él.

—¿Cómo?

Creó una cuenta de Yahoo con una dirección que jugaba con el nombre de Omar: omwaf5179@yahoo.com. A continuación, mandó una serie de correos al Ministerio de Prensa saudí solicitando una entrevista con su alteza real el príncipe Jalid bin Mohamed. Como no obtuvo respuesta —lo cual no era nada extraño tratándose de los saudíes—, mandó una advertencia a una dirección que encontró entre los contactos de Omar. Se trataba de alguien cercano a JBM, un personaje destacado de su corte.

—¿Le habló del complot?

—Con detalle, no.

—¿Mencionó a Rima?

—No.

Pasados unos días, Hanifa recibió un correo electrónico de la embajada saudí en Berlín. Jalid quería que Omar regresara a Riad para que pudieran entrevistarse. La respuesta de Hanifa dejaba claro que Omar no volvería a pisar el reino. Pasó una semana. Después, recibió un último *e-mail* enviado por aquel mandamás de la corte de Jalid. Citaba a Omar en el consulado de Estambul el martes siguiente, a la una y cuarto de la tarde. Jalid le estaría esperando.

45

BERLÍN

Cuando Omar regresó a Berlín, Hanifa le contó lo que había hecho en su nombre. Hablaron de nuevo en el Tiergarten, sin teléfonos. Esta vez, sin embargo, era evidente que los estaban siguiendo. Omar se puso furioso con ella, pero ocultó su cólera a ojos de los agentes saudíes que los vigilaban. Su viaje a Oriente Medio había dado fruto. Había corroborado todo lo que le dijo su fuente en El Cairo, incluyendo la implicación de una potencia extranjera en el complot contra Jalid. Ahora se enfrentaba a una decisión difícil. Si publicaba lo que sabía en las páginas de *Der Spiegel*, Jalid se serviría de la información para aplastar el intento de golpe de estado y consolidar su poder. Pero si permitía que la conspiración siguiera adelante tal y como estaba previsto, una niña inocente podía resultar herida o incluso morir.

—¿Y la invitación a Estambul? —preguntó Gabriel.

—Omar pensaba que era una trampa.

—Entonces, ¿por qué accedió a ir?

—Porque yo le convencí. —Hanifa guardó silencio un momento—. Soy la responsable de su muerte. De no ser por mí, jamás habría entrado en ese consulado.

—¿Cómo consiguió que cambiara de idea?

—Diciéndole que iba a ser padre.

—¿Está embarazada?

—Lo *estaba*. Ya no.

Su conversación en el Tiergarten tuvo lugar un viernes. Hanifa mandó un *e-mail* a la dirección del consejero de Jalid informándole de que Omar llegaría al consulado el martes siguiente a las 13:15, como le habían indicado. Él pasó el sábado y el domingo convirtiendo sus notas y grabaciones en un artículo para *Der Spiegel*, y el lunes Hanifa y él volaron a Estambul y se alojaron en el hotel Intercontinental. Esa noche, mientras paseaban por el Bósforo, los siguieron equipos de vigilancia saudíes y turcos.

—El martes por la mañana, Omar estaba tan nervioso que temí que le diera un infarto. Conseguí calmarle. «Si quisieran matarte», le dije, «el último sitio donde se les ocurriría hacerlo sería dentro de uno de sus consulados». Salimos del hotel a las doce y media. Había tanto tráfico que estuvimos a punto de llegar tarde. Omar entregó su teléfono en el control de seguridad del consulado. Luego me dio un beso y entró.

Era la una y catorce minutos. Poco después de las tres, ella llamó al número principal del consulado y preguntó si Omar seguía allí. El hombre que la atendió le dijo que Omar no había acudido a la cita. Y cuando Hanifa volvió a llamar una hora después, otro hombre le dijo que su marido ya se había marchado. A las cuatro y cuarto, vio a unos hombres salir del edificio cargados con varias maletas de gran tamaño. Su alteza real el príncipe Jalid bin Mohamed no estaba entre ellos.

Cuando Hanifa regresó por fin al Intercontinental, alguien había puesto su habitación patas arriba y el portátil de Omar había desaparecido. Llamó a la sede de la ZDF e informó de que un periodista de *Der Spiegel* había desaparecido tras entrar en el consulado saudí en Estambul. Cuarenta y ocho horas después, el mundo entero se hacía la misma pregunta: ¿dónde estaba Omar Nawaf?

Diez días más tarde, cuando por fin tuvo acceso al consulado, la policía turca dictaminó que Omar había sido asesinado mientras se hallaba en el edificio. Después, sus asesinos habían descuartizado su cadáver y se habían deshecho de él. Casi de la noche a la mañana, JBM, el gran reformador árabe, el niño mimado de las élites financieras e intelectuales de Occidente, se convirtió en un paria.

Hanifa se quedó en Estambul hasta finales de octubre para seguir de cerca la investigación turca. Cuando por fin regresó a Berlín, descubrió que su apartamento, al igual que la habitación del Intercontinental, había sido saqueado. Faltaban todos los papeles de Omar, incluidas las notas que había tomado durante su último viaje de investigación a Oriente Medio. Rota de dolor, Hanifa intentó consolarse pensando que llevaba dentro un hijo de Omar. Pero a principios de noviembre sufrió un aborto espontáneo.

Su primer encargo tras regresar al trabajo la llevó nada menos que a Ginebra. Haciéndose pasar por la esposa de un diplomático jordano obsesionado con la seguridad, visitó el Colegio Internacional, donde pudo observar el éxodo vespertino del alumnado. Una de las estudiantes, una niña de doce años, salió del colegio en un Mercedes limusina blindado. El director le dio a entender a Hanifa que la niña era hija de un potentado egipcio del sector de la construcción. Ella, sin embargo, sabía la verdad. Era Rima bint Jalid Abdulaziz al Saud, la hija del diablo.

—¿Y no intentó advertir al diablo de que su hija corría peligro?

—¿Después de lo que le había hecho a Omar? —Ella negó con un gesto—. Además, pensé que no era necesario.

—¿Por qué?

—Jalid tenía el ordenador de Omar y sus notas.

A no ser, pensó Gabriel, que no fueran los saudíes quienes se los habían llevado.

—¿Y cuando se enteró de que Jalid había abdicado?

Lloró de alegría y publicó un mensaje provocador en su cuenta de Twitter. Unos días más tarde regresó a Ginebra para ver de nuevo la salida de los alumnos del Colegio Internacional. No vio por ninguna parte a la hija del diablo.

—Y aun así guardó silencio.

Sus ojos oscuros relumbraron.

—Si Jalid hubiera matado a su…

—Ya estaría muerto. —Tras un silencio, Gabriel añadió—: Pero Jalid no es el único responsable de la muerte de Omar.

—No se atreva a intentar excusarle.

—Es cierto que autorizó su asesinato, pero no fue idea suya. De hecho, quería reunirse con Omar para escuchar lo que tenía que decirle.

—¿Y por qué no lo hizo?

—Porque le dijeron que Omar tenía intención de matarle.

Hanifa pareció incrédula.

—Omar no hizo nunca daño a nadie, en toda su vida. ¿Quién le dijo eso?

—Abdulá —respondió Gabriel—. El próximo rey de Arabia Saudí.

Los ojos de Hanifa se ensancharon.

—¿Abdulá organizó el asesinato de Omar para que Jalid no descubriera que había un complot contra él? ¿Es eso lo que está diciendo?

—Sí.

—Encaja todo demasiado bien, ¿no le parece?

—Su versión de la historia coincide por completo con la de Jalid. Hay una parte, sin embargo, que no tiene sentido.

—¿Cuál?

—Es imposible que un par de periodistas veteranos como ustedes no hicieran una copia del artículo.

—Yo no he dicho que no la hiciéramos, señor Allon.

Habían hecho varias, en realidad. Hanifa mandó copias cifradas del artículo a su dirección de correo de la ZDF y a una cuenta privada de Gmail. Grabó, además, el archivo en tres lápices de

239

memoria por miedo a los *hackers* del Real Centro de Datos. Uno estaba cuidadosamente escondido en su piso y otro guardado bajo llave en su mesa de la redacción de la ZDF en Berlín, donde había guardias de seguridad las veinticuatro horas del día.

—¿Y el tercero? —preguntó Gabriel.

Hanifa sacó un lápiz de memoria de un bolsillo con cremallera de su bolso y lo puso sobre la mesa. Gabriel abrió su portátil y conectó el dispositivo a uno de los puertos USB. Apareció una carpeta sin título en la pantalla. Cuando la abrió, un cuadro de diálogo le pidió el nombre de usuario.

—Yarmuk —dijo Hanifa—. Es el campo de refugiados…

—Sé lo que es.

Gabriel introdujo los seis caracteres y apareció un icono.

—Omar —dijo Hanifa con las mejillas bañadas en lágrimas—. La contraseña es Omar.

46

GOLFO DE AQABA

Pasaban escasos minutos de las cuatro de la tarde cuando el vuelo 2372 de El Al procedente de Berlín aterrizó en el aeropuerto Ben Gurión. Gabriel, Mijail y Sarah montaron en la parte de atrás de un todoterreno de la Oficina que esperaba en la pista. Yossi Gavish, el docto jefe del departamento de Investigación, ocupaba el asiento del copiloto. Cuando el coche se puso en marcha con una sacudida, Gavish entregó una carpeta a Gabriel. Era un análisis forense de la accidentada trayectoria financiera del príncipe Abdulá, basado en parte en el material que les había proporcionado Jalid durante su breve estancia en casa de Gabriel.

—Claro y cristalino, jefe. Todo el dinero procedía de ya sabes quién.

El todoterreno se detuvo junto a un helicóptero privado Airbus HI175 VIP que aguardaba, con el rotor parado, en el extremo norte del aeropuerto. El piloto de Jalid estaba sentado a los mandos. Yossi entregó una pistola Jericho del calibre .45 a Mijail y una Beretta de 9 milímetros a Gabriel.

—La Fuerza Aérea os seguirá a distancia. Pero, en cuanto entréis en el espacio aéreo egipcio, estaréis solos.

Gabriel dejó su Blackberry y su portátil en el todoterreno y siguió a Mijail y Sarah a la lujosa cabina del Airbus. Se dirigieron al sur siguiendo la costa, sobrevolaron las ciudades de Ashdod y

Ascalón y viraron luego hacia el interior para evitar el espacio aéreo de la Franja de Gaza. Del lado israelí de la línea de armisticio, había campos de labor en llamas.

—Hamás les prende fuego con cometas y globos incendiarios —le explicó Mijail a Sarah.

—No es fácil la vida aquí.

Él señaló el caótico horizonte de la ciudad de Gaza.

—Pero es mejor que la suya.

Gabriel leyó dos veces el dosier que le había dado Yossi mientras sobrevolaban el Negué. El cielo fue oscureciéndose poco a poco más allá de su ventanilla y, cuando llegaron al extremo meridional del golfo de Aqaba, el mar era ya negro. El Tranquillity estaba anclado frente a la isla de Tirán, con sus características luces de neón azul encendidas. Una lancha custodiaba el enorme yate por el lado de babor y otra por estribor.

El Airbus se posó en el helipuerto de proa —había dos— y el piloto apagó el motor. Al salir de la cabina, Mijail se topó con dos guardias de seguridad saudíes cuyas chaquetas de nailon llevaban el emblema del Tranquillity. Uno de ellos alargó el brazo con la palma hacia arriba.

—Tengo una idea mejor —dijo Mijail—. ¿Por qué no te metes…?

—No pasa nada —gritó Jalid desde algún lugar en lo alto del barco—. Que suban enseguida.

Gabriel y Sarah se reunieron con Mijail en la cubierta. Los dos guardias los miraron de arriba abajo —particularmente a ella—, pero no se ofrecieron a acompañarlos a los aposentos de Jalid. Recorrieron el yate a su aire, sin escolta: cruzaron el salón de música y la discoteca, la sala de reuniones y el cine, el billar, la sauna, la sala de nieve, el salón de baile, el gimnasio, la galería de tiro con arco, el rocódromo, la sala de juegos infantiles y el centro de observación submarina, al otro lado de cuyo grueso cristal retozaban a su antojo numerosas especies de peces del mar Rojo.

Encontraron a Jalid en la cubierta 4, en la terraza de su *suite* privada. Vestía un plumífero North Face con la cremallera abrochada, vaqueros descoloridos y elegantes mocasines de ante italianos. El viento rizaba la superficie de la pequeña piscina y avivaba las llamas del fuego que escupía y chisporroteaba en la chimenea al aire libre. Era la última remesa de leña que le quedaba, explicó. Por lo demás, estaba bien provisto de comida, combustible y agua potable.

—Puedo quedarme en el mar un año o más si es necesario. —Se frotó las manos vigorosamente—. Hace frío esta noche. Quizá deberíamos entrar.

Los condujo a su *suite*. Era más grande que el piso de Gabriel en Jerusalén.

—Debe de ser agradable —comentó Gabriel mientras observaba la opulenta habitación—. No sé cómo me las arreglo sin una discoteca privada o una sala de nieve.

—Para mí no significan nada.

—Eso es porque eres hijo de un rey. —Gabriel le mostró el dosier que le había dado Yossi en el aeropuerto—. Quizá pensaras de otra manera si solo fueras el hermanastro del rey.

—Supongo que habéis revisado los documentos que te di en Jerusalén.

—Los hemos usado solo como punto de partida.

—¿Y adónde os han llevado?

—Aquí —dijo Gabriel—. Al Tranquillity.

El principal sistema por el que el reino de Arabia Saudí reparte la inmensa riqueza procedente del petróleo entre los miembros de la familia real es el estipendio mensual del Estado. No todos los integrantes de la familia real son iguales, sin embargo. Uno de cuarta fila puede recibir una renta en metálico de unos pocos miles de dólares. Los que tienen lazos de sangre directos con Ibn

Saud reciben mucho más. Un nieto del fundador de la dinastía recibe normalmente unos veintisiete mil dólares mensuales; un bisnieto, en torno a ocho mil. Pueden asignarse además bonificaciones adicionales para la construcción de un palacio, por ejemplo, o con motivo de una boda o un nacimiento. En Arabia Saudí se incentiva económicamente la natalidad, al menos para los miembros de la familia real.

Los estipendios más altos están reservados a los pocos privilegiados que ocupan la cúspide de la jerarquía: los hijos del fundador. Tuvo cuarenta y cinco en total, entre ellos Abdulá bin Abdulaziz. Antes de su designación como príncipe heredero, recibía una renta mensual de doscientos cincuenta mil dólares, o sea, tres millones al año. Dinero más que suficiente para vivir con comodidad, pero no con excesivos lujos. Sobre todo, en el patio de recreo de los Al Saud en Londres y la Costa Azul. Para complementar sus ingresos, Abdulá desviaba dinero directamente de las arcas del Estado o recibía sobornos y comisiones de empresas occidentales deseosas de hacer negocios en el reino. Una empresa aeroespacial británica le había pagado veinte millones de dólares por «labores de asesoramiento». Abdulá empleó parte de ese dinero —explicó Gabriel— en comprar una casa espléndida en el número 71 de Eaton Square, en pleno barrio de Belgravia.

—Tengo entendido que cenaste allí hace poco, ¿no?

Al no recibir respuesta, Gabriel prosiguió con su informe. Abdulá —dijo— tenía buena mano para los *otros* negocios de la familia, es decir, para los chanchullos y el latrocinio, pero en 2016 pasó por graves apuros económicos debido a una serie de inversiones poco afortunadas y de gastos cuestionables. Le suplicó a su majestad el rey Mohamed que le diera unos cuantos riyales más para sufragar su tren de vida. Y cuando su majestad se negó a echarle un cable, pidió un préstamo a su vecino de al lado, el propietario del número 70 de Eaton Square, un individuo llamado Konstantin Dragunov, Konnie Drag para sus amigos.

—Te acuerdas de Konstantin, ¿verdad, Jalid? Es el millona- rio ruso que te vendió esta chalupa. Recuérdame cuánto le pagas- te por ella —dijo Gabriel fingiéndose pensativo.

—Quinientos millones de euros.

—En efectivo, ¿verdad? Konstantin insistió en que el dinero fuera transferido a sus cuentas de Gazprombank en Moscú antes de que abandonara el barco. Unos días después, le prestó a tu tío cien millones de libras. —Hizo una pausa—. Supongo que eso es lo que significa «reciclar» petrodólares.

Jalid se quedó callado.

—Es un tipo interesante, el tal Konstantin. Un oligarca de se- gunda generación, no uno de los barones que se repartieron el botín de la antigua Unión Soviética tras la caída del régimen. A diferen- cia de muchos oligarcas, Konstantin ha diversificado sus activos. Mantiene estrechas relaciones con el Kremlin y en los círculos em- presariales rusos se da por sentado que gran parte de su dinero es en realidad del Zar.

—Así es como funciona la gente como nosotros.

—¿La gente como nosotros?

—Como el Zar y yo. Operamos a través de testaferros y hom- bres de paja. Yo no soy el propietario nominal de esta chalupa, como tú la llamas, ni tampoco del *château* francés. —Miró a Sa- rah—. Ni del Leonardo.

—¿Y qué ocurre cuando la gente como tú ya no está en el poder?

—Que el dinero y los juguetes tienden a desaparecer. Abdulá ya me ha quitado varios miles de millones. Y el Leonardo —añadió.

—Seguro que sobrevivirás. —Gabriel contempló el panora- ma de la costa egipcia—. Pero, volviendo a tu tío, ni que decir tie- ne que no le devolvió los cien millones de libras a Konstantin Dragunov. Porque no se trataba de un préstamo. Y eso solo es el principio. Mientras tú te enzarzabas en intrigas palaciegas en Riad, Abdulá hacía negocios muy lucrativos en Moscú. En los últimos dos años ha ganado más de tres mil millones de dólares gracias a su colaboración con Konstantin Dragunov, es decir, con el presidente de Rusia.

—¿Por qué le interesaba tanto Abdulá?

—Supongo que quería tener un aliado dentro de la Casa de Saud. Alguien a quien se respetara por su perspicacia política. Alguien que odiara a los americanos tanto como él y que pudiera ejercer de consejero de confianza de un futuro rey joven e inexperto. Alguien, en suma, que pudiera convencer al heredero de la corona de que favoreciera a Moscú y contribuyera, por tanto, a extender la influencia del Kremlin en la región. —Gabriel se volvió y miró a Jalid—. Alguien capaz de ofrecerse voluntario para librar al futuro rey de un clérigo entrometido o de un periodista contestatario que intentaba avisarle de que se estaba fraguando un complot para obligarle a abdicar.

—¿Quieres decir que Abdulá conspiró con los rusos para apoderarse del trono de Arabia Saudí?

—No lo digo yo, lo dice Omar Nawaf. —Gabriel se sacó del bolsillo el lápiz de memoria de Hanifa Joury—. Imagino que no habrá un ordenador en este barquito, ¿verdad?

—Yate —puntualizó Jalid—. Acompáñame.

Había un iMac en el despacho privado de la *suite*, pero Jalid tuvo la precaución de no dejar que el jefe de la Oficina insertara en él un *pen drive*. Llevó a Gabriel al centro de negocios, parecido al de un hotel, que había en la parte de abajo del Tranquillity. Contenía media docena de puestos de trabajo con ordenadores conectados a Internet, impresoras y teléfonos multilínea con acceso al sistema de comunicación por satélite del barco.

Jalid se sentó ante una de las terminales y conectó el lápiz de memoria. Un cuadro de diálogo le pidió el nombre de usuario.

—Yarmuk —dijo Gabriel.

—¿Como el campo?

—Los padres de Hanifa acabaron allí en 1948.

—Sí, lo sé. Nosotros también tenemos un expediente sobre ella. —El saudí introdujo el nombre del campo de refugiados y apareció un icono.

—Omar —añadió Gabriel—. La contraseña es Omar.

47

GOLFO DE AQABA

El reportaje tenía doce mil palabras de extensión y estaba escrito en el estilo fluido y expeditivo de un periodista independiente. La primera escena describía un encuentro fortuito con un príncipe saudí exiliado, en el vestíbulo de un hotel de El Cairo. Esa noche, durante la cena, el príncipe contó al reportero una curiosa historia acerca de un complot contra el futuro rey de su país, al que describía en tono poco halagüeño como «el hombre más interesante del mundo», en referencia al personaje de un anuncio de cerveza mexicana.

Seguía la crónica de las averiguaciones que hizo el periodista para corroborar lo que le habían contado. Viajó de un lado a otro para entrevistarse con diversas fuentes de la región, lo que le llevó incluso a Dubái, donde pasó cuarenta y ocho horas angustiosas al alcance de los servicios secretos de Riad. Fue allí, en una *suite* del Burj al Arab, donde una fuente de confianza entretejió los hilos sueltos que Nawaf había conseguido reunir y los convirtió en un relato coherente. JBM, afirmó su fuente, ya no era bien recibido en la corte saudí. La Casa Blanca y los israelíes bebían los vientos por él, pero Jalid había prescindido de la tradición dinástica de gobernar por consenso y despreciado a su parentela. Era inevitable que hubiera un golpe de estado palaciego o algo parecido. El Consejo de Lealtad apoyaba a Abdulá, principalmente porque este presionaba sin cesar para hacerse con el puesto.

Y, ah, por cierto, decía el informante de Nawaf en el reportaje, ¿te he dicho ya que es Moscú Centro quien maneja los hilos? El Zar tiene a Abdulá en el bolsillo. Si consigue hacerse con el trono, se inclinará tanto hacia el Kremlin que es probable que se caiga de bruces.

Desde Dubái, el reportero volvió a Berlín, donde descubrió que su esposa, también periodista, había estado comunicándose en secreto con un miembro de la corte del príncipe heredero. Tras muchas cavilaciones, descritas en el pasaje final del artículo, Nawaf había decidido viajar a Turquía para entrevistarse con el hombre que le había empujado al exilio. El encuentro debía celebrarse en el consulado saudí en Estambul, a la una y cuarto de la tarde.

—Entonces, ¿era Hanifa, no Omar, quien intentaba ponerse en contacto conmigo?

—Sí —contestó Gabriel—. Y fue ella quien convenció a Omar de que fuera al consulado. Se culpa de su muerte. Casi tanto como te culpa a ti.

—Bailó sobre mi tumba cuando abdiqué.

—Estaba en su derecho.

—Debería haberme dicho que Rima corría peligro.

—Lo intentó.

Jalid se había cansado de leer el largo artículo en una pantalla de ordenador y se había sentado a la mesa de la sala de reuniones contigua con una copia impresa. Había varias hojas en el suelo, a sus pies, donde las había tirado enfurecido.

—Si tanto me odia, ¿por qué accedió a darte la obra magna de Omar? —Recogió una de las hojas y, frunciendo el ceño, la releyó—. No puedo creer que se atreviera a escribir estas cosas sobre mí. Me llamaba «niño mimado».

—Eres un niño mimado. Pero ¿qué me dices del resto?

—¿Te refieres a eso de que el Zar estuviera detrás del complot para derrocarme?

—Sí, a eso.

Jalid recogió otra hoja del suelo.

—Según las fuentes de Omar, todo empezó después de mi última visita a Washington, cuando accedí a invertir cien mil millones de dólares en armamento americano en lugar de comprarle las armas a Rusia.

—Parece posible.

—Lo parece, sí, pero no es exacto. —Se hizo un silencio. Luego Jalid añadió con calma—: De hecho, si tuviera que aventurar una hipótesis, diría que el Zar seguramente decidió librarse de mí mucho antes.

—¿Por qué?

—Porque tenía un plan para Oriente Medio —respondió el saudí—. Un plan del que yo no quise formar parte.

Regresaron a su *suite* privada. Fuera, en la terraza azotada por el viento, Jalid arrojó el reportaje de Omar Nawaf a las llamas hoja por hoja. Cuando por fin habló, fue sobre Moscú. Viajó allí por primera vez un año antes de que le nombraran príncipe heredero, le recordó a Gabriel innecesariamente. Acababa de hacer público su plan económico y la prensa occidental estaba pendiente de cada una de sus palabras. Podía hablar con el consejero delegado de cualquier empresa del mundo en cuestión de minutos. Hollywood le adoraba. Y Silicon Valley también.

—Fueron días de vino y rosas. Días de gloria. Era el hombre más interesante del mundo —añadió en tono burlón.

La agenda de su visita a Moscú, explicó, era puramente económica. Formaba parte de sus esfuerzos por conseguir la tecnología y las inversiones que necesitaba para que la economía saudí dejara de ser únicamente la gran gasolinera del mundo. Estaba previsto, además, que debatiera con sus huéspedes rusos la forma de elevar el precio del crudo, que a duras penas se mantenía en los cuarenta y cinco dólares por barril, un nivel insostenible para las economías de ambos países. El primer día se reunió con banqueros rusos y el segundo con los consejeros delegados de varias compañías tecnológicas rusas que no le impresionaron favorablemente. Su entrevista con el Zar estaba prevista para las diez de la mañana del tercer día, un viernes, pero no comenzó hasta la una de la tarde.

—Hasta *yo* parezco puntual comparado con él.

—¿Qué tal la reunión?

—Fue horrible. Se despatarró en el sillón exhibiendo bragueta. Sus asistentes nos interrumpían continuamente y él se excusó tres veces para atender llamadas telefónicas. Era un juego de poder, claro. Una artimaña para ponerme en mi sitio. Yo era el hijo de un rey árabe. Un don nadie, para el Zar.

De modo que se llevó una sorpresa cuando, al acabar la gélida reunión, el Zar le invitó a pasar el fin de semana en su palacio del mar Negro, entre cuyas muchas comodidades había una piscina cubierta chapada en oro. A Jalid le destinaron un ala completa del palacio, pero su séquito tuvo que repartirse entre diversas casas de invitados. De la esposa y los hijos del Zar no había ni rastro. Solo estaban ellos dos.

—Tengo que reconocer —dijo Jalid— que no me sentía del todo seguro estando a solas con él.

Pasaron el sábado por la mañana relajándose junto a la piscina —fue en el verano de 2016— y por la tarde salieron a navegar. Esa noche cenaron en un salón inmenso decorado en tonos marfil y oro. Después, dieron un paseo hasta una pequeña dacha situada sobre un acantilado con vistas al mar.

—Fue entonces cuando me habló de ello.

—¿De qué?

—Del plan maestro. De su proyecto.

—¿Para qué?

Jalid se lo pensó un momento.

—Para el futuro.

—¿Y en qué consistía ese futuro?

—¿Por dónde quieres que empiece?

—Puesto que fue en el verano de 2016 —respondió Gabriel—, ¿qué tal si empiezas por Estados Unidos?

El Zar, contó Jalid, tenía grandes esperanzas puestas en las elecciones presidenciales americanas de ese otoño. Confiaba, además, en que los tiempos de la hegemonía norteamericana en Oriente Medio estuvieran tocando a su fin. Los estadounidenses habían metida la pata en Irak y habían pagado un alto precio, tanto en vidas humanas como en recursos. Estaban ansiosos por dejar atrás toda aquella región, con sus problemas inextricables. El Zar, en cambio, se había impuesto en la batalla por Siria. Había acudido en auxilio de un viejo amigo y, de paso, había informado implícitamente al resto de la región de que era a Moscú, y no a Washington, a quien se podía recurrir en caso de apuro.

—¿Quería que te distanciaras de los americanos y te acercaras a Moscú?

—No, eso es poca cosa —respondió Jalid—. Lo que pretendía el Zar era formar una alianza. Dijo que Occidente estaba dando las últimas bocanadas, en parte porque él hacía todo cuanto estaba en su mano por sembrar la división social y el caos político allí donde podía. Dijo que el futuro estaba en Eurasia, con sus inmensas reservas de energía, agua y población. Rusia, China, India, Turquía, Irán…

—¿Y Arabia Saudí?

Jalid asintió.

—Íbamos a dominar juntos el mundo. Y lo mejor de todo era que jamás me sermonearía sobre democracia y derechos humanos.

—¿Cómo pudiste rechazar semejante oferta?

—Fue muy fácil. Quería tecnología y asesoramiento estadounidense para impulsar mi economía, no ruso. —Se animó de pronto, como el JBM de antaño—. Dime una cosa, ¿cuál fue el último producto ruso que compraste? ¿Qué exportan, aparte de vodka, petróleo y gas?

—Madera.

—¿De veras? Quizá nosotros deberíamos empezar a exportar arena. Así se resolverían todos nuestros problemas.

—¿Le diste al Zar tu opinión?

—Sí, por supuesto.

—¿Cómo se lo tomó?

—Me miró con esos ojos mortecinos y me dijo que había cometido un error.

—Unos meses después volviste a Moscú con tu padre y anunciasteis un pacto para subir el precio del petróleo. Además de comprar un sistema de defensa aérea ruso.

—Pretendíamos cubrirnos las espaldas, nada más.

—¿Y qué hay de ese ridículo apretón de manos que os disteis el Zar y tú en Buenos Aires? Parecía que hubierais marcado el gol de la victoria en el Mundial.

—¿Sabes qué me susurró al oído cuando nos sentamos? Me preguntó si había tenido ocasión de reconsiderar su oferta.

—¿Qué le respondiste?

—Si te digo la verdad, no me acuerdo. Pero, evidentemente, no fue la respuesta correcta. Dos semanas después, secuestraron a Rima. —Jalid paseó la mirada por aquel gigantesco navío que no era suyo, en realidad. Volvió a frotarse las manos como si tratara de quitarse una mancha—. Supongo que esto significa que nunca podré vengar su muerte.

—¿Y eso por qué?

—El Zar es el hombre más poderoso del mundo, no lo olvidemos. Y casi con toda seguridad la mujer que nos condujo a aquel campo en Francia era una agente rusa.

—El hombre que detonó la bomba también lo era. Pero ¿qué quieres decir exactamente?

—Que han vuelto a Moscú. Nunca los encontrarás.

—Puede que te sorprendas. Y, además, la venganza puede adoptar múltiples formas —concluyó Gabriel.

—¿Otro proverbio judío?

Gabriel sonrió.

—Casi.

48

NOTTING HILL, LONDRES

A las cinco y media de una tarde lluviosa de Londres, Gabriel Allon, director general del servicio de inteligencia israelí, hizo sonar la pesada aldaba del piso franco de St. Luke's Mews, en el barrio de Notting Hill. Le abrió la puerta un hombre de cuarenta años y aspecto juvenil que insistió en llamarle *mister* Mudd. Encontró a Graham Seymour en el estrecho cuarto de estar, mirando la televisión con expresión de desaliento. El plan del primer ministro Jonathan Lancaster para sacar al Reino Unido de la Unión Europea conforme a los deseos del electorado británico acababa de sufrir una humillante derrota en la Cámara de los Comunes.

—Es la peor paliza que ha recibido un gobernante británico en las últimas décadas —comenzó Seymour sin apartar los ojos de la pantalla—. No hay duda de que Jonathan tendrá que afrontar una moción de censura.

—¿Sobrevivirá?

—Seguramente. Aunque después de esto no hay garantías. Si cae este gobierno, es probable que las próximas elecciones las ganen los laboristas. Lo que significa que tendrás que vértelas con el primer ministro más antiisraelí de la historia de Gran Bretaña.

Seymour se acercó al carrito de las bebidas —un nuevo aditamento del piso franco— y echó un puñado de hielo en un vaso de cristal labrado. Le mostró una botella de Beefeater a Gabriel, que declinó con un gesto.

—Nigel tiene una botella de Sancerre en la nevera.

—Es un poco temprano para mí, Graham.

Seymour miró su reloj con el ceño fruncido.

—Por el amor de Dios, pero si son más de las cinco. —Se sirvió una buena cantidad de ginebra y añadió un chorrito de tónica y una rodaja de limón—. Chinchín.

—¿Por qué brindamos?

—Por la muerte de una nación que antaño fue grande. Y por el fin de la civilización occidental tal y como la conocemos. —El inglés echó un vistazo a la televisión y meneó la cabeza lentamente—. Los puñeteros rusos estarán disfrutando de lo lindo.

—Igual que Rebecca.

Seymour asintió despacio.

—Esa mujer se me aparece en sueños. Que Dios me perdone lo que voy a decir, pero a veces desearía que hubieras dejado que se ahogara aquella mañana en el Potomac.

—¿Que hubiera *dejado* que se ahogara? Era yo quien le sujetaba la cabeza debajo del agua, ¿recuerdas?

—Debió de ser horrible. —Seymour le observó atentamente un momento—. Casi tan horrible como lo que pasó en Francia. Hasta Christopher parecía espantado cuando volvió. Tienes suerte de estar vivo, supongo.

—Igual que Jalid.

—No hemos tenido noticias suyas desde que abdicó.

—Está a bordo de su yate, frente al Sharm el Sheij.

—Pobrecito. —En la Cámara de los Comunes, Jonathan Lancaster se había puesto en pie para reconocer la magnitud de la derrota que acababa de sufrir y las bancadas de la oposición habían empezado a abuchearle sin piedad. Seymour apuntó con el mando hacia la pantalla y apagó el volumen—. Ojalá fuera así de fácil. —Con la copa en la mano, volvió a ocupar su asiento—.

Pero no todo pinta tan mal. Gracias a ti, esta mañana tuve una reunión muy grata con mi ministro.

—¿De veras?

—Le enseñé esos documentos sobre el programa nuclear iraní que me diste. Y él cerró la carpeta casi sin mirarla y cambió de tema. Quería hablar de Abdulá.

—¿Qué pasa con él?

—¿Hasta dónde piensa llegar para aplacar a los fanáticos religiosos? ¿Va a volver a jugar al doble juego de antes en lo que respecta a los yihadistas y al terrorismo islámico? ¿Va a ser un pilar de la estabilidad en la región o se propone sembrar el caos? Aunque, sobre todo, el ministro quería saber si, dados sus estrechos lazos con Londres, Abdulá nos preferirá a nosotros en vez de a los americanos.

—O sea, que queréis venderle tantos aviones de combate como esté dispuesto a comprar, al margen de lo que eso suponga para la seguridad de mi país.

—Más o menos. Estamos pensando en tomarles la delantera a los americanos e invitarle a venir a Londres en visita oficial.

—Me parece una idea maravillosa que visite Londres. Pero me temo que habéis perdido la oportunidad de conquistar a Abdulá.

—¿Por qué?

—Porque ya está comprometido.

—Condenados americanos —masculló Seymour.

—Ojalá fueran ellos.

—¿De qué estás hablando?

Gabriel cogió el mando a distancia y subió a tope el volumen del televisor.

Arropado por el guirigay de la democracia parlamentaria británica, Gabriel le contó a Graham Seymour todo lo que había sucedido desde la noche del asesinato de Rima en Francia. Jalid, le dijo, había puesto a su disposición documentos relativos al súbito enriquecimiento de su tío Abdulá. Sirviéndose de esos documentos, los analistas de la Oficina habían descubierto los vínculos financieros que unían a Abdulá y a un tal Konstantin Dragunov, un oligarca ruso amigo personal del Zar. Gabriel había conseguido, además, un reportaje inédito de Omar Nawaf en el que el periodista saudí afirmaba que los servicios de inteligencia rusos estaban implicados en un complot para derrocar a Jalid e instalar en su lugar a Abdulá. Era este quien había aconsejado a Jalid que hiciera matar a Nawaf y quien se había ocupado de los detalles más sórdidos del asesinato desde su mansión de Belgravia. A través de un intermediario, había atraído a Nawaf al consulado saudí en Estambul con la promesa de que Jalid le estaría esperando dentro. Esa noche, mientras los asesinos de Nawaf se deshacían de su cadáver descuartizado, agentes rusos entraron en la habitación del periodista en el hotel Intercontinental y en su piso de Berlín y se llevaron sus ordenadores, sus dispositivos de almacenamiento portátiles y sus notas manuscritas.

—¿Quién te ha dicho eso?

—Hanifa Joury.

—¿La mujer de Nawaf?

—Su viuda —puntualizó Gabriel.

—¿Cómo sabe que eran agentes rusos?

—No lo sabe. De hecho, da por sentado que eran saudíes.

—¿Y por qué no habrían de ser saudíes?

—Porque, si los que saquearon la habitación de hotel y el piso de Nawaf fueran agentes saudíes, el artículo de Omar habría acabado en manos de Jalid. Y él lo desconocía hasta que yo se lo enseñé.

Seymour regresó junto al carrito y se sirvió otra copa.

—Entonces, ¿me estás diciendo que la excusa de JBM es que el tío Abdulá le empujó a matar a Omar Nawaf?

Gabriel ignoró el sarcasmo del británico.

—¿Sabes lo que ocurriría en Oriente Medio si Rusia, Irán y los chinos desplazaran a Estados Unidos en el golfo Pérsico?

—Sería catastrófico. Por eso ningún gobernante saudí en su sano juicio se atrevería a romper el vínculo entre Riad y Washington.

—A menos que ese gobernante estuviera en deuda con el Kremlin. —Gabriel se acercó a la puerta de cristal que daba al jardincito de la casa—. ¿Te fijaste alguna vez en que Abdulá se codeaba con un amigo íntimo del Zar?

—Sí, habíamos reparado en ello, pero no le dimos mucha importancia, la verdad. Abdulá era un don nadie.

—Pero ya no lo es, Graham. Es el heredero al trono.

—Sí. Y cuando muera su majestad, lo que probablemente ocurrirá pronto, será rey.

Gabriel se volvió hacia él.

—No, si puedo hacer algo por impedirlo.

Seymour le dedicó una media sonrisa.

—¿De verdad crees que puedes elegir al próximo rey de Arabia Saudí?

—No necesariamente. Pero no pienso permitir que un títere de los rusos suba al trono.

—¿Y cómo te propones impedirlo?

—Supongo que podría simplemente matarle.

—No puedes matar al futuro rey de Arabia Saudí.

—¿Por qué no?

—Porque sería inmoral y porque estarías quebrantando el derecho internacional.

—En tal caso —dijo Gabriel—, supongo que tendremos que encontrar a alguien que le mate por nosotros.

49

VAUXHALL CROSS, LONDRES

Una semana después, mientras en Westminster se celebraba un enconado debate acerca de la mejor manera de cometer un suicidio nacional, el Gobierno británico se las ingenió para invitar a su alteza real el príncipe Abdulá a viajar a Londres en visita oficial. Pasaron cinco días sin que hubiera respuesta, tiempo suficiente para que el gélido viento de la duda recorriera los pasillos del Foreign Office y las salas secretas de Vauxhall Cross y King Saul Boulevard. Cuando al fin llegó la respuesta de los saudíes —entregada por un mensajero de la corte en la embajada británica en Riad—, el Gobierno londinense respiró aliviado. Se fijó la fecha de la visita para principios de abril. BAE Systems y el resto de los contratistas del Ministerio de Defensa británico estaban encantados. Sus homólogos americanos, no tanto. Los tertulianos televisivos interpretaron la cumbre anglosaudí como un gesto de rechazo a la política de la Administración estadounidense en Oriente Medio. Washington había apostado decididamente por un príncipe joven e inexperto, impulsivo y codicioso. Ahora, el joven príncipe había desaparecido del mapa y Gran Bretaña, pese a estar dividida y marchita, había tomado la iniciativa en un rasgo de brillantez diplomática. *No todo está perdido*, declaró el *Independent*. *Quizá todavía tengamos salvación.*

Charles Bennett, sin embargo, no compartía el entusiasmo de la prensa por la visita inminente de Abdulá, sobre todo porque nadie le había avisado de que se estuviera fraguando una cumbre o de que Downing Street y el Foreign Office tuvieran esa intención. Aquello contravenía el protocolo. Si alguien en los círculos ministeriales de Londres necesitaba saber con antelación que se preparaba una visita del rey, era precisamente el supervisor para Oriente Medio del MI6. Su trabajo consistía en proporcionar al primer ministro gran parte de la información privilegiada que revisaría antes de reunirse con Abdulá. ¿Qué clase de hombre era? ¿Cuáles eran sus convicciones más profundas? ¿Iba a ser un socio de fiar en la lucha contra el terrorismo? ¿Cuáles eran sus intenciones respecto a Yemen y los cataríes? ¿Podían confiar en él? ¿Podían manipularle?

Ahora, Bennett tendría que preparar deprisa y corriendo las valoraciones e informes necesarios. A su modo de ver, era demasiado pronto para invitar a Abdulá a Downing Street. Aún no se habían calmado las aguas tras la turbulenta abdicación de Jalid y Abdulá ya estaba derogando sus reformas. Era preferible esperar hasta que se estabilizara la situación. Ese habría sido su consejo. Sabía, no obstante, por qué Jonathan Lancaster tenía tanta prisa por reunirse con Abdulá. El primer ministro necesitaba anotarse un tanto en política exterior. Y había que pensar además en las relaciones comerciales, cómo no. BAE Systems y compañía querían hablar con Abdulá antes de que los americanos le echaran el guante.

Bennett apartó la vista de su iPhone personal cuando el tren de las 07:12 procedente de Stoke Newington entró traqueteando en la estación de Liverpool Street. Como de costumbre, bajó del vagón el último y dio un largo rodeo antes de salir a la calle. Fuera, en Bishopsgate, aún no era del todo de día. Caminó hasta el río y llegó a Southwark cruzando el Puente de Londres.

Desde Borough Market, tardaba veinte minutos en llegar a la oficina caminando a buen paso. Le gustaba variar de ruta. Ese día fue por St. George's Circus y Albert Embankment. Bennett tenía cincuenta y dos años, medía en torno a metro ochenta y era flaco como un corredor de maratón, de pelo ralo, mejillas enjutas y ojos hundidos. Su traje y su abrigo no eran precisamente de Savile Row, pero debido a su delgadez le sentaban como un guante. Llevaba la corbata anudada con esmero y sus zapatos de cordones relucían como si acabara de sacarles brillo. Quizás un espectador avisado hubiera advertido cierta desconfianza vigilante en su mirada, pero, aparte de eso, nada en su atuendo o en su apariencia física permitía suponer que se dirigía a la horrenda ciudadela del espionaje que se alzaba como una mole junto a Vauxhall Bridge.

Nunca le había gustado el edificio. Prefería con mucho la antigua y sombría Century House, la anodina torre de oficinas de veinte plantas a la que había llegado, siendo todavía un novato, en los días postreros de la Guerra Fría. Como todos los aprendices de su promoción, él no pidió trabajar para el Servicio Secreto de Inteligencia. Uno no solicitaba el ingreso en el club más exclusivo de Gran Bretaña: le invitaban a unirse a él, y únicamente si procedía de una familia bien situada, si contaba con ciertos contactos y si tenía un título universitario decente expedido en Oxford o Cambridge. En su caso, en Cambridge, donde había estudiado historia y lenguas de Oriente Medio. Al llegar al MI6, hablaba árabe y persa con fluidez y, tras completar el IONEC —el riguroso curso de entrenamiento impartido en Fort Monckton, la escuela del MI6 para aspirantes a espías—, le destinaron a El Cairo con la misión de reclutar agentes y encargarse de su supervisión.

Recaló más tarde en Amán, Damasco y Beirut, y posteriormente fue nombrado jefe de la delegación en Bagdad. Informes incorrectos o engañosos procedentes de varios de sus colaboradores iraquíes formaron parte del célebre Dosier de Septiembre en el que se escudó el Gobierno de Blair para justificar su participación en la guerra promovida por Estados Unidos para derrocar a Sadam Husein. Esto, sin embargo, no truncó la carrera de Bennett, que fue destinado a Riad, nuevamente como jefe de delegación, y en 2012 fue ascendido a supervisor para Oriente Medio, uno de los puestos más importantes del servicio.

Bennett entró abiertamente en Vauxhall Cross desde Albert Enbankment y tuvo que identificarse y soportar un registro minucioso para que le permitieran pasar del vestíbulo, como dictaban las nuevas medidas de seguridad. Desde la defección de Rebecca Manning, la sospecha se cernía como la peste sobre el edificio. Los agentes apenas hablaban entre sí o se estrechaban la mano por miedo a contraer la temida enfermedad. No entraba ni salía de allí ninguna información de importancia que sus clientes del otro lado del río no pudieran encontrar leyendo las páginas del *Economist*. A pesar de que su carrera solo se había cruzado fugazmente con la de Rebecca, Bennett, como todos sus compañeros, tuvo que comparecer ante la comisión de investigación, que, tras someterle durante horas a un interrogatorio exhaustivo, le dio el visto bueno. O al menos eso le dijeron, porque Bennett ya no se fiaba de nadie en el MI6, y mucho menos de los sabuesos de la comisión.

Cuando consiguió dejar atrás el vestíbulo, y tras hacer uso de la tarjeta de identificación, el teclado numérico y el escáner de retina, llegó al fin a su despacho. Al entrar, cerró la puerta, encendió la lámpara de la mesa y colgó el abrigo en el perchero. El disco duro de su ordenador estaba guardado bajo llave en la caja fuerte del despacho, conforme al reglamento. Lo insertó en el ordenador y estaba echando un vistazo a las comunicaciones de esa noche cuando sonó el teléfono interno. La pantallita lo informó de que quien llamaba era Nigel Whitcombe, el mayordomo y mano derecha del jefe. Whitcombe había llegado a Vauxhall Cross procedente del MI5. Solo por ese motivo, Bennett le detestaba.

Se llevó el teléfono al oído.

—¿Sí?

—El jefe quiere hablar contigo.

—¿Cuándo?

La llamada se cortó. Bennett se levantó, se enderezó la chaqueta y se pasó la mano por el pelo con nerviosismo. «¡Dios santo, que no vas a ligar con él!». Se dirigió a los ascensores y tomó el primero que subía. Whitcombe estaba esperándole cuando se abrieron las puertas.

—Buenos días, Bennett —dijo con una sonrisilla de suficiencia.

—Nigel.

Entraron juntos en el despacho de Graham Seymour, con su escritorio de caoba —que habían usado todos sus predecesores—, sus altísimas ventanas con vistas al Támesis y su imponente reloj de péndulo, construido nada menos que por *sir* Mansfield Smith-Cumming, el primer jefe del Servicio Secreto de Inteligencia británico. Seymour estaba anotando algo en el margen de un documento con una pluma estilográfica Parker. La tinta era verde, el color reservado para el jefe.

Bennett oyó un ruido y, al volverse, vio que Whitcombe salía discretamente de la habitación. Seymour levantó la vista como si le sorprendiera encontrar allí a Bennett y dejó la pluma sobre la mesa. Irguiéndose en toda su estatura, salió de detrás del escritorio con la mano extendida ante él como una bayoneta.

—Hola, Charles. Me alegro de que hayas venido. Creo que ha llegado el momento de informarte de una operación especial que lleva en marcha algún tiempo. Siento no habértelo contado hasta ahora, pero así están las cosas.

Esa noche, Bennett se tomó un *whisky* seco en el salón privado del MI6 y salió de Vauxhall Cross a tiempo de coger el tren que salía a las 19:30 de la estación de Liverpool Street. El vagón al que subió estaba lleno. De hecho, solo había un asiento libre, al lado de un hombrecillo con parka y boina negra que parecía a punto de sacar un volumen de *Das Kapital* de su bolso de cuero gastado. Bennett no le había visto nunca en el tren de las 19:30, que tomaba a menudo.

Hicieron en silencio el trayecto de trece minutos hasta Stoke Newington. Bennett salió primero del vagón y subió las escaleras desde el andén hasta la caja de cristal que hacía las veces de taquilla de la estación. Esta estaba situada en una plazoleta triangular de Stamford Hill, junto a un establecimiento bancario que daba servicio a la comunidad de inmigrantes del barrio y a una cafetería llamada Kookies. Un hombre y una mujer de poco más de cuarenta años, ambos rubios, bebían batidos sentados a una mesa de color burdeos.

El hombrecillo de la boina salió de la estación segundos después que Bennett y se fue derecho al Salón del Reino de Willow Cottages. Bennett, por su parte, enfiló la acera de Stamford Hill, flanqueada por locales comerciales: el Princess Curtains, el Bedding Palace, el Perfect Shirt, el Stokey Karaoke y el New China House, que había sustituido al antiguo restaurante chino, el King's Chicken, al que le tenía cariño. A diferencia de muchos de sus colegas, Bennett no procedía de una familia acomodada. Los barrios elegantes como Notting Hill y Hampstead eran demasiado caros para un hombre que vivía únicamente de su salario. Le gustaba, además, que Stoke Newington conservara aún ese ambiente de pueblo. A veces, incluso a él le costaba creer que el ajetreo de Charing Cross quedara solo a ocho kilómetros de allí en dirección sur.

Las tiendas y restaurantes de Church Street eran de más categoría. Bennett, llevado aparentemente por un impulso, entró en la floristería y compró un ramo de jacintos para su esposa, Hester. Llevó las flores en la mano derecha mientras caminaba por el lado sur de la calle hasta la esquina de Albion Road. Una luz cálida se vertía por las ventanas del Rose & Crown, alumbrando a un par de adictos a la nicotina que estaban sentados en la única mesa que había en la acera. Bennett reconoció a uno de ellos.

Torció hacia Albion Road y siguió la calle hasta los pisos de protección oficial de Hawksley Court, con sus fachadas de ladrillo rojo. Una mujer venía en sentido contrario empujando un carrito de bebé. Por lo demás, la acera estaba desierta. Bennett oía el eco de sus propios pasos. El intenso olor de los jacintos le estaba irritando el conducto nasal. ¿Por qué tenían que ser jacintos? ¿Por qué no prímulas o tulipanes?

Pensó en su reunión de esa mañana en la planta de arriba de Vauxhall Cross y en la operación de la que el jefe había decidido informarle por fin. Al enterarse de que el príncipe Abdulá, el futuro rey de Arabia Saudí, colaboraba desde hacía tiempo con el MI6, Bennett se había fingido ofendido e indignado. «Graham, ¿cómo has podido ocultarme tanto tiempo una operación tan importante? Es inadmisible». Aun así, su audacia le había parecido admirable. Tal vez el vetusto servicio de espionaje no estuviera del todo muerto, al fin y al cabo.

Más allá de Hawksley Court, Albion Road se volvía de pronto próspera. Bennett vivía en una hermosa casa de tres plantas con un jardín rodeado por un muro en la parte delantera. Colgó el abrigo en el pequeño vestíbulo y entró en el cuarto de estar. Hester estaba tumbada en el sofá, con el nuevo libro del inspector Rebus y una copa grande de vino blanco. El altavoz Bose emitía una música tediosa. Haciendo una mueca, Bennett lo apagó.

—Lo estaba escuchando. —Hester levantó la mirada del libro y frunció el ceño—. ¿Flores otra vez? Es la tercera este mes.

—No sabía que llevaras la cuenta.

—¿Qué he hecho para que me traigas flores?

—¿No puedo regalarte flores sin más, cariño?

—Mientras no estés haciendo ninguna tontería…

Hester volvió a fijar los ojos en la página. Bennett dejó las flores en la mesa baja y entró en la cocina para ver si había algo de cena.

50

HARROW, LONDRES

No era cierto que Charles Bennett nunca hubiera compartido el mismo tren vespertino a Stoke Newington compartido con
el hombrecillo de la boina. De hecho, habían ido en el tren de las
19:30 otras dos veces con anterioridad. Y varias veces más en el
sentido contrario de la línea; esa misma mañana, sin ir más lejos,
aunque en esa ocasión el hombrecillo vestía el traje negro con al-
zacuellos típico de los curas católicos. En Bishopsgate, un mendi-
go le había pedido su bendición y él se la había dado con dos
expeditivos ademanes de la mano derecha; el primero en vertical
y el segundo en horizontal.

Charles Bennett no tenía la culpa de no haberse fijado en él.
Aquel hombrecillo era Eli Lavon, el artista del espionaje callejero
más excelso que había dado la Oficina, un depredador nato capaz
de seguir a un agente secreto altamente cualificado o a un terrorista veterano por cualquier calle del mundo sin que nadie repa-
rara en él. Ari Shamron había dicho una vez que Lavon podía
desaparecer mientras te estrechaba la mano. Era una exageración,
pero solo ligeramente.

A pesar de que era jefe de división, Lavon prefería conducir
personalmente a sus tropas en el campo de batalla, al igual que su
director general. Además, Charles Bennett era un caso especial.
Ocupaba un cargo importante en un servicio secreto que a ratos

se contaba entre los aliados de Israel y en el que la inteligencia rusa había logrado introducir un topo al más alto nivel. Bennett había sobrevivido al interrogatorio de la comisión de investigación, pero una sombra de sospecha se cernía sobre él, principalmente porque el servicio secreto británico había perdido a dos de sus más importantes colaboradores en Siria en los últimos tiempos. Casi todos los miembros de la comisión coincidían en que la culpa era de Rebecca Manning, pero seguía habiendo cierto sector, en el que se incluía el propio Seymour, que aún sospechaba de Bennett. De hecho, incluso había algunos partidarios de que se le colgara cabeza abajo en la Torre hasta que confesara que era un vil espía ruso. Querían, como mínimo, que se le despojara del cargo y se le enviara a algún rinconcito donde no pudiera hacer ningún daño. El jefe en persona, no obstante, impuso su criterio al declarar que Bennett seguiría en su puesto hasta que la situación fuera insostenible. O, mejor dicho, hasta que a él se le presentara la oportunidad de deshacer parte del daño que se le había hecho a su servicio de espionaje. Un viejo amigo le había brindado esa oportunidad en un piso franco de Notting Hill. De ahí que esa mañana Seymour se hubiera reunido con Bennett para informarlo del papel que desempeñaba cierto miembro de la corte saudí que estaba a punto de ascender al trono. Bennett era ahora el único depositario de un secreto de suma importancia, aunque falso.

Pero también conocía las tácticas y quizás incluso las identidades de los expertos en seguimiento de su servicio. Por eso Seymour había confiado su vigilancia física a la Oficina. Esa noche le seguían la pista doce agentes israelíes, incluido Eli Lavon que, tras su breve paso por el Salón del Reino, donde le habían recibido con los brazos abiertos, le había seguido por Stanford Hill hasta Church Street. Allí le había visto comprar un ramo de jacintos en la floristería Evergreen & Outrageous. Tomó nota de que, al salir de la tienda, Bennett se cambió las flores de la mano izquierda a la derecha de modo que, al doblar la esquina de Albion Road, el ramo fuera claramente visible para cualquiera que estuviera en la puerta del Rose & Crown. Los dos hombres sentados frente al *pub* esa noche no prestaron atención a Lavon, pero uno de ellos pareció mirar fijamente a Bennett cuando pasó. Lavon, susurrando al minúsculo micrófono que portaba en la muñeca, ordenó a seis miembros de su equipo que le siguieran cuando se marchara del *pub*.

Él había seguido andando en línea recta por Church Street hasta el ayuntamiento viejo y luego había dado media vuelta y había vuelto a Stamford Hill. Mijail y Sarah Bancroft se habían marchado del Kookai y le esperaban en un Ford Fiesta, en el aparcamiento del supermercado Morrisons. Lavon se dejó caer en el asiento de atrás y cerró la puerta sin hacer ruido.

—¿Y bien? —preguntó Mijail.

Lavon no respondió. Estaba escuchando el parloteo de su equipo por el auricular. Iban por buen camino, se dijo. No había duda, iban por buen camino.

La casa tenía vistas al Club de Golf de Grims Dyke, en Harrow, por la parte de Hatch End. Era una mansión de estilo Tudor con numerosas alas y torreones, rodeada de árboles frondosos, y se llegaba a ella siguiendo una larga avenida privada. Con un solo mensaje de texto a Jalid, Gabriel se la había regalado al Servicio Secreto de Inteligencia británico, que estaba muy necesitado de pisos francos. Tenía ocho dormitorios y un inmenso salón que servía de centro de operaciones. Agentes israelíes y británicos trabajaban codo con codo en dos largas mesas de caballete. Varias televisiones de pantalla plana mostraban imágenes de cámaras de seguridad callejeras. Las radios crepitaban continuamente, dando parte del avance de la operación en inglés con acento hebreo y británico.

Por insistencia de Gabriel, no se podía fumar en el centro de operaciones ni en ninguna otra habitación de la casa; solo en el jardín. Tampoco se permitía pedir comida a domicilio. Compraban en la tienda Tesco que había calle abajo, en Pinner Green, y comían juntos siempre que era posible. Gracias a ello llegaron a conocerse bastante bien. Ese era el peligro de cualquier operación conjunta: la exposición de personal y tácticas ante un servicio extranjero. Gabriel, en especial, pagó un alto precio en lo relativo a vigilantes y otros agentes de campo, la mayoría de los cuales no podría volver a trabajar en Gran Bretaña, al menos en misión encubierta.

Los británicos, no obstante, conocían ya a parte de sus colaboradores —entre ellos, a Sarah, a Mijail y a Eli Lavon—, de otras operaciones similares. Eran las ocho y media cuando regresaron a Hatch End. Al entrar, se reunieron con Gabriel, Graham Seymour y Christopher Keller delante de una pantalla de vídeo que emitía las imágenes de una cámara de seguridad situada frente a la boca de metro de Arsenal en Gillespie Road. El hombre del Rose & Crown estaba parado junto al kiosco, al lado de la entrada de la estación. De haber ido directamente allí desde el *pub*, habría tardado quince minutos a lo sumo. Pero en cambio había tomado una ruta tortuosa, llena de desvíos absurdos y zigzagueos, que había obligado a cinco de los vigilantes más experimentados de Eli Lavon a abandonar la persecución.

Uno, sin embargo, logró seguir al hombre hasta el interior de la estación y tomar el mismo tren de la línea de Piccadilly hasta Hyde Park Corner. Al salir del metro, el desconocido se adentró en Mayfair y puso de nuevo en práctica una serie de maniobras de contravigilancia que finalmente obligaron al último agente de Lavon a desistir. Daba igual, en todo caso: las cámaras del orwelliano sistema de seguridad de Londres nunca pestañeaban.

Siguieron al hombre por las calles de Mayfair hasta Marble Arch y luego hacia el oeste por Bayswater Road, donde pasó bajo las ventanas a oscuras del piso franco de la Oficina conocido cariñosamente como la «segunda vivienda» de Gabriel. Momentos después cruzó la calle por donde no debía, se metió en Hyde Park y desapareció. Graham Seymour ordenó a los técnicos conectar con las cámaras de Kensington Palace Gardens y a las 21:18:43 vieron al hombre entrar en la embajada rusa. Los técnicos cotejaron su fotografía con la base de datos. El programa de reconocimiento facial le identificó como Dimitri Mentov.

—Un don nadie de la sección consular —dijo Graham Seymour.

—No hay *don nadies* en la embajada rusa —replicó Gabriel—. Es un agente encubierto del SVR. Y acaba de tomar contacto con tu supervisor para Oriente Medio.

En las dos largas mesas de caballete, la noticia de que otro cargo del MI6 podía estar trabajando para los rusos no produjo reacción alguna, más allá del tableteo de los teclados y el crepitar eléctrico de las radios de seguridad. Iban por buen camino, sí. Iban por buen camino.

51

EPPING FOREST, ESSEX

Cuando Charles Bennett salió de su casa en Albion Road a las nueve y media el sábado por la mañana, vestía un anorak azul oscuro impermeable y pantalones de tejido técnico. Llevaba colgada del hombro una mochila de nailon y en la mano derecha un bastón de color negro. Apasionado del senderismo, Bennett había recorrido a pie gran parte de las Islas Británicas. Los fines de semana normalmente tenía que conformarse con hacer alguna de las muchas sendas que había en torno al extrarradio de Londres. Hester, para quien la jardinería era un tipo de deporte, nunca le acompañaba. A él no le importaba: prefería estar solo. En ese aspecto, al menos, Hester y él eran perfectamente compatibles.

Esa mañana Bennett tenía como destino la Senda de los Robles de Epping Forest, el antiquísimo bosque que se extendía desde Wanstead, en el este de Londres, hasta Essex por el norte. El camino zigzagueaba por espacio de diez kilómetros y medio por los confines septentrionales del bosque, cerca del municipio de Theydon Bois. Bennett fue hasta allí en el coche de fabricación sueca de su esposa. Aparcó en la estación de metro y, contraviniendo las ordenanzas, dejó su Blackberry del MI6 en la guantera. Luego, bastón en mano y con la mochila a la espalda, echó a andar por Coppice Row.

Pasó por delante de un par de tiendas y restaurantes y dejó atrás el ayuntamiento y la iglesia parroquial. Una fina capa de niebla pendía sobre Theydon Plain como el humo de una batalla lejana. Luego, Bennett se internó en el bosque. La senda era ancha y lisa y estaba cubierta de hojarasca. Delante de él, una mujer de unos cuarenta años salió de entre las sombras y, sonriendo, le dio los buenos días. Le recordó a Magda.

Magda...

La había conocido en el Rose & Crown una noche que entró a tomar una cerveza en lugar de volver enseguida a casa, a los gélidos brazos de Hester. Acababa de emigrar de Polonia, o eso le dijo. Era una mujer preciosa, divorciada desde hacía poco tiempo, de piel blanca y luminosa, boca grande y sonrisa fácil. Dijo que estaba esperando a alguien —«a una amiga, no a un hombre»— y que su amiga llegaba tarde. Bennett sospechó enseguida. Aun así, se tomó una segunda copa con ella. Y cuando la «amiga» mandó un mensaje diciendo que tenía que cancelar la cita, él aceptó acompañarla a casa. Magda le llevó a Clissold Park y le empujó contra un árbol, cerca de la iglesia vieja. Antes de que Bennett se diera cuenta de lo que ocurría, le había bajado la bragueta y le estaba haciendo una mamada.

Bennett sabía lo que ocurriría a continuación. Supuso, de hecho, que lo había sabido nada más posar los ojos en ella. Sucedió una semana después. Un coche paró a su lado en Stamford Hill y una mano le hizo señas de que se acercara desde la ventanilla de atrás. Era la mano de Yevgueni. Sostenía una fotografía. «¿Qué tal si te llevo? No está la noche como para andar por la calle», dijo.

Bennett llegó a una papelera. La marca de tiza de la base se veía claramente. Abandonó la senda y avanzó con cuidado entre la espesa vegetación. Yevgueni estaba apoyado en el tronco de un abedul, con un cigarrillo sin encender colgándole de los labios. Pareció alegrarse sinceramente de ver a Bennett. Era un cabrón sin escrúpulos, como la mayoría de los agentes del SVR, pero podía ser muy simpático cuando le convenía. En eso, Bennett y él estaban a la par. Eran dos caras de la misma moneda. Bennett, en un momento de debilidad, había permitido que Yevgueni tomara las riendas. Pero quizás algún día sería Yevgueni quien se viera obligado a revelar los secretos de su país por culpa de un desliz. Así era aquel juego. Solo hacía falta un tropiezo.

—¿Has tenido cuidado? —preguntó el ruso.

Bennett asintió.

—¿Y tú?

—Los zoquetes del A4 intentaron seguirme, pero los despisté en Highgate.

El A4 era la división de vigilancia física del MI5, el servicio de seguridad y contravigilancia británico.

—¿Sabes, Charles? Tienen que ponerse un poco las pilas, en serio. Ha llegado un punto en que ya ni siquiera es divertido.

—Tenéis más agentes en Londres ahora que en pleno auge de la Guerra Fría. El A4 está desbordado.

—Cuantos más, mejor. —Yevgueni encendió su cigarrillo—. Dicho esto, deberíamos darnos prisa. ¿Qué tienes?

—Una operación que quizá sea de interés para tus superiores de Moscú Centro.

—¿De qué tipo?

—El reclutamiento, hace tiempo, de un agente muy bien situado.

—¿Ruso?

—Saudí —contestó Bennett—. Lleva varios años trabajando para nosotros. Nos informa con regularidad sobre los asuntos internos de la corte y los cambios políticos dentro del reino.

—Eres el supervisor para Oriente Medio, Charles. ¿Por qué me entero de esto ahora?

—Fue la delegación de Londres la que reclutó a ese colaborador y la que trata con él. Yo me he enterado esta misma semana.

—¿Quién te lo ha dicho?

—El jefe en persona.

—¿Y por qué ha decidido Graham ponerte al corriente?

—Porque ese agente tan bien situado va a venir a Londres dentro de un par de semanas en visita oficial.

—¿Qué estás diciendo?

—El príncipe Abdulá, el futuro rey de Arabia Saudí, es un agente del MI6. Es nuestro, Yevgueni. Nuestro.

52

MOSCÚ

Rebecca volvió a tener aquel sueño, como ocurría siempre, en las horas previas al alba. Estaba sumergida en agua poco profunda, cerca de la orilla de un río americano bordeado de árboles. Una cara se inclinaba sobre ella, borrosa, indistinta, contraída por la furia. Poco a poco, a medida que empezaba a perder la consciencia, aquella cara iba desvaneciéndose en la oscuridad y aparecía su padre. La llamaba desde la puerta de su dacha. «Rebecca, ca-ca-cariño mío, quiero hablarte de una cosa…».

Se incorporó en la cama, sobresaltada, y tragó aire a bocanadas. A través de la ventana sin cortinas del dormitorio alcanzaba a ver una estrella roja sobre el Kremlin. Todavía ahora, nueves meses después de su llegada a Moscú, seguía sorprendiéndole aquella vista. Una parte de su ser esperaba aún despertarse cada mañana en la casita de Warren Street, en el noroeste de Washington, en la que había vivido durante sus últimos años en el MI6. De no ser por el hombre de su sueño —por el hombre que había estado a punto de ahogarla en el río Potomac—, aún estaría allí. Quizás incluso sería la directora del MI6.

El cielo sobre el Kremlin seguía siendo negro, pero, cuando miró la hora en el teléfono que le había proporcionado el SVR, vio que eran casi las siete de la mañana. El pronóstico del tiempo en Moscú auguraba una ligera nevada y temperaturas suaves de doce grados bajo cero: una racha de buen tiempo. Retiró las mantas y, tiritando, se puso la bata y entró en la cocina.

Era una cocina luminosa y moderna, llena de flamantes electrodomésticos de fabricación alemana. El SVR se había portado muy bien con ella: un piso espacioso cerca de las murallas del Kremlin, una dacha en el campo y un coche con chófer. Incluso le habían asignado una escolta de seguridad. Rebecca no se engañaba, sin embargo: sabía por qué le habían concedido un privilegio reservado normalmente a los altos cargos del servicio de inteligencia ruso. Había nacido y se había criado para ser una espía de la madre patria y había trabajado para Rusia mientras desarrollaba una larga y fructífera carrera en el MI6, y aun así no se fiaban por completo de ella. En Moscú Centro, donde iba a trabajar a diario, la llamaban en tono burlón *nóvaia dévushka*, «la chica nueva».

Pulsó el botón de encendido de la cafetera automática y, cuando tosió estruendosamente y acabó de escupir las últimas gotas de café en el recipiente, se lo bebió en un tazón con leche caliente y espumosa, como hacía cuando era niña, en París. Entonces se apellidaba Bettencourt: Rebecca Bettencourt, hija ilegítima de Charlotte Bettencourt, una periodista francesa y militante comunista que a principios de los años sesenta había vivido en Beirut, donde mantuvo un breve idilio con un hombre casado, un corresponsal independiente que trabajaba para el *Observer* y el *Economist*. Manning era el apellido que había adoptado cuando su madre, siguiendo órdenes del KGB, se casó con un homosexual inglés de clase alta para que ella obtuviera la nacionalidad británica y fuera admitida en Oxford o, mejor aún, en Cambridge. Públicamente, se la seguía conociendo como Rebecca Manning. En Moscú Centro, en cambio, la llamaban por el apellido de su padre: Philby.

Apuntó con el mando hacia la televisión y unos segundos después la BBC apareció en la pantalla. Por motivos profesionales, sus hábitos televisivos seguían siendo estrictamente británicos. Trabajaba en el Departamento para el Reino Unido del Directorio de Relaciones Internacionales. Era esencial que se mantuviera al corriente de lo que ocurría en Londres. Últimamente, todo eran malas noticias. El Brexit —apoyado subrepticiamente por el Kremlin— era una catástrofe nacional. Gran Bretaña sería pronto una sombra de sí misma, incapaz de oponer la menor resistencia al creciente influjo y el poder militar de Moscú. Rebecca había infligido un daño enorme al Reino Unido desde dentro del Servicio Secreto de Inteligencia. Ahora trabajaba para asestar el golpe de gracia a su antiguo país desde un despacho de Moscú Centro.

Mientras echaba un vistazo a los titulares de la prensa británica en su teléfono, se fumó el primer L&B del día. Fumaba mucho más desde que vivía en Rusia. La *rezidentura* de Londres le compraba los cigarrillos por cartones en un estanco de Bayswater y se los mandaba por valija a Moscú Centro. También había aumentado significativamente su consumo de Johnnie Walker Etiqueta Negra, que compraba a buen precio en el economato del SVR. La culpa la tenía el invierno, se decía a sí misma. En cuanto llegara el verano, se le pasaría la nostalgia.

Sacó un traje pantalón oscuro y una blusa blanca del armario de su cuarto y los extendió sobre la cama deshecha. Al igual que los cigarrillos, la ropa venía de Londres. Sin apenas darse cuenta, había caído en las viejas costumbres de su padre, que nunca se acostumbró del todo a vivir en Moscú: escuchaba las noticias de casa en el BBC World Service, seguía religiosamente los resultados del críquet en el *Times*, tomaba las tostadas con mermelada inglesa y las salchichas con mostaza inglesa, y bebía Johnnie Walker Etiqueta Roja, casi siempre hasta quedar inconsciente. De niña, Rebecca había presenciado las titánicas borracheras de su padre durante sus visitas clandestinas a Rusia. Le quería, aun así, y seguía queriéndole. Fue su cara la que vio al mirarse al espejo del baño. La cara de un traidor. El rostro de un espía.

Ya vestida, se puso un abrigo y una bufanda de lana y tomó

el ascensor para bajar al portal. Su Mercedes la esperaba en la calle Sadóvnicheskaia. Le sorprendió encontrar a Leonid Ryzhkov, su superior inmediato en Moscú Centro, en el asiento de atrás.

Entró y cerró la puerta.

—¿Hay algún problema?

—Depende.

El chófer cambió de sentido bruscamente y aceleró. Moscú Centro quedaba en la otra dirección.

—¿Adónde vamos? —preguntó Rebecca.

—El jefe quiere hablar contigo.

—¿El director?

—No —respondió Ryzhkov—. El *jefe*.

53

EL KREMLIN

La estrella roja de la cúspide de la torre Borovítskaia, la entrada principal del Kremlin, apenas se distinguía entre la nevada. El chófer aparcó en un patio frente al Gran Palacio Presidencial y Rebecca y Leonid Ryzhkov entraron sin perder un instante. El presidente los esperaba tras las puertas doradas de su abigarrado despacho. Se levantó y salió de detrás del escritorio con sus andares característicos, el brazo derecho tieso junto al costado; el izquierdo, oscilando mecánicamente. El traje azul se le ajustaba a la perfección y unos pocos mechones de cabello rubio grisáceo, peinados con esmero, se adherían a su cabeza casi calva. La cara, hinchada, tersa y bronceada por su viaje anual a la estación de esquí de Courchevel, apenas parecía humana. Los ojos, estirados al máximo, le daban una apariencia vagamente centroasiática.

Rebecca esperaba una cálida bienvenida: no veía al presidente desde la conferencia de prensa en la que el Kremlin había anunciado su llegada a Moscú. Él, sin embargo, le estrechó la mano fríamente y, con gesto de indiferencia, le indicó que pasaran a la zona de sillones. Entraron varios criados y les sirvieron el té. Luego, sin preámbulos, el presidente le entregó una copia de un telegrama del SVR. Lo había mandado a Moscú Centro Yevgueni Teplov, de la *rezidentura* de Londres. Trataba acerca de una reunión clandestina que Teplov había mantenido con un agente cuyo nombre en clave era Chamberlain. En realidad, se llamaba Charles Bennett. Cuando aún trabajaba en el MI6, Rebecca había señalado a Bennett como un objetivo idóneo para el reclutamiento mediante un cebo sexual.

Su manejo del ruso había mejorado notablemente desde que vivía en Moscú. Aun así, tardó en leer el telegrama. Cuando levantó la vista, el presidente la estaba observando inexpresivamente. Era como sentirse observada por un cadáver.

—¿Cuándo pensaba decírnoslo? —preguntó por fin.

—¿Decirles qué?

—Que el príncipe Abdulá es desde hace tiempo un agente del espionaje británico.

La práctica de toda una vida en el arte de la mentira y el engaño permitió a Rebecca ocultar su inquietud al verse interrogada por el hombre más poderoso del mundo.

—Desconocía que hubiera relación alguna entre Vauxhall Cross y el príncipe Abdulá —afirmó tajantemente.

—Estuvo a un paso de convertirse en directora general del MI6. ¿Cómo es posible que no lo supiera?

—No es casualidad que se llame Servicio Secreto de Inteligencia. Yo no tenía por qué saberlo. —Rebecca le devolvió el telegrama—. Además, no debería sorprendernos que el MI6 tenga vínculos con un príncipe saudí que ha pasado casi toda su vida en Londres.

—A no ser que ese príncipe saudí trabaje supuestamente para mí.

—¿Abdulá? —preguntó Rebecca, incrédula.

Su ámbito de trabajo se circunscribía al Reino Unido. Pero, aun así, había seguido con sumo interés la espectacular caída en desgracia de Jalid, sin sospechar en ningún momento que Moscú Centro, o el presidente, hubieran tenido algo que ver con ello.

El presidente, como tenía por costumbre, se había arrellanado en el sillón con la cabeza algo agachada y la miraba desde abajo,
con una expresión entre aburrida y amenazadora. Rebecca supuso que ensayaba aquella cara ante el espejo.

—Deduzco —dijo pasado un instante— que la abdicación de
Jalid no fue voluntaria.

—No —contestó el presidente con una media sonrisa. Luego, sus facciones volvieron a perder todo rastro de vida—. Le ani-
mamos a renunciar a su derecho al trono.

—¿Cómo?

El presidente lanzó una mirada a Ryzhkov, que informó a Rebecca de la operación que había empujado a Jalid a presentar su
renuncia al trono. Era monstruoso, no había otra forma de des-
cribirlo. Pero ella siempre había sabido que los rusos no se regían
por las mismas normas que el MI6.

—Nos hemos tomado muchas molestias para conseguir que
Abdulá sea el próximo rey de Arabia Saudí —añadió Ryzhkov—.
Y ahora parece que nos han engañado. —Blandió dramáticamen-
te otro telegrama de Londres, como un abogado en la sala de un
tribunal—. O puede que el engaño sea este. Puede que el MI6
haya retomado sus tácticas de antaño. Quizá solo quieren *hacer-
nos creer* que Abdulá trabaja para ellos.

—¿Con qué fin?

Fue el presidente quien respondió:

—Para desacreditarle, por supuesto. Para que desconfiemos
de él.

—Graham solo es un policía con ínfulas de grandeza. No tiene tanto ingenio.

—A usted la atrapó, ¿no?

—Fue Allon quien me descubrió, no Graham.

—Ah, sí. —Un destello de ira cruzó el rostro del presidente—. Me temo que él también está metido en esto.

—¿Allon?

El presidente asintió.

—Cuando secuestramos a la niña, Abdulá nos dijo que su sobrino había pedido ayuda a Allon.

—Habrían hecho bien matándole a él, en vez de a la hija de Jalid.

—Lo intentamos. Pero, por desgracia, las cosas no salieron como estaba previsto.

Rebecca cogió el telegrama de Ryzhkov y volvió a leer.

—Me da la impresión de que Abdulá ha estado jugando a dos bandas. Aceptó nuestro dinero y nuestro apoyo cuando lo necesitó. Y ahora que tiene al alcance de la mano las llaves del reino…

—¿Ha decidido ir por libre?

—O bailar al son que le marca Londres —concluyó Rebecca.

—¿Y si es de veras un agente británico? ¿Qué hago, entonces? ¿Dejo que me robe impunemente varios miles de millones de dólares? ¿Permito que los británicos, y de paso Allon, se rían de mí a mis espaldas?

—Claro que no.

Él levantó la mano.

—¿Qué, entonces?

—No hay más remedio que apartar a Abdulá de la línea sucesoria.

—¿Cómo?

—De un modo que dañe todo lo posible la credibilidad y el prestigio de los británicos.

La sonrisa del presidente pareció casi sincera.

—Me alegra oírla decir eso.

—¿Por qué?

—Porque, si hubiera sugerido que dejáramos a Abdulá en su puesto, habría dudado de su lealtad a la patria. Enhorabuena, Rebecca —añadió sin dejar de sonreír—. El trabajo es suyo.

—¿Qué trabajo?

—Deshacerse de Abdulá, claro.

—¿Yo?

—¿Quién mejor que usted para llevar a cabo una operación importante en Londres?

—No suelo ocuparme de ese tipo de tareas.

—¿No es la directora del Departamento para el Reino Unido del SVR?

—Subdirectora.

—Sí, claro. —El presidente miró a Leonid Ryzhkov—. Error mío.

54

MOSCÚ – WASHINGTON – LONDRES

El Directorio de Contraespionaje del SVR daba por sentado que el MI6 desconocía la dirección de la coronel Rebecca Philby en Moscú. No era así, sin embargo. El servicio de inteligencia británico descubrió dónde estaba su apartamento por casualidad, cuando uno de sus agentes en Moscú la vio paseando por Arbat acompañada por un par de guardaespaldas y una anciana de aspecto imponente. El agente británico los siguió hasta el cementerio de Kúntsevo, donde dejaron unas flores en la tumba del mayor traidor de la historia, y a continuación hasta el portal de un elegante edificio de apartamentos de nueva construcción, en la calle Sadóvnicheskaia.

A instancias de Vauxhall Cross, la delegación de Moscú manejó con sumo cuidado este descubrimiento. No hizo intento alguno de poner a Rebecca bajo vigilancia constante —lo que de todos modos era imposible en una ciudad como Moscú, donde el personal del MI6 estaba vigilado casi de continuo— y archivó enseguida un desacertado plan para comprar un piso en su mismo edificio. La vigilaban solo de cuando en cuando y de lejos. Descubrieron así que vivía en la octava planta del edificio y que cada mañana iba a trabajar a la sede del SVR en Yasenevo. Nunca la vieron salir a hacer un recado, a cenar a un restaurante o a ver una función en el Bolshói. No había indicios de que hubiera un hombre (o una mujer) en su vida. En general, parecía bastante infeliz, lo que les satisfacía inmensamente.

A principios de marzo, sin embargo, por motivos que la delegación de Moscú no pudo dilucidar, Rebecca desapareció. Transcurridos cinco días sin que se la viera, el jefe de la delegación alertó a Vauxhall Cross, que a su vez mandó aviso a la enorme mansión de estilo Tudor de Hatch End, en Harrow, con sus muchas alas y torreones. Sus ocupantes interpretaron la súbita desaparición de Rebecca como una prueba de que Moscú Centro había picado el anzuelo.

Había también otros indicios: un aumento alarmante de las comunicaciones cifradas emitidas desde la azotea de la embajada rusa en Kensington Palace Gardens; un nuevo encuentro de Charles Bennett y Yevgueni Teplov, su supervisor del SVR, en Epping Forest; y la llegada a Londres, a mediados de marzo, de un tal Konstantin Dragunov, empresario y amigo personal tanto del presidente ruso como del futuro rey de Arabia Saudí. Por separado, estos acontecimientos no demostraban nada, pero, vistos a través del prisma del equipo angloisraelí de Hatch End, parecían ser los primeros pasos de una operación rusa de gran alcance.

Gabriel, pese a haberse encargado de azuzar de nuevo a la bestia, decidió aguardar la respuesta de los rusos no en Hatch End, sino en su despacho de King Saul Boulevard, firmemente convencido de que no por mucho madrugar amanece más temprano. A finales de marzo hizo otra visita clandestina al superyate de Jalid en el golfo de Aqaba, aunque solo fuera para enterarse de los últimos chismorreos de Riad. El estado del padre de Jalid había empeorado, aunque en el mundo exterior nadie lo supiera: había sufrido otro ictus, o quizás un ataque al corazón, y estaba conectado a varias máquinas en el hospital de la Guardia Nacional Saudí. Los buitres ya habían empezado a congregarse a su alrededor para repartirse el botín y luchar por los despojos. Jalid había solicitado permiso para volver a Riad y estar junto a su padre. Abdulá se lo había negado.

—Si tienes algún as en la manga —dijo—, te sugiero que lo uses ahora. Si no, dentro de poco Arabia Saudí estará controlada por el camarada Abdulá y el titiritero del Kremlin.

Una tormenta repentina impidió despegar al helicóptero y obligó a Gabriel a pasar esa noche a bordo, en una de las lujosas *suites* de invitados. Cuando a la mañana siguiente regresó a King Saul Boulevard, encontró un informe esperándole en la mesa. Era el análisis de los archivos iraníes robados. Los documentos demostraban de manera concluyente que, pese a declarar lo contrario ante la comunidad internacional, Irán había estado trabajando en el desarrollo de un arma nuclear. No había, sin embargo, pruebas firmes de que estuviera violando el acuerdo nuclear que había negociado con el anterior Gobierno estadounidense.

Gabriel informó al primer ministro esa misma tarde, en su despacho de Jerusalén, y una semana después voló a Washington para poner al corriente a los americanos. Le sorprendió que la reunión tuviera lugar en la sala de crisis de la Casa Blanca, en presencia del presidente. Este, que no ocultaba su intención de retirar a Estados Unidos del pacto nuclear con Irán, se llevó un chasco al comprobar que Gabriel no le había llevado pruebas incontrovertibles —«un mulá humeante»— de que los iraníes estaban construyendo una bomba en secreto.

Ese mismo día, Gabriel se trasladó a Langley, donde informó con más detalle a los oficiales de la Casa Persia, la unidad operativa de la CIA para Irán. Después cenó a solas con Morris Payne en una sala forrada de madera del sexto piso. La primavera había llegado por fin al norte de Virginia tras un verano inhóspito y los árboles de las riberas del Potomac lucían nuevas hojas. Mientras comían verduras mustias y ternera cartilaginosa, intercambiaron secretos y rumores escandalosos, algunos de ellos relativos a sus superiores. Como muchos de sus predecesores en la Agencia, Payne carecía de experiencia anterior en el mundo del espionaje. Antes de llegar a Langley había sido militar, empresario y congresista

—profundamente conservador— por una de las Dakotas. Era un hombre corpulento, campechano y franco, con una cara semejante a una estatua de la isla de Pascua. Gabriel le prefería con mucho al anterior director de la CIA, que tenía la costumbre de referirse a Jerusalén como Al Quds.

—¿Qué opinas de Abdulá? —preguntó Payne de repente mientras tomaban café.

—Poca cosa.

—Los putos británicos...

—¿Qué han hecho ahora?

—Invitarle a Londres antes de que nos diera tiempo a traerle a Washington.

Gabriel se encogió de hombros con indiferencia.

—La Casa de Saud no puede sobrevivir sin vosotros. Abdulá prometerá comprar unos cuantos juguetes británicos y volverá corriendo a vuestros brazos.

—Nosotros no estamos tan seguros.

—¿Y eso por qué?

—Hemos oído que quizá el MI6 le tenga en sus redes.

—¿Abdulá, un agente británico? Venga ya, Morris.

Payne asintió, muy serio.

—Nos preguntábamos si no estaríais interesados en propiciar un cambio en la línea sucesoria de los saudíes.

—¿Un cambio? ¿De qué tipo?

—Tendente a sentar de nuevo a JBM en el trono.

—Jalid es agua pasada.

—Jalid es lo que más conviene y lo sabes. A nosotros nos adora y, por alguna razón desconocida, a vosotros tampoco os odia del todo.

—¿Y qué hacemos con Abdulá?

—Habría que apartarle.

—¿Apartarle?

Payne le miró inexpresivamente.

288

—Morris, no lo dirás en serio…

Después de la cena, una comitiva de la CIA trasladó a Gabriel al hotel Madison, en el centro de Washington. Agotado, cayó en un sueño profundo, pero a las 3:19 de la madrugada le despertó un mensaje urgente enviado a su Blackberry. Al amanecer se fue a la embajada israelí y permaneció allí hasta primera hora de la tarde, cuando salió hacia el aeropuerto de Dulles. Había informado a las autoridades estadounidenses de que pensaba regresar a Tel Aviv, pero a las cinco y media de la tarde tomó un vuelo de British Airways con destino a Londres.

El Brexit había tenido al menos una consecuencia positiva sobre la economía británica: debido a una caída de dos dígitos en el valor de la libra, más de diez millones de turistas extranjeros visitaban el Reino Unido cada mes. El MI5 revisaba de manera rutinaria las listas de pasajeros en busca de elementos indeseables como terroristas, delincuentes y notorios espías rusos. Por sugerencia de Gabriel, el equipo angloisraelí de Hatch End las revisaba también, con la misma minuciosidad que el MI5. Como resultado de ello, supieron que el vuelo 216 de British Airways procedente de Dulles aterrizó en Heathrow a las 6:29 de la mañana siguiente y que Gabriel pasó por el control de pasaportes a las 7:12. Incluso encontraron varios minutos de grabación de su paso por la interminable cola del control de pasajeros extracomunitarios. Cuando entró en el centro de operaciones, uno de los grandes monitores estaba emitiendo el vídeo en bucle.

Sarah Bancroft, en vaqueros y forro polar, tenía la vista fija en la pantalla de al lado, que mostraba una imagen congelada de un hombre delgado y atlético, vestido con trenca, que cruzaba un aparcamiento de noche. Llevaba una bolsa colgada del hombro derecho y una gorra de béisbol de estilo americano le cubría casi toda la cara.

—¿Le reconoces? —preguntó Sarah.

—No.

Mijail Abramov dirigió el mando hacia la pantalla y pulsó el PLAY.

—¿Y ahora?

El hombre se acercaba a un Toyota, lanzaba la bolsa al asiento de atrás y se sentaba al volante. Al poner en marcha el motor, las luces se encendían automáticamente: un pequeño error en aquel oficio. El hombre las apagaba rápidamente y arrancaba marcha atrás. Unos segundos después el coche desaparecía del encuadre de la cámara.

Mijail pulsó la pausa.

—¿Nada?

Gabriel negó con la cabeza.

—Vuelve a verlo. Pero ahora fíjate bien en sus andares. No es la primera vez que los ves.

Mijail puso de nuevo el vídeo. Gabriel se fijó únicamente en el paso atlético del desconocido. Mijail tenía razón: ya lo había visto antes. Era el hombre que había pasado delante de su coche en Ginebra minutos después de dejar un maletín en el café Remor. Mijail le había seguido de cerca en aquella ocasión.

—Ojalá pudiera apuntarme el tanto de haberle descubierto —dijo—, pero ha sido Sarah.

—¿Dónde se grabó el vídeo?

—En el aparcamiento de la terminal de ferris de Holyhead.

—¿Cuándo?

—Hace dos noches.

Gabriel arrugó el ceño.

—¿Dos noches?

—Hemos hecho lo que hemos podido, jefe.

—¿Cómo llegó a Dublín?

—En un vuelo procedente de Budapest.

—¿Sabemos cómo llegó allí el coche?

—Dimitri Mentov.

—¿El don nadie de la sección consular de la embajada rusa?

—Puedo enseñarte el vídeo si quieres.

—No hace falta, ya me lo imagino. ¿Dónde está ahora nuestro amigo?

Mijail tocó el mando a distancia y en la pantalla apareció otra grabación. Un hombre saliendo de un Toyota frente a un hotel costero.

—¿Dónde está Graham?

—En Vauxhall Cross.

—¿Y qué está haciendo?

—Esperarte.

CUARTA PARTE

ASESINATO

55

FRINTON-ON-SEA, ESSEX

A finales del siglo XIX, solo había una iglesia, unas cuantas granjas y un puñado de casas. Luego, un tal Richard Powell Cooper montó un campo de golf junto al mar y surgió una localidad turística con casas señoriales, anchas avenidas y varios hoteles de lujo a lo largo del paseo marítimo. Connaught Avenue, la calle principal del pueblo, se convirtió en la Bond Street de East Anglia. El príncipe de Gales visitaba con frecuencia la ciudad y, un año, Winston Churchill alquiló una casa para pasar el verano. En 1944, los alemanes eligieron Frinton-on-Sea para lanzar su última bomba sobre Inglaterra.

Aunque la ciudad ya no era un destino turístico de renombre, sus habitantes seguían aferrándose, con éxito dispar, a las costumbres de antaño. Más viejos y ricos que antes, e igual de conservadores, no simpatizaban con los inmigrantes ni con la Unión Europea, ni con las políticas del Partido Laborista. Para escándalo suyo, el primer *pub* de Frinton, el Lock & Barrel, había abierto sus puertas recientemente en Connaught Avenue. Seguía estando prohibido, en cambio, vender helados en la playa o hacer pícnic en las praderas de Greensward, sobre los acantilados. Si uno quería extender una manta y comer al aire libre, podía ir en coche hasta la vecina localidad de Clacton, en la que pocos *frintonians* habían puesto un pie jamás.

Entre Greensward y el mar había un paseo jalonado por casetas de playa de colores pastel. Como era principios de abril y la tarde estaba fría y ventosa, Nikolái Azarov tenía el paseo para él solo. Llevaba una mochila a la espalda y unos prismáticos Zeiss colgados del cuello. Si algún transeúnte le hubiera dado las buenas tardes o le hubiera pedido indicaciones, habría supuesto que Nikolái era justo lo que parecía: un inglés de clase media, culto y educado, seguramente de Londres o de sus alrededores y licenciado en Oxford, en Cambridge o en alguna otra universidad de postín. Un observador más avisado habría notado cierto toque eslavo en sus rasgos. Nadie, sin embargo, habría adivinado que era ruso ni que era un sicario y un agente especial al servicio de Moscú Centro.

No era esa la carrera que Nikolái habría elegido para sí mismo. Durante su juventud en el Moscú postsoviético, había soñado con ser actor, preferiblemente en Occidente. Por desgracia, la prestigiosa escuela en la que aprendió a hablar su impecable inglés con acento británico era el Instituto de Lenguas Extranjeras de Moscú, unos de los cotos de caza predilectos del SVR. Al acabar los estudios, ingresó en la academia del SVR, cuyos instructores decidieron que tenía talento natural para los aspectos más oscuros del oficio, incluyendo la fabricación de artefactos explosivos. Al concluir su adiestramiento, se le destinó al directorio del SVR encargado de las «medidas activas». Estas incluían el asesinato selectivo de ciudadanos rusos que osaban oponerse al Kremlin, o de agentes de inteligencia que espiaban para los enemigos de Rusia. Nikolái había matado personalmente a más de una docena de compatriotas suyos que vivían en Occidente —empleando para ello veneno, armas químicas o radiológicas, una pistola o una bomba—, siempre por orden directa del presidente ruso.

Más allá de Frinton, al norte, se hallaba el pueblo de Walton-on-the-Naze. Nikolái paró a tomar un café en el puerto antes de dirigirse a los marjales del parque natural de Hamford Water. Al llegar a la punta del cabo, se detuvo un momento y, acercándose los prismáticos a los ojos, contempló el mar del Norte en dirección a los Países Bajos. Acto seguido se encaminó hacia el sur siguiendo el canal de Walton. Al llegar al río Twizzle, se topó con un puerto deportivo lleno de veleros y yates a motor. Pensaba abandonar Inglaterra tal y como había entrado, en ferri, pero sabía por experiencia que convenía tener siempre un as en la manga. Las operaciones no siempre salían conforme estaba previsto. Como había ocurrido en Ginebra, pensó de repente. O en Francia.

«¡Estáis muertos! Muertos, muertos, muertos...».

Dos mujeres, dos jubiladas de vacaciones, venían por el camino seguidas por un spaniel de color rojizo. Nikolái les dio las buenas tardes y ellas gorjearon un saludo y siguieron rumbo al norte, hacia el cabo. A pesar de su edad, Nikolái las observó atentamente mientras se alejaban. Y por un instante pensó incluso cuál sería la mejor forma de matarlas. Le habían entrenado para dar por supuesto que cada encuentro —sobre todo si se daba en un lugar remoto, como un marjal de Essex— era potencialmente peligroso. A diferencia de los agentes normales del SVR, él tenía autoridad para matar primero y preocuparse de las consecuencias después. Igual que la tenía Anna.

Miró la hora. Eran casi las dos. Cruzó el cabo hasta Naze Tower y luego volvió sobre sus pasos siguiendo el litoral hasta Frinton. El sol había abierto por fin un agujero entre las nubes cuando llegó a Bedford House. El hotel, uno de los pocos de la época dorada del pueblo que aún sobrevivían, se alzaba en el extremo sur del paseo marítimo: un mausoleo victoriano con torres rematadas por gallardetes. Lo había elegido la mujer, aquella señora a la que en Occidente llamaban Rebecca Manning y, en Moscú Centro, Rebecca Philby. La dirección del hotel creía erróneamente que Nikolái era Philip Lane, un escritor de series de televisión policíacas que había ido a Essex en busca de inspiración.

Al entrar en el hotel, se dirigió a la recoleta terraza de la cafetería para tomar un té. Phoebe, la camarera, vestida con una falda de tubo, le condujo a una mesa con vistas al paseo marítimo. Nikolái, en su papel de Philip Lane, desplegó ante sí un cuaderno Moleskine. Luego, con aire distraído, sacó su móvil del SVR.

Oculto dentro de sus aplicaciones había un protocolo que le permitía comunicarse de forma segura con Moscú Centro. Aun así, el mensaje que envió estaba redactado en términos lo bastante vagos como para resultar incomprensible para cualquier servicio de telecomunicaciones enemigo, como el GCHQ británico. Informaba de que acababa de completar una ronda de detección de vigilancia sin ver indicios de que le estuvieran siguiendo. En su opinión, podía procederse con garantías a la inserción del siguiente miembro del equipo. A su llegada, ella debía dirigirse a Frinton para recoger el arma homicida, que Nikolái había introducido ilegalmente en el país. Y, cuando concluyera su misión, él se encargaría de sacarla de Inglaterra sana y salva. En esta operación, al menos, su papel se limitaba al de recadero y chófer, poco más. Aun así, estaba deseando volver a verla. Ella siempre se portaba mejor cuando estaban en acción.

Phoebe dejó una tetera de Earl Grey sobre la mesa, junto con un plato de sándwiches exquisitos.

—¿Está trabajando?

—Siempre estoy trabajando —contestó Nikolái con sorna.

—¿Qué tipo de historia es?

—Aún no lo he decidido.

—¿Muere alguien?

—Varias personas, en realidad.

Justo en ese momento, un Jaguar F-Type descapotable, de color rojo subido, paró ante la entrada del hotel. El conductor era un tipo guapo de unos cincuenta años, rubio y muy bronceado. Su pasajera, una mujer de cabello negro, estaba grabando su llegada con un *smartphone*, con el brazo extendido. Parecían ir vestidos para una ocasión especial.

—Los Edgerton —explicó Phoebe.

—¿Cómo dice?

—Tom y Mary Edgerton. Son recién casados. Por lo visto fue una boda relámpago. —Un botones sacó dos maletas del maletero del coche y cargó con ellas mientras la mujer fotografiaba el mar—. Es guapa, ¿verdad?

—Sí, bastante —convino Nikolái.

—Creo que es americana.

—No se lo tendremos en cuenta.

Nikolái vio a la pareja entrar en el vestíbulo, donde el gerente los obsequió con una copa de champán. Mientras la mujer observaba el sobrio y elegante interior del hotel, su mirada se cruzó con la de Nikolái y sonrió. El hombre la agarró del brazo con gesto posesivo y la condujo al ascensor.

—Es americana, está claro —comentó Phoebe.

—En efecto —convino él—. Y su marido es más bien celoso.

La *suite* nupcial estaba en la segunda planta. Keller pasó la tarjeta llave, empujó la puerta y se apartó para que entrara Sarah. Sus maletas estaban colocadas en sendos taburetes a los pies de la cama. Keller colgó el letrero de *NO MOLESTAR* del picaporte, cerró la puerta y ajustó la barra de seguridad.

—¿Es el hombre que viste en el café Remor de Ginebra?

Sarah asintió una sola vez con la cabeza.

Keller mandó un mensaje breve con su Blackberry al equipo de Hatch End. Luego metió la mano bajo su americana y sacó la Walther PPK que llevaba en la pistolera del hombro.

—¿Alguna vez has usado una de estas?

—Una Walther, no —contestó Sarah.

—¿Has disparado a alguien?

—A un ruso, casualmente.

—Qué suerte la tuya. ¿Dónde?

—En la cadera y el hombro.

—Quería decir…

—Fue en un banco de Zúrich.

Keller accionó la corredera de la Walther para montar la primera bala. Luego puso el seguro y le dio la pistola.

—El cargador está lleno. Solo tiene siete balas. Para disparar, no hay más que quitar el seguro y apretar el gatillo.

—¿Y tú?

—Yo ya me las arreglaré.

Sarah probó a quitar el seguro y a volver a ponerlo.

—El perfecto regalo de boda para una mujer que lo tiene todo.

Keller levantó su copa de champán.

—Es tu primera boda, ¿verdad?

—Me temo que sí.

—La mía también. —Se acercó a la ventana y miró el mar de color granito—. Esperemos que no se cumplan los pronósticos.

—Sí —contestó ella mientras se guardaba la Walther en el bolso—. Ojalá.

56

NÚMERO 10 DE DOWNING STREET

Esa noche, a las ocho y cuarto, mientras Keller y Sarah cenaban opíparamente en el restaurante del Bedford, a menos de seis metros de su presa, el Jaguar limusina en el que viajaban Gabriel Allon y Graham Seymour cruzó la verja de seguridad de Horse Guard Road y se detuvo frente al número 12 de Downing Street, una casa de cinco plantas con fachada de ladrillo rojo que antaño había sido residencia oficial del secretario del Tesoro y que albergaba ahora el gabinete de prensa y comunicaciones del primer ministro. El secretario del Tesoro residía en el número 11, y el primer ministro, claro está, en el 10. La célebre puerta negra se abrió automáticamente al acercarse Gabriel y Seymour. Entraron de inmediato, observados por un gato rayado blanco y marrón de aspecto feroz.

Geoffrey Sloane, el jefe de gabinete y el funcionario público no electo más poderoso del Reino Unido, los esperaba en el vestíbulo. Le tendió la mano a Gabriel.

—Estaba aquí la mañana que mató usted a ese terrorista del ISIS en la verja. De hecho, oí los disparos desde mi despacho. —Sloane le soltó la mano y miró a Seymour—. Me temo que el primer ministro no dispone de mucho tiempo.

—No tardaremos mucho.

—Me gustaría asistir a la reunión.

—Lo siento, Geoffrey, pero no es posible.

Jonathan Lancaster estaba esperando arriba, en la Sala Terracota. Esa tarde había superado por los pelos una moción de censura en la Cámara de los Comunes. Aun así, la prensa de Westminster escribía en esos instantes su obituario político. Gracias al disparate del Brexit, al que Lancaster se había opuesto, su carrera había tocado prácticamente a su fin. De no ser por Gabriel y Graham Seymour, a quienes saludó con afecto, podría haber acabado mucho antes.

El primer ministro consultó su reloj.

—Tengo invitados para cenar.

—Lo siento —dijo Seymour—, pero lamentablemente tenemos un problema grave con los rusos.

—Otra vez no.

Seymour asintió solemnemente.

—¿De qué se trata esta vez?

—Un conocido asesino del SVR ha entrado en el país.

—¿Dónde está?

—En un hotelito de Essex. El Bedford House.

—Lo recuerdo con cariño de cuando era niño —comentó Lancaster—. Imagino que lo tenéis vigilado.

—Totalmente —respondió Seymour—. Cuatro agentes del MI6 están alojados en el hotel de al lado, el East Anglia Inn, junto con dos operativos israelíes con mucha experiencia. Nuestros técnicos han instalado transmisores en la habitación del ruso, tanto de audio como de vídeo. También han intervenido la red interna de cámaras de seguridad del hotel. Vigilamos cada uno de sus movimientos.

—¿Tenemos a alguien dentro del Bedford?

—A Christopher Keller. Es el que…

—Sé quién es —le interrumpió Lancaster, y acto seguido preguntó—: ¿Se sabe quién es el objetivo de los rusos?

—No estamos seguros, primer ministro, pero creemos que planean asesinar al príncipe heredero Abdulá durante su visita a Londres.

Lancaster encajó la noticia con calma admirable.

—¿Y por qué quieren los rusos matar al futuro rey de Arabia Saudí?

—Porque es un agente ruso. Y si llega al trono, Arabia Saudí favorecerá al Kremlin y ello causará un daño irreparable a los intereses británicos y americanos en la región del Golfo.

Lancaster le miró con estupefacción.

—Entonces, ¿por qué rayos quieren eliminarle?

—Seguramente porque sospechan que Abdulá trabaja para nosotros.

—¿Para nosotros?

—Para el Servicio Secreto de Inteligencia.

—¿Y se puede saber cómo han llegado a esa conclusión?

—Se lo dijimos nosotros.

—¿Cómo?

Seymour sonrió con frialdad.

—Rebecca Manning.

Lancaster echó mano del teléfono.

—Me parece que esto va a llevarme un rato, Geoffrey. Por favor, transmíteles mis disculpas a nuestros invitados. —Colgó y miró a Seymour—. Te escucho. Continúa.

Fue Gabriel, sin embargo, y no el director general del Servicio Secreto de Inteligencia, quien explicó al primer ministro por qué los rusos se proponían, al parecer, asesinar al futuro rey de Arabia Saudí en territorio británico. Su relato apenas difirió del que hizo ante Graham Seymour en el piso franco de St. Luke's Mews un par de semanas antes, si bien esta vez incluía detalles acerca de la operación ideada para engañar a Rebecca Manning, la exoficial del MI6 hija de Kim Philby. Lancaster escuchó en silencio, con los dientes apretados. Antes de intervenir en la política estadounidense, los rusos se habían mezclado en la británica y

Lancaster había sido su víctima. Había, además, numerosos indicios que apuntaban a que el Kremlin había apoyado bajo cuerda el Brexit, que había sumido al Reino Unido en el marasmo político y arruinado su carrera. Si había alguien que tenía tantas ganas como Gabriel de castigar a los rusos, era el primer ministro Jonathan Lancaster.

—¿Y tenemos la certeza de que ese tal Bennett trabaja para los rusos?

Gabriel cedió la palabra a Seymour, que explicó que tenían constancia de que Bennett se había reunido en dos ocasiones con su contacto del SVR, Yevgueni Teplov, en Epping Forest.

—Otro escándalo de espionaje —comentó Lancaster—. Lo que nos hacía falta.

—Sabíamos desde el principio que no sería el último, primer ministro. Rebecca estaba perfectamente situada para identificar a agentes potencialmente vulnerables a un acercamiento de los rusos.

—¿Cómo es que Bennett ha pasado desapercibido hasta ahora?

—Después de la captura de Rebecca se mantuvo inactivo. Le investigamos exhaustivamente, pero…

—No visteis que teníais otro espía ruso delante de las narices.

—No, primer ministro. Dejé que un posible espía ruso siguiera ocupando su puesto para poder servirme de él más adelante, a fin de destruir a la mujer que puso en jaque a mi servicio.

—Rebecca Manning.

Seymour asintió.

—Explícate.

—Si detenemos a los miembros de un equipo de asesinos del SVR en vísperas de la visita de Abdulá, los rusos sufrirán un tremendo varapalo internacional y sospecharán de Rebecca como responsable de la filtración.

—¿Pensarán que es una agente triple? ¿Es eso lo que estás sugiriendo?

—En efecto.

El primer ministro se quedó pensativo.

—*Si* detenemos al equipo de asesinos rusos, dices. ¿Qué alternativa tenemos?

—Podemos dejar que el complot siga su curso.

—Si hacemos eso, los rusos…

—Matarán a su propio agente, el príncipe Abdulá, futuro rey de Arabia Saudí. Y con un poco de suerte —añadió Seymour—, quizá maten de paso a Rebecca.

Lancaster miró a Gabriel.

—Esto tiene que ser idea suya.

—¿Qué respuesta prefiere que le dé?

Lancaster arrugó el ceño.

—¿Qué pasará si Abdulá…?

—¿Desaparece de la línea sucesoria?

—Sí.

—Que con toda probabilidad el padre de Jalid se asegurará de que su hijo sea nombrado de nuevo príncipe heredero. Sobre todo, cuando se entere de que Abdulá conspiró con los rusos para secuestrar y asesinar a su nieta.

—¿Eso es lo que queremos? ¿Que un joven con problemas para controlar sus impulsos gobierne Arabia Saudí?

—Esta vez será distinto. Será el JBM que todos esperábamos que fuera.

Lancaster esbozó una sonrisa condescendiente.

—No sabía que fuera usted tan ingenuo —dijo, y miró a Seymour—. Imagino que no has hablado con Amanda.

Amanda Wallace era la directora general del MI5. Seymour indicó con un gesto que, en efecto, no sabía nada de aquel asunto.

—Es imposible que acceda a esto —afirmó Lancaster.

—Razón de más para que no lo sepa.

—¿Quién más está al corriente?

—Un grupo reducido de agentes israelíes y del MI6 que trabajan desde un piso franco, en Harrow.

—¿Alguno de ellos es un espía ruso? —Lancaster se volvió hacia Gabriel—. ¿Sabe lo que ocurrirá si un jefe de estado *in pectore* es asesinado en suelo británico? Que nuestra reputación quedará arruinada para siempre.

—No, si podemos culpar a los rusos.

—Los rusos —replicó Lancaster tajantemente— lo negarán o nos responsabilizarán a nosotros.

—No podrán hacerlo.

Lancaster le miró con escepticismo.

—¿Cómo planean matarle?

—No lo sabemos.

—¿Dónde será el atentado?

—No...

—No tienen ni idea —concluyó el primer ministro.

Gabriel esperó a que se disipara la tensión.

—Tenemos a uno de los agentes rusos bajo vigilancia. En cuanto contacte con otro miembro del equipo...

—¿Y si no contacta?

Gabriel dejó pasar un segundo.

—Hoy es martes.

—No necesito que un espía me diga qué día es. Para eso tengo a Geoffrey.

—Su reunión con Abdulá no es hasta el jueves. Tenemos treinta y seis horas por delante para observar y escuchar.

—Treinta y seis horas, ni lo sueñe. —Lancaster miró de nuevo su reloj—. Pero puedo darles veinticuatro. Mañana por la noche volveremos a reunirnos. —Se levantó bruscamente—. Ahora, si me disculpan, caballeros, me gustaría acabar de cenar.

57

OUDDORP, PAÍSES BAJOS

El bungaló estaba situado en una vaguada entre dunas, a las afueras del pueblecito de Ouddorp. Era blanco como un pastel de bodas, con tejas rojas. Paneles de plexiglás protegían la terracita del viento que soplaba inmisericorde del mar del Norte. Sin calefacción y con escaso aislamiento, la casa apenas era habitable en invierno. De vez en cuando, algún valiente en busca de soledad la alquilaba en mayo, pero por lo general permanecía desocupada hasta bien entrado el mes de junio.

De ahí que Isabel Hartman, la empleada de la agencia inmobiliaria, se llevara una sorpresa al recibir, a mediados de marzo, un *e-mail* interesándose por la casa. Al parecer, una tal *madame* Bonnard, de Aix-en-Provence, deseaba alquilarla por un plazo de dos semanas, desde principios de abril. Pagó la fianza mediante transferencia y en un correo posterior dijo no necesitar que alguien le enseñara la casa cuando llegara: bastaría con un folleto impreso. Isabel lo dejó sobre la encimera de la cocina y escondió la llave debajo de una maceta de la terraza. No era su práctica habitual, pero tampoco veía que hubiera ningún mal en ello. El bungaló no contenía nada de valor, como no fuera la televisión. Isabel había hecho instalar hacía poco la conexión a Internet a fin de atraer a turistas extranjeros como *madame* Valerie Bonnard, de Aix-en-Provence. Le extrañaba, sin embargo, que aquella señora quisiera visitar Ouddorp, un pueblo tan gris y deprimente. Hasta su nombre sonaba a algo que hubiera que extirpar en un quirófano. Si ella tuviera la suerte de vivir en Aix, no se marcharía nunca.

Como el bungaló estaba tan apartado, Isabel no supo cuándo llegó exactamente la francesa. Dedujo que había llegado un día después de lo previsto porque fue entonces cuando vio su coche, un Volvo de color oscuro y matrícula holandesa, aparcado en el caminito de entrada sin asfaltar. Volvió a ver el coche esa misma tarde, en el pueblo. Y también a su dueña, saliendo del supermercado Jumbo con un par de bolsas de la compra. Isabel pensó en presentarse, pero decidió no hacerlo. Había algo en el porte y en la mirada recelosa de sus ojos extrañamente azules que la hacía inabordable.

Tenía, además, un aire de insoportable tristeza. Isabel llegó a la conclusión de que había sufrido un golpe terrible hacía poco tiempo. Se le había muerto un hijo, quizá, o su matrimonio se había hundido, o la habían traicionado. Que estaba angustiada saltaba a la vista, aunque Isabel no supo decidir si estaba de luto o si tramaba una venganza.

La vio de nuevo al día siguiente en el pueblo, cuando tomó café en el hotel New Harvest Inn, y al siguiente, cuando almorzó sola en el Akershoek. Pasaron dos días antes de que volviera a verla, de nuevo en el supermercado. Esta vez llevaba el carrito lleno casi hasta los topes e Isabel dedujo de ello que esperaba visita. Sus invitados llegaron a la mañana siguiente en otro coche, un Mercedes Clase E. A Isabel le sorprendió que fueran tres hombres.

Vio a *madame* Bonnard una sola vez más, a las dos de la tarde siguiente, junto al viejo faro. Vestía botas de agua e impermeable verde oscuro y contemplaba el mar del Norte en dirección a Inglaterra. Isabel pensó que nunca había visto a una mujer tan triste, ni tan decidida. Estaba tramando un acto de venganza. De eso, Isabel Hartman estaba segura.

* * *

La mujer parada a la sombra del faro notó que alguien la observaba, pero no se alarmó. Solo era aquella cotilla de la agente inmobiliaria. Esperó a que la holandesa se marchara y luego echó a andar hacia el bungaló. Era un paseo de diez minutos por la playa. Uno de sus escoltas estaba fuera, en la terraza. El otro estaba dentro, junto con el oficial de comunicaciones. Sobre la mesa del comedor había un ordenador portátil abierto. La mujer comprobó la situación del vuelo 579 de British Airways que había salido de Venecia con destino a Heathrow. Luego encendió un cigarrillo L&B con un viejo mechero de plata y se sirvió tres dedos de *whisky* escocés. Era el tiempo, se dijo. En cuanto llegara el verano, se le pasaría la nostalgia.

58

AEROPUERTO DE HEATHROW, LONDRES

Los pasajeros del vuelo procedente de Venecia tardaron en desalojar el avión. De ahí que Anna tuviera que pasar cinco minutos más de lo previsto apretujada contra la ventanilla de la fila veintidós de la clase turista, para evitar rozarse con el brazo húmedo y carnoso de Henry, su invasivo compañero de asiento. Había guardado su maleta de mano en el compartimento de arriba y el bolso debajo del asiento de delante. Dentro llevaba un pasaporte alemán en el que figuraba como nacida en Berlín. Eso, al menos, era cierto.

Había nacido en el lado este de la ciudad en 1983, fruto imprevisto de una relación clandestina entre dos agentes de inteligencia. Su madre, Johanna Hoffmann, trabajaba para la división de la Stasi que daba apoyo logístico a grupos terroristas palestinos y de Europa del Este. Su padre, Vadim Yurasov, era coronel del KGB y estaba destinado en la tranquila Dresde. Huyeron de la Alemania Oriental pocos días después de la caída del Muro de Berlín y se establecieron en Moscú. Después de la boda, aprobada por el KGB, Anna adoptó el apellido de su padre, Yurasova. Asistió a una escuela especial reservada para hijos de oficiales del KGB y, tras graduarse en la prestigiosa Universidad Estatal de Moscú, ingresó en la academia del SVR. Uno de sus compañeros era un aspirante a actor, alto y guapo, llamado Nikolái Azarov. Habían trabajado juntos en numerosas operaciones y eran amantes clandestinos, como los padres de Anna.

Dentro de la terminal, Anna siguió el cortejo de pasajeros hasta el control de pasaportes y se sumó a la fila de ciudadanos comunitarios. El funcionario uniformado de la cabina apenas miró su pasaporte.

—¿Propósito de su visita?

—Turismo —contestó con el acento alemán de su madre.

—¿Algún plan concreto?

—Ir todo lo que pueda al teatro.

Le devolvieron el pasaporte. Anna se dirigió al vestíbulo de llegadas y luego al andén del Heathrow Express. Al llegar a Paddington siguió Warwick Avenue en dirección norte, hasta Formosa Street, y torció a la izquierda. Nadie la seguía.

Dobló de nuevo a la izquierda a la altura de Bristol Gardens. Había un Renault Clio azul metalizado aparcado frente a un gimnasio. Las puertas no estaban cerradas con llave. Metió la maleta en la parte de atrás y se sentó al volante. Las llaves estaban en la consola central. Encendió el motor y arrancó.

Había estudiado la ruta con sumo cuidado para no tener que poner el navegador: no quería que la distrajera. Se dirigió hacia el norte por Finchley Road, tomó la A1 y luego viró al este en la M25, hasta llegar a la A12. Escudriñaba de tanto en tanto la carretera, sistemáticamente, para comprobar que nadie la seguía, pero cuando se hizo de noche comenzó a distraerse.

Pensaba en la noche en que huyó con sus padres de Berlín Este. Hicieron el viaje a bordo de un avión de transporte soviético maloliente. Entre los pasajeros había un hombrecillo de mejillas hundidas y profundas ojeras que trabajaba con el padre de Anna en la oficina del KGB en Dresde. Era un don nadie que se pasaba la vida haciendo labores de traductor y recortando artículos de periódicos alemanes.

Sin saber cómo, desde entonces aquel hombrecillo insignificante se había convertido en el hombre más poderoso del mundo. En el plazo de unos pocos años, había sembrado el caos en la economía y el orden político mundial de posguerra. La Unión Europea hacía aguas, la OTAN colgaba de un hilo. Tras inmiscuirse en la política de Gran Bretaña y Estados Unidos, se había entrometido también en la de Arabia Saudí. Anna y Nikolái le habían ayudado a alterar la línea sucesoria de la dinastía saudí. Ahora, por motivos que se les escapaban, estaban a punto de volver a alterarla.

Anna nunca cuestionaba las órdenes de Moscú Centro —y menos aún en lo relativo a «medidas activas» que interesaran especialmente al presidente—, pero aquella misión le preocupaba. No le gustaba recibir órdenes de una persona como Rebecca Philby, un ex alto cargo del MI6 que a duras penas hablaba ruso. La inquietaba, además, haber dejado un cabo suelto en su última misión.

Gabriel Allon…

Debería haber matado al israelí en el restaurante de Carcasona cuando había tenido oportunidad, pero las órdenes de Moscú Centro eran muy concretas. Querían que Allon muriera junto con el príncipe saudí y la niña. A Anna no le daba vergüenza admitir que temía la venganza de Allon. El israelí no era de los que amenazaban en vano.

«¡Estáis muertos! Muertos, muertos, muertos…».

Dejó de pensar en Allon al acercarse al pueblo de Colchester. El único camino para entrar en Frinton-on-Sea era el paso a nivel de Connaught Avenue. Nikolái se alojaba en un hotel del paseo marítimo. Anna dejó el Renault en manos del aparcacoches, pero llevó ella misma la maleta al vestíbulo.

Una pareja bebía una botella de Dom Perignon en el bar del hotel: un hombre guapo de unos cincuenta años, rubio y bronceado, y una mujer de melena negra. No parecieron reparar en ella cuando se acercó a recepción para recoger la llave de la habitación reservada a su nombre. La puerta que abría estaba en el tercer piso, y la habitación en la que entró sin llamar se hallaba a oscuras. Se quitó la ropa y, vigilada por las cámaras del MI6, se acercó sin prisa a la cama.

59

NÚMERO 10 DE DOWNING STREET

Por segunda noche consecutiva, un Jaguar limusina cruzó la verja de seguridad de Horse Guards Road a las ocho y cuarto. El gato rayado marrón y blanco se retiró apresuradamente cuando Gabriel y Graham Seymour cruzaron a buen paso Downing Street bajo un fuerte chaparrón. Sin decir palabra, Geoffrey Sloane los hizo pasar a la Sala del Gabinete, donde el primer ministro ocupaba su silla de siempre, en el centro de la larga mesa. Delante de él tenía una copia de la agenda oficial del príncipe Abdulá en su visita a Londres.

Después de que se marchara Sloane, ya a puerta cerrada, Graham Seymour le puso al corriente de las novedades. Esa misma tarde un segundo agente ruso, una mujer, había llegado en coche al hotel Bedford House de Frinton-on-Sea. Tras mantener relaciones sexuales con su compañero, había cogido una pistola Stechkin de 9 mm, dos cargadores, un silenciador y un pequeño objeto que los técnicos todavía estaban intentando identificar.

—¿Alguna idea de qué puede ser? —preguntó Lancaster.

—Prefiero no especular.

—¿Dónde está en estos momentos?

—Sigue en la habitación.

—¿Sabemos cómo entró en el país?

—Todavía estamos investigándolo.

—¿Hay más agentes?

—Hay cosas que sabemos y cosas que no sabemos que no sabemos, primer ministro.

—Ahórrate los galimatías, Graham. Limítate a decirme qué van a hacer ahora.

—No puedo, primer ministro. Aún no.

Lancaster masculló un exabrupto.

—¿Y si el coche de esa mujer esconde una bomba como la que estalló en Brompton Road hace un par de años? —Miró a Gabriel—. Se acuerda de eso, ¿verdad, señor Allon?

—Ya hemos inspeccionado su coche. Y también el de su amigo. Están limpios. Además —añadió Gabriel—, es imposible que mañana consigan acercarse con una bomba a Abdulá. Londres estará cerrado a cal y canto.

—¿Y qué me dice de la comitiva saudí?

—Asesinar a un jefe de estado en un coche en marcha es casi imposible.

—Que se lo digan al archiduque Fernando. O al presidente Kennedy.

—Abdulá no irá en un coche descubierto, y las calles estarán cortadas al tráfico y despejadas de coches.

—¿Dónde intentarán atacar, entonces?

Gabriel miró la agenda.

—¿Puedo?

Lancaster empujó el documento hacia él sobre la mesa. Era un esquema de una sola página. Llegada a Heathrow a las nueve. Reunión entre las delegaciones británica y saudí en Downing Street entre las diez y media y la una, seguida de un almuerzo de trabajo. El príncipe debía salir del número 10 a las tres y media y trasladarse en coche hasta su residencia privada en Belgravia, donde pasaría varias horas descansando. A las ocho volvería a Downing Street para cenar. Partiría hacia Heathrow en torno a las diez de la noche.

—Según mis cálculos —dijo Gabriel señalando uno de los puntos del esquema—, será aquí.

El primer ministro señaló otro punto.

—¿Y si es aquí? ¿O aquí? —preguntó deslizando el dedo por la página—. ¿O aquí? —Se hizo un silencio. Luego Lancaster añadió—: Como comprenderá, preferiría no contarme entre las víctimas colaterales.

—Sí, lo sé —respondió Gabriel.

—Quizá deberíamos aumentar la seguridad en Downing Street, incluso más de lo que estaba previsto.

—Quizá sí.

—Imagino que no está usted disponible.

—Sería un honor, primer ministro, pero me temo que a la delegación saudí le chocaría, como mínimo, encontrarme aquí.

—¿Y Keller?

—Eso estaría mucho mejor.

Lancaster paseó lentamente la mirada por la sala.

—Entre estas cuatro paredes se han tomado muchas decisiones trascendentales, pero esta... —Miró a Graham Seymour—. Me reservo el derecho a ordenar la detención de esos dos rusos mañana, en cualquier momento.

—Por supuesto, primer ministro.

—Si algo sale mal, la culpa será tuya, no mía. Yo no he ordenado, permitido o tomado parte en modo alguno en este asunto. ¿Está claro?

Seymour asintió una sola vez con la cabeza.

—Bien. —Lancaster cerró los ojos—. Y que Dios se apiade de todos nosotros.

60

WALTON-ON-THE-NAZE, ESSEX

Christopher Keller permaneció en el hotel Bedford House hasta las tres de la madrugada. A esa hora, se escabulló por la puerta de servicio trasera y echó a andar por el paseo marítimo en dirección norte, hasta que llegó a Walton-on-the-Naze. El coche le estaba esperando frente a una almoneda, en Station Street. Keller pasó por delante de él dos veces antes de subir al asiento del copiloto. El conductor era un agente de apoyo que se hacía llamar Tony. Cuando arrancó, Keller reclinó el asiento y cerró los ojos. Había pasado dos noches en una habitación de hotel con una bella americana a la que le había cogido bastante cariño. Necesitaba un par de horas de sueño.

Al despertar, vio a varios hombres con chilaba caminando por una calle en penumbra. Estaban en Edgware Road. Tony siguió la carretera hasta Marble Arch. Cruzó el parque por West Carriage Drive y zigzagueó a continuación por las callejuelas de Kensington, soñolientas aún, hasta la lujosa casa de Keller en Queen's Gate Terrace.

—Muy bonita —comentó Tony con envidia.

—¿A las nueve está bien?

—Preferiría a las ocho y media. El tráfico va a estar imposible.

Keller salió del coche, cruzó la acera y bajó los escalones de la entrada inferior del dúplex. Dentro, cargó la cafetera con agua mineral Volvic y Carte Noire y se puso a ver los Desayunos de la BBC mientras se hacía el café. La visita oficial del príncipe Abdulá había logrado desplazar al Brexit de los titulares. Los tertulianos confiaban en que la cumbre se desarrollara en un clima de cordialidad y en que el saudí prometiera comprar muchas armas. La Policía Metropolitana, en cambio, se preparaba para afrontar un día complicado, pues se esperaba que miles de manifestantes se congregaran en Trafalgar Square en protesta por el asesinato del periodista disidente Omar Nawaf y contra el encarcelamiento de activistas demócratas en Arabia Saudí. Un mando policial aconsejó que se evitara circular por el centro de Londres en la medida de lo posible.

—Ni lo sueñes —murmuró Keller.

Se bebió la primera taza de café mientras veía las noticias y una segunda mientras se afeitaba. Cuando estaba en la ducha se descubrió soñando despierto con la bella americana a la que había dejado en un hotel de Frinton. Puso especial esmero en arreglarse y eligió un discreto traje gris oscuro de buen paño, una camisa blanca y una corbata lisa azul marino. Al mirarse al espejo, concluyó que había logrado el efecto deseado. Parecía un agente especial del RaSP, el Servicio Especial de Escoltas de la Casa Real, una rama de la Comandancia de Seguridad de la Policía Metropolitana responsable de proteger a la familia real, al primer ministro y a los mandatarios extranjeros que visitaban el país. Keller y el resto del RaSP tenían un largo día por delante.

Bajó a la cocina y siguió viendo los Desayunos de la BBC hasta que acabó el programa, a las ocho y media. Se puso entonces un sobrio abrigo *mackintosh* y subió a la calle, donde Tony le esperaba sentado al volante de un coche del MI6. Mientras cruzaban Londres en dirección este, Keller volvió a pensar en la bella americana. Esta vez, sacó su Blackberry y marcó.

—¿Dónde estás? —preguntó.

318

—Saliendo del comedor.

—¿Alguien interesante en el desayuno?

—Un par de aficionados a la ornitología y un agente ruso.

—¿Solo uno?

—Su amiga se marchó hace unos minutos.

—¿Lo saben Gabriel y Graham?

—¿Tú qué crees?

—¿Adónde ha ido?

—Hacia allí.

—¿Quién la sigue?

—Mijail y Eli.

Keller oyó el tintineo del ascensor del Bedford y el traqueteo de las puertas.

—¿Adónde vas?

—Pensaba tumbarme en la cama con un libro y una pistola y esperar a que vuelva mi marido.

—¿Te acuerdas de cómo usarla?

—Quitar el seguro y apretar el gatillo.

Keller colgó y miró desganado por la ventanilla. Tony tenía razón: el tráfico estaba imposible.

Los manifestantes ya habían ocupado Trafalgar Square. Una gran muchedumbre se extendía desde la escalinata de la National Gallery hasta la Columna de Nelson, enarbolando pancartas y cantando lemas. Vestidos unos con chilaba y velo y otros con forros polares y camisas de franela, todos ellos mostraban su indignación porque el jefe del Gobierno británico se dispusiera a agasajar al monarca en funciones de Arabia Saudí.

Whitehall estaba cerrado al tráfico rodado. Keller salió del coche y, tras enseñar su identificación del MI6 a un agente de policía provisto de un portafolios, pudo seguir a pie. Al fin se olvidó de Sarah Bancroft y en su lugar afloró el recuerdo de la

319

mañana en que Gabriel y él impidieron que el ISIS hiciera estallar una bomba sucia en el centro de Londres. Fue Gabriel quien mató al terrorista de varios disparos a la cabeza, pero era él, Keller, quien había impedido que el detonador del artefacto explosivo se accionara automáticamente esparciendo una nube letal de cloruro de cesio sobre la sede del Gobierno británico. Durante tres horas, mientras el equipo de artificieros se esforzaba frenéticamente por desactivar la bomba, había tenido que sujetar el pulgar sin vida del terrorista pegado al gatillo. Habían sido, sin duda alguna, las tres horas más largas de su vida.

Esquivó el lugar en el que había yacido junto al terrorista muerto y se presentó en la verja de seguridad de Downing Street. Tras mostrar de nuevo su identificación, le permitieron pasar. Ken Ramsey, el jefe de operaciones de Downing Street, le esperaba en el vestíbulo del número 10.

Ramsey le entregó un radiotransmisor y una Glock 17.

—Su jefe está arriba, en la Sala Blanca. Quiere hablar con usted.

Keller subió a toda prisa por la escalinata flanqueada por retratos de primeros ministros. Geoffrey Sloane estaba esperando en el pasillo, junto a la Sala Blanca. Abrió la puerta y le indicó con un gesto que entrara. Graham Seymour estaba sentado en una de las butacas. La otra la ocupaba el primer ministro Jonathan Lancaster, con el semblante crispado por la tensión.

—Keller —dijo distraídamente.

—Señor. —Keller miró a Seymour—. ¿Dónde está la chica?

—En la A12, viniendo hacia Londres.

—¿Y Abdulá?

—Dímelo tú.

Keller se puso el auricular y escuchó la cháchara de la frecuencia de radio del RaSP.

—Llegará puntual, a las diez y cuarto.

—Entonces quizá debería estar usted abajo, con sus colegas —dijo Lancaster.

—¿Significa eso…?

—¿Que la cumbre va a celebrarse tal y como estaba previsto? —Lancaster se levantó y se abrochó la chaqueta del traje—. Claro que sí, por Dios, ¿por qué no iba a celebrarse?

61

NOTTING HILL

A las diez y trece minutos de la mañana, mientras una comitiva de enormes Mercedes cruzaba la verja de Downing Street, un coche, un discreto utilitario Opel, se detuvo frente al número 7 de St. Luke's Mews, en Notting Hill. El ocupante del asiento trasero, el príncipe Jalid bin Mohamed Abdulaziz al Saud, estaba de un humor de perros. Al igual que su tío, había llegado esa misma mañana al aeropuerto de Heathrow, no en un *jet* privado, como solía, sino en un vuelo comercial procedente de El Cairo, una experiencia que tardaría en olvidar. El coche fue la gota que colmó el vaso.

Su mirada se cruzó con la del chófer en el espejo retrovisor.

—¿No va a abrirme la puerta?

—No hay más que tirar de la manilla, hombre. Siempre funciona.

Jalid salió a la calle mojada. La puerta del número 7 permaneció firmemente cerrada cuando se acercó a ella. Miró hacia atrás. El chófer le indicó con un ademán que anunciara su llegada llamando a la puerta. Otra ofensa calculada, se dijo. En su vida había llamado a una puerta.

Un hombre de aspecto juvenil y semblante benévolo le invitó a pasar. La casa era muy pequeña y apenas tenía muebles. El cuarto de estar contenía un par de sillas baratas y un televisor sintonizado en la BBC. Gabriel Allon estaba de pie delante del televisor, con una mano en la barbilla y la cabeza un poco ladeada.

Jalid se acercó y vio a su tío, vestido con el traje tradicional saudí, salir de una limusina entre el centelleo de las cámaras. El primer ministro Jonathan Lancaster aguardaba junto a la puerta del número 10, con el rostro paralizado en una sonrisa.

—Debería ser yo quien llegara a Downing Street —comentó Jalid—, no él.

—Tendrías que alegrarte de no estar ahí.

Jalid observó la habitación, contrariado.

—Supongo que no hay ningún refrigerio.

Gabriel señaló una puerta.

—Sírvete.

Jalid entró en la cocina: otra novedad para él.

—¿Cómo funciona la tetera? —gritó, desconcertado.

—Ponle agua y pulsa el botón de encendido. Con eso debería bastar.

Al príncipe Abdulá, como a su tempestuoso sobrino, tampoco le impresionó la casa en la que entró esa mañana. Aunque había vivido muchos años en Londres y siempre se había movido en los círculos de la alta sociedad, aquella era su primera visita a Downing Street. Le habían asegurado que más allá del austero vestíbulo había una casa de extraordinaria elegancia y amplitud sorprendente. A primera vista, sin embargo, costaba creerlo. Abdulá prefería con mucho su nuevo palacio en Riad, que había costado miles de millones, o el Gran Palacio Presidencial del Kremlin, donde se había reunido en secreto varias veces con el hombre con el que tenía contraída una deuda descomunal. Una deuda de la que hoy haría el primer pago.

El primer ministro insistió en enseñarle un sillón de piel arañado que había sido el preferido de Winston Churchill. Abdulá manifestó admiración con un murmullo impreciso. Para sus adentros, sin embargo, se dijo que el sillón, al igual que Jonathan Lancaster, estaba para el arrastre.

Por fin, Abdulá y sus ayudantes fueron conducidos a la Sala del Gabinete. Un nombre muy apropiado, a juzgar por su tamaño. El príncipe ocupó el sitio que le habían asignado y Lancaster se sentó enfrente. Ambos tenían delante la agenda acordada para la primera sesión de la cumbre. Lancaster, no obstante, tras mucho carraspear y revolver papeles, propuso que antes de nada trataran ciertos «temas espinosos».

—¿Espinosos?

—Hemos sabido que una docena o más de mujeres activistas están retenidas sin cargos en una prisión saudí y están siendo sometidas a diversas torturas, entre ellas el electrochoque y el ahogamiento simulado, además de sufrir amenazas de violación. Es esencial que esas mujeres sean puestas en libertad de inmediato. De lo contrario, la normalidad de nuestras relaciones diplomáticas se verá afectada.

Abdulá logró disimular su perplejidad. Su ministro de Exteriores y su embajador en Londres le habían asegurado que la reunión sería amistosa.

—Fue mi sobrino quien ordenó detener a esas mujeres —respondió con calma.

—Aunque así sea —replicó Lancaster—, el actual responsable de su encarcelamiento es usted. Debe liberarlas de inmediato.

Abdulá le miró con frialdad, sin vacilar.

—El reino de Arabia Saudí no se inmiscuye en los asuntos internos de Gran Bretaña. Esperamos a cambio la misma cortesía.

—El reino de Arabia Saudí ha contribuido directa e indirectamente a que este país se convierta en el principal centro de ideología yihadista y salafista del mundo. Eso también tiene que acabar.

Abdulá titubeó un momento.

—Quizá deberíamos pasar al siguiente punto en el orden del día.

—Acabamos de hacerlo.

Más allá del distrito ministerial de Whitehall y Westminster, el tráfico de Londres era tan caótico como solía serlo a mediodía. De hecho, Anna Yurasova tardó casi dos horas en ir de Tower Hamlets al garaje Q-Park de Kinnerton Street, en Belgravia. Mucho más tiempo del que esperaba.

La *rezidentura* de Londres le había reservado en secreto una plaza en el garaje. Anna ocultó la Stechkin de 9 mm bajo el asiento del copiloto del Renault antes de dejar el coche en manos del encargado. Luego subió a pie por la rampa con el bolso colgado del hombro y salió a Motcomb Street, una callejuela peatonal flanqueada por algunas de las tiendas y restaurantes más exclusivos de Londres. Con su falda y sus medias oscuras, su chaqueta corta de piel y sus tacones, que tamborileaban ruidosamente en los adoquines de la calle, atraía numerosas miradas de envidia y admiración. Estaba segura, sin embargo, de que nadie la seguía.

Al llegar a Lowndes Street torció a la izquierda y se encaminó a Eaton Square. La parte noroeste de la calle estaba cortada al tráfico, tanto de vehículos como de peatones. Anna se acercó al agente de la Policía Metropolitana y le explicó que trabajaba en una de las casas de la plaza.

—¿En cuál, por favor?

—En el número setenta.

—Tiene que enseñarme su bolso.

Anna se descolgó el bolso del hombro y lo abrió. El agente lo examinó detenidamente antes de dejarla pasar. Las casas adosadas del flanco izquierdo de la plaza se contaban entre las más espléndidas de todo Londres: tres ventanales grandes, cinco plantas, sótano y un hermoso pórtico apoyado en dos columnas, cada una con el número de la casa. Anna subió los cuatro escalones del número 70 y pulsó el timbre con el dedo índice. La puerta se abrió y ella entró.

Sin que Anna Yurasova lo supiera, el equipo de Hatch End vigilaba cada uno de sus movimientos con ayuda de las cámaras de seguridad. Eli Lavon, que la seguía a pie, solo actuaba como refuerzo por si algo se torcía. Tras verla entrar en el número 70 de Eaton Square, siguió andando hasta Cadogan Place y subió a un Ford Fiesta. Mijail Abramov estaba sentado al volante.

—Parece que Gabriel tenía razón en cuanto al sitio donde piensan hacerlo.

—Pareces sorprendido —contestó Lavon.

—En absoluto. La cuestión es, ¿cómo van a llegar hasta él?

Mijail, nervioso, se puso a tamborilear con los dedos sobre la consola central. Una costumbre muy poco apropiada para un espía, se dijo Lavon.

—¿Podrías dejar de hacer eso, por favor?

—¿El qué?

Lavon exhaló despacio y encendió la radio del coche. Era la una del mediodía. En Downing Street, informó el locutor de Radio 4, el primer ministro y el príncipe saudí acababan de sentarse a comer.

62

EATON SQUARE, BELGRAVIA

Fue Konstantin Dragunov, amigo y socio del presidente ruso, quien abrió la puerta de la mansión de Eaton Square a Anna Yurasova. Vestía el traje oscuro propio de los oligarcas y una camisa blanca desabrochada hasta el esternón. Tenía el cabello y la barba grises y ralos, recortados uniformemente, y su grueso labio inferior relucía como la piel de una manzana recién abrillantada. Anna se horrorizó al pensar en el tradicional beso de saludo ruso y, poniéndose a la defensiva, le tendió la mano.

—Señor Dragunov —dijo en inglés.

—Llámeme Konstantin, por favor —contestó él en el mismo idioma. Luego añadió en ruso—: Tranquila, anoche un equipo de la *rezidentura* registró la casa de arriba abajo. Está limpia.

Ayudó a Anna a quitarse la chaqueta. Su forma de mirarla dejaba claro que, por él, la habría ayudado a quitarse también el vestido y la ropa interior. Konstantin Dragunov tenía fama de ser uno de los peores sátiros de Rusia, un logro notable teniendo en cuenta el nivel de sus competidores.

Anna recorrió con la mirada el elegante vestíbulo. Antes de salir de Moscú se había familiarizado con el interior de la casa estudiando fotografías y planos. No le hacían justicia. Era una casa muy hermosa.

Volvió a coger su chaqueta.

—Convendría que me enseñara esto.

—Será un placer.

Dragunov la condujo por un pasillo, hasta una puerta de dos hojas, cada una con una ventana redonda, como ojos de buey de un barco. Más allá había una cocina profesional mucho más grande que el piso de Anna en Moscú. Saltaba a la vista por la actitud indiferente de Dragunov que rara vez entraba en aquella sala de su mansión de Belgravia.

—He dado el día libre al resto del personal, como me indicó la inglesa. Dudo que Abdulá quiera comer algo, pero antes de que la policía acordonara la zona mandé traer un par de bandejas de canapés de su restaurante favorito. Están en la nevera.

Había dos neveras, en realidad, una junto a la otra. Las dos marca Sub-Zero.

—¿Qué suele beber?

—Eso depende de su humor. Champán, vino blanco, o un *whisky* si ha tenido un mal día. Los vinos están en el enfriador de debajo de la encimera. Los licores se guardan en el bar. —Dragunov empujó la puerta de doble hoja con la displicencia de un jefe de camareros con mucha prisa. El bar estaba en un entrante de la pared, a la derecha—. Abdulá prefiere el Johnnie Walker Etiqueta Negra. Guardo una botella especialmente para él.

—¿Cómo lo bebe?

—Con mucho hielo. Hay una hielera automática debajo del fregadero.

—¿A qué hora le espera?

—Entre las cuatro y media y las cinco. Por razones obvias, no puede quedarse mucho tiempo.

—¿Dónde va a recibirle?

—En el salón.

El salón estaba arriba, en la primera planta de la mansión. Como el resto de la casa, no tenía nada de ruso. Anna se imaginó la escena que tendría lugar allí unas horas después.

—Es muy importante que se comporte con naturalidad —le dijo a Dragunov—. Pregúntele qué quiere beber y yo me encargaré del resto. ¿Podrá hacerlo, Konstantin?

—Creo que sí. —Dragunov la agarró del brazo—. Quiero enseñarle otra cosa.

—¿Qué?

—Una sorpresa.

La condujo hasta un pequeño ascensor forrado con paneles de madera y pulsó el botón del último piso. Su gigantesco dormitorio —la cámara de los horrores— daba a Eaton Square.

—No se preocupe, la he traído aquí solo por las vistas.

—¿Las vistas de qué?

Él la llevó hasta una de las tres grandes ventanas y señaló el lado sur de la plaza.

—¿Sabe quién vive justo allí, en el número cincuenta y seis?

—¿Mick Jagger?

—El jefe del Servicio Secreto de Inteligencia. Y va usted a matar a uno de sus colaboradores más preciados justo delante de sus narices.

—Eso es estupendo, Konstantin. Pero, si no deja de tocarme el culo en este instante, le mataré a usted también.

El tema a tratar en el almuerzo de trabajo en Downing Street era la guerra que había emprendido Arabia Saudí contra los insurgentes houtíes de Yemen respaldados por Irán. Jonathan Lancaster exigió a Abdulá que pusiera fin a los ataques aéreos indiscriminados sobre población civil, especialmente si se llevaban a cabo con aviones de combate de fabricación británica. Abdulá contestó que la guerra la había iniciado su sobrino, no él, aunque dejó claro que, al igual que JBM, opinaba que no podía permitirse a los iraníes extender su influjo maligno por todo Oriente Medio.

—También nos preocupa la influencia creciente de Rusia en la región —agregó Lancaster.

—La influencia de Moscú va en aumento porque el presidente ruso no permitió que su aliado sirio fuera barrido del mapa por esa locura de la Primavera Árabe. El resto del mundo árabe, incluida Arabia Saudí, se percató de ello inevitablemente.

—¿Me permite darle un consejo, príncipe Abdulá? No se deje engatusar por las promesas de los rusos. Eso no acabará bien.

Eran las tres y cuarto cuando los dos mandatarios salieron por la puerta del número 10. El acuerdo comercial que el primer ministro esbozó ante la prensa era considerable, pero no cumplía las expectativas previas a la cumbre por un par de miles de millones de libras. Lo mismo podía decirse del compromiso de Abdulá de comprar armamento británico en el futuro. Sí, aseguró Lancaster, habían debatido cuestiones espinosas relativas a los derechos humanos. Y no, no estaba satisfecho con todas las respuestas del príncipe. Entre ellas, las tocantes al brutal asesinato del periodista disidente saudí Omar Nawaf.

—Ha sido —concluyó Lancaster— una conversación sincera y fructífera entre dos buenos amigos.

Dicho esto, estrechó la mano a Abdulá y le indicó el Mercedes limusina que le aguardaba. Cuando la comitiva abandonó Downing Street, Christopher Keller subió a la parte de atrás de un furgón negro de la Comandancia de Seguridad. En circunstancias normales, el trayecto hasta la residencia privada de Abdulá en el número 71 de Eaton Square habría durado veinte minutos o más. Pero, con las calles vacías y acompañados por una escolta de la Policía Metropolitana, tardaron menos de cinco.

Las cámaras de seguridad de la plaza grabaron la entrada del príncipe Abdulá en su casa a las 15:42, acompañado por una docena de asistentes ataviados con largas túnicas y varios guardaespaldas de traje oscuro. Seis agentes del RaSP se apostaron de inmediato frente a la casa, a lo largo de la acera. Un miembro del dispositivo de

seguridad, sin embargo, permaneció en la parte de atrás del furgón de la Comandancia de Seguridad, oculto a la vista de la mujer apostada junto a la ventana de la tercera planta de la casa de al
lado.

El primer ministro Jonathan Lancaster tardó también cinco
minutos en despedirse de sus asistentes y subir a la Sala Blanca. Al
entrar, se sacó del bolsillo una hojita de papel con el membrete
del número 10. La libreta de la que había sido arrancada descansaba sobre la mesa baja, delante de Graham Seymour, bajo la pluma Parker del jefe del MI6.

—Sospecho que soy el primer mandatario de la historia de
este país al que le entregan una nota como esta en medio de una
visita de estado. —Lancaster dejó la hoja sobre la mesa—. Le he
dicho a Abdulá que concernía al Brexit. No estoy seguro de que
me haya creído.

—He pensado que debías saber dónde está la chica.

Jonathan Lancaster miró la nota.

—Hazme un favor, Graham. Quema esa cosa. Y el resto de la
libreta también.

—¿Cómo?

—Has dejado la marca de lo que has escrito en la libreta. —Lancaster meneó la cabeza, molesto—. ¿Es que no os enseñan nada
en la escuela de espías?

63

EATON SQUARE, BELGRAVIA

Los reproches comenzaron nada más cerrarse la puerta. La reunión en Downing Street había sido un desastre sin paliativos. No podía describirse de otro modo. *¡Un desastre!* ¿Cómo era posible que no supieran que Lancaster se proponía tender una emboscada a su alteza real acerca del tema de los derechos humanos y las mujeres encarceladas? ¿Por qué se habían dejado engañar? Obaid, el ministro de Exteriores, culpó de todo a Qahtani, el embajador en Londres, que veía conspiraciones por todas partes. Al Omari, el jefe de la corte real, estaba tan furioso que propuso cancelar la cena y regresar a Riad de inmediato. Pero Abdulá, asumiendo de pronto su papel de hombre de estado, impuso su criterio. Cancelando la cena, afirmó, solo conseguirían ofender a los británicos y debilitar su propia posición en Arabia Saudí. Era preferible poner al mal tiempo buena cara y acabar la visita como estaba previsto.

Entretanto, convenía dar una respuesta mediática contundente. Obaid corrió a hablar con la BBC y Qahtani con la CNN. En medio del súbito silencio que se hizo en la sala, Abdulá se dejó caer en su sillón, cerró los ojos y se llevó la mano a la frente. El destinatario de aquella actuación teatral era Al Omari, el cortesano. Para Al Omari, ninguna tarea era demasiado nimia o humillante. Revoloteaba en torno a Abdulá de noche y de día. Así pues, habría que manejarle con sumo cuidado.

—¿Se encuentra mal su alteza real?

—Solo un poco cansado, nada más.

—Quizá debería subir a descansar.

—Creo que primero voy a darme un baño.

—¿Quiere que encienda la sauna?

—Todavía hay cosas que puedo hacer solo. —Abdulá se levantó lentamente—. A no ser que haya un golpe de estado o que Irán ataque Arabia Saudí, no deseo que nadie me moleste hasta las siete y media. ¿Podrás conseguirlo, Ahmed?

Abdulá bajó a la piscina. Una luz azul y acuosa bailoteaba en el techo abovedado, pintado con corpulentos desnudos al estilo de Rubens o Miguel Ángel. ¡La cara de horror que pondrían los ulemas si pudieran verlo en ese instante!, pensó. Había renovado la tradicional alianza entre los wahabíes y la Casa de Saud para granjearse el apoyo del clero en su golpe contra Jalid. Pero, en el fondo, detestaba a los barbudos tanto como los reformistas. A pesar de los escollos inesperados que había encontrado en Downing Street, había disfrutado de aquel breve respiro lejos del asfixiante ambiente religioso de Riad. Era consciente de cuánto echaba de menos la visión de la carne femenina, aunque solo fuera una pantorrilla desnuda y pálida por el invierno, entrevista a través de la ventanilla tintada de una limusina en marcha.

Entró en el vestidor, encendió la sauna y se despojó de sus vestiduras. Ya desvestido, contempló su reflejo en el espejo de cuerpo entero. El panorama le deprimió. La poca musculatura que había desarrollado después de la pubertad se había disuelto hacía tiempo convirtiéndose en grasa. Los pectorales le colgaban como los pechos de una vieja sobre la colosal barriga. Las piernas, calvas y cenceñas, parecían a punto de ceder bajo aquella carga. Lo único que le salvaba de la fealdad absoluta era el cabello. Lo tenía abundante, lustroso y solo ligeramente gris.

Se metió en la piscina y nadó varios largos a estilo manatí. Después, de nuevo ante el espejo, le pareció advertir cierta mejoría en su tono muscular. En el vestidor había una muda completa: pantalones de lanilla, americana, camisa de vestir a rayas, ropa interior, zapatos de cordones, cinturón. Tras ponerse desodorante y peinarse, se vistió.

La gruesa puerta de cristal de la sauna estaba cubierta de vaho. Nadie, ni siquiera el empalagoso Al Omari, se atrevería a mirar dentro. Abdulá echó el pestillo de la puerta exterior del vestidor y a continuación abrió otra puerta más allá de la cual había habido antaño un cuartito para guardar albornoces y toallas. Ahora era una especie de vestíbulo. Dentro había otra puerta y, en la pared, un panel numérico. Abdulá marcó el código de cuatro dígitos. La puerta se abrió con un chasquido sordo.

64

EATON SQUARE, BELGRAVIA

La puerta de acceso que había al otro lado del tabique ya estaba abierta. Konstantin Dragunov esperaba en el pasadizo iluminado solo a medias. Dirigió a Abdulá una mirada larga y directa, desprovista por completo de adulación. Abdulá supuso que el ruso tenía derecho a semejante rasgo de insolencia. De no ser por Dragunov y por su amigo del Kremlin, Jalid seguiría siendo el heredero del trono y él, Abdulá, no sería más que otro príncipe árabe entrado en años y medio arruinado, perteneciente a la rama pobre de la familia real.

Al fin, Dragunov inclinó ligeramente la cabeza. No había en su gesto ni un ápice de sinceridad, sin embargo.

—Alteza.

—Konstantin, me alegro de verte.

Abdulá aceptó la mano que le tendió el ruso. Hacía varios meses que no se veían. La última vez, había informado al ruso de que su sobrino Jalid había pedido ayuda a un tal Gabriel Allon, el jefe de la inteligencia israelí, para encontrar a su hija.

El ruso le soltó la mano.

—He visto la rueda de prensa conjunta con Lancaster. La verdad es que parecía bastante tensa.

—Lo ha sido. Igual que la reunión previa.

—Qué extraño. —Dragunov echó un vistazo a su grueso reloj de oro—. ¿Cuánto tiempo puedes quedarte?

—Media hora. Ni un minuto más.

—¿Subimos?

—¿Y si hay periodistas y fotógrafos de la plaza?

—Las persianas y las cortinas están cerradas.

—¿Y el servicio?

—Solo hay una chica. —Dragunov esbozó una sonrisa lasciva—. Espera a verla.

Subieron dos tramos de escaleras, hasta el espacioso salón amueblado como un club de caballeros de Pall Mall y decorado con cuadros de caballos, perros y hombres tocados con peluca blanca. Una sirvienta con un vestido negro muy corto estaba colocando bandejas de canapés en una mesa baja. Tenía unos treinta y cinco años y era bastante guapa. Abdulá se preguntó de dónde las sacaba Dragunov.

—¿Quieres beber algo? —preguntó el ruso—. ¿Zumo? ¿Agua mineral? ¿Té?

—Zumo.

—¿De qué?

—De ese que se hace con uvas francesas y burbujea cuando se sirve en una copa de cristal muy fina.

—Creo que tengo una botella de Louis Roederer Cristal en la vinoteca.

Abdulá sonrió.

—Habrá que conformarse con eso, supongo.

La mujer asintió en silencio y se retiró.

Abdulá se sentó y declinó con un gesto cuando Dragunov le ofreció algo de comer.

—En Downing Street me han cebado como a un ganso. Y a las ocho empieza el segundo asalto.

—Puede que resulte mejor que el primero.

—Lo dudo.

—¿Esperabas una bienvenida más cálida?

—Me dijeron que podía esperarla.

—¿Quién te lo dijo?

Abdulá se sintió interrogado.

—La información me llegó por los canales habituales, Konstantin. ¿Qué más da eso?

Pasaron unos segundos. Luego Dragunov dijo con calma:

—Si hubieras ido a Moscú en vez de a Londres, nadie te habría sermoneado.

—Si mi primer viaje de estado como príncipe heredero hubiera sido a Moscú, los americanos y mis rivales dentro de la Casa de Saud lo habrían interpretado como un desafío y eso habría sido peligroso. Es mejor esperar a que sea rey. De esa forma, nadie se atreverá a cuestionarme.

—Sea como sea, a nuestro común amigo del Kremlin le gustaría ver alguna señal que aclare cuáles son tus intenciones.

«Ya empieza», pensó Abdulá. La presión para que cumpliese su parte del trato.

—¿Una señal? ¿De qué tipo?

—Una que deje claro que no piensas ir a tu aire tan pronto te conviertas en el líder de una familia cuya fortuna se estima en más de un billón de dólares. —Dragunov esbozó una sonrisa forzada—. Con semejante riqueza, quizá te olvides de quiénes te ayudaron cuando nadie más te apoyaba. Recuerda, Abdulá, que el presidente ha invertido mucho en ti. Y espera que le correspondas como se merece.

—Y lo haré —afirmó Abdulá—. Cuando sea rey.

—Entretanto, le gustaría ver algún gesto de buena voluntad.

—¿Alguno en concreto?

—Un acuerdo para invertir cien mil millones de dólares del tesoro de Arabia Saudí en varios proyectos rusos que son de vital importancia para el Kremlin.

—Y para ti también, imagino. —Al no recibir respuesta, añadió—: Esto me suena a chantaje.

—¿Sí?

337

Abdulá fingió reflexionar.

—Dile a tu presidente que enviaré una delegación a Moscú la semana que viene.

Dragunov juntó las manos con gesto conciliador.

—Una noticia excelente.

Abdulá sintió de pronto el deseo de beber algo de alcohol. Miró hacia atrás. ¿Dónde narices se había metido la chica? Cuando se volvió, Dragunov estaba engullendo un canapé de caviar. Una hueva negra se le había pegado al labio inferior como una garrapata.

Abdulá desvió la mirada y cambió bruscamente de tema.

—¿Por qué no me dijiste que ibais a intentar matarle?

—¿A quién?

—A Allon.

El ruso se pasó el dorso de la mano por la boca, desalojando la bolita de caviar.

—La decisión la tomaron el Kremlin y el SVR. Yo no tuve nada que ver.

—Deberíais haber matado a Jalid y a la niña como acordamos y haber dejado a Allon al margen.

—Había que ocuparse de él.

—Pero no os *ocupasteis* de él, Konstantin. Allon sobrevivió esa noche.

Dragunov hizo un ademán desdeñoso.

—¿De qué tienes tanto miedo?

—De Gabriel Allon.

—Por eso no tienes que preocuparte.

—¿Ah, no?

—Fuimos nosotros quienes intentamos matarle, no tú.

—Dudo que él haga ese distingo.

—Eres el príncipe heredero de Arabia Saudí, Abdulá. Pronto serás rey. Ya nadie puede tocarte, ni siquiera Gabriel Allon.

El saudí miró hacia atrás. *¿Dónde diablos estaba la chica?*

El SVR había adiestrado a Anna Yurasova en el manejo de toda clase de armas: armas de fuego, armas blancas y explosivos. Nadie, en cambio, le había enseñado a abrir una botella de champán Louis Roederer en condiciones de estrés operativo.

Cuando el corcho salió por fin disparado de la botella con un petardazo, varios mililitros del carísimo espumoso se derramaron sobre la encimera. Sin prestar atención al desbarajuste, Anna se metió la mano en el bolsillo del delantal y sacó una pipeta Pasteur y un tubito de cristal. El líquido transparente que contenía era una de las sustancias más peligrosas del mundo. Moscú Centro le había asegurado que era inofensiva siempre y cuando se mantuviera dentro de su recipiente. Tan pronto le quitara el tapón, sin embargo, el líquido emitiría un chorro invisible y mortífero de radiación alfa. Tendría que proceder deprisa, pero con extremo cuidado. No podía ingerir la sustancia ni inhalar sus emanaciones, ni tocarla.

En la encimera había una bandeja con dos copas de champán. Le temblaron las manos cuando giró el tapón metálico del tubo de cristal. Con la pipeta, extrajo unos mililitros de líquido y los transfirió a una de las copas. El líquido no desprendía ningún olor. Moscú Centro le había asegurado que tampoco tenía sabor.

Anna le puso otra vez el tapón al tubo y se lo guardó en el bolsillo del delantal, junto con la pipeta. Luego llenó las dos copas con champán y levantó la bandeja con la mano izquierda. La copa contaminada estaba a la derecha. Casi podía sentir la radiación que emitían sus burbujas.

Empujó una hoja de la puerta batiente y cogió dos servilletas de hilo del bar. Al acercarse al salón, oyó al saudí pronunciar un nombre que hizo que le diera un vuelco el corazón. Colocó una servilleta delante del príncipe y sobre ella puso la copa contaminada. A Dragunov le entregó directamente la copa con la mano derecha.

El oligarca levantó la copa en un brindis.

—Por el futuro —dijo, y bebió.

El saudí titubeó.

—¿Sabes? —dijo al cabo de un momento—, no he probado ni una gota de alcohol desde la noche que volví a Arabia Saudí para convertirme en príncipe heredero.

—Puede traerte otra cosa si quieres.

—¿Estás loco? —El saudí vació la copa de champán de un solo trago—. ¿Hay más? Si no, no creo que pueda soportar la cena en Downing Street.

Anna recogió la copa contaminada y regresó a la cocina. El saudí acababa de ingerir suficiente toxina radioactiva para matar a toda la población de Londres y sus alrededores. No había fármaco ni tratamiento de emergencia que pudiera impedir el deterioro irreversible de sus células y órganos. Ya se estaba muriendo.

Aun así, Anna decidió darle otra dosis.

Esta vez, no se molestó en usar la pipeta. Echó el resto del veneno directamente en la copa y añadió el champán. Las burbujas espumearon por encima del borde. Anna se imaginó un Vesubio radioactivo.

En el salón, le sirvió el champán al saudí y salió rápidamente, con una sonrisa. Al volver a la cocina, se quitó el delantal y lo metió en el cubo de basura junto con el tubo vacío y la pipeta. La inglesa le había ordenado no dejar ningún objeto contaminado en la casa cuando se marchara. Era una orden que no tenía intención de cumplir.

Envuelta en una nube invisible de radiación, miró la hora en el teléfono. Eran las 16:42. Arriba, en el salón, su alteza real el príncipe Abdulá bin Abdulaziz al Saud empezaba a morirse. Anna encendió un cigarrillo con mano temblorosa y esperó a que se marchara.

65

EATON SQUARE, BELGRAVIA

Konstantin Dragunov salió de su casa a las cinco y veintidós minutos de la tarde. Como la esquina noroeste de la plaza estaba cortada, tuvo que recorrer a pie la corta distancia que le separaba de Cliveden Place, donde le esperaba su Mercedes Maybach limusina. Con un maletín en la mano y un abrigo colgado del brazo, subió a la parte de atrás. El coche se dirigió hacia el este a gran velocidad, seguido por un agente de la Oficina montado en una motocicleta BMW.

La mujer salió siete minutos después. Al bajar los escalones, dobló a la izquierda y pasó delante de la casa donde supuestamente su alteza real el príncipe Abdulá bin Abdulaziz al Saud descansaba antes de su cena en Downing Street, prevista para las ocho de la tarde. Los seis agentes de la Comandancia de Seguridad apostados frente a la residencia la observaron atentamente cuando pasó ante ellos. Y lo mismo hizo Christopher Keller, oculto aún en la parte de atrás del furgón, si bien su interés por ella era de índole muy distinta.

La mujer cruzó el cordón policial y, seguida por Eli Lavon, entró directamente en el garaje Q-Park de Kinnerton Street. Allí esperó casi diez minutos a que le llevaran el Renault Clio. Cuando por fin tuvo el coche, se dirigió al norte en plena hora punta. A las seis y pocos minutos, pasó delante de la boca de metro de Swiss Cottage en Finchley Road. Lavon y Mijail Abramov la siguieron en el Ford Fiesta. En Hatch End, el equipo angloisraelí seguía su itinerario a través de las cámaras de seguridad callejeras.

Los dos jefes del equipo permanecieron en ubicaciones separadas. Graham Seymour, en Downing Street; Gabriel, en el piso franco de Notting Hill. Una línea telefónica segura los mantenía conectados. Gabriel había iniciado la comunicación a las 15:42, en el instante en que el príncipe Abdulá llegaba a su casa de Eaton Square. No le habían visto desde entonces. Tampoco habían visto ningún indicio de que Konstantin Dragunov o la agente del SVR se hubieran acercado a Abdulá.

—Entonces, ¿por qué huyen ahora? —preguntó Gabriel.

—Por lo visto han decidido abortar la operación.

—¿Y eso por qué?

—Quizá se hayan dado cuenta de que los estamos vigilando —sugirió Seymour—. O puede que Abdulá les haya plantado cara.

—O a lo mejor Abdulá ya está muerto —repuso Gabriel— y los dos individuos que le han asesinado hayan puesto pies en polvorosa.

Se hizo un silencio en la línea telefónica. Por fin Seymour dijo:

—Si Abdulá no sale por esa puerta a las siete y cuarenta y cinco como está previsto, llamaré a la comisaria jefe de la Policía Metropolitana para que ordene la detención de Dragunov y la mujer.

—A las siete cuarenta y cinco será demasiado tarde. Tenemos que saber ya si Abdulá sigue vivo.

—No puedo pedirle al primer ministro que le llame. Bastante le he involucrado ya en esto.

—Entonces supongo que tendremos que mandar a alguien a la casa para que lo compruebe.

—¿A quién?

Gabriel colgó el teléfono.

66

EATON SQUARE, BELGRAVIA

Nigel Whitcombe tardó apenas ocho minutos en ir en coche de Notting Hill a Belgravia. Gabriel y él se quedaron en el coche mientras Jalid se acercaba al cordón de seguridad de Eaton Square. Fue Christopher Keller quien le acompañó hasta la puerta del número 71.

Marwan Al Omari, el jefe de la corte real, acudió a abrir la puerta. Vestía el traje tradicional saudí. Clavó en Jalid una mirada fulminante.

—¿Qué haces tú aquí?

—He venido a ver mi tío.

—Tu tío no desea verte, te lo aseguro.

Al Omari intentó cerrar la puerta, pero Jalid se lo impidió.

—Escúchame, Marwan. Soy un Al Saud y tú no eres más que un mayordomo con pretensiones. Llévame ante mi tío o…

—¿O qué? —Al Omari logró esbozar una sonrisa—. ¿Sigues haciendo amenazas, Jalid? Yo creía que a estas alturas ya habrías escarmentado.

—Sigo siendo el hijo del rey. Y tú, Marwan, eres estiércol de camello. Ahora apártate de mi camino.

A Al Omari se le borró la sonrisa.

—Tu tío ha dejado órdenes estrictas de que no se le moleste hasta las siete y media.

—No habría venido si no fuera una emergencia.

Al Omari se mantuvo en sus trece un momento más. Luego, por fin, se apartó. Jalid entró precipitadamente en el vestíbulo, pero el cortesano agarró a Keller del brazo cuando este intentó seguirle.

—Usted no.

El inglés salió a la plaza sin decir palabra mientras Jalid, seguido por Al Omari, corría escaleras arriba, a la *suite* de Abdulá. La puerta exterior estaba cerrada con llave. Al Omari llamó tímidamente.

—¿Alteza?

Al ver que nadie respondía, Jalid apartó a Al Omari de un empujón y aporreó la puerta con la palma de la mano.

—¿Abdulá? ¿Abdulá? ¿Estás ahí?

No hubo respuesta. Jalid agarró el picaporte y lo sacudió. La gruesa puerta era tan firme como las cuadernas de un barco.

Miró a Al Omari.

—Aparta.

—¿Qué vas a hacer?

Jalid levantó la pierna y lanzó una patada. Se oyó un crujido, pero la puerta aguantó. El segundo golpe desencajó la cerradura y el tercero rompió el marco, además de varios huesos del pie de Jalid, o eso le pareció.

Cojeando, dolorido, entró en la espléndida *suite*. El cuarto de estar estaba desierto, al igual que la alcoba. Jalid llamó a su tío a gritos, pero no obtuvo respuesta.

—Debe de estar en el baño —dijo Al Omari, angustiado—. No se le puede molestar.

Había una última puerta. La del aseo. Jalid no se molestó en llamar.

—Santo Dios —musitó Al Omari.

67

NÚMERO 10 DE DOWNING STREET

Graham Seymour llamó a Stella McEwan, comisaria jefe de la Policía Metropolitana, a las seis y veinticuatro de la tarde. Más adelante, durante la investigación que seguiría inevitablemente, la brevedad de la llamada, que solo duró cinco minutos, sería objeto de numerosos comentarios. Seymour no mencionó en ningún momento de la conversación que estuviera en la Sala Blanca del número 10 de Downing Street ni que el primer ministro estuviera sentado a su lado, presa del nerviosismo.

—¿Un equipo de asesinos del SVR? —preguntó McEwan.

—Otro más —se lamentó Seymour.

—¿Quién es el objetivo?

—No lo sabemos con seguridad. Damos por sentado que se trata de algún opositor al Gobierno del Kremlin, o quizás de un exespía ruso que vive aquí, en Inglaterra, bajo una identidad falsa. Me temo que no puedo darte más detalles.

—¿Y en cuanto al equipo de asesinos?

—Hemos identificado a tres sospechosos. Uno de ellos es una mujer de unos treinta y cinco años. En estos momentos circula por la M24 en un Renault Clio, en dirección este. —Seymour recitó la matrícula del coche—. Por descontado, va a armada y es extremadamente peligrosa. Asegúrese de que sus agentes vayan armados.

—¿Y el otro?

—Está esperando a la mujer en el hotel Bedford House de Frinton. Suponemos que planean abandonar Inglaterra esta misma noche.

—Harwich está muy cerca.

—Y el último ferri sale a las once —añadió Seymour.

—Frinton está en Essex. Tendrá que encargarse la policía del condado.

—Es un asunto de seguridad nacional, Stella. Impón tu autoridad. Y tened mucho cuidado con ese individuo. Creemos que es incluso más peligroso que la mujer.

—Tardaremos un rato en desplegar nuestros efectivos. Si le estáis vigilando…

—Así es.

Stella McEwan preguntó por el tercer sospechoso.

—Está a punto de subir a un avión privado en el aeropuerto Ciudad de Londres —respondió Seymour.

—¿Con destino a Moscú?

—Eso creemos.

—¿Sabemos su nombre?

Seymour se lo dijo.

—¿El oligarca?

—Konstantin Dragunov no es un oligarca cualquiera, si es que eso existe.

—No puedo detener a un amigo personal del presidente ruso sin una orden judicial.

—Pásale por el detector de radiación y agentes químicos, Stella. Estoy seguro de que obtendrás pruebas más que suficientes para detenerle. Pero date prisa. Konstantin Dragunov no debe subir a bordo de ese avión.

—Tengo la sensación de que me estás ocultando algo, Graham.

—Soy el director general del Servicio Secreto de Inteligencia. ¿Cómo vas a pensar lo contrario? —Seymour colgó y miró a

Jonathan Lancaster—. Me temo que las cosas están a punto de ponerse aún más interesantes.

—¿Más aún? —Llamaron a la puerta. Era Geoffrey Sloane. Parecía más demacrado que de costumbre—. ¿Pasa algo, Geoffrey?

—Al parecer, el príncipe Abdulá se ha puesto enfermo.

—¿Tiene que ir al hospital?

—Su alteza real desea regresar a Riad de inmediato. La delegación saudí está saliendo de Eaton Place en estos momentos.

Lancaster se llevó la mano a la barbilla, pensativo.

—Avisa a la Oficina de Prensa de que prepare un comunicado. Y asegúrate de que el tono sea cordial. Le deseamos una pronto recuperación, esperamos verle en el próximo G20… Ese tipo de cosas.

—De acuerdo, primer ministro.

Sloane salió. Lancaster miró a Seymour.

—Es una suerte que haya decidido marcharse inmediatamente.

—La suerte no ha tenido nada que ver.

—¿Cómo lo has conseguido?

—Jalid le ha aconsejado que vuelva a casa para recibir tratamiento. Piensa acompañarle.

—Muy buen toque —comentó Lancaster.

La Blackberry de Seymour emitió un ronroneo.

—¿Qué pasa ahora?

Seymour le enseñó la pantalla. Quien llamaba era Amanda Wallace, la directora general del MI5.

—Ánimo —dijo Jonathan Lancaster antes de salir discretamente de la habitación.

68

AEROPUERTO CIUDAD DE LONDRES

Konstantin Dragunov oyó las primeras sirenas mientras estaba aún en el atasco que a esas horas se formaba en East India Dock Road. Pidió a Vadim, su chófer, que pusiera la radio. El locutor de Radio 4 parecía aburrido:

> *El príncipe Abdulá de Arabia Saudí ha sufrido una indisposición repentina y no asistirá a la cena de estado que estaba previsto que se celebrara esta noche en Downing Street. El primer ministro Jonathan Lancaster le ha deseado una pronta recuperación...*

—Ya es suficiente, Vadim.

El chófer apagó la radio y torció a la derecha hacia Lower Sea Crossing. Dejaron atrás East India Dock Basin y las flamantes torres de oficinas de Leamouth Peninsula. El aeropuerto Ciudad de Londres quedaba a cinco kilómetros de allí por North Woolrich Road. Para entrar en él había que pasar por un par de rotondas. En la primera, el tráfico discurría con normalidad, pero la segunda estaba cortada por la policía.

Un agente vestido con chaqueta verde lima se acercó al Maybach —con cierta precaución, le pareció a Dragunov— y tocó a la ventanilla del conductor. Vadim la bajó.

—Perdonen las molestias —dijo el policía—, pero hay un problema de seguridad.

—¿Un problema? ¿De qué tipo? —preguntó Dragunov desde atrás.

—Una amenaza de bomba. Seguramente será falsa, pero no estamos dejando entrar a nadie en la terminal por ahora. Solo pueden entrar las personas que viajen en avión privado.

—¿Le parece que tengo aspecto de viajar en avión comercial?

—¿Nombre, por favor?

—Dragunov. Konstantin Dragunov.

El agente indicó a Vadim que pasara. El chófer torció inmediatamente a la izquierda y entró en el aparcamiento de la terminal ejecutiva del aeropuerto.

Dragunov masculló un exabrupto.

El aparcamiento estaba atestado de vehículos y personal de la Policía Metropolitana, incluyendo efectivos del SCO19, la Comandancia Especial de Policía Armada. Cuatro agentes rodearon el Maybach con las armas en alto. Otro golpeó con el puño la ventanilla de Dragunov y le ordenó que saliera.

—¿Qué significa esto? —preguntó el ruso.

El agente del SCO19 le apuntó directamente a la cabeza con su Heckler & Koch G36.

—¡Salga inmediatamente!

Dragunov accionó el tirador de la puerta. El agente la abrió de un tirón y sacó a rastras al ruso del asiento trasero.

—¡Soy ciudadano de la Federación Rusa y amigo personal del presidente!

—Cuánto lo lamento.

—No tienen derecho a detenerme.

—Yo no.

Una carpa de extraño aspecto se alzaba frente a la terminal. El agente del SCO19 le quitó el móvil a Dragunov y le hizo entrar de un empujón. Dentro había cuatro técnicos enfundados en

349

voluminosos trajes NBQ. Uno de ellos inspeccionó a Dragunov con un pequeño escáner que le pasó por el tronco y las extremidades. Al pasar el aparato por su mano derecha, dio un paso atrás, alarmado.

—¿Qué ocurre? —preguntó el agente del SCO19.

—Desviación máxima.

—¿Qué significa eso?

—Significa que está hasta arriba de radiación. —El técnico pasó el escáner por el agente—. Y tú también.

En ese mismo momento, Anna Yurasova empezaba a notar los efectos de la inmensa cantidad de radiación a la que había estado expuesta en casa de Konstantin Dragunov, en Belgravia. Le dolía la cabeza, temblaba y estaba muy mareada. Había estado a punto de parar dos veces en el arcén de la M25 para vomitar, pero la necesidad imperiosa de vaciar el estómago había remitido en el último momento. Ahora, mientras se acercaba al desvío de un pueblo llamado Potters Bar, volvía a sentirla. Aunque solo fuera por eso, se alegró al ver que un poco más adelante parecía haber un accidente de tráfico.

Los tres carriles derechos estaban cortados y un policía provisto de una señal luminosa desviaba el tráfico hacia el carril de la izquierda. Cuando Anna pasó a su lado, sus ojos se cruzaron en la oscuridad.

El tráfico se detuvo. Anna sintió otra oleada de náuseas. Se tocó la frente. Estaba sudando a chorros.

Las náuseas volvieron a remitir. De pronto se sentía helada. Encendió la calefacción y hurgó en su bolso, que había dejado en el asiento de al lado. Tardó un rato en encontrar su móvil y otro más en marcar el número de Nikolái.

Él lo cogió enseguida.

—¿Dónde estás?

Anna se lo dijo.

—¿Has oído las noticias?

No las había oído. Había estado demasiado concentrada en no marearse.

—Abdulá ha cancelado la cena. Por lo visto, no se encuentra bien.

—Yo tampoco.

—¿Qué dices?

—Debo de haberme contaminado.

—¿Bebiste veneno?

—No digas tonterías.

—Entonces se te pasará —dijo Nikolái—. Como la gripe.

Anna sintió otra oleada de náuseas. Esta vez, abrió la puerta y vomitó de golpe, con una convulsión tan violenta que se le nubló la vista. Cuando por fin pudo ver con claridad, varios agentes vestidos con uniforme táctico rodeaban el coche, listos para disparar.

Anna apoyó el móvil en el muslo y puso el manos libres.

—¿Nikolái?

—No me llames así.

—Ya no importa, Nikolái.

Metió la mano debajo del asiento del copiloto y agarró la culata de la Stechkin. Consiguió apretar el gatillo una sola vez antes de que las ventanillas del coche estallaran en un huracán de disparos.

«Estáis muertos», pensó. «Muertos, muertos, muertos…».

El tiroteo duró dos o tres segundos, como máximo. Cuando acabó, Mijaíl Abramov abrió la puerta del Ford Fiesta y corrió por el arcén hacia el Renault acribillado a balazos. La mujer colgaba de la puerta abierta del conductor, sujeta aún por el cinturón de seguridad, con una pistola en la mano. Las radios de la policía chisporroteaban y los ocupantes de los coches de alrededor gritaban aterrorizados. Y en algún lugar, pensó Mijail, un hombre gritaba en ruso.

Anna, ¿estás ahí? ¿Qué ocurre? ¿Me oyes, Anna?

De pronto, dos agentes del SCO19 se giraron y le apuntaron con sus rifles de asalto HK G36. Mijail levantó las manos y retrocedió despacio hasta el Ford.

—¿Está muerta? —preguntó Eli Lavon.

—Del todo. Y su amigo el del hotel de Frinton lo sabe.

—¿Cómo?

—Estaba hablando por teléfono con él cuando ha sucedido.

Lavon envió un mensaje a Gabriel. La respuesta fue instantánea.

—¿Qué dice? —preguntó Mijail.

—Ha ordenado a Sarah abandonar el hotel inmediatamente. Y quiere que estemos en Essex lo antes posible.

—No me digas. —Detrás de ellos, en la oscuridad, se oía un clamor de cláxones. El tráfico estaba parado—. Avísale de que vamos a tardar un rato.

69

FRINTON-ON-SEA, ESSEX

Nikolái Azarov había tardado en colgar más de lo debido: cinco minutos y doce segundos había durado la llamada, según el reloj de su móvil. Había oído el estruendo de los disparos automáticos, el ruido de los cristales al romperse, los gritos de agonía de Anna. Lo que oyó a continuación eran los primeros momentos de caos de una investigación forense sumamente extraña. Se declaró muerta a la víctima y segundos después alguien alertó a gritos de que había una «desviación máxima», un término con el que Nikolái no estaba familiarizado. La misma voz ordenó a los agentes de policía que se apartaran del vehículo hasta que pudieran aislarlo. Uno, sin embargo, se quedó lo bastante cerca como para ver el teléfono de Anna tirado en el suelo del coche. Notó también que estaba encendido. Pidió permiso a su superior para recogerlo, pero le fue denegado.

—Si ella ha tocado el teléfono —gritó alguien—, ese chisme está pingando de radiación.

En ese instante, cuando Anna llevaba ya cinco minutos muerta, Nikolái puso fin a la llamada. No, muerta no, asesinada, pensó enfurecido. Conocía bien las tácticas y reglamentos de la Policía Metropolitana y de los diversos cuerpos de seguridad condales y regionales. Los policías corrientes no portaban armas de fuego. Solo los AFO —los agentes autorizados— y los SFO

—los especialistas del SCO19— podían llevarlas. Los AFO no solían llevar rifles de asalto automáticos como los que Nikolái había oído a través del teléfono. Solo los agentes especiales del SCO19 usaban ese armamento. El hecho de que estuvieran en la M25, acompañados por un equipo NBQ provisto de un detector de radiación, dejaba claro que estaban esperando a Anna. Pero ¿cómo sabía la Policía Metropolitana que Anna estaría contaminada? Evidentemente, dedujo Nikolái, los británicos habían estado vigilándola.

Pero, en tal caso, ¿por qué no habían intentado detenerle a él? En ese momento estaba tomándose un té en la mesa que solía ocupar en el bar del hotel. Había dejado la habitación un rato antes y su coche le esperaba en el paseo marítimo, aparcado junto a la acera. El portero del hotel le estaba guardando la pequeña bolsa de viaje, que de todos modos no contenía nada de importancia para la operación. Llevaba su Makarov de 9 mm en la cinturilla del pantalón, a la espalda y, en el bolsillo delantero derecho, el vial de toxina radioactiva que Moscú Centro había insistido en que llevara a Inglaterra, de repuesto. Le habían asegurado que la radiación no podía traspasar el recipiente. Pero, después de oír los gritos del técnico NBQ, ya no estaba tan seguro.

«Desviación máxima…».

Miró el televisor de encima de la barra. Estaba sintonizado en Sky News. Por lo visto, Jalid bin Mohamed había visitado la casa de su tío en Eaton Square poco antes de que Downing Street anunciara la cancelación de la cena oficial. La visita de Jalid revestía interés por otro motivo, además: era la primera vez que se le veía en público desde su abdicación. Sky News había conseguido imágenes de su llegada a la casa. Vestido al estilo occidental y con la cabeza descubierta, apenas se le reconocía. Nikolái se fijó, en cambio, en el agente de seguridad británico que caminaba a su lado. Estaba seguro de haberle visto en alguna parte.

Cogió su teléfono. La cadena de televisión había publicado la noticia en su página web, junto con el vídeo. Nikolái lo vio tres veces. No, no se equivocaba.

«Son recién casados. Por lo visto fue una boda relámpago…».

Apagó su teléfono y extrajo la tarjeta SIM. Luego salió a la terraza con vistas al paseo marítimo. Había oscurecido y ya no soplaba el viento. No vio indicios de que le estuvieran vigilando, pero sabía que estaban ahí, observándole. A él, y a su coche, aparcado frente a la entrada del hotel. De pronto, otro coche se detuvo detrás. Un Jaguar F-Type descapotable, rojo brillante.

Nikolái sonrió.

Arriba, Sarah metió la Walther PPK en su bolso y salió al pasillo. Le sonó el teléfono mientras esperaba el ascensor.

—¿Dónde estás? —preguntó Keller con nerviosismo.

Ella se lo explicó.

—¿Cuánto tiempo se tarda en salir de un hotel?

—Lo estoy intentando.

—Pues ponte las pilas, Sarah. Deprisa.

Llegó el ascensor. Ella entró con su maleta.

—¿Sigues ahí? —preguntó.

—Sigo aquí.

—¿Algún plan para esta noche?

—Me apetece cenar algo, aunque sea muy tarde.

—¿En algún sitio en concreto?

—En mi casa.

—¿Te apetece tener compañía?

—Me encantaría.

El ascensor se detuvo suavemente y las puertas se abrieron con un susurro. Al pasar frente a recepción, Sarah se despidió efusivamente de Margaret, la jefa de atención al cliente, y de Evans, el conserje. En el bar del hotel, vislumbró a Keller en la pantalla de la televisión, caminando junto a Jalid. Y, poniéndose en pie como si tuviera mucha prisa por marcharse, vio al asesino ruso.

Pensó en dar media vuelta y volver al ascensor. En lugar de hacerlo, apretó el paso. Había escasos metros hasta la entrada, pero el ruso la alcanzó sin esfuerzo y le apretó algo duro contra la columna vertebral. Era una pistola, no había duda.

Agarró a Sara del brazo con la mano izquierda y sonrió.

—A no ser que quieras pasar el resto de tu vida en una silla de ruedas —dijo en voz baja—, te sugiero que sigas andando.

Ella apretó con fuerza el teléfono.

—¿Sigues ahí?

—Tranquila —dijo Keller—, aquí estoy.

70

FRINTON-ON-SEA, ESSEX

Fuera, el ruso le quitó el teléfono de la mano y colgó. Los dos vehículos esperaban en la calle, vigilados por el aparcacoches del hotel, que observaba con perplejidad la escena que tenía ante sus ojos. Cuarenta y ocho horas antes, Sarah había llegado al hotel recién casada. Y ahora se marchaba de pronto con otro hombre.

El aparcacoches cogió su maleta.

—¿En qué coche? —preguntó.

—En el de la señora Edgerton —contestó el ruso con marcado acento británico.

Ella logró disimular su asombro. Evidentemente, el ruso sabía desde hacía algún tiempo que se alojaba en el hotel. Cogió las llaves que le tendió el aparcacoches y le indicó que pusiera la maleta de «la señora Edgerton» en el maletero del Jaguar. Sarah trató de quedarse con el bolso, pero el ruso se lo arrancó del hombro y lo arrojó también al maletero. Hizo más ruido del normal al caer, como si contuviera algo pesado.

El ruso llevaba el abrigo colgado del brazo derecho. Con la mano izquierda cerró el maletero y abrió la puerta del copiloto. Sarah recorrió el paseo marítimo con la mirada al subir al coche. En algún lugar de las inmediaciones del hotel había cuatro vigilantes del MI6, todos ellos desarmados. Era esencial que no la perdieran de vista.

El ruso cerró la puerta y rodeó el coche hasta la puerta del conductor, donde el aparcacoches esperaba su propina. Le dio un billete de diez libras, se sentó al volante y encendió el motor. Sostenía la pistola con la mano izquierda, apuntando a la cadera derecha de Sarah. Mientras arrancaban, ella miró hacia atrás y vio que el aparcacoches corría tras ellos.

El ruso había olvidado su maleta.

Tomó Connaught Avenue y pisó a fondo el acelerador. Sarah vio por la ventanilla, vertiginosamente, una hilera de tiendas y locales: una cafetería, una tienda de menaje, una librería… El ruso seguía clavándole el cañón de la pistola en la cadera. Con la mano derecha aferraba el volante. Tenía los ojos fijos en el retrovisor.

—Convendría que mirara por dónde va —dijo Sarah.

—¿Quiénes son?

—Inocentes súbditos británicos que intentan disfrutar de una noche de asueto en la playa.

El ruso le hundió la pistola en la cadera.

—Los dos que van en la furgoneta, detrás de nosotros. —Su acento británico se había esfumado—. ¿Policía de Essex? ¿MI5? ¿MI6?

—No sé de qué me habla.

Él le apuntó a la cabeza.

—Le estoy diciendo que no sé quiénes son.

—¿Y tu marido?

—Trabaja en la City.

—¿Dónde está?

—En el hotel, preguntándose dónde me he metido.

—Le he visto en la tele hace unos minutos.

—Eso no es posible.

—Acompañó a Jalid a la casa de su tío en Eaton Square.

—¿Quién es Jalid?

El golpe de la culata, un par de centímetros por encima de la oreja derecha, la pilló desprevenida. El dolor la dejó anonadada.

—Acabas de cometer el segundo peor error de tu vida —dijo.

—¿Cuál fue el primero?

—Atarle una bomba al cuerpo a la hija de Jalid.

—Me alegro de que hayamos aclarado ese punto. —El ruso dio un volantazo para evitar a un peatón que estaba cruzando la calle—. ¿Para quién trabaja tu *marido*?

—Para el MI6.

—¿Y tú?

—Para la CIA.

Era mentira, pero solo a medias. Y así el ruso se lo pensaría dos veces antes de matarla.

—¿Y esos dos que nos siguen? —preguntó.

—SCO19.

—Miente usted, señora Edgerton.

—Si usted lo dice.

—Si fueran del SCO19, me habrían matado en el hotel.

Dejó Connaught Avenue y atravesó a gran velocidad un barrio residencial. Un momento después volvió a mirar por el retrovisor.

—Lástima.

—¿Los ha despistado?

Él sonrió con frialdad.

—No.

Recorrió Upper Fourth Avenue sin aflojar la marcha, hasta el aparcamiento de la estación de tren de Frinton, un viejo edificio de ladrillo rojo con frontón blanco en la entrada. Sarah siempre recordaría las flores, los dos maceteros de geranios rojos y blancos que colgaban de unos ganchos en la fachada.

Debía de hacer escasos segundos que había llegado un tren, porque unos cuantos pasajeros estaban saliendo a la calle en medio de la noche tibia. Uno o dos miraron al hombre alto que salió de un llamativo Jaguar F-Type, pero la mayoría no le prestó atención.

Él se acercó rápidamente a la furgoneta Ford blanca que había entrado siguiendo al Jaguar en el pequeño aparcamiento. Sarah gritó, pero no sirvió de nada. El ruso disparó cuatro veces apuntando a la ventanilla del conductor y otras tres apuntando al parabrisas.

—Por si tenías alguna duda —dijo al volver a sentarse al volante—, he guardado una bala para ti.

Desde la estación de tren, se dirigió hacia el norte por Elm Tree Avenue, a toda velocidad. Sarah tuvo la impresión de que sabía perfectamente adónde iba. Torció a la derecha en Walton Road y otra vez en Coles Lane. Siguiendo una pista de tierra bordeada de setos se adentraron en una marisma. El primer indicio de presencia humana fue una cabina azul de seguridad, a la entrada de un puerto deportivo. Dentro había un solo guardia. A pesar de las súplicas de Sarah, el ruso usó la última bala del arma para matarle. Luego puso otro cargador y disparó tres veces más.

Regresó tranquilamente al Jaguar y enfiló la carretera de acceso al puerto. Sarah sintió alivio en parte al ver que los muelles estaban desiertos. El ruso había matado a tres personas en menos de cinco minutos. Una vez en alta mar, solo le quedaría matarla a ella.

71

ESSEX – AEROPUERTO CIUDAD DE LONDRES

Varias unidades de la policía de Essex acudieron a la estación de Frinton-on-Sea, alertadas de un tiroteo a las siete y veintiséis de la tarde. Allí descubrieron dos cadáveres. Uno había recibido cuatro disparos; el otro, tres. Un par de ciudadanos angustiados trataban de reanimar a las víctimas, frenéticamente. Los testigos del tiroteo describían horrorizados al pistolero como un hombre alto y bien vestido que conducía un Jaguar deportivo de color rojo brillante. Una mujer iba sentada en el asiento del copiloto. No había dejado de gritar durante el suceso.

En Estados Unidos, donde abundan las armas de fuego y los tiroteos son una epidemia, la policía podría haber atribuido aquellas muertes a un altercado de tráfico. Las autoridades de Essex, en cambio, llegaron de inmediato a otra conclusión. Con ayuda de la Policía Metropolitana —y de los dos testigos que habían intentado reanimar a las víctimas—, determinaron que el pistolero era un agente de inteligencia ruso. La mujer no era su cómplice, sino su rehén. No se informó a la policía de Essex de que ella también tenía relación con los servicios de espionaje; solo se le dijo que era de nacionalidad estadounidense.

Pese a los intentos desesperados de localizar al ruso y a la rehén, había pasado más de hora y media cuando al fin dos agentes de la policía se pasaron por el puerto deportivo situado al final de

Coles Lane. El guardia de la puerta estaba muerto —de cuatro disparos a bocajarro— y el Jaguar rojo estaba aparcado de cualquier manera frente a la oficina del puerto, que alguien había forzado y saqueado. Gracias al sistema de vídeo del puerto, la policía descubrió que el ruso había robado un barco modelo Bavaria 26 Sport, propiedad de un empresario local. El barco estaba provisto de dos motores Volvo-Penta y de un depósito de combustible de 550 litros que el ruso había llenado antes de salir del puerto. Con apenas nueve metros de eslora, el Bavaria estaba diseñado para la navegación de cabotaje pero, manejado por un piloto experto, podía llegar perfectamente a la costa europea en cuestión de horas.

Aunque los dos agentes de policía no lo supieran, el guardia muerto y el barco desaparecido eran solo una pequeña parte de una crisis diplomática y de seguridad nacional que evolucionaba a toda velocidad. Los elementos de dicha crisis incluían a una agente rusa muerta en la M25 y a un oligarca ruso que permanecía retenido en un puesto de control NBQ en el aeropuerto Ciudad de Londres por estar demasiado contaminado de radiación para que se procediera a su traslado.

A las ocho de la tarde, el primer ministro Lancaster pidió la intervención de COBRA, el consejo de gestión de crisis del Gobierno británico. Se reunieron, como de costumbre, en la sala de la sede del Gobierno que daba nombre al grupo.* Fue una reunión turbulenta desde el principio. Amanda Wallace, la directora general del MI5, estaba indignada porque no se la hubiera informado de la presencia de un equipo de asesinos rusos en territorio británico. Graham Seymour, que acababa de perder a dos agentes, no estaba de humor para disputas intestinas. El MI6 había descubierto la presencia de los dos agentes rusos —afirmó— durante una

---

* COBRA: *Cabinet Office Briefing Room A.*

operación de contraespionaje dirigida contra el SVR, y él había informado al primer ministro y a la Policía Metropolitana tras confirmar que, en efecto, habían llegado al Reino Unido. O sea, que había respetado el protocolo.

Curiosamente, la transcripción oficial del encuentro no contenía ni una sola mención al príncipe Abdulá ni a la posibilidad de que hubiera alguna relación entre su enfermedad repentina y la presencia en Inglaterra de un equipo de asesinos rusos. Graham Seymour prefirió no tocar ese tema. Y el primer ministro también.

A las nueve en punto, sin embargo, Lancaster volvió a comparecer ante las cámaras frente a su residencia oficial para informar a la opinión pública británica de los extraordinarios acontecimientos que estaban teniendo lugar en los alrededores de Londres y en la ciudad costera de Frinton-on-Sea, en Essex. Aunque poco de lo que dijo era cierto, se las ingenió para no incurrir en falsedades manifiestas. Mintió por omisión, eso sí. No hizo mención, por ejemplo, del guardia de seguridad asesinado en un puerto del río Twizzle ni del barco robado, ni de la rehén americana que antaño había trabajado para la CIA.

Tampoco le pareció oportuno señalar que había dado manga ancha a Gabriel Allon, el jefe del servicio de inteligencia israelí, para que buscara a la mujer desaparecida. A las nueve y cuarto, Allon llegó al aeropuerto Ciudad de Londres acompañado por dos de sus colaboradores habituales y por un agente del MI6 llamado Christopher Keller. Un Gulfstream G550 esperaba en la pista, listo para despegar. Se desconocía su destino, sin embargo.

72

AEROPUERTO CIUDAD DE LONDRES

Un agente de la Policía Metropolitana montaba guardia a la entrada de la terminal ejecutiva del aeropuerto. Se tiró de la manga del aparatoso traje NBQ al aproximarse Gabriel.

—¿Seguro que no quiere uno de estos? —preguntó a través de la máscara protectora.

Gabriel negó con la cabeza.

—Podría dañar mi imagen.

—Eso no es lo más grave.

—¿Es para tanto?

—Un poco menos que Hiroshima, pero no mucho.

—¿Cuánto tiempo se puede estar en su presencia sin que sea peligroso?

—Diez minutos no le matarán, pero veinte puede que sí.

Gabriel entró. Habían evacuado a todo el personal. En la sala de salidas había un hombre trajeado y de cabello canoso, sentado en un extremo de una mesa rectangular. Habría parecido el típico usuario de un avión privado de no ser porque le rodeaban cuatro agentes armados del SCO19 enfundados en monos especiales. Gabriel se sentó al otro extremo de la mesa, lo más lejos posible de él, y se fijó en la hora que marcaba su reloj. Las nueve y veintidós minutos de la noche.

«Diez minutos no le matarán, pero veinte puede que sí…».

El hombre se miraba las manos, que tenía cruzadas sobre la

mesa, ante sí. por fin levantó los ojos. Por un instante pareció alegrarse de que alguien se hubiera atrevido a acercarse a él vestido con ropa normal. Luego, de pronto, le cambió la cara. Era la misma expresión que Gabriel había visto en la cara de Hanifa Joury en el piso franco de Berlín.

—Hola, Konstantin. No te lo tomes a mal, pero tienes mal aspecto.

Gabriel miró a los agentes del SCO19 y, con un movimiento de los ojos, les indicó que abandonaran la sala. Pasó un momento. Luego, salieron los cuatro en fila.

Konstantin Dragunov observó aquel despliegue de autoridad con evidente temor.

—Supongo que es usted el motivo de que esté aquí.

—Está aquí porque es un foco andante de radiación. —Gabriel hizo una pausa y añadió—: Igual que la mujer.

—¿Dónde está?

—En una situación parecida a la suya. Aunque usted tiene problemas mucho más serios.

—Yo no he hecho nada.

—Entonces, ¿por qué está chorreando de radiación? ¿Y por qué su bonita casa en Belgravia se ha convertido en zona catastrófica? Los equipos NBQ están haciendo turnos de quince minutos para evitar la sobreexposición. La cosa pinta tan mal que un técnico se ha negado a entrar. Su salón es un infierno, pero aún peor es la cocina. La encimera donde la chica vertió el champán es como Fukushima, y el cubo de basura al que tiró el tubo y la pipeta casi ha hecho estallar los detectores. Y lo mismo puede decirse de la copa de champán de Abdulá, aunque la suya tampoco estaba mal, Konstantin. Cosa que le da a uno qué pensar —añadió en tono confidencial.

—¿A qué se refiere?

—A si su buen amigo el Zar no habrá intentado matarle también a usted.

—¿Por qué iba a hacer eso?

—Porque le confió varios miles de millones de dólares para que convirtiera a Abdulá en un títere del Kremlin. Y lo único que ha conseguido a cambio es un agente del MI6. —Gabriel sonrió—. O eso pensaba él.

—¿No es un agente británico?

—¿Abdulá? —Gabriel meneó la cabeza—. No sea tonto.

Dragunov se puso rojo de rabia.

—Cabrón.

—Halagándome no va a conseguir nada, Konnie.

—¿Qué le he hecho yo?

—Le dijo al Zar que Jalid me había pedido que encontrara a su hija y el Zar aprovechó la ocasión para intentar matarme. Si no me hubiera dado cuenta de que Rima llevaba una bomba debajo del abrigo aquella noche, estaría muerto.

—Quizá debería haber intentado salvarla. Tendría la conciencia más limpia.

Gabriel se levantó lentamente, se acercó al otro lado de la mesa y le asestó un puñetazo en la cara con todas sus fuerzas. El ruso cayó de lado al suelo. A Gabriel le sorprendió que siguiera teniendo la cabeza unida al cuerpo.

—¿Quién lo planeó, Konstantin?

Dragunov tardó un momento en recuperar el habla. Por fin gruñó:

—¿Planear qué?

—El asesinato de Abdulá.

El ruso no contestó.

—¿Debo recordarle cuál es su situación, Konstantin? Va a pasar el resto de su vida en una prisión británica. Y sospecho que le parecerá mucho menos lujosa que Eaton Square.

—El presidente no lo permitirá.

—No estarán en situación de ayudarle. De hecho, yo diría que el Gobierno británico está a punto de emitir una orden de detención contra él.

—¿Y si le doy el nombre del agente del SVR que dirigió la operación? ¿Cambiará eso algo?

—Tendremos en cuenta que ha cooperado.

—¿Desde cuándo habla en nombre del Gobierno británico?

—Hablo en nombre de Rima. Y, si no me dice lo que quiero saber, pienso volver a golpearle.

Gabriel miró de nuevo su reloj. Las nueve y veintiséis. Según la policía de Essex, Sarah y el asesino ruso habían zarpado del puerto situado al norte de Frinton a las 19:49. Estarían ya a varias millas de la costa. La Guarda Costera de su majestad buscaba la embarcación, pero aún no la había encontrado.

—¿Qué decía, Konnie?

Dragunov seguía tendido en el suelo.

—Fue la inglesa.

—¿Rebecca Manning?

—Ahora usa el apellido de su padre.

—¿La ha visto?

—Me he reunido un par de veces con ella.

—¿Dónde?

—En una dacha de Yasenevo. La casa tenía un cartel fuera. No recuerdo lo que decía.

—¿Comité Intrabáltico de Investigación?

—Sí, eso era. ¿Cómo lo sabe?

Gabriel no respondió.

—En circunstancias normales, le ayudaría a levantarse. Pero comprenderá que no lo haga.

El ruso se sentó trabajosamente en la silla. Tenía ya muy hinchado el lado izquierdo de la cara y el ojo medio cerrado. Era una ligera mejora, se dijo Gabriel.

—Siga hablando, Konnie.

—No era una operación complicada, en realidad. Solo teníamos que pedirle a Abdulá que nos reservara unos minutos durante su visita a Londres.

—¿Ese era su cometido?

Dragunov asintió.

—Así es como funcionan estas cosas. Siempre es un amigo.

—¿Entró por el pasadizo del sótano?

—Por la puerta principal no entró, ¿verdad?

—¿Qué le dieron, aparte de una copa de Louis Roederer?

—Bebió dos copas, en realidad.

—¿Las dos estaban contaminadas?

Dragunov asintió.

—¿Qué sustancia era?

—No me lo dijeron.

—Quizá debería haberlo preguntado.

El ruso no dijo nada.

—¿Por qué no le ha acompañado la mujer al aeropuerto?

—¿Por qué no se lo pregunta *a ella*?

—Porque la he matado, Konstantin. Y también voy a matarte a ti si no sigues hablando.

—Y una mierda.

Gabriel tocó su Blackberry y la puso sobre la mesa, delante de Dragunov. En la pantalla había una fotografía de una mujer cubierta de sangre, colgando de la puerta abierta de un Renault Clio.

—Dios mío.

Gabriel se guardó el teléfono en el bolsillo de la chaqueta.

—Continúa, Konnie.

—La inglesa quería que saliéramos por separado de Inglaterra. Anna tenía que marcharse esta noche en el ferri de Harwich a Hoek van Holland. A las once.

—¿Anna?

—Yurasova. El presidente la conoce desde que era niña.

—¿El otro agente, el del hotel, tenía que marcharse con ella?

Dragunov hizo un gesto afirmativo.

—Se llama Nikolái.

—¿Dónde pensaban ir cuando llegaran a Holanda?

—Si no había peligro, estaba previsto que fueran directamente a Schiphol a coger el avión.

—¿Y si lo había?

—Hay un piso franco.

—¿Dónde?

—No lo sé. —Al ver que Gabriel se levantaba violentamente, Dragunov se cubrió la cara con las manos—. Por favor, Allon, no me pegue más. Le estoy diciendo la verdad. El piso franco está en el sur de Holanda, cerca de la costa. Pero no sé más.

—¿Hay alguien allí ahora?

—Un par de gorilas y una persona que se encarga de las comunicaciones con Yasenevo.

—¿Para qué necesitan una conexión segura con Moscú Centro?

—No es un simple escondrijo, Allon. Es un puesto de mando avanzado.

—¿Quién más hay allí, Konstantin?

El ruso titubeó.

—La inglesa —dijo por fin.

—¿Rebecca Manning?

—Philby. Ahora usa el apellido de su padre.

73

MAR DEL NORTE

Nikolái Azarov no era un marinero experto, ni mucho menos, pero su padre había sido un alto mando de la antigua Armada soviética y algo sabía de barcos. Al salir del puerto, había pilotado el Bavaria 27 por las aguas poco profundas del canal de Walton hasta salir a mar abierto. Al dejar atrás el cabo, había virado hacia el este y acelerado hasta alcanzar los veinticinco nudos, una velocidad de crucero algo inferior a la máxima que podía alcanzar el barco. Aun así, el sistema de navegación Garmin de a bordo preveía como hora de llegada la una y cuarto de la madrugada.

Avanzaban en línea recta hacia su destino. Tras marcar el rumbo, Nikolái apagó el Garmin para que los británicos no pudieran utilizarlo para localizar su posición. Su móvil —el teléfono al que le había llamado Anna momentos antes de que la mataran— estaba en el fondo del canal de Walton, al igual que el teléfono que le había quitado a la americana al salir del hotel. No estaba incomunicado, sin embargo. El Bavaria disponía de un teléfono Inmarsat y de red wifi. Nikolái había apagado el *router* al salir del puerto, pero llevaba el teléfono en el bolsillo, fuera del alcance de la americana.

Aunque su maleta seguía en el maletero del Jaguar, Nikolái había llevado consigo el bolso de la mujer. Contenía unos cuantos cosméticos, un frasco de antidepresivos, seiscientas libras en metálico y una Walther PPK, un arma curiosa. No había pasaporte ni permiso de conducir, ni tampoco tarjetas bancarias o de crédito.

Delante del Bavaria, el mar estaba desierto. Nikolái sacó el cargador de la Walther y extrajo la bala alojada en la recámara. Luego conectó el piloto automático y bajó a los camarotes llevando la pistola y el frasco de antidepresivos. Al entrar en el salón, vio que la mujer le miraba con furia desde la mesa. Tenía la mejilla cruzada por un verdugón rojizo, fruto del golpe que le había dado al negarse a subir al barco.

La radio estaba encendida, sintonizada en la BBC. La señal era débil, iba y venía. El primer ministro acababa de dar una rueda de prensa frente al número 10. El cadáver radioactivo de una agente rusa mantenía cortada la M25. También el aeropuerto Ciudad de Londres estaba cerrado, debido a la presencia de un oligarca ruso contaminado de radioactividad. Otro ruso había matado a dos personas en la estación de tren de Frinton-on-Sea. Al parecer, la policía le buscaba con ahínco.

Nikolái apagó la radio.

—No han mencionado al guardia del puerto.

—Seguramente no le habrán encontrado aún.

—Lo dudo.

Se sentó frente a ella. A pesar del moratón de la mejilla, era bastante atractiva. La peluca negra no le favorecía, pero estaría muy guapa sin ella.

Nikolái le puso delante el frasco de pastillas.

—¿Por qué estás deprimida?

—Porque he pasado demasiado tiempo con gente como tú.

Él miró el frasco.

—Quizá deberías tomarte una. Te sentirás mejor.

Ella le miró inexpresivamente.

—¿Te apetece más esto? —Nikolái puso el tubito de líquido transparente sobre la mesa.

—¿Qué es?

—El mismo elemento radioactivo que le dio Anna a Abdulá cuando visitó la mansión de Konstantin Dragunov en Belgravia. Cosa que, curiosamente, tus amigos y tú habéis permitido.

Ella miró el vial.

—Convendría que te libraras de eso.

—¿Cómo? ¿Quieres que lo vierta al mar? —Fingió una mueca de repulsión—. Piensa en los daños para el medioambiente.

—¿Y qué hay del daño que nos está haciendo en estos momentos?

—No hay ningún peligro mientras no se ingiera.

—¿Eso te lo ha dicho Moscú Centro?

Nikolái volvió a guardarse el frasquito en el bolsillo de los pantalones.

—El sitio perfecto para guardarlo —comentó ella.

Él sonrió a su pesar. Aquella mujer tenía agallas, eso había que reconocerlo.

—¿Cuánto tiempo hace que lo llevas encima? —preguntó.

—Una semana.

—Eso explica ese resplandor verdoso que emites. Seguramente estás más contaminado que Chernobyl.

—Igual que tú ahora. —Nikolái examinó la marca de su mejilla—. ¿Te duele?

—No tanto como la herida de la cabeza.

—Quítate la peluca. Puedo echarle un vistazo.

—Gracias, pero ya has hecho suficiente.

—Creo que no me has oído bien. —Bajó la voz—. He dicho que te la quites.

Al ver que ella dudaba, estiró el brazo y le arrancó la peluca. Tenía el pelo rubio revuelto y apelmazado por la sangre seca del corte de encima de la oreja. Aun así, Nikolái se dio cuenta de que la había visto antes, la tarde que le entregó el maletín bomba a aquel memo del jefe de seguridad del Colegio Internacional de Ginebra. Estaba sentada a una mesa debajo del toldo, al lado de aquel tipo alto con pinta de ruso que le había seguido cuando salió del café. También le había seguido un coche. Él no había reconocido al hombre que lo conducía, el de las sienes canosas, pero al día siguiente Moscú Centro consiguió identificarle.

Gabriel Allon...

Nikolái tiró al suelo la peluca. Sin ella, la mujer era aún más hermosa. Podía imaginarse el tipo de trabajos que había hecho para ellos. Los israelíes usaban «trampas de miel» casi tanto como el SVR.

—Creía que habías dicho que eras americana.

—Lo soy.

—¿Judía?

—Episcopaliana, en realidad.

—¿Emigraste?

—¿A Inglaterra?

Nikolái la golpeó por tercera vez, lo bastante fuerte como para hacerla sangre por la nariz y cerrar la boca.

—Me llamo Nikolái —dijo al cabo de un momento—. ¿Y tú?

Ella titubeó. Luego dijo:

—Allison.

—¿Allison qué más?

—Douglas.

—Venga, Allison, seguro que puedes hacerlo mejor.

Ya no parecía tan valiente.

—¿Qué vas a hacer conmigo? —preguntó.

—Pensaba matarte y tirarte al mar. —Nikolái le acarició la mejilla hinchada—. Por desgracia para ti, he cambiado de idea.

74

RÓTERDAM

Esa noche, el primer ministro Jonathan Lancaster solo concedió permiso a un avión para despegar del aeropuerto Ciudad de Londres. El Gulfstream G550 aterrizó en Róterdam a las 12:25 de la madrugada. Un par de Audis enviados por King Saul Boulevard esperaban frente a la terminal. Keller y Mijail partieron de inmediato hacia la localidad de Hellevoetsluis, uno de los mayores puertos deportivos del sur de Holanda. Gabriel pidió a Eli Lavon —que evitaba en lo posible subirse a un barco— que eligiera otro destino.

—¿Sabes lo larga que es la costa holandesa?

—Cuatrocientos cuarenta y un kilómetros, exactamente.

Lavon levantó la mirada del teléfono.

—¿Cómo es posible que sepas eso?

—Lo he mirado en el avión.

Lavon bajó la mirada y contempló el mapa.

—Si yo estuviera al timón…

—¿Sí, Eli?

—No intentaría entrar en un puerto a oscuras.

—¿Qué harías, entonces?

—Encallar en alguna playa cercana.

—¿Dónde?

Lavon estudió el teléfono como si fuera la Torá.

—¿Dónde, Eli? —insistió Gabriel exasperado.

—Aquí. —Lavon señaló la pantalla—. En Renesse.

Tras hacer una breve llamada con el teléfono Inmarsat, Nikolái aumentó la velocidad a treinta nudos. Como resultado de ello, llegó a la costa holandesa quince minutos antes de la hora prevista por el navegador. Llevaba los faros apagados. Volvió a encenderlos y al instante vio el destello de una linterna en la costa.

Apagó de nuevo las luces del barco, subió la velocidad al máximo y esperó a sentir el choque con el fondo arenoso. Cuando al fin se produjo, el barco se detuvo con una violenta sacudida y se escoró bruscamente a estribor. Apagó el motor y se asomó al camarote. La mujer luchaba por sostenerse en pie en el suelo inclinado de la cocinita.

—Podrías haberme avisado —dijo.

—Vamos.

Ella subió trabajosamente por la escalerilla. Nikolái tiró de ella y la empujó hacia popa.

—Salta.

—¿Sabes lo fría que está el agua?

Él le apuntó a la cabeza con la Makarov.

—He dicho que saltes.

Ella se quitó los zapatos y, al deslizarse desde el peldaño, descubrió que hacía pie. El agua le llegaba a los pechos.

—Camina —ordenó Nikolái.

—¿Hacia dónde?

Él señaló a los dos hombres que esperaban en la playa.

—Tranquila, por esos no tienes que preocuparte.

Tiritando, ella echó a andar hacia la orilla. Nikolái se metió en el agua sin hacer ruido y, sosteniendo en alto la Makarov, la siguió. El coche, una berlina de fabricación sueca con matrícula holandesa, esperaba en el aparcamiento público de detrás de las dunas.

Nikolái se sentó con ella en el asiento de atrás, con la pistola pegada a sus costillas. Al atravesar el pueblecito aletargado, se cruzaron con un solo coche que pasó por su lado a toda velocidad.

Las gaviotas se habían adueñado del aparcamiento desierto. Gabriel subió a toda prisa por el sendero que llevaba a la playa y vio el barco a unos treinta metros de la playa. Corrió a la orilla y alumbró con el teléfono la arena dura y lisa. Había huellas por todas partes. Tres hombres con zapatos de calle, una mujer descalza. Las pisadas eran recientes. No habían llegado a tiempo por los pelos.

Volvió corriendo al aparcamiento y subió al Audi.

—¿Qué hay? —preguntó Lavon.

Gabriel se lo dijo.

—Tienen que haber llegado hace unos minutos, como mucho.

—Sí

—No creerás que iba en ese coche, ¿verdad?

—Contestó Gabriel al tiempo que daba marcha atrás—. Creo que sí.

Cruzaron una estrecha lengua de tierra, con una gran llanura a la derecha y el mar a la izquierda. Sarah dedujo que se dirigían al norte. Pasado un rato, apareció un indicador en la oscuridad. El nombre del pueblo, Ouddorp, no le decía nada.

Pasaron una rotonda y aceleraron al cruzar una extensión de campos de labor lisa como una mesa. El angosto camino por el que se desviaron no estaba marcado por ninguna señal. Conducía a un grupo de bungalós de madera ocultos entre dunas cubiertas de hierba. Uno de ellos estaba rodeado por altos setos y tenía un garaje exento, con una puerta antigua de dos hojas. Nikolái guardó el Volvo en el garaje y condujo a Sarah al bungaló.

Era blanco como un pastel de bodas, con el tejado rojo. Paneles de plexiglás protegían la terraza del viento. Una mujer aguardaba allí, sola, como un espécimen raro en un tarro de cristal. Vestía chaquetón impermeable y vaqueros ceñidos. Tenía unos ojos singularmente azules, y fatigados, pensó Sarah. La larga noche había hecho estragos en su apariencia.

Un mechón suelto le caía sobre los ojos. La mujer se lo apartó y observó a Sarah atentamente. Sarah tuvo la sensación de haber visto ya aquel gesto. Su cara también le sonaba. De pronto, se dio cuenta de dónde la había visto con anterioridad.

En una conferencia de prensa en el Gran Palacio Presidencial de Moscú…

La mujer de la terraza era Rebecca Manning.

RÓTERDAM

El coche era un Volvo último modelo de color oscuro. En eso, Gabriel y Eli Lavon estaban completamente de acuerdo. Los dos habían visto la rejilla delantera del coche y se habían fijado en el símbolo circular de la marca y en la línea que cruzaba la rejilla en diagonal, de izquierda a derecha. Gabriel estaba seguro de que era una berlina. Lavon, en cambio, estaba convencido de que era un modelo familiar.

De lo que no había duda era de la dirección que había seguido: hacia el norte. Gabriel y Lavon se dirigieron a los pueblecitos de la costa mientras Mijail y Keller se ocupaban de las localidades más grandes del interior. Entre todos vieron ciento doce Volvos. Sara no estaba en ninguno.

Era, ciertamente, una tarea imposible —«una aguja en un pajar holandés», como dijo Lavon—, pero aun así siguieron intentándolo hasta las siete y media, cuando se reunieron los cuatro en una cafetería de una zona industrial del sur de Róterdam. Eran los primeros clientes de la mañana. Junto a la cafetería había una gasolinera y al otro lado de la calle un par de concesionarios de coches. Uno de ellos vendía Volvos, cómo no.

Un coche patrulla de la policía holandesa, respetuoso con el medioambiente, pasó despacio por la calle.

—¿Qué le pasa? —preguntó Mijail.

—Puede que esté buscando a cuatro idiotas que se han pasado

la noche dando tumbos por el campo —contestó Lavon—. O a la lumbrera que encalló un Bavaria 27 cerca de Renesse.

—¿Crees que lo habrán encontrado?

—¿El barco? —Lavon asintió con un gesto—. Es difícil no verlo, sobre todo ahora que ha amanecido.

—¿Qué va a pasar ahora?

—Que la policía holandesa averiguará de quién es el barco y de dónde procede. Y dentro de poco todos los policías de Holanda estarán buscando a un sicario ruso y una americana muy guapa llamada Sarah Bancroft.

—Puede que eso sea bueno —comentó Mijail.

—A no ser que Rebecca y su amigo Nikolái decidan levar anclas y matarla.

—Puede que ya lo hayan hecho. —Mijail miró a Gabriel—. ¿Estás seguro de que eran pisadas de mujer?

—Sí, estoy seguro, Mijail.

—¿Por qué se han molestado en traerla a tierra? ¿Por qué no aligerar la carga y huir a Moscú?

—Imagino que quieren hacerle unas preguntas primero. ¿No querrías tú si estuvieras en su lugar?

—¿Crees que se pondrán duros con ella?

—Eso depende.

—¿De qué?

—De quién haga las preguntas. —Gabriel notó que Keller se había puesto a teclear de pronto en su Blackberry—. ¿Qué pasa?

—Por lo visto Konstantin Dragunov no se encuentra bien.

—Menuda sorpresa.

—Acaba de admitir ante la Policía Metropolitana que anoche la mujer y él envenenaron al príncipe. Lancaster va a hacerlo público a las diez.

—Hazme un favor, Christopher.

—¿Cuál?

—Diles a Graham y a Lancaster que lo anuncien ya.

76

NÚMERO 10 DE DOWNING STREET

Graham Seymour estaba esperando en el vestíbulo del número 10 cuando Jonathan Lancaster bajó la Gran Escalera acompañado por Geoffrey Sloane, que se ajustaba la corbata con nerviosismo, como si fuera él quien estaba a punto de enfrentarse al batallón de fotógrafos y cámaras apostado en Downing Street. Lancaster llevaba en la mano unas cuantas tarjetas de color azul claro. Condujo a Seymour a la Sala del Gabinete y cerró la puerta con gesto solemne.

—Ha salido a la perfección. Como dijisteis Gabriel y tú que saldría.

—Con una salvedad, primer ministro.

—Ya se sabe que el hombre propone y… —Lancaster levantó las tarjetas—. ¿Cree que con esto bastará para impedir que los rusos la maten?

—Gabriel parece creer que sí.

—¿De verdad le dio un puñetazo a Konstantin Dragunov?

—Me temo que sí.

—¿Un buen puñetazo? —preguntó Lancaster en tono malicioso.

—Bastante bueno, sí.

—Confío en que Konstantin no sufra ninguna herida grave.

—Dudo que, tal y como están las cosas, se acuerde siquiera.

—Está enfermo, ¿no?

—Cuanto antes le subamos a un avión, mejor.

Lancaster miró la primera tarjeta y, moviendo los labios, ensayó la primera frase de su discurso. Tenía razón, se dijo Seymour: había salido a la perfección. Gabriel y él les habían ganado la partida a los rusos. El Zar ya se había servido otras veces de armas de destrucción masiva para matar, temerariamente. Esta vez, sin embargo, le habían pillado in fraganti. Las consecuencias serían graves —sanciones internacionales, expulsiones, tal vez incluso la excomunión del Grupo de los Ocho— y era probable que el daño fuera irreparable.

—Esa mujer tiene agallas, desde luego —comentó Lancaster de repente.

—¿Sarah Bancroft?

—Rebecca Manning. —El primer ministro seguía mirando las notas del discurso—. Lo lógico sería pensar que se quedaría a salvo en Moscú. Como hizo su padre —añadió bajando la voz.

—Hemos dejado bien claro que no queremos saber nada de ella. Por tanto puede salir de Rusia sin temor a ningún peligro.

—Quizá deberíamos revisar nuestra postura respecto a la señorita Philby. Después de esto, merece que la traigamos a Inglaterra encadenada. De hecho —agregó Lancaster blandiendo sus notas—, estoy pensando en introducir un pequeño matiz en mi discurso.

—No se lo aconsejo.

Se abrió la puerta y Geoffrey Sloane asomó la cabeza.

—Es la hora, primer ministro.

Lancaster, un consumado actor político, cuadró los hombros antes de salir a la puerta más famosa del mundo en medio del resplandor de los focos. Seymour siguió a Sloane a su despacho para ver la comparecencia en televisión. El primer ministro parecía hallarse solo en el mundo. Su voz sonó clara, pero afilada por la ira.

*El acto monstruoso y depravado que han llevado a cabo
los servicios de inteligencia de la Federación Rusa por orden
directa de su presidente no quedará impune...*

Había salido a pedir de boca, se dijo Seymour. Con una única salvedad.

77

OUDDORP, PAÍSES BAJOS

A los pocos minutos de que Sarah llegara al piso franco se hizo evidente que no estaban preparados para acoger a un rehén. Nikolái cortó en tiras una sábana, le ató las manos y los pies y le puso una mordaza bien apretada. El sótano del bungaló era un cuartucho con paredes de piedra. Sarah estaba sentada con la espalda arrimada a la pared húmeda y la barbilla apoyada en las rodillas. Calada hasta los huesos por su paseo hasta la orilla, pronto empezó a temblar incontrolablemente. Pensó en Rima y en las muchas noches que había pasado la niña encerrada en un zulo antes de su brutal asesinato. Si una niña de doce años podía soportar esa presión, ella también podía.

Había una puerta en lo alto de los escalones de piedra. Más allá de ella, Sarah oía dos voces conversando en ruso. Una era la de Nikolái; la otra, la de Rebecca Manning. A juzgar por el tono, estaban intentando deducir la concatenación de acontecimientos que había llevado al arresto del amigo íntimo del presidente ruso y a la muerte de la otra agente del SVR. A esas alturas sin duda habían concluido ya que la operación estaba comprometida desde el principio y que Gabriel Allon, el hombre que había desenmascarado a Rebecca Manning como agente rusa, estaba involucrado de algún modo. Rebecca luchaba ahora por salvar su carrera. Tal vez incluso su vida. Y en algún momento iría a buscarla a ella, a Sarah.

Se esforzó por dormir, aunque solo fuera para detener los temblores que sacudían su cuerpo. Soñó que estaba tumbada en una playa del Caribe con Nadia al Bakari, pero al despertarse encontró a Nikolái y a los dos matones mirándola fijamente. La levantaron del suelo húmedo y frío como si estuviera hecha de papel y la llevaron en vilo escalera arriba. Una mesa de madera clara, sin desbastar, ocupaba el centro del cuarto de estar. La obligaron a sentarse en una silla y le quitaron solo la mordaza, dejándole las manos y los pies atados. Nikolái le tapó la boca con la mano y le advirtió que la mataría si gritaba o trataba de pedir socorro. Nada en su actitud permitía suponer que era una falsa amenaza.

Rebecca Manning parecía no haber reparado en la presencia de Sarah. Con los brazos cruzados, miraba fijamente la televisión, sintonizada en la BBC. El primer ministro Jonathan Lancaster acababa de acusar a Rusia de intentar asesinar al príncipe heredero de Arabia Saudí durante su visita de estado al Reino Unido.

El acto monstruoso y depravado…

Rebecca escuchó un momento más las declaraciones de Lancaster y después apuntó con el mando a la pantalla y quitó el sonido. Luego se volvió y miró a Sarah.

—¿Quién eres? —preguntó por fin.

—Allison Douglas.

—¿Para quién trabajas?

—Para la CIA.

Rebecca miró a Nikolái y él asestó a Sarah una bofetada feroz. Sarah, recordando la advertencia del ruso, ahogó un grito.

Rebecca Manning dio un paso hacia ella y puso el frasquito de líquido transparente sobre la mesa.

—Una gota —dijo— y ni siquiera tu amigo el arcángel podrá salvarte.

Sarah miró el vial en silencio.

—Me ha parecido que esto te refrescaría la memoria. Ahora dime tu nombre.

Sarah solo contestó al ver que Nikolái se disponía a pegarle de nuevo.

—¿Es un alias profesional? —preguntó Rebecca.

—No, es mi auténtico nombre.

—Sarah es nombre judío.

—Rebecca también.

—¿Para quién trabajas, Sarah Bancroft?

—Para el museo de Arte Moderno de Nueva York.

—¿Es una tapadera?

—No.

—¿Y antes de eso?

—Para la CIA.

—¿Qué relación tienes con Gabriel Allon?

—Trabajé con él hace tiempo en un par de operaciones.

—Dime una.

—Iván Kharkov.

—¿Sabía Allon lo del complot para matar a Abdulá?

—Claro que lo sabía.

—¿Cómo?

—Fue idea suya.

Rebecca encajó la noticia como un golpe en el estómago. Se quedó callada un momento. Luego preguntó:

—¿Abdulá ha sido *alguna vez* un agente del MI6?

—No. Era agente ruso. Y tú, Rebecca Manning, acabas de matarle.

Eran las ocho y media cuando la Blackberry de Gabriel vibró anunciando que tenía una llamada. No reconoció el número. Normalmente rechazaba tales llamadas sin pensárselo dos veces. Esta, sin embargo —la llamada que recibió a las ocho y media de la mañana en Róterdam—, no la rechazó.

Pulsó el botón de RESPONDER, se llevó el teléfono al oído y murmuró un saludo.

—Temía que no lo cogieras.

—¿Quién es?

—¿No reconoces mi voz?

Era una voz de mujer, un poco ronca por el cansancio y el tabaco. Tenía acento británico, con un leve dejo francés. Sí, Gabriel la reconoció enseguida.

Era la voz de Rebecca Manning.

78

OUDDORP, PAÍSES BAJOS

El bar restaurante de la playa se llamaba Natural High. En verano, era uno de los lugares más frecuentados de la costa neerlandesa, pero a las diez y media de la mañana de un día de abril se asemejaba a un puesto colonial abandonado. Hacía un tiempo inestable: tan pronto brillaba el sol como caía un aguacero. Cobijado en la cafetería, Gabriel observaba el cielo. «Nunca había vivido un día así. Tan bello y tan horrendo al mismo tiempo…». De pronto se acordó de un café en lo alto de los acantilados de Lizard Point, al oeste de Cornualles. Solía ir andando hasta allí por el sendero de la costa, pedía un té y un bollito con nata bien espesa y luego volvía a su casita de Gunwalloe Cove. De eso parecía hacer una eternidad. Quizás algún día, cuando dejara su puesto, volvería allí. O quizá se fuera con los niños y Chiara a Venecia. Vivirían en un piso grande en Cannaregio y él restauraría cuadros de Francesco Tiepolo. Los problemas del mundo apenas le rozarían. Pasaría las noches con su familia y los días con sus viejos amigos Bellini, Ticiano, Tintoretto y Veronés. Volvería a ser anónimo, un hombre con un pincel y una paleta encima de un andamio, oculto tras una lona.

De momento, sin embargo, estaba a plena vista, sentado a solas a una mesa pegada a la ventana. Tenía la Blackberry delante de él, sobre la mesa. Había estado a punto de quedarse sin batería mientras negociaba los términos del encuentro. Rebecca había discutido un par de detalles relativos a la hora, tras una última llamada a Londres habían llegado a un acuerdo. Al parecer, Downing Street tenía tanto interés como él en que el intercambio se llevara a cabo con éxito.

La pantalla de la Blackberry se iluminó. Era Eli Lavon. Estaba fuera, en el aparcamiento.

—Acaba de llegar.

—¿Sola?

—Eso parece.

—¿Qué quieres decir?

—Quiero decir que no se ve a nadie dentro del coche —contestó Lavon.

—¿Qué coche es?

—Un Volvo.

—¿Berlina o familiar?

Lavon colgó. Era una berlina, pensó Gabriel.

Miró hacia atrás, a Mijail y Keller. Estaban sentados a una mesa, al fondo del local. En otra había dos agentes del SVR con chaqueta de cuero. Los rusos observaron atentamente a Rebecca Manning cuando entró en la cafetería y se sentó frente a Gabriel. Tenía un aspecto muy británico con su chaqueta Barbour verde oscura. Dejó su móvil sobre la mesa junto al paquete de L&B y un viejo encendedor de plata.

—¿Puedo? —preguntó Gabriel.

Rebecca asintió.

Él cogió el encendedor. La inscripción se veía apenas. *Por toda una vida de servicio a la patria.*

—¿No podían haberte comprado uno nuevo?

—Perteneció a mi padre.

Gabriel miró el reloj de Rebecca.

—¿Y eso?

—Estaba en el museo privado del SVR, lleno de polvo. Lo llevé a un joyero y le cambié la maquinaria. Funciona bastante bien, la verdad.

388

—Entonces, ¿por qué llegas diez minutos tarde? —Gabriel dejó el encendedor encima del paquete de tabaco—. Deberías guardar esto.

—¿También en un bar de la playa? —Ella guardó el tabaco y el mechero en su bolso—. En Rusia las cosas son un poco más relajadas.

—Lo que se refleja en la esperanza de vida de la población.

—Creo que en el último listado estábamos por debajo de Corea del Norte. —Su sonrisa era sincera. Incluso cordial, no como en su último encuentro, que había tenido lugar en un centro de detención secreto del MI6 en el norte de Escocia—. Mi madre me preguntó por ti el otro día —dijo de repente.

—¿Sigue en España?

Rebecca asintió con un gesto.

—Esperaba que se instalara conmigo en Moscú.

—¿Y?

—No le gustó mucho cuando fue a visitarme.

—Cuesta acostumbrarse. —La camarera revoloteaba a su alrededor—. Deberías pedir algo —sugirió Gabriel.

—No pensaba quedarme mucho rato.

—¿Qué prisa tienes?

Pidió un *koffie verkeerd*. Luego, cuando se marchó la camarera, desbloqueó su móvil y lo empujó hacia Gabriel. En la pantalla había una imagen detenida de Sarah Bancroft. Tenía un lado de la cara hinchado y enrojecido.

—¿Quién le ha hecho eso?

Rebecca ignoró la pregunta.

—Ponlo.

Gabriel tocó el icono de PLAY y escuchó todo el tiempo que pudo soportarlo. Luego pulsó la pausa y miró a Rebecca con furia por encima de la mesa.

—Te aconsejo que no difundas esa grabación.

—Tendríamos justificación para hacerlo.

—Sería un error muy grave.

—¿Sí?

—Sarah es americana, no israelí. La CIA tomaría represalias si se enterara de que la habéis maltratado así.

—Trabajaba para ti cuando nos hiciste creer que Abdulá era un agente del MI6. —Rebecca volvió a coger el teléfono—. Pero, descuida, la grabación es solo para uso personal.

—¿Crees que será suficiente?

—¿Para qué?

—Para salvar tu carrera en el SVR.

Rebecca se quedó callada mientras la camarera le ponía delante un café con leche en vaso.

—¿De eso se trataba? ¿De destruirme?

—No. De destruirle *a él*.

—¿A nuestro presidente? Eso es cargar contra molinos, don Quijote.

—Espera unas horas, hasta que cale la noticia de que el Kremlin ha ordenado el asesinato del futuro rey de Arabia Saudí. Rusia se convertirá en un paria entre los parias.

—Ese asesinato es cosa vuestra, no nuestra.

—Eso no te lo crees ni tú.

—Cuando los *trols* de la Agencia de Investigación de Internet acaben su labor, nadie en el mundo creerá que hemos tenido algo que ver con esto. —Rebecca puso azúcar al café y lo removió, pensativa—. ¿Y quién va a arrojarnos al ostracismo, según tú? ¿Vosotros? ¿Gran Bretaña? ¿Los Estados Unidos? —Sacudió la cabeza lentamente—. Puede que no lo hayas notado, pero las instituciones de tu amado Occidente están en ruinas. Quienes tenemos la sartén por el mango somos nosotros. Rusia, China, los iraníes…

—Te has dejado fuera a Arabia Saudí.

—En cuanto los americanos acaben de retirarse de Oriente Medio, los saudíes se darán cuenta de que solo pueden recurrir a nosotros para defenderse, con o sin Abdulá en el trono.

—No, si reina Jalid.

390

Ella levantó una ceja.

—¿Ese es tu plan?

—Al próximo rey lo elegirá el Consejo de Lealtad, no el estado de Israel, pero me apostaría algo a que será el hombre que permaneció junto a su queridísimo tío mientras sufría los terribles efectos del veneno radioactivo ruso.

—¿Te refieres a esto? —Rebecca puso un tubito de cristal sobre la mesa.

Gabriel se apartó.

—¿Qué es?

—Aún no tiene nombre, pero estoy segura de que a la Agencia de Investigación de Internet se le ocurrirá alguno pegadizo —contestó ella con una sonrisa—. Uno que suene muy israelí.

—¿Abdulá tiene alguna posibilidad de sobrevivir?

—Absolutamente ninguna.

—¿Y qué me dices de ti, Rebecca?

Ella volvió a guardarse el vial en el bolso.

—Después de esto no volverán a confiar en ti —añadió Gabriel—. ¿Quién sabe? Puede que incluso crean que has estado trabajando para el MI6 desde el momento en que pisaste Moscú Centro. En todo caso, serías tonta si volvieras. Lo máximo que puedes esperar es que te encierren en algún pueblucho aislado, uno de esos sitios que en vez de nombre tienen un número. Acabarás como tu padre, convertida en una vieja borracha y deprimida, sola en el mundo.

—No te permito que hables así de mi padre.

Gabriel encajó la reprimenda en silencio.

—¿Y qué pretendes que haga? ¿Volver a Inglaterra? —preguntó ella frunciendo el ceño—. Te agradezco tu preocupación, pero creo que prefiero arriesgarme a volver a Rusia. —Echó mano del teléfono—. ¿Zanjamos este asunto?

Gabriel cogió su móvil, escribió un breve mensaje y pulsó ENVIAR. La respuesta llegó diez segundos después.

—Acaba de autorizarse el despegue del avión de Dragunov. Dentro de unos cuarenta y cinco minutos abandonará el espacio aéreo británico.

Rebecca marcó un número. Dijo unas palabras en ruso y colgó.

—En el centro de Renesse hay una plaza grande, con una iglesia en medio. Muy transitada, llena de gente. La dejaremos delante de la pizzería dentro de una hora exactamente. —Consultó el reloj de su padre como si quisiera grabarse la hora en la memoria. Luego se guardó el teléfono en el bolso y lanzó una mirada a la mesa a la que estaban sentados Mijail y Keller—. Ese tan pálido me suena. ¿Estaba en el Starbucks de Washington cuando me tendisteis la trampa para que me delatara?

Gabriel vaciló. Luego asintió con un gesto.

—¿Y el otro?

—Es al que le pegaste un tiro en aquella callejuela de Georgetown.

—Qué lástima. Estaba segura de que le había matado. —Rebecca Manning se levantó bruscamente—. Continuará —dijo, y se marchó.

79

RENESSE, PAÍSES BAJOS

La austera iglesia de ladrillo estaba rodeada por una glorieta adoquinada. Gabriel y Eli Lavon habían aparcado delante de un hotelito. Mijail y Keller habían encontrado sitio frente a una marisquería llamada Vischmarkt Renesse. Detrás de ellos estaba la pizzería en la que Rebecca Manning había prometido dejar a Sarah exactamente a las 11:43.

Eran las 11:39. Mijail vigilaba la pizzería por el retrovisor interior. Keller, por el lateral mientras fumaba un Marlboro tras otro. Mijail bajó un poco la ventanilla y escudriñó la plaza.

—Te das cuenta de que aquí somos un blanco perfecto —dijo, y tras hacer una pausa añadió—: Igual que mi jefe.

—Hemos hecho un trato.

—También lo hizo Jalid.

Mijail vio cómo Keller apagaba un cigarrillo y encendía otro inmediatamente.

—En serio, tendrías que dejar de fumar, ¿sabes?

—¿Por qué?

—Porque Sarah lo odia.

Keller siguió fumando en silencio, sin quitar ojo al espejo.

—¿No crees que deberíamos hablar de ello?

—¿De qué?

—De lo que evidentemente sientes por Sarah.

Keller le miró de reojo.

—¿Se puede saber qué os pasa?

—¿A quiénes?

—A ti y a Gabriel. ¿No tenéis nada mejor que hacer que meteros en la vida de los demás?

—Te guste o no, ahora eres uno de los nuestros, Christopher. Y eso significa que nos reservamos el derecho a meter la nariz en tu vida amorosa cuando nos plazca. —Tras un breve silencio, añadió en voz baja—: Sobre todo, si está de por medio mi exnovia.

—En el hotel no pasó nada, si eso es lo que estás dando a entender.

—No, qué va.

—Y no estoy enamorado de ella.

—Si tú lo dices. —Mijail miró la hora. Eran las 11:41—. Es que no quiero que haya malos rollos.

—¿Malos rollos?

—En nuestra relación.

—No sabía que tuviéramos una relación.

Mijail sonrió a su pesar.

—Hemos hecho muy buen trabajo juntos, tú y yo. Y sospecho que vamos a seguir colaborando. No quisiera que lo de Sarah complique las cosas.

—¿Por qué iba a complicarlas?

—Hazme un favor, Christopher. Trátala mejor de lo que la traté yo. Se lo merece. —Mijail apartó los ojos del espejo—. Sobre todo ahora.

Pasó un minuto. Luego otro. El reloj del salpicadero marcaba las 11:44. Igual que el teléfono de Keller, que murmuró una maldición mientras apagaba el cigarrillo.

—No creerías de verdad que Rebecca iba a llegar puntual, ¿verdad? Gracias a Gabriel, no sabe qué la espera cuando vuelva a Rusia.

Keller se frotó distraídamente la clavícula.

—No sabes cuánto lo siento.

—Mira —dijo Mijail de repente—. Ahí está el coche.

Se había parado delante de la pizzería: un Volvo modelo berlina, de color oscuro, con dos hombres delante y dos mujeres detrás. Una de ellas era la hija de Kim Philby. La otra era Sarah Bancroft. En un último acto de rebeldía, dejó la puerta abierta al salir. Rebecca tuvo que inclinarse para cerrarla. Luego, el coche arrancó a toda velocidad, pasando a escasos centímetros de la ventanilla de Mijail.

Sarah se quedó un momento parada al sol, aturdida, pero al ver que Keller corría hacia ella su rostro se distendió en una ancha sonrisa.

—Siento haberte dejado plantada anoche para cenar, pero me temo que no pude evitarlo.

Keller le tocó la mejilla amoratada.

—Me lo hizo nuestro amigo el del hotel. Se llama Nikolái, por cierto. Quizá algún día puedas devolverle el favor.

Keller la ayudó a subir al asiento trasero del coche. Sarah vio pasar una hilera de lindas casitas por la ventanilla cuando Mijail salió de la ciudad siguiendo a Gabriel y Eli Lavon.

—Antes me gustaba Holanda. Ahora no veo la hora de marcharme.

—Hay un avión esperándonos en Róterdam.

—¿Adónde vamos?

—A casa —dijo Keller.

Sarah apoyó la cabeza en su hombro y cerró los ojos.

—Ya estoy en casa.

QUINTA PARTE

VENGANZA

80

LONDRES – JERUSALÉN

Comenzó en una habitación del hotel Intercontinental de Budapest. De allí, pasó a la parte de atrás de un taxi, al asiento 14A de un Boeing 737 de Ryanair, a la cubierta de un ferri irlandés llamado Ulysses, a un Toyota Corolla y al hotel Bedford House del pueblecito costero de Frinton-on-Sea, en Essex. Se encontraron asimismo altos niveles de radiación en la oficina saqueada de un puerto deportivo del río Twizzle, en un Jaguar F-Type abandonado y en el camarote de un barco modelo Bavaria 27 Sport encallado frente al pueblo costero de Renesse, en Holanda. Más tarde, las autoridades holandesas encontrarían también altos niveles de contaminación en un bungaló situado en las dunas de los alrededores de Ouddorp.

El foco principal se hallaba, sin embargo, en un par de casas contiguas de Eaton Square. Allí, el relato de lo ocurrido había quedado indeleblemente escrito en un rastro de radiación que se extendía desde un cuarto de baño de la planta superior del número 71 hasta el salón y la cocina del número 70. En el cubo de basura, la Policía Metropolitana encontró las armas del crimen: un tubo de cristal vacío, una pipeta Pasteur, una copa de champán y un delantal. Los medidores de radiación registraban niveles de treinta mil cuentas por segundo. Demasiado peligrosos para guardarlos en las instalaciones de la policía, los objetos fueron enviados al laboratorio de Aldermaston, el centro de investigación nuclear del Gobierno británico.

La mujer que había empuñado las armas del crimen había sido la primera en morir. Su cadáver estaba tan contaminado que hubo que enterrarlo en un sarcófago de cemento, y el asiento de su coche, un Renault Clio, estaba tan saturado de radiación que acabó también en Aldermaston, igual que una silla de la sala de espera de la terminal ejecutiva del aeropuerto de Londres. El foco de contaminación de la silla, un tal Konstantin Dragunov, había abandonado Inglaterra a bordo de su *jet* privado tras mostrar síntomas agudos de enfermedad provocados por la radiación. El Gobierno ruso, en su primera declaración oficial, achacó la indisposición de Dragunov la noche del incidente a una simple intoxicación alimentaria. En cuanto a la contaminación que presentaba su casa en Londres, el Kremlin aseguró que se trataba de una estratagema del Servicio Secreto de Inteligencia británico para desacreditar a Rusia y dañar sus relaciones con el mundo árabe.

El argumentario ruso se vino abajo al día siguiente, cuando la comisaria jefe Stella McEwan, de la Policía Metropolitana, dio el paso inaudito de hacer pública una parte de la declaración grabada que había hecho Dragunov antes de embarcar en su avión. El Kremlin tachó la grabación de fraude, al igual que el propio Dragunov, del que se decía que estaba recuperándose en su mansión del distrito moscovita de Rubliovka. En realidad, se hallaba ingresado en el Hospital Clínico Central de Kúntsevo, el centro médico reservado a los altos funcionarios del Gobierno y la élite empresarial rusa. Los médicos que luchaban por salvarle la vida se esforzaban en vano. No había medicación ni tratamiento de urgencia que pudiera detener el deterioro de las células y los órganos de Dragunov. A todos los efectos, ya estaba muerto.

Sufrió, no obstante, tres semanas de agonía, mientras la credibilidad de Moscú se hundía hasta niveles nunca vistos desde la catástrofe del vuelo 007 de Korea Air Lines en 1983. En el mundo árabe y musulmán se multiplicaron las manifestaciones de protesta contra el Gobierno ruso. Una bomba estalló frente a la embajada rusa en El Cairo, y en Pakistán los manifestantes asaltaron la legación diplomática.

La reacción de Occidente fue pacífica, pero devastadora para los intereses diplomáticos y económicos rusos. Se cancelaron reuniones, se congelaron cuentas bancarias, se llamó a consultas a los embajadores y conocidos agentes del SVR tuvieron que hacer las maletas y volver a su país. Londres fue muy selectivo en cuanto a las expulsiones, pues deseaba enviar un mensaje claro. Solo Dimitri Mentov y Yevgueni Teplov, dos agentes del SVR destinados en la embajada, fueron declarados *personae non gratae* y expulsados del país. Esa misma noche, Charles Bennett, un cargo importante del MI6, fue detenido cuando se disponía a tomar un tren con destino a París en la estación de St. Pancras. Su detención no se hizo pública.

Se ocultaron muchas otras cosas a la opinión pública, siempre en nombre de la seguridad nacional. No se dijo, por ejemplo, cómo o cuándo habían sabido los servicios secretos que había un equipo de asesinos rusos en territorio británico, ni se explicó satisfactoriamente por qué se había autorizado a Konstantin Dragunov a abandonar el país tras confesar que había tomado parte en la operación.

Bajo la mirada implacable de los medios de comunicación, pronto aparecieron grietas en la versión oficial de los hechos. Por fin, Downing Street reconoció que la orden la había dado el primer ministro en persona, aunque no se explicaron sus motivos. Una respetada periodista del *Guardian* sugirió que Dragunov había sido liberado a cambio de una rehén tras ser sometido a un brutal interrogatorio. Stella McEwan declaró con cautela que ningún agente de la Policía Metropolitana había maltratado al oligarca ruso, lo que dejaba abierta la posibilidad de que hubieran sido otros.

En medio de este torbellino mediático, el príncipe Abdulá bin Abdulaziz al Saud quedó casi olvidado. Según Al Arabiya, la televisión estatal saudí, murió nueve días después de regresar de Londres, a las 4:37 de la madrugada. Entre quienes se hallaban junto a su lecho de muerte estaba su querido sobrino, el príncipe Jalid bin Mohamed.

Pero ¿por qué habían envenenado los rusos al heredero de Arabia Saudí? ¿Acaso no pretendía el Kremlin hacer nuevas amistades en el mundo árabe? ¿No intentaba sustituir a Estados Unidos como principal potencia de la región? Riad, entre tanto, guardaba silencio. Moscú lo negaba todo y trataba de desviar la cuestión. Los expertos televisivos especulaban. Los periodistas de investigación hurgaban y escudriñaban. Pero ninguno se aproximaba ni remotamente a la verdad.

Había pistas por doquier, sin embargo: en un consulado de Estambul, en un colegio privado de Ginebra y en un campo del suroeste de Francia. Pero, al igual que el rastro de radiación, las pruebas eran invisibles a simple vista. Una periodista sabía mucho más que la mayoría, pero, por razones de las que no quiso hacer partícipes a sus colegas de profesión, prefirió guardar silencio.

La noche que el Kremlin anunció, tardíamente, la muerte de Konstantin Dragunov, esa periodista salió de su despacho en Berlín y, como tenía por costumbre, miró a un lado y otro de la calle antes de encaminarse a un café de Friedrichstrasse, cerca del antiguo Checkpoint Charlie. La estaban siguiendo, estaba segura. Algún día vendrían por ella. Y cuando llegara ese día estaría preparada.

Había un último rastro de radiación cuya existencia nunca llegó a revelarse. Se extendía desde el aeropuerto Ciudad de Londres hasta la última planta de un anodino bloque de oficinas de Tel Aviv, pasando por un restaurante de playa de los Países Bajos y un piso de Jerusalén. Era, según declaró Uzi Navot, otro hito en la ya distinguida carrera de Gabriel como director general de la Oficina. El único director general que había matado en acto de servicio y el único que había resultado herido en un atentado terrorista. Ahora se había ganado también el dudoso honor de ser el primero contaminado por radiación, rusa o de cualquier otra especie. Navot se lamentaba en broma de la buena estrella de su rival.

—Quizá deberías dejarlo ahora que tienes la suerte de tu parte —le dijo a Gabriel a su regreso a King Saul Boulevard.

—Lo he intentado. Varias veces, de hecho.

Alguien pegó una señal amarilla en la puerta de su despacho en la que se leía PELIGRO DE RADIACIÓN y, en la primera reunión con sus colaboradores más cercanos, Yossi Gavish le hizo entrega formalmente de un medidor Geiger y un traje NBQ con su nombre bordado. Hasta ahí llegaron las celebraciones. La operación había sido, objetivamente, un éxito rotundo. Gabriel había engañado brillantemente a su oponente, empujándole a cometer un error colosal. Al hacerlo, había logrado atajar la creciente influencia de Rusia en Oriente Medio y, al mismo tiempo, eliminar al títere que el Kremlin había colocado en Riad. El trono saudí estaba otra vez al alcance de Jalid. Lo único que tenía que hacer era convencer a su padre y al Consejo de Lealtad de que le dieran otra oportunidad. Si lo conseguía, su deuda para con Gabriel sería inmensa. Juntos podrían cambiar Oriente Medio. Las posibilidades que ello entrañaba para Israel —y para Gabriel y la Oficina— eran inagotables.

Pero para Gabriel lo primero era Irán. Esa noche pasó varias horas en Kaplan Street informando al primer ministro del contenido de los archivos nucleares iraníes. Y la noche siguiente se hallaba muy cerca, fuera de cámara, cuando el primer ministro hizo públicos esos hallazgos en una rueda de prensa que se emitió en directo por televisión y dio la vuelta al mundo. Tres días después, pidió a Uzi Navot que entregara un informe expurgado sobre la operación iraní a los periodistas de *Haaretz* y el *New York Times*. El mensaje en ambos casos era inconfundible: Gabriel había conseguido llegar al mismísimo corazón de Teherán y había robado los secretos más preciados del régimen. Y si los iraníes osaban alguna vez retomar su programa de armas nucleares, volvería a hacerlo.

Y sin embargo, pese a todos sus éxitos, rara vez se olvidaba de Rima. En el calor de la operación contra los rusos había disfrutado de un breve respiro, pero ahora que había vuelto a King Saul Boulevard su recuerdo le atormentaba. Se le aparecía en sueños con su trenca torcida y sus zapatos de charol. A veces se parecía extrañamente a Nadia al Bakari, y en otra pesadilla asumió la apariencia de Daniel, el primer hijo de Gabriel. El escenario no era un campo remoto de Francia, sino una plaza nevada de Viena. La pequeña de la trenca marinera y los zapatos de charol, la jovencita con cara de niño, intentaba arrancar el motor de un Mercedes. «¿Verdad que es precioso?», decía cuando estallaba la bomba. Y luego, mientras la devoraban las llamas, miraba a Gabriel y decía: «Un último beso…».

La noche siguiente, mientras cenaban tranquilamente *fettuccini* con champiñones en el velador de la cocina, le contó a Chiara lo ocurrido en aquel campo del suroeste de Francia. La voz de la rusa por teléfono, el disparo que rompió la luna trasera del coche, Jalid recogiendo los miembros de Rima a la luz inclemente de los faros. El objetivo de la bomba era él, afirmó. Había castigado a los responsables, los había engañado mediante una hábil artimaña que cambiaría el curso de la historia en Oriente Medio. Pero Rima no volvería. Su secuestro y su brutal asesinato ni siquiera se habían hecho públicos aún. Era casi como si nunca hubiera existido.

—Entonces quizá deberías hacer algo al respecto —dijo Chiara.

—¿Cómo?

Ella puso una mano sobre la suya.

—No tengo tiempo —protestó Gabriel.

—He visto lo rápido que trabajas cuando te lo propones.

Gabriel sopesó la idea.

—Supongo que podría pedirle a Efraim que me deje usar el laboratorio de restauración del museo.

—No —dijo Chiara—. Hazlo aquí, en casa.

—¿Con los niños?

—Claro —contestó ella con una sonrisa—. Ya va siendo hora de que vean al verdadero Gabriel Allon.

Como siempre, preparó él mismo el lienzo: de 180 por 120, con bastidor de roble y tela italiana. Para hacer la base, usó la fórmula que había aprendido en Venecia de su maestro de restauración, Umberto Conti. La paleta de colores que eligió era la del Veronés con un toque de Ticiano.

Solo había visto a Rima una vez y en unas circunstancias que, por más que lo intentaba, no lograba olvidar. Había visto también la fotografía que le hicieron los rusos mientras la tenían retenida en el País Vasco español. Se le había quedado grabada en la memoria. En ella, se veía a la niña cansada y flaca, con el cabello alborotado. Pero la fotografía mostraba su regia estructura ósea y, lo que era más importante, su carácter. Para bien o para mal, Rima bint Jalid era digna hija de su padre.

Montó su estudio improvisado en el cuarto de estar, cerca de la terraza. Como tenía por costumbre, se mostró muy celoso de su trabajo. Los niños recibieron órdenes estrictas de no tocar sus materiales de pintura. Como medida de precaución, no obstante, dejaba siempre uno de sus pinceles Winsor & Newton Serie 7 en una posición determinada sobre el carrito para notar si alguien había tocado sus cosas, lo que sucedía invariablemente. No hubo apenas percances, sin embargo, salvo una vez en que, al volver de King Saul Boulevard, encontró varias huellas de dedos en la esquina inferior izquierda del lienzo. El análisis forense determinó que eran de Irene.

Trabajaba cuando podía, una hora por la mañana y unos minutos por la noche, después de la cena. Los niños rara vez se apartaban de su lado. No hizo bocetos preliminares ni dibujó sobre el lienzo. Aun así, el delineado era impecable. Pintó a Rima en la misma pose en que había pintado a Nadia, en un sofá blanco sobre un fondo negro inspirado en Caravaggio. Su ademán era infantil, pero la hizo parecer un poco mayor —dieciséis o diecisiete años en vez de doce— para que Jalid pudiera disfrutar de ella un poco más.

Poco a poco, a medida que cobraba vida en el lienzo, fue abandonando los sueños de Gabriel. En su última aparición, le entregó una carta para su padre. Gabriel la añadió al cuadro. Después, pasó largo rato frente al lienzo con la mano derecha en la barbilla, la izquierda bajo el codo derecho y la cabeza un poco ladeada, tan absorto en sus pensamientos que no se dio cuenta de que Chiara estaba a su lado.

—¿Ha acabado, *signor* Delvecchio?

—No —contestó mientras limpiaba el pincel—. En absoluto.

81

LANGLEY – NUEVA YORK

Esa tarde Morris Payne, el director de la CIA, llamó a Gabriel y le pidió que fuera a Washington. No era una orden, pero tampoco una invitación. Tras fingir que consultaba su agenda, Gabriel contestó que iría el martes siguiente, como muy pronto.

—Tengo una idea mejor. ¿Qué tal si vienes mañana?

En realidad, Gabriel estaba deseando ir a Washington. Le debía a Payne un relato completo de la operación para desbancar a Abdulá de la línea sucesoria y necesitaba, además, que Payne y su jefe de la Casa Blanca autorizaran la ascensión de Jalid al trono. El Consejo de Lealtad aún no había nombrado nuevo príncipe heredero y Arabia Saudí volvía a estar gobernada por un octogenario enfermo que no había designado sucesor.

Tomó un vuelo nocturno a Washington y se reunió con Payne al día siguiente en su oficina de la séptima planta de Langley. Pero al final no hizo falta que Gabriel le contara el papel que había desempeñado en la desaparición de Abdulá. El americano lo sabía todo.

—¿Cómo lo sabes?

—Por una fuente que tenemos en el SVR. Por lo visto has puesto aquello patas arriba.

—¿Se sabe algo de Rebecca Manning?

—¿Philby, quieres decir? —Payne meneó la cabeza con amargura—. ¿Cuándo pensabas decírmelo?

—No me correspondía a mí, Morris.

—Por lo visto, está pendiendo de un hilo.

—Le dije que no volviera.

—¿La has *visto*?

—En Holanda —contestó Gabriel—. Tuvimos que negociar un intercambio de prisioneros.

—¿Dragunov a cambio de la chica? —Payne se rascó pensativamente la barbilla afilada—. ¿Te acuerdas de la última vez que cenamos juntos?

—Con mucho cariño.

—Cuando te sugerí que quizá convendría apartar a Abdulá por el bien de la región, me miraste como si acabara de decirte que liquidaras a la Madre Teresa.

Gabriel no dijo nada.

—¿Por qué no nos incluisteis en la operación?

—Ya éramos demasiados.

—Arabia Saudí es *nuestra* aliada.

—Y gracias a mí sigue siéndolo. Ahora lo único que tenéis que hacer es dar a entender a Riad que Washington vería con buenos ojos que Jalid vuelva a ser nombrado sucesor.

—Por lo que hemos oído, tardarán en volver a designarle.

—Seguramente no.

—¿Por qué? ¿Ya está listo?

—Ha cambiado, Morris.

Payne no parecía tan seguro. Cambió de tema bruscamente, como tenía por costumbre.

—Tengo entendido que los rusos le dieron un buen repaso a la chica.

—¿A Sarah?

Payne asintió.

—Dadas las circunstancias, podría haber sido peor —repuso Gabriel.

—¿Qué tal aguantó la presión?

—Tiene madera para esto, Morris.

—Entonces, ¿por qué trabaja en un museo de Nueva York?

—Lee su expediente.

—Acabo de leerlo. —Tenía una copia sobre la mesa—. ¿Crees que podrías convencerla de que vuelva a la Agencia?

—Lo dudo.

—¿Por qué?

—Puede que me equivoque, pero creo que ya está comprometida.

Gabriel salió de Langley a tiempo de tomar el tren de las tres para Nueva York. Un coche del consulado israelí le recogió en Penn Station y, en medio de una cálida tarde de primavera, le llevó hasta la esquina de la Segunda Avenida con la calle Sesenta y Cuatro Este. El restaurante en el que entró era italiano, anticuado y muy ruidoso. Se abrió paso entre la gente que se agolpaba en la barra y llegó hasta la mesa en la que Sarah, con traje oscuro, tomaba tranquilamente un martini con tres aceitunas. Al ver a Gabriel, sonrió y levantó la cara para darle un beso. No quedaba en ella vestigio alguno de su travesía nocturna por el mar del Norte con un asesino ruso llamado Nikolái. De hecho, pensó Gabriel al sentarse, estaba más guapa que nunca.

—Tómate uno de estos —sugirió ella tocando con la uña pintada el borde de la copa—. Seguro que te quita el dolor de espalda.

Gabriel pidió un *sauvignon blanc* italiano y al instante tuvo delante la copa de vino más grande que había visto nunca.

Sarah levantó ligeramente su martini.

—Por el mundo secreto. —Recorrió con la mirada el local atestado de gente—. ¿No hay por aquí ningún amiguito tuyo?

—No he podido conseguirles reserva.

—¿Eso quiere decir que te tengo para mí sola? Pues entonces hagamos algo terriblemente escandaloso. —Sonrió con malicia y bebió un sorbo de martini. Tenía una voz y unas maneras de otra época. Como le ocurría siempre con ella, Gabriel tuvo la sensación de estar conversando con un personaje de una novela de Fitzgerald—. ¿Qué tal en Langley?

—Morris no paraba de hablar de ti.

—¿Me echan de menos?

Él sonrió.

—La ciudad entera está apenada. Morris haría cualquier cosa por tenerte de vuelta.

—Lo que se ha hecho no puede deshacerse. Salvo en lo que respecta a Jalid —añadió ella bajando la voz—. Tú impediste que nuestro héroe trágico se destruyera a sí mismo. —Sonrió—. Le has restaurado.

—Literalmente —repuso Gabriel.

—¿Morris ha dado luz verde a Jalid?

Él hizo un gesto afirmativo.

—Y también la Casa Blanca. Ahora toca empezar a producir la segunda temporada de la serie.

—Confiemos en que sea menos movida que la primera.

Se acercó un camarero y Sarah pidió *insalata caprese* y ternera salteada. Gabriel pidió lo mismo.

—¿Qué tal el trabajo?

—Parece que la Colección Nadia al Bakari no se ha caído de las paredes del museo de Arte Moderno en mi ausencia. De hecho, mi equipo casi ni ha notado que no estaba.

—¿Qué planes tienes?

—Un cambio de escenario, creo.

Ahora fue Gabriel quien contempló el local.

—Esto es muy agradable, Sarah.

—¿El Upper East Side? Tiene su encanto, pero yo siempre he preferido Londres. Kensington, en especial.

—Sarah…

—Lo sé, lo sé.

—¿Has ido a Londres a verle?

—El fin de semana pasado. Fue casi tan delicioso como este martini. Y tiene un dúplex divino, incluso sin muebles.

—¿Te ha dicho de dónde sacó el dinero para comprarlo?

—Mencionó algo acerca de un tal don Orsati de Córcega. También tiene una casa allí, ¿sabes?

—Y un Monet. —Gabriel la miró con reproche—. Es demasiado mayor para ti.

—Es el hombre más joven con el que he salido en mucho tiempo. Además, ¿alguna vez le has visto desnudo?

—¿Y *tú*?

Sarah desvió la mirada.

—¿Puedo hacer algo para disuadirte?

—¿Por qué quieres intentarlo?

—Porque seguramente es una insensatez que te líes con un hombre que se ganaba la vida matando gente.

—Si tú haces la vista gorda con el pasado de Christopher, ¿por qué no puedo hacer yo lo mismo?

—Porque a mí nunca se me ha pasado por la cabeza irme a Londres a vivir con él. —Gabriel exhaló un suspiro lentamente—. ¿En qué piensas trabajar?

—Puede que te sorprenda, querido, pero no tengo precisamente problemas de dinero. Mi padre me dejó muy bien situada. Dicho esto, me gustaría hacer algo.

—¿Qué tenías pensado?

—Una galería, quizá.

Gabriel sonrió.

—Conozco una muy buena en Mason's Yard, en St. James's. Está especializada en maestros antiguos italianos. El dueño lleva varios años hablando de jubilarse y está buscando alguien a quien traspasarle el negocio.

—¿Está en buena situación económica? —preguntó Sarah con interés.

411

—Bastante buena, sí, gracias a su colaboración con cierto empresario ruso.

—Christopher me ha contado lo de esa operación.

—¿Ah, sí? —dijo Gabriel molesto—. ¿Y también te ha contado lo de Olivia Watson?

Ella asintió.

—Y lo de Marruecos. Ojalá me hubierais invitado.

—Olivia tiene su galería en Bury Street —le advirtió Gabriel—. Es muy posible que te encuentres con ella.

—Y Christopher se encontrará con Mijail la próxima vez que hagamos… —Sarah dejó la frase sin terminar.

—Esto podría ponerse un poquito incestuoso.

—Sí, pero ya nos las arreglaremos. —Ella sonrió con repentina tristeza—. Siempre nos las arreglamos, ¿verdad, Gabriel?

En ese instante vibró la Blackberry de Gabriel. El tono característico dejaba claro que se trataba de un mensaje urgente de King Saul Boulevard.

—¿Algo importante? —preguntó Sarah.

—El Consejo de Lealtad acaba de nombrar a Jalid príncipe heredero.

—Qué rápido. —De pronto, el iPhone de Sarah también vibró. Ella sonrió al leer el mensaje.

—Si es Keller, dile que quiero hablar con él.

—No es Keller, es Jalid.

—¿Qué quiere?

Sarah le pasó el teléfono.

—Hablar contigo.

82

TIBERÍADES

En su primer acto oficial tras ser designado príncipe heredero, Jalid bin Mohamed cortó sus lazos con la Federación Rusa y
expulsó a todos los ciudadanos rusos del reino de Arabia Saudí.
Los analistas políticos aplaudieron su contención. El Jalid de antes,
dijeron, habría actuado con menos prudencia. El nuevo, en cambio, había demostrado la perspicacia y la moderación de un estadis-
ta veterano. Estaba claro que una vocecilla más sabia le susurraba
al oído.

En el interior del reino, se apresuró a deshacer el daño que había hecho el breve gobierno de su tío, y también parte del que
había causado él mismo. Liberó a las activistas encarceladas y a los
partidarios de las reformas democráticas, e incluso puso en libertad
a un conocido bloguero que, al igual que Omar Nawaf, había lanzado críticas contra él. La vida retornó a las calles de Riad al reple-
garse la temida Mutawa. Se inauguró un nuevo cine y los cafés se
llenaron de jóvenes saudíes hasta altas horas de la madrugada.

La política de Jalid, sin embargo, se caracterizó por su inusitada cautela. Su corte real, aunque llena de lealistas dispuestos a
obedecerle, incluía también a varios tradicionalistas de la vieja guardia, de lo que los analistas de Oriente Medio dedujeron que pensaba retomar la antigua práctica de los Al Saud de gobernar por
consenso. Mientras que el antiguo Jalid tenía mucha prisa, el

nuevo parecía preferir tomarse las cosas con calma. *Shwaya, shwaya* se convirtió en su mantra oficial, o algo parecido. Aun así, no era un gobernante con el que conviniera enemistarse, como descubrió un destacado reformista tras increpar a Jalid durante una aparición pública. La sentencia a un año de prisión dejó claro que la tolerancia de JBM para la disensión tenía ciertos límites. Era un déspota ilustrado, decían los observadores, pero un déspota al fin y al cabo.

Su conducta personal también cambió. Vendió su superyate y su palacio francés y devolvió varios miles de millones de dólares a los hombres a los que había encerrado en el hotel Ritz-Carlton. Se desprendió además de parte de su colección de arte. Confió la venta del *Salvator Mundi* a la galería Isherwood de Mason's Yard, en Londres. La marchante Sarah Bancroft, exconservadora del museo de Arte Moderno de Nueva York, se encargó de las negociaciones.

La esposa de Jalid, Asma, empezó a aparecer en público a su lado. De la princesa Rima, en cambio, no se sabía nada. Circulaba el rumor de que vivía en Suiza, donde asistía a un exclusivo colegio privado, pero la publicación de un espectacular reportaje en la revista alemana *Der Spiegel* acalló de una vez por todas las especulaciones. El reportaje, basado en parte en las notas de Omar Nawaf, detallaba la serie de acontecimientos que había conducido a la abdicación repentina de JBM y a su posterior restauración. Tras varios días de silencio, Jalid confirmó que, desgraciadamente, el reportaje decía la verdad.

Lo que, a su vez, propició otro cambio de perspectiva, sobre todo en Occidente. Quizá los rusos, a pesar de su temeridad, les hubieran hecho un favor. Quizá era hora de perdonar al joven príncipe y darle de nuevo la bienvenida. De Washington a Wall Street, de Hollywood a Silicon Valley, se elevó un gran clamor pidiendo su regreso, especialmente entre los que le habían denostado.

Había un hombre, sin embargo, que siempre se había mantenido a su lado, incluso cuando todos los demás le daban la espalda.

Un hombre cuya invitación aceptó Jalid una calurosa tarde del mes de junio.

El nuevo JBM era tan impuntual como el de antaño. Gabriel le esperaba a las cinco, pero eran casi las seis y media cuando el Gulfstream aterrizó por fin en la base aérea de Ramat David. El príncipe salió de la cabina solo, con una americana ceñida y unas elegantes gafas de aviador que centelleaban al sol de la tarde. Gabriel le tendió la mano, pero volvió a recibir un cálido abrazo.

Abandonaron la base y cruzaron la localidad natal de Gabriel. Sus padres, le explicó a Jalid, eran judíos alemanes supervivientes del Holocausto. Como todos los pobladores de Ramat David, la familia Allon vivía en una casita prefabricada. La suya estaba llena de fotografías de familiares y allegados muertos entre las llamas de la Shoah. Para escapar de la atmósfera de tristeza de su hogar familiar, Gabriel solía vagar por el valle de Jezreel, las tierras que Josué dio a la tribu de Zabulón, una de las doce del antiguo Israel. Había pasado gran parte de su vida adulta viviendo en el extranjero o en Jerusalén, pero aquel valle, le dijo a Jalid, siempre sería su hogar.

Mientras se dirigían hacia el este por la carretera 77, el teléfono de Jalid sonaba y vibraba sin cesar. Los mensajes eran de la Casa Blanca. Jalid explicó que el presidente y él tenían previsto verse en Nueva York durante la reunión anual de la asamblea general de Naciones Unidas, en septiembre. Si todo iba bien, volvería a Estados Unidos en otoño para una cumbre oficial en Washington.

—Parece que todo está perdonado —dijo, y miró a Gabriel—. Imagino que tú no has tenido nada que ver en esto.

—Los americanos no han necesitado ningún aliento por mi parte. Están ansiosos por normalizar las relaciones.

—Pero eres tú quien me ha convertido de nuevo en un personaje respetable. —Jalid hizo una pausa—. Tú y Omar Nawaf.

El artículo de *Der Spiegel* disipó de una vez por todas la nube de sospecha que pesaba sobre mí.

Jalid apagó por fin el teléfono. Durante los treinta minutos siguientes, mientras cruzaban la Galilea Superior, obsequió a Gabriel con un relato notable: un *tour* secreto por Oriente Medio guiado nada menos que por el futuro rey de Arabia Saudí. La GID, la Dirección General de Inteligencia saudí, había tenido noticia de ciertos desmanes cometidos por el jefe de la Guardia Revolucionaria iraní: un desfalco, al parecer. King Saul Boulevard recibiría pronto la información en bruto. Jalid y la GID estaban ansiosos por representar algún papel en Siria ahora que los americanos habían decidido retirarse de escena. Quizá la GID y la Oficina pudieran emprender una operación encubierta para hacerles la vida un poco más incómoda a los iraníes y a sus aliados de Hezbolá en Siria. Gabriel le pidió que intercediera ante Hamás para poner fin a los ataques con misiles y cohetes desde Gaza. Jalid prometió hacer lo que estuviera en su mano.

—Pero no esperes gran cosa. Esos chiflados de Hamás me odian casi tanto como a ti.

—¿Qué sabes del plan de paz para Oriente Medio de los americanos?

—No mucho.

—Quizá deberíamos idear nuestro propio plan de paz, tú y yo.

—*Shwaya, shwaya,* amigo mío.

Al cabo de un rato, llegaron a la reseca llanura en la que, una abrasadora tarde de julio de 1187, Saladino derrotó a los sedientos ejércitos cruzados en una batalla emblemática que puso de nuevo Jerusalén en manos de los musulmanes. Un momento después divisaron el mar de Galilea. Se dirigieron al norte por la costa hasta llegar a un pueblecito semejante a una fortaleza, encaramado en lo alto de un promontorio rocoso. Había varios coches y todoterrenos aparcados en fila en la empinada carretera.

—¿Dónde estamos? —preguntó Jalid.

Gabriel abrió la puerta del coche y salió.

—Ven conmigo —dijo—. Ya lo verás.

Ari Shamron esperaba en el vestíbulo. Lanzó a Jalid una mirada recelosa y por fin le tendió la mano llena de manchas hepáticas.

—Nunca pensé que llegaría este día.

—No ha llegado. Oficialmente, al menos —repuso el saudí en tono cómplice.

Shamron los condujo al cuarto de estar, donde estaba reunida casi toda la plana mayor de la Oficina: Eli Lavon, Yaakov Roosman, Dina Sarid, Rimona Stern, Mijail Abramov y Natalie Mizrahi, Uzi y Bella Navot. Chiara y los niños estaban de pie junto a un caballete de madera que sostenía un cuadro cubierto con un paño negro.

Jalid miró a Gabriel, perplejo.

—¿Qué es?

—Algo para sustituir tu Leonardo.

Gabriel les hizo una seña a Raphael e Irene. Con ayuda de Chiara, quitaron el paño negro. Jalid se tambaleó ligeramente y se llevó una mano al corazón.

—Dios mío —murmuró.

—Perdóname, debería haberte advertido.

—Parece… —Se le quebró la voz. Alargó la mano hacia la cara de Rima y luego señaló la carta—. ¿Qué es?

—Un mensaje para su padre.

—¿Qué dice?

—Eso queda entre vosotros.

Jalid miró la esquina inferior derecha del lienzo.

—No hay firma.

—El pintor deseaba permanecer en el anonimato para no eclipsar a su modelo.

Jalid levantó la vista.

—¿Es famoso, el pintor?

Gabriel sonrió melancólicamente.

—En ciertos círculos.

Comieron fuera, en la terraza, vigilados por el retrato de Rima. Fue un festín suntuoso de platos árabes e israelíes, incluido el famoso pollo con especias marroquíes de Gilah Shamron, que según proclamó Jalid era lo más rico que había probado nunca. El príncipe declinó discretamente el vino que le ofreció Gabriel. Pronto sería el custodio de las dos mezquitas sagradas de la Meca y Medina, explicó. Sus días de consumir alcohol, aunque fuera moderadamente, se habían acabado.

Rodeado por Gabriel y sus jefes de división, Jalid no habló del pasado sino del futuro. El camino que tenía por delante, dijo, sería difícil. A pesar de todas sus riquezas, el suyo era un país tradicional, atrasado, bárbaro en muchos sentidos. Y, además, empezaba a surgir otra Primavera Árabe. Dejó claro que no toleraría una rebelión abierta contra su gobierno. Les pidió que tuvieran paciencia, que fueran realistas en cuanto a sus expectativas y que les hicieran la vida soportable a los palestinos. Algún día, de alguna manera, la ocupación de territorios árabes tenía que acabar.

Poco antes de las once se oyeron sirenas en la orilla del lago. Un momento después, un cohete de Hezbolá sobrevoló el Golán y un misil disparado por una batería antiaérea de Galilea salió a su encuentro. Después, Gabriel y Jalid contemplaron a solas, desde la balaustrada de la terraza, un barco que navegaba por el lago con la popa iluminada por una luz verde.

—Es bastante pequeño —dijo Jalid.

—¿El lago?

—No, el barco.

—Seguramente no tiene discoteca.

—Ni sala de nieve.

Gabriel se rio por lo bajo.

—¿Lo echas de menos?

Jalid meneó la cabeza.

—Solo echo de menos a mi hija.

—Espero que el retrato sirva de algo.

—Es el cuadro más bonito que he visto nunca. Pero tienes que dejar que te lo pague.

Gabriel se negó con un ademán.

—Entonces permíteme que te dé esto. —Jalid le mostró un lápiz de memoria.

—¿Qué es?

—Una cuenta bancaria en Suiza con cien millones de dólares.

—Tengo una idea mejor. Utiliza ese dinero para fundar la Escuela de Periodismo Omar Nawaf en Riad para que se forme la próxima generación de periodistas, editores y fotógrafos árabes. Y luego dales la libertad de escribir y publicar lo que quieran, al margen de que hiera tus sentimientos.

—¿De veras es lo único que quieres?

—No —contestó Gabriel—. Pero es un buen comienzo.

—La verdad es que yo pensaba empezar por otra cosa. —Jalid volvió a guardarse el lápiz de memoria en el bolsillo de la americana—. Hay una cosa que debo hacer antes de ascender al trono. Y confiaba en que estuvieras dispuesto a hacer de intermediario.

—¿De qué se trata?

Jalid se lo explicó.

—No cuesta mucho encontrarla —dijo Gabriel—. Solo tienes que mandarle un *e-mail*.

—Ya lo he hecho. Varios, en realidad. Pero no responde. Tampoco contesta a mis llamadas.

—No entiendo por qué.

—Quizá tú puedas interceder por mí.

—¿Por qué yo?

—Pareces entenderte bien con ella.

—Yo no diría tanto.

—¿Podrás arreglarlo?

—¿Un encuentro? —Gabriel negó con la cabeza—. Es mala idea, Jalid.

—Esa es mi especialidad.

—Está demasiado enfadada. Deja pasar un tiempo. O, mejor, deja que yo me ocupe de esto.

—No conoces muy bien a los árabes, ¿verdad?

—Aprendo más cada día.

—Es una parte esencial de nuestra cultura —explicó Jalid—. Debo ofrecerle una reparación en persona.

—¿Dinero manchado de sangre, quieres decir?

—No es una forma muy sutil de expresarlo, pero sí, dinero manchado de sangre.

—Lo que tienes que hacer es asumir la plena responsabilidad de lo que sucedió en Estambul y procurar que no vuelva a ocurrir.

—No volverá a ocurrir.

—Eso díselo a ella, no a mí.

—Pienso hacerlo.

—En ese caso —dijo Gabriel—, haré lo que me pides. Pero, si algo sale mal, pesará sobre tu conciencia.

—¿Es un proverbio judío? —Jalid miró su reloj—. Es tarde, amigo mío. Quizá sea hora de que me marche.

83

BERLÍN

Gabriel la llamó a la mañana siguiente y le dejó un mensaje en el buzón de voz. Pasó una semana antes de que se molestara en devolverle la llamada: un comienzo poco prometedor. Sí, dijo tras oír su propuesta, estaba dispuesta a escuchar las explicaciones de Jalid. Pero que el príncipe saudí no esperara de ella una absolución solemne. Tampoco le interesaban sus «reparaciones» económicas. Cuando Gabriel le contó su idea, ella la acogió con escepticismo.

—Antes de que Jalid abra una escuela de periodistas en Riad con el nombre de mi marido, habrá un estado palestino independiente —dijo.

Insistió en que el encuentro tuviera lugar en Berlín. La embajada estaba descartada, por supuesto, y no le agradaba la idea de ir a la residencia del embajador o incluso a un hotel. Fue Jalid quien propuso el apartamento que ella antaño había compartido con Omar en el barrio de Mitte, en el antiguo Berlín Este.

Sus agentes habían visitado el piso con frecuencia y lo conocían bien. Aun así, tendrían que inspeccionarlo minuciosamente —o registrarlo, más bien— antes de su llegada. No se grabaría la entrevista ni se haría ninguna declaración pública con posterioridad. Y no, él no tomaría ningún tipo de refrigerio. Le preocupaba que los rusos planearan matarle como habían matado a su tío. Un miedo perfectamente justificado, en opinión de Gabriel.

Y así fue como una tarde calurosa y sin viento de principios de julio, en Berlín, cuando las hojas de los tilos colgaban mustias y los nubarrones se agolpaban en el cielo, una caravana de Mercedes negros semejante a un cortejo fúnebre se detuvo en la calle, bajo las ventanas de Hanifa Joury. Ella miró la hora, molesta. Eran las tres y media. Jalid llegaba con hora y media de retraso.

Hora JBM...

Se abrieron las puertas de varios coches. De uno de ellos salió el príncipe. Un solo escolta le siguió cuando cruzó la acera hasta el portal del edificio. No tenía miedo, pensó Hanifa. Confiaba en ella, como ella había confiado en él aquella tarde en Estambul. La tarde en que vio a Omar por última vez.

Se apartó de la ventana y contempló el cuarto de estar del apartamento. Había fotografías de Omar por todas partes. Omar en Bagdad. Omar en El Cairo. Omar con Jalid.

Omar en Estambul...

Aquella mañana ya lejana, un equipo de la embajada saudí había puesto patas arriba el apartamento buscando algo. Qué buscaban exactamente, no lo dijeron. Pero se les olvidó mirar en el macetero de barro de la terraza que daba al patio de luces. Le destrozaron los geranios, claro, pero no se les ocurrió escarbar en la tierra húmeda de debajo.

El objeto que escondía allí, envuelto en un paño grasiento y metido en una bolsa de plástico impermeable, descansaba ahora en la palma de su mano. Se lo había comprado a Tariq, un chaval problemático de la comunidad palestina, un delincuente común que, además de ser un matón, era un rapero frustrado. Le había dicho que era para un reportaje en el que estaba trabajando para la ZDF. Pero Tariq no le había creído.

Su edificio era viejo y tenía un ascensor algo achacoso. Pasaron dos o tres minutos antes de que oyera por fin pasos en el pasillo. Y una voz de hombre. La voz del diablo. Parecía estar hablando por teléfono. Ojalá fuera con los israelíes. Sería tan poético, pensó. Ni el propio Darwish lo habría escrito mejor.

Al acercarse a la puerta, vio a Omar entrando en el consulado a la una y catorce minutos. Lo que ocurrió después, solo podía imaginárselo. ¿Habían fingido ellos cierta cordialidad al principio, o se habían abalanzado sobre él al instante como bestias salvajes? ¿Esperaron a que estuviera muerto para descuartizarlo, o estaba todavía vivo y consciente cuando le hundieron el cuchillo en la carne? Un acto semejante no podía perdonarse. Solo podía vengarse. Jalid lo sabía mejor que nadie. A fin de cuentas, era árabe. Un hijo del desierto. Y sin embargo caminaba hacia ella con un solo guardaespaldas para protegerle. Quizá, a fin de cuentas, siguiera siendo tan temerario como antes.

Al fin llamó a la puerta. Hanifa echó mano del picaporte. El guardaespaldas se lanzó hacia delante, el diablo se tapó la cara. «Omar», pensó Hanifa al levantar la pistola y disparar. «La contraseña es "Omar"».

NOTA DEL AUTOR

La chica nueva es una obra de entretenimiento y debe leerse exclusivamente como tal. Los nombres, personajes, lugares y hechos relatados en ella son producto de la imaginación del autor o se han utilizado con fines puramente literarios.

El Colegio Internacional de Ginebra no existe y no debe confundirse en modo alguno con la École Internationale Genève, la institución fundada en 1924 con el apoyo de la Liga de Naciones. Quienes visiten el museo de Arte Moderno de Nueva York verán incontables obras de arte de extraordinaria valía, incluida la *Noche estrellada* de Van Gogh, pero no encontrarán en sus salas la Colección Nadia al Bakari. La historia de Zizi y Nadia al Bakari se cuenta en mi novela *The Messenger*, publicada en 2006, y en su secuela de 2011 *Portrait of a Spy*. Sarah Bancroft aparece en ambas, así como en *The Secret Servant, Moscow Rules* y *The Defector*. He disfrutado su regreso al mundo del espionaje tanto como ella.

He alterado los horarios de aviones y trenes conforme a las necesidades de mi relato, junto con la fecha de ciertos hechos reales. La descripción que hago del asombroso robo de los archivos nucleares iraníes por parte del Mosad es enteramente ficticia y no está basada en información alguna que yo haya recibido de fuentes israelíes o norteamericanas. Estoy persuadido de que el Mosad no planeó ni supervisó la operación real desde el anodino edificio de King Saul Boulevard, en Tel Aviv, donde tiene su sede mi Oficina imaginaria. En el capítulo siete de la novela hay una referencia no del todo velada a la verdadera ubicación de la sede del Mosad, que, al igual que la dirección de Gabriel Allon en Narkiss Street, es uno de los secretos peor guardados de Israel.

No hay ninguna unidad antiterrorista francesa llamada Grupo Alfa, al menos hasta donde yo sé. Un establecimiento llamado Brasserie Saint-Maurice ocupa, en efecto, la planta baja de un viejo edificio del casco medieval de Annecy, y el popular café Remor da, en efecto, a la *place du* Cirque de Ginebra. Ambos locales suelen estar desprovistos de agentes secretos y asesinos, al igual que la encantadora pizzería Plein Sud, en la *avenue du* Général Leclerc de Carcasona. Natural High es el nombre de un complejo de ocio situado en la preciosa localidad costera holandesa de Renesse. Hasta donde yo tengo conocimiento, ni Gabriel Allon ni Rebecca Philby lo han pisado jamás.

No conviene intentar reservar habitación en el hotel Bedford House ni en el East Anglia Inn de Frinton-on-Sea, porque no existen. Hay, en efecto, un puerto deportivo en las riberas del río Twizzle, en Essex, pero, si Nikolái Azarov hubiera asesinado al guardia de seguridad, los clientes del restaurante Harbour Lights habrían sido testigos del asesinato. Poco antes de entrar en el hotel Dorchester de Londres, Christopher Keller tomó prestada una cita de la versión cinematográfica de *Doctor No* para describir la potencia de tiro de una Walther PPK. Los admiradores de F. Scott Fitzgerald sin duda habrán notado que Gabriel y Sarah Bancroft intercambian dos citas sacadas de *El gran Gatsby* mientras cenan en un italiano cerca de la esquina de la Segunda Avenida con la calle Sesenta y Cuatro Este, en Manhattan. Se rumorea que el restaurante es el Primola, mi favorito en el Upper East Side.

Es cierto que quienes visitan el número 10 de Downing Street a menudo ven un gato rayado marrón y blanco cerca de la famosa puerta negra. Se llama Larry y se le ha concedido el título de

Ratonero Jefe del Gabinete. Mis disculpas al propietario del número 7 de St. Luke's Mews, en Notting Hill, por convertir su vivienda en un piso franco del MI6, y a los ocupantes de los números 70 y 71 de Eaton Square por servirme de esos magníficos inmuebles como escenario para un asesinato selectivo ruso. Estoy seguro de que ningún primer ministro británico o jefe del MI6, de haber estado al corriente del complot, habría permitido que siguiera adelante ni aunque el resultado final fuera un desastre estratégico y diplomático para el presidente ruso y sus servicios de espionaje.

He preferido no identificar el veneno radioactivo empleado por mis asesinos rusos ficticios. Sus propiedades letales, sin embargo, son muy parecidas a las del polonio 210, el agente químico radioactivo que se usó en noviembre de 2006 para matar a Alexander Litvinenko, un exagente de inteligencia y disidente ruso afincado en Londres. La pusilánime respuesta de Gran Bretaña al uso de un arma de destrucción masiva en su territorio nacional sin duda animó al Kremlin a servirse de nuevo de los mismos medios para matar a otro ruso afincado en Reino Unido, Serguéi Skripal, en marzo de 2018. Skripal, exoficial del GRU y agente doble, sobrevivió tras verse expuesto al Novichok, un gas nervioso de la era soviética. En cambio, Dawn Sturgess, una mujer de cuarenta y cuatro años madre de tres hijos que vivía cerca de Skripal, en la localidad de Salisbury, murió cuatro meses después del ataque: otra víctima colateral de la guerra contra la disidencia emprendida por el presidente ruso Vladimir Putin. Como cabía esperar, Putin hizo caso omiso de la petición de uno de los hijos de la fallecida para que permitiera a las autoridades británicas interrogar a los dos sospechosos de haber perpetrado el ataque.

El Real Centro de Datos de Riad no existe, pero sí algo muy parecido, y de nombre ridículo: el Centro de Estudios y Asuntos Mediáticos de la Corte Real. Dirigido por Saud al Qahtani, cortesano y estrecho colaborador del príncipe heredero Mohamed bin Salmán, dicho organismo compró su primera remesa de ciberarmamento a una empresa italiana llamada Hacking Team. Posteriormente contrató *software* y asesoramiento técnico con la empresa DarkMatter, ubicada en los Emiratos, así como con NSO Group, una empresa israelí que, al parecer, emplea a veteranos de la Unidad de Inteligencia 8200, la división de comunicaciones del servicio secreto israelí. Según el *New York Times*, DarkMatter también ha contratado a exmiembros de la Unidad 8200 y a varios estadounidenses que anteriormente habían prestado sus servicios en la CIA y la NSA. De hecho, uno de los directivos de DarkMatter participó presuntamente en algunas de las operaciones de ciberespionaje más sonadas de la NSA:

Saud al Qahtani no solo se encargaba de supervisar el Centro de Estudios y Asuntos Mediáticos. También dirigía el Grupo de Intervención Rápida saudí, el comando clandestino responsable del brutal asesinato y descuartizamiento de Jamal Khashoggi, periodista disidente saudí y columnista del *Washington Post*. Once saudíes están imputados por el asesinato, perpetrado en el consulado saudí de Estambul en octubre de 2018. Las autoridades saudíes han alegado, entre otras cosas, que los asesinos actuaron por su cuenta. La CIA, en cambio, concluyó que el asesinato se llevó a cabo por orden directa del príncipe heredero Mohamed bin Salmán.

El presidente Trump desautorizó, no por primera vez, los hallazgos de su servicio de inteligencia. En un comunicado escrito, repitió lo que habían alegado los saudíes: que Khashoggi era un «enemigo del Estado» y que formaba parte de la Hermandad Musulmana. Acto seguido, dio muestras de querer exonerar a MBS de cualquier complicidad en el asesinato del periodista. «Cabe la posibilidad de que el príncipe heredero tuviera conocimiento de este trágico acontecimiento: puede que sí y puede que no». El presidente añadía: «En todo caso, nosotros con quien tenemos relación es con el Reino de Arabia Saudí».

Pero Arabia Saudí no es una democracia con instituciones bien arraigadas. Es una de las últimas monarquías absolutistas que hay en el mundo. Y a no ser que haya otro cambio en la línea sucesoria, dentro de poco estará gobernada, durante décadas quizá, por Mohamed bin Salmán, cuya imprudencia ya ha quedado demostrada. Mi príncipe saudí imaginario —ese JBM educado en Occidente y angloparlante— podía, a la postre, redimirse. Pero me temo que Mohamed bin Salmán ya no tiene remedio. Sí, ha puesto en marcha tímidas reformas, como conceder a las mujeres el derecho a conducir, cosa que tenían prohibida desde hacía largo tiempo en el retrógrado reino saudí. Pero también ha reprimido la disidencia con una severidad sin parangón en la historia reciente del país. MBS prometió cambios y solo ha traído inestabilidad a la región y represión dentro de sus fronteras.

De momento, las relaciones entre Estados Unidos y Arabia Saudí parecen congeladas, y MBS recorre el mundo en busca de amigos. El presidente chino Xi Jinping le recibió en Pekín a principios de 2019. Y en una cumbre del G20 celebrada en Buenos Aires, MBS y Vladimir Putin se saludaron muy efusivamente. Una fuente cercana al príncipe heredero me contó que aquel entusiástico saludo era un mensaje dirigido a quienes criticaban a MBS dentro del Congreso de Estados Unidos. Arabia Saudí pretendía decirles que ya no depende solo de los americanos para defenderse. La Rusia de Putin esperaba entre bastidores sin hacer preguntas.

Hace una década, esa advertencia implícita habría carecido de fundamento. Pero ya no. La intervención de Putin en Siria ha convertido de nuevo a Rusia en una potencia a tener cuenta en Oriente Medio, y los aliados tradicionales de Estados Unidos han tomado buena nota. El padre de MBS, el rey Salmán, ha hecho un solo viaje al extranjero. A Moscú. El emir de Catar humilló al Gobierno de Trump al hacer escala en Moscú en vísperas de su visita a Washington. El presidente egipcio Al Sisi ha visitado Moscú cuatro veces. Las mismas que Benjamin Netanyahu. Incluso Israel, el principal aliado de Estados Unidos en Oriente Medio, está diversificando sus apuestas en la región. La Rusia de Putin es demasiado poderosa para no prestarle atención.

Pero ¿podría un monarca saudí romper el vínculo histórico que une a su país con Estados Unidos para decantarse por Rusia? Este proceso ha empezado ya, en cierto modo: Mohamed bin Salmán se está inclinando a todas luces por Rusia. La relación de Estados Unidos con Arabia Saudí nunca se ha basado en valores compartidos. Su único fundamento es el petróleo. MBS sabe perfectamente que Estados Unidos, un gran productor de energía en la actualidad, ya no necesita el petróleo saudí en la misma medida que antes. En la Rusia de Putin, en cambio, ha encontrado un aliado dispuesto a ayudarle a controlar el suministro global de petróleo y sus precios, un asunto de vital importancia. También ha encontrado, por si fuera necesario, un suministrador de armamento y un valioso mediador para tratar con los chiitas iraníes. Y, quizá lo que es más importante, MBS puede estar seguro de que su nuevo amigo nunca le criticará por matar a un periodista entrometido. A fin de cuentas, a los rusos eso se les da de perlas.

AGRADECIMIENTOS

Le estoy eternamente agradecido a mi esposa, Jamie Gangel, por escucharme con paciencia mientras trabajaba en el argumento y los principales temas de *La chica nueva*, y por corregir después mi primer borrador, todo ello sin descuidar su trabajo como corresponsal especial de la CNN mientras en Washington tenían lugar acontecimientos extraordinarios. No habría podido completar el manuscrito en la fecha prevista de no ser por su apoyo y su minuciosidad. La deuda que tengo contraída con ella es inmensa, igual que mi cariño.

He consultado a varios agentes de inteligencia israelíes y estadounidenses, así como a diversos políticos y funcionarios, acerca de la situación que vive actualmente Arabia Saudí, y he recibido asimismo valioso asesoramiento de fuentes cercanas al príncipe heredero Mohamed bin Salmán. Les doy las gracias anónimamente, como es su deseo.

Le estoy inmensamente agradecido a David Bull por asesorarme en cuestiones de pintura y restauración. Bob Woodward me ayudó a entender las enmarañadas relaciones de la Casa Blanca de Trump y el caprichoso príncipe heredero saudí. Andrew Neil ha sido una fuente indispensable de información sobre la tumultuosa política británica y las tendencias emergentes en Oriente Medio, y Tim Collins me explicó los desafíos económicos a los que se enfrenta Arabia Saudí en un lenguaje que yo pudiera entender.

He consultado cientos de artículos de periódicos y revistas mientras escribía *La chica nueva*, demasiados para citarlos aquí. Estoy especialmente en deuda con los valientes reporteros y editores del *Washington Post* que asumieron la nada envidiable tarea de cubrir el asesinato de un compañero muy querido. Lo hicieron con extraordinaria profesionalidad, demostrando de nuevo por qué un periodismo de calidad es esencial para el buen funcionamiento de la democracia.

Louis Toscano, mi querido amigo y editor de toda la vida, introdujo incontables mejoras en la novela. Kathy Crosby, mi correctora personal ojo de águila, se aseguró de que el texto estuviera libre de errores tipográficos y gramaticales. Los errores que hayan escapado a la formidable vista de ambos son solo míos.

Tenemos la inmensa fortuna de contar con familiares y amigos que llenan nuestra vida de cariño y risas en momentos críticos del año literario, especialmente Jeff Zucker, Phil Griffin, Andrew Lack, Elsa Walsh, Michael Gendler, Ron Meyer, Jane y Burt Bacharach, Stacey y Henry Winkler, Maurice Tempelsman y Kitty Pilgrim, Nancy Dubuc y Michael Kizilbash, Susanna Aaron y Gary Ginsburg y Cindi y Mitchell Berger. Mis hijos, Lily y Nicholas, han sido una fuente constante de apoyo e inspiración. Para entender mejor lo que supone convivir con un novelista estresado por un plazo de entrega, recomiendo ver la escena del desayuno de la película *El hilo invisible*.

Por último, gracias de todo corazón al fabuloso equipo de HarperCollins, y en especial a Brian Murray, Jonathan Burnham, Jennifer Barth, Doug Jones, Leah Wasielewski, Mark Ferguson, Leslie Cohen, Robin Bilardello, Milan Bozic, David Koral, Lea Carlson-Stanisic, William Ruoto, Carolyn Robson, Chantal Restivo-Alessi, Frank Albanese, Josh Marwell, Sarah Ried y Amy Baker.